全本诗经浅译

邢宪生 译注

暨南大學出版社
JINAN UNIVERSITY PRESS

中国·广州

图书在版编目（CIP）数据

全本诗经浅译/邢宪生译注．—修订版．—广州：暨南大学出版社，2015.12
ISBN 978-7-5668-1546-0

Ⅰ.①全… Ⅱ.①邢… Ⅲ.①古体诗—诗集—中国—春秋时代②《诗经》—译文 Ⅳ.①I222.2

中国版本图书馆CIP数据核字(2015)第155917号

出版发行：暨南大学出版社

地　　址：中国广州暨南大学
电　　话：总编室（8620）85221601
　　　　　营销部（8620）85225284　85228291　85228292（邮购）
传　　真：（8620）85221583（办公室）　85223774（营销部）
邮　　编：510630
网　　址：http：//www.jnupress.com　http：//press.jnu.edu.cn

排　　版：广州联图广告有限公司
印　　刷：佛山市浩文彩色印刷有限公司

开　　本：787mm×1092mm　1/16
印　　张：20.75
字　　数：485千
版　　次：2010年11月第1版　2015年12月修订版
印　　次：2015年12月第2次

定　　价：48.00元

修订版序

吴国钦

《诗经》是我国先秦时期一部重要的经典，为“五经”（诗、书、礼、易、春秋）之首，原来称《诗》或《诗三百》，是我国古代文化史上一部重要的著作，对研究我国古代文化包括人类学、史学、哲学、伦理学、民俗学、语言学、音韵学诸方面均有重要意义。故孔子说：“不学诗，无以言。”（《论语·季氏》）又曰：“诗，可以兴，可以观，可以群，可以怨。迩之事父，远之事君；多识于鸟兽草木之名。”（《论语·阳货》）又云：“兴于诗，立于礼，成于乐。”（《论语·泰伯》）《诗经》成为孔子建构儒学诗教的重要经典，是春秋时期礼乐文化的重要组成部分。

《诗经》又是我国第一部诗歌总集，对后世文学与诗歌的影响尤其巨大。《诗经》共有305篇，大约产生于公元前11世纪至公元前6世纪，即从西周初年至春秋中叶这500年间，涉及的题材内容相当广泛，包括史诗、颂歌、怨刺、婚恋、农事、兵役、征徭等。《诗经》是我国古代诗歌创作的光辉起点与源头，它同时是一座语言宝库，现代汉语中各种各样的修辞格，它大致已具备；《诗经》中不少词语已成为今天的成语（如“一日三秋”、“巧言如簧”）、民众口头语（如“高高在上”、“小心翼翼”）、流行语（如“不可救药”、“人言可畏”），所以刘勰说《诗经》“写气图貌，既随物以宛转；属采附声，亦与心而徘徊”（《文心雕龙·物色》）。

自汉以降，历代学者对《诗经》进行了深入的研究，解读与诠释的著作可谓汗牛充栋。近现代以来，一些学者为了普及《诗经》，用现代诗的形式进行翻译，如陈子展、余冠英、金启华、程俊英、朱渊清等，皆取得了可喜的成绩。

用现代汉语翻译《诗经》，实在是一件吃力不讨好的工作。由于年代久远，《诗经》中不少诗句，如“庤乃钱镈”、“猗与漆沮”等，一般读者已不易明白其意，也不易翻译；有一些朗朗上口的诗句，如上面所举的一些成语之类，似乎又不必翻译。总之，翻译《诗经》，让人了解其诗意，体会其诗味，实在是件十分困难的事。

现在，摆在读者诸君面前的《全本诗经浅译》（以下简称《浅译》）修订版，其译者邢宪生君原本是研究化学的，竟然痴迷于《诗经》的研究与翻译。他用了八年的时间，从《诗经》研究的圈外杀入圈内，为读者奉献了这本《浅译》修订版。

四年前，邢宪生君用四年的时间，推出了《浅译》初版（暨南大学出版社2010年11月版），我为该书写了一篇序文，指出这是邢宪生君用四年时间完成的一部《诗经》译作。四年来，邢宪生君夙兴夜寐，废寝忘餐，常默念一段诗歌入眠，不时于夜间得一译诗词语，即记住录下。荀子曰：“无冥冥之志者，无昭昭之明；无惛惛之事者，无赫赫之功。”（《劝学》）四年积薪之功，令《浅译》脱颖而出。没想到前些天邢宪生君又拿了一本《浅译》修订版来找我，说是又用了四年时间无日无夜逐字推敲，将原书爬梳了一遍又一遍，此时暂告一段落。这让我既惊讶又敬佩，邢宪生君钻研学术的毅力实在难得！在这个浮躁的年代，能埋身于学术研究，自得其乐，这就是学术中人应有的精神与境界。正如邢宪生君所说的：“乐来自中国文化，来自我们祖先的宝贵精神遗产，但愿此乐代代相传，人人分享。”正是吸取了祖先宝贵的精神遗产，我们后人才能在如同《诗经》今译一样的艰难工作中感受乐趣，而使自身的精神境界得以大幅提升。

《浅译》修订版最大的特色，是用与《诗经》同字数的诗句来进行对译。《诗经》以四言为主，间以五言、六言等杂言句式，译诗也以原来诗句字数为基准，四言为主，杂以其他。《诗经》内涵丰富，部分文字较为深奥，尤其雅、颂部分，更为难懂。现以相同字数对译之，其难度之巨，可想而知。如果将《浅译》修订版与初版进行比较，不难发现修订版作了很多修改订正，全部305首诗，每首都有所修改与润色。修订版作了两项重要的修订：“补充诗旨及改善译诗。”（见邢宪生《修订版前言》）试举《大雅》中的《常武》一诗为例：

	常武	【译诗】
	赫赫明明，	赫赫英明，
	王命卿士，	王命卿士，
大 tài	南仲大祖，	南仲太祖，
大 tài 父 fǔ	大师皇父：	太师皇父：
	“整我六师，	“整我六师，
脩 xiū 戎 róng	以脩我戎。	以养我兵。
	既敬既戒，	即警即戒，
	惠此南国。”	惠及南国。”
尹 yǐn	王谓尹氏：	王叫尹氏：
父 fǔ	“命程伯休父，	“命程伯休父，
行 háng	左右陈行，	左右列队，
	戒我师旅：	训我师旅：
率 shuài 浦 pǔ	率彼淮浦，	顺着淮堤，
省 xǐng	省此徐土。	省视徐土。
处 chǔ	不留不处，	不留不驻，
	三事就绪。”	农事照旧。”
	赫赫业业，	赫赫巍巍，
	有严天子。	威严天子。
	王舒保作，	王师稳步，
绍 chāo	匪绍匪游，	不悠不游，
绎 yì	徐方绎骚。	徐邦纷扰。
	震惊徐方，	震惊徐邦，
	如雷如霆，	如雷如霆，

常武:周臣赞颂周宣王亲伐徐国平定叛乱。《毛诗正义》:召穆公美宣王也。《诗经原始》:宣王自将伐徐也。

赫赫:显赫盛大貌。**明明**:明智、明察貌。**王**:指周宣王。**命**:册命,帝王任命。**卿士**:周王朝的执政者,总管王朝政事。**南仲**:人名。周宣王大臣。**大祖**:太祖。一说指文王庙。**大师**:太师。三公最尊者,为辅弼周王之官。**皇父**:人名。周宣王大臣。**六师**:周王所统六军之师。**脩**:同修。整治,整修。**戎**:兵器,军队。**既**:即,随即。**敬**:警惕。**戒**:戒备。**惠**:惠赐。**南国**:南方各诸侯国。此指徐国的邻国。

尹氏:周宣王大臣。**程伯休父**:周宣王大夫。**陈行**:列队。**戒**:训诫。**师旅**:指军队。**率**:沿着,循。**淮**:淮水。**浦**:水边,岸边。**省**:省视,察看。**徐土**:徐国。周代诸侯国,在今安徽。**留**:停留。**处**:居住。**三事**:三农之事。一说三公。**就绪**:谓从事其本业。

业业:高大雄壮貌。**舒**:从容。**保**:安稳。**作**:行,行进。**绍**:缓慢。**游**:流动。**绎骚**:骚动,扰动。**徐方**:徐国。

	徐方震惊。	徐邦震惊。

厥 jué	王奋厥武，	王振威武，
	如震如怒。	如雷如怒。
	进厥虎臣，	进其虎将，
阚 hǎn 虓 xiāo	阚如虓虎。	悍如啸虎。
敦 tún 濆 fén	铺敦淮濆，	驻屯淮岸，
	仍执丑虏。	频捉俘虏。
	截彼淮浦，	截断淮堤，
	王师之所。	王师所处。

奋：奋起。**厥**：其。**震**：雷。**进**：进军。**虎臣**：比喻勇猛之臣。**阚**：虎怒，比喻威猛。**虓**：猛虎怒吼。**铺敦**：陈兵屯驻。**濆**：水岸边，水旁高地。**仍**：一再，频繁。**执**：逮捕，捉。**丑虏**：俘虏。**截**：断。一说治，整治。**所**：处所。

啴 tān	王旅啴啴，	王师盛盛，
翰 hàn	如飞如翰，	如飞如鹰，
	如江如汉，	如江如汉，
	如山之苞，	如山稳牢，
	如川之流。	如川奔流。
	绵绵翼翼，	严严密密，
	不测不克，	难测难夺，
濯 zhuó	濯征徐国。	大征徐国。

啴啴：众多而威武貌。**飞**：飞行。意指鸟飞之疾。**翰**：鹰鹞类猛禽。意指捕猎之猛。一说高，高飞。**江**：长江。意指宽广。**汉**：汉水。意指浩荡。**苞**：根本深固。**绵绵**：安静貌。一说连绵不断貌。**翼翼**：恭敬谨慎貌。一说众多貌。**测**：推测。**克**：战胜。**濯**：大。

塞 sāi	王犹允塞，	王谋实在，
	徐方既来。	徐邦已归。
	徐方既同，	徐邦已从，
	天子之功。	天子之功。
	四方既平，	四方已平，
	徐方来庭。	徐邦朝贡。
	徐方不回，	徐邦不违，
还 xuán	王曰还归。	王乃班师。

犹：通猷。谋略。**允**：确实。**塞**：充实，诚实。**来**：归服，归顺。**同**：归顺，统一。**功**：功劳。**平**：平定。**庭**：来王廷朝见，朝贡。**回**：违背，反叛。**曰**：爰，于是。一说说。**还归**：凯旋。

《常武》一诗的题旨何在，在译诗右上方已对此作了说明，并引《毛诗正义》与《诗经原始》作为参考印证，使读者不至于读了原诗或译诗后依然懵懵然摸不着头脑。另外，对初版译诗又进行了一番字斟句酌，果然有所提升与改善。如《常武》原诗句有“不留不处，三事就绪”，初版译为“不留不驻，三卿就绪”。修订版改译为“不留不驻，农事照旧”，就更明白通晓。原诗句有“四方既平，徐方来庭”，初版译为“四方和好，徐国来朝”。修订版改译为“四方已平，徐邦朝贡”，显得更为准确。再举《小雅》中的《小明》一诗为例：

	小明	【译诗】
	明明上天，	光明上天，
	照临下土。	照临下土。
徂 cú	我征徂西，	我征往西，
艽 qiú	至于艽野。	到那荒野。
	二月初吉，	四月初吉，
载 zài	载离寒暑。	再历寒暑。
	心之忧矣，	心哟忧啊，
大 tài	其毒大苦！	其害太苦！
共 gōng	念彼共人，	惦那忠臣，
	涕零如雨。	泪落如雨。
	岂不怀归？	岂不思归？
罟 gǔ	畏此罪罟。	畏此惩处。
	昔我往矣，	昔我往啊，
除 shū	日月方除。	四月方入。
曷 hé	曷云其还？	何时可还？
聿 yù 莫 mù	岁聿云莫。	岁哟又暮。
	念我独兮，	念我独啊，
庶 shù	我事孔庶！	差事无数！
	心之忧矣，	心哟忧啊，
惮 dàn 暇 xiá	惮我不暇！	劳我碌碌！
	念彼共人，	惦那忠臣，
眷 juàn	眷眷怀顾。	眷眷回顾。
	岂不怀归？	岂不思归？
谴 qiǎn	畏此谴怒。	畏此谴怒。
	昔我往矣，	昔我往啊，
奥 yù	日月方奥。	春暖方遇。
	曷云其还？	何时可还？
蹙 cù	政事愈蹙。	政事更促。
	岁聿云莫，	岁哟又暮，
菽 shū	采萧获菽。	采蒿收豆。
	心之忧矣，	心哟忧啊，
诒 yí	自诒伊戚！	自寻焦虑！
	念彼共人，	惦那忠臣，

小明:周大夫叹息久役不得归而思友寄怀。《毛诗正义》:大夫悔仕于乱世也。《诗经原始》:大夫自伤久役,书怀以寄友也。

征:行。**徂**:往。**艽野**:荒远之地。**二月**:周历二月,即夏历四月。**初吉**:月初吉日。**载**:通再。又。**离**:经历。**寒暑**:指一年。**毒**:伤害。**大**:太。**苦**:痛苦。**共人**:指敬谨供职的同僚。**罪罟**:罪网。

除:夏历四月的别称。也即周历二月。**岁聿云莫**:岁暮,年底。聿、云,助词。莫,暮。**孔**:很。**庶**:众多。**惮**:通瘅。劳苦。**不暇**:没有时间。**眷眷**:依恋回顾貌。**怀顾**:怀念眷顾。**谴怒**:谴责,问罪。

奥:通燠。暖,暖和。**蹙**:紧迫,急迫。**萧**:艾蒿。草本植物,秋收供铺床、祭祀用。**菽**:大豆。五谷之一,秋收入仓。**自诒伊戚**:自寻烦恼。**兴**:起身。**言**:助词。焉。**出宿**:出外过夜。**反覆**:变化无常。

兴 xīng	兴言出宿。	起身外宿。
	岂不怀归？	岂不思归？
	畏此反覆。	畏此反复。
嗟 jiē	嗟，尔君子！	咳，你君子！
处 chǔ	无恒安处。	勿常安处。
共 gōng	靖共尔位，	谨供你职，
	正直是与。	正直为伍。
	神之听之，	慎之听之，
穀 gǔ 女 rǔ	式穀以女。	加禄予汝。
	嗟，尔君子！	咳，你君子！
	无恒安息。	勿常安逸。
	靖共尔位，	谨供你职，
好 hào	好是正直。	乐为正直。
	神之听之，	慎之听之，
	介尔景福。	助你大吉。

嗟：叹词，打招呼。一说助词，表感叹。**尔**：你。一说此，这个。**君子**：指所思念的贤人。**恒**：常。**靖**：恭谨。一说谋议。**共**：通供。供职。一说供给。**与**：亲附。**神**：通慎。谨慎。**听**：听从，遵循。**穀**：禄。**以**：与，给予。**女**：汝，你。

好：喜爱。**介**：佐助。**景**：大。

修订版指出此诗的题旨为“周大夫叹息久役不得归而思友寄怀”，并以《毛诗正义》与《诗经原始》证之。修订版译诗浅显流畅，既以原诗字数对译，又考虑押韵，实在是很不容易的事。

修订版不少译诗，可以说是把初版译诗推倒重新译过，这方面的例子不胜枚举。试以《卫风》的名篇《氓》为例，以此诗第二段作一比较：

【《氓》第二段】	【初版译诗】	【修订版译诗】
乘彼垝垣，	登那败壁，	登那断垣，
以望复关。	眺望你来。	以望复关。
不见复关，	不见你来，	不见复关，
泣涕涟涟。	泪湿双腮。	泣涕涟涟。
既见复关，	已见你来，	已见复关，
载笑载言。	眼笑口开。	载笑载言。
尔卜尔筮，	你求卜卦，	你卜你卦，
体无咎言。	都说无害。	辞无凶言。
以尔车来，	驾你车来，	驾你车来，
以我贿迁。	把嫁妆载。	把嫁妆搬。

修订版所花的功力，可见一斑。

总之，邢宪生君的译诗，遵循“信、达、雅”的原则，力图做到准确、顺畅而有韵味，既传达原诗的内容与韵律，又浅显有致，实在难能可贵。

当然，由于《诗经》诗句语言凝练，有些诗深奥晦涩，用同字数浅白的现代诗来翻译，实在是作茧自缚。《浅译》修订版最大特色即在于同字数对译，而局限性也正在此。《诗经》中有部分诗，早已深入人心，在过去几乎童蒙皆晓，如《关雎》《木瓜》《君子于役》《采葛》《狡童》《蒹葭》《无衣》等，文字浅白而诗意盎然，翻译它们完全是吃力不讨好的事。即便如此，《浅译》修订版在《诗经》今译史上也可说是一项突破。同字数对译的译诗再配以题旨说明与注音释义，这种不循常规、简而得要的做法，是诠释《诗经》的一种新尝试，令人耳目一新。

邢宪生君自幼喜好文学艺术，在“文革”期间断断续续读完中学，又上山下乡到林场，生活的磨炼造就他坚毅沉稳的性格。1977 年恢复高考，文科基础很好的邢宪生君却报读理科，考入中山大学化学系高分子专业，毕业后分配到化工部合成材料老化研究所工作，后来到英国阿斯顿大学进修并于 1991 年获该校哲学硕士学位，其后到香港工作，2003 年在香港城市大学获哲学博士学位。他长期从事材料的研究开发，获得多项中国发明专利。邢宪生君业余一直保持着研究中国传统文化的浓厚兴趣。近年来，他怀着对中国传统文化的热爱与痴迷，专注于《诗经》的研究，用一种打通古今的学术情怀，为读者提供了这本别开生面的译著。

我在中山大学中文系讲授“中国古代文学史”课程几近四十年，深知学生对《诗经》既爱又怕，爱的是《诗经》古典清纯的情怀与韵致，怕的是部分诗句古奥难懂。现在，《浅译》修订版为我们提供了一个古今对译、文白对照的《诗经》读本，必将重新引发读者对《诗经》的兴趣，或许也会引起研究者的共鸣或争鸣。

是为序。

甲午岁末于中山大学中文系

修订版前言

邢宪生

四年前，《全本诗经浅译》（以下简称《浅译》）初版面世。我以之为新的开端，对《诗经》的历史背景继续学习探讨，对原诗和译诗继续推敲，力求把作品修改得更好。这次修订，主要包括两方面的工作，补充诗旨及改善译诗。

一方面，《浅译》出版后，不少读者朋友提出有必要补充诗旨。在认真考虑朋友们的意见后，我勉为其难，谨慎地去做这项工作。我深知撰写《诗经》诗旨的难处和得失。两千多年来历代各家解说《诗经》，见解纷纭，形成诗无达诂的实况。作为现代人，我们要去理解《诗经》，体味诗味，必须尊重前人的学术成果，又应当在传统的基础上独具慧眼，冲破迷雾，直通《诗经》时代古人之心。这个要求之高，并非一己之力、一时之明所能达到。因此，我只能参考众家见解，在现有的理解水平上提取出自以为较为合理的看法，用简要的语言表述出来。诗旨确可帮助读者理解诗意，却也可能先入为主，束缚读者的思想而缩小想象空间，从而淡化诗味。但愿读者得其利，去其弊，更好地享受吟咏《诗经》的乐趣。

另一方面，我进一步推敲原诗的诗意及诗味，力求改善译诗。随着对诗意更深入的理解，我不断重审译诗，修订了不少注释，补正了一些注音，修改了一些标点符号，订正了少量繁简体转换字。而为了进一步再现诗味，我着重对译诗作出如下修改：一是尽可能接近原诗的诗韵及韵脚，二是尽可能接近原诗的节奏及韵律，三是尽可能再现原诗虚词的妙用，四是保留更多的原诗诗句。

这个修订版，就是上述工作的阶段性结果。读者诸君倘若有兴趣去比较《浅译》的初版和修订版，或许可以发现，我们现代人通过对译的白话诗，确实有助于理解和体味两千多年前的文言古诗，从中吸取营养，丰富我们的现代文化，充实我们的精神世界。

用白话诗去对译文言古诗，有更好，没有最好。这或许也算是缺陷之美吧。它吸引着我们去不断推敲原诗，提高译诗，在这个过程中让我们沉浸到《诗经》的场景之中，把有限的语言转化为无限的精神享受。

2015 年 1 月 12 日

前　记

诠释《诗经》的一种新尝试

邢宪生

《诗经》是诗歌，是歌词，本应明白如话、朗朗上口，只因年代久远、文字古简，使今人不容易深入理解。两千多年来，诸多方家在训诂、逻辑、历史、经学等方面下苦功，力求诠释《诗经》，还原《诗经》原意，已获累累硕果。现代汉语通用以来，更有方家以古诗今译的方式诠释《诗经》。但是，一般而言，想借助这种种诠释来感受《诗经》的诗味，还是不太容易的。

古诗今译指的是用现代汉语的白话诗来转述文言文的古诗。古诗今译难，难在信、达、雅。一般认为，信指表意忠实，达指表述流畅，雅指形式优雅。对古诗今译而言，我们进而认为，雅更着重于再现诗味。所谓诗味，是指诗歌的韵味（如修辞、音韵、节奏、语气、趣味、神采等）、格调、风格、意象和意境等。

因此，如果以古诗今译的方式来诠释《诗经》而真能趋于信、达、雅的话，那么，这或许不仅有助于人们去理解原诗的原意，而且有助于人们去感受原诗的诗味。

《诗经》的今译，在信和达方面，已积累了许多宝贵经验，出现了不少范例。诸多方家力求忠实流畅地再现原诗的原意，已产生了大量的译诗，其中不乏达意通顺、朗朗上口的佳作。然而，在雅方面，似乎还没有产生能够再现原诗诗味的译诗。

古诗今译作品为何难于再现诗味呢？我们发现，迄今的《诗经》今译作品，字数均与原作不同。也许这就是问题的基本原因。原诗既然是诗歌，其诗味必定由其措辞及其形式所决定，其中要点之一是每句的字数。比如三言、四言、五言和长短句，吟咏起来诗味自有不同。显然，把一首四言古诗今译成五言、六言或七言诗，其诗味是不一样的。

因此，我们设想：《诗经》之类古诗的今译，是否可以尝试遵循同字数对译的原则，即是让译诗与原诗字数句句相同，而更有利于再现诗味。

事实证明，这种尝试是很有意思的，也为我们认识中文带来许多启示。

古诗文字精简，《诗经》更是一字千金。以同字数的现代汉语来再现《诗经》古诗，显然是一大挑战，更何况还要兼顾信、达、雅的方方面面。当我们终于把《诗经》三百零五首诗歌以同字数今译出来的时候，我们不禁惊异和赞叹现代汉语的神奇。即使同字数对译的白话诗不一定能够完全地转述《诗经》古诗，它也至少能够基本上转述出古诗的原意和诗味。我们认为，现代汉语之所以具有如此神奇的表现力，是因为它和文言文一样都使用汉字，都具有形音义共存于一字的内核，都具有足够灵活的构词法和语法。

当尝试以同字数对译今译《诗经》时，自然会产生一种驱动力让人去推敲和理解原诗的原意，去感受和体会原诗的诗味，去探究和推敲译诗的用字用词和句法，去感觉译诗的诗味，去细辨译诗与原诗诗味的异同。随着对译诗的不断推敲，对《诗经》原诗的理解会不断深入。而随着对《诗经》原诗理解的不断深入，又会对译诗不断提出改进意见。每当对译诗作出一点改进，译诗就会向信、达、雅方向前进一步。这是一个不断上升而又精益求精的过程，永无止境。而这个发展过程，也就是《诗经》的今译走向信、达、雅的过程。正是同字数对译的原则促成了这个发展过程。

同字数对译的原则，使译诗朝着信、达、雅方向的努力有可能取得成效。在运用这个原则的实践中，我们认识到，信、达、雅实际上是指译诗同时再现原诗的内容、形式和意象意境。内容和形式是有形的，意象意境是无形的，这三者相互关联。形式表达内容，内容和形式的结合则产生意象意境。内容和形式由原诗作者所规定，意象意境则不仅要由作者去表现，而且是读者包括译者审美的结果。要想译诗再现原诗，必须同时再现内容和形式，才有可能再现意象意境。同字数对译的原则，便是再现形式的必要条件之一。

当遵循同字数对译原则的时候，译诗和原诗似乎被置于同一个思维平台和同一个审美平台。在译诗再现原诗的努力之中，译诗和原诗可以产生共鸣。共鸣越强，距离信、达、雅就越近。在这种意义上，对《诗经》的同字数今译，无疑是浅白、平实、全面地诠释《诗经》原诗的一种新尝试。

我们认为，能够与《诗经》之类古诗产生共鸣的译诗，起码应当具有以下功能：

第一，它可以帮助人们去理解和体味原诗，包括原诗的内容、形式和意象意境。

第二，它可以帮助人们去感受古人的心志和感情。

第三，它和原诗一样是诗歌，是歌词，可以和原诗一起吟咏和歌唱。

第四，它可以提供一个基础，让人们继续去推敲原诗和译诗，使译诗精益求精。

第五，它可以帮助人们去体味汉语，去体味古汉语和现代汉语的异同，提高汉语水平。

本文附录以《诗经》两首译诗为例，让我们来初步感受这样一种新尝试的效果，并借此抛砖引玉。

在这种新尝试中，我们更有信心看到《诗经》今译走向信、达、雅，不仅有助于理解原诗的原意，而且有助于感受原诗的诗味。

附录：《诗经》今译新尝试实例及评述

一、《国风·周南·卷耳》

【原诗】	【程俊英今译】[1]	【朱渊清今译】[2]	【新译初版】[4]	【新译修订版】
采采卷耳，	采呀采呀卷耳菜，	采呀采呀采卷耳，	久采苍耳，	久采苍耳，
不盈顷筐。	不满小小一浅筐。	半天不满一小筐。	未满浅筐。	不满浅筐。
嗟！我怀人，	心中想念我丈夫，	我啊想念心上人，	我哟想他，	唉！我思君，
寘彼周行。	浅筐丢在大道旁。	菜筐弃在大路旁。	置之道上。	置之道上。
陟彼崔嵬，	登上高高土石山，	攀那高高土石山，	登那土山，	登那崔嵬，
我马虺隤。	我马跑得腿发软。	马儿足疲神颓丧。	我马腿软。	我马衰颓。
我姑酌彼金罍，	且把金杯斟满酒，	且先斟满金壶酒，	我且斟满铜盏，	我且斟满金杯，
维以不永怀！	好浇心中长思恋。	慰我离思与忧伤。	以免长思念。	以免长萦怀！

陟彼高冈，	登上高高山脊梁，	登上高高山脊梁，	登那高冈，	登那高冈，
我马玄黄。	我马病得眼玄黄。	马儿腿软已迷茫。	我马眩晃。	我马眩盲。
我姑酌彼兕觥，	且把大杯斟满酒，	且先斟满大杯酒，	我且斟满角觞，	我且斟满角觞，
维以不永伤！	不让心里老悲伤。	免我心中长悲伤。	以免长忧伤。	以免长忧伤！
陟彼砠矣，	登上那个乱石岗，	艰难攀登乱石岗，	登石丘啦！	登石丘啊，
我马瘏矣，	马儿病倒躺一旁。	马儿累坏倒一旁。	马不走啦！	我马伏了，
我仆痡矣，	仆人累得走不动，	仆人筋疲又力竭，	仆累透啦！	我仆枯了，
云何吁矣！	怎么解脱这忧伤！	无奈愁思聚心上！	几多愁呀！	几多忧呀！

原诗是怀人诗。有人在采野菜，心中却挂念着远行的心上人，终于无心采野菜了。于是把盛菜的浅筐放在大道旁，眼前浮现出远行人的形象。远行人说，我正驾马越过一座座山冈啊。马儿疲累透了，腿发软了，眼昏眩了，倒下走不了了；车夫累得抽筋了；我也累啊，但我心里挥不去的是对你的深念和思归的忧伤。我只得借酒浇愁，但哪浇得了忧愁啊！

原诗的文学表现手法主要是：

（1）以四言为基础，交错使用长短句。

（2）现景与幻境相映照。第一章写有人思念远行人。第二、三、四章写远行人自叙。极有诗味。

（3）节奏多变，且变化有致。第一章为四言句，平起渐发，构成前奏。第二和第三章为长短句。两章结构相同，反复咏唱，构成主旋律。第四章变换结构和节奏，全由感叹句组成，构成全曲高潮。

（4）用韵丰富多彩。第一章的第二和第四句押韵。第二章句句押韵。第三章也句句押韵，但韵脚与第二章不同。第四章句句以叹词结尾而押韵，而且押叠韵。

原诗以兴为引子，以赋为主干，以描画实景来抒情，生动自然，情景交融，语言优美，具有现实与浪漫相结合的风格，曲尽而余味不尽。

在新法今译时，我们朝着信、达、雅方向努力。举例如下：

关于“怀人”。“怀人”意思是思念远行的心上人。思念者和远行人是何关系，尽可猜测。思念者采野菜，多为女子；远行人，应为男子。两者是夫妇，是情人，是兄妹，是姐弟，是母子，还是其他关系？结果如何并不重要。重要的是，可以确定，这是有情人之间的离别思念。古诗今译，贵在再现原诗的朦胧意境。因此姑且把“怀人”译为“想他”，更可进而译为“思君”，以接近原诗音韵。

关于“寘彼周行”。“彼”至少有两种解读，一指筐，另一指所“怀”之“人”。相应地，“周行”可解读为大路，也可解读为大道、正道。为了包容不同的解读，译诗尽可能模仿原诗，采用行文比较含蓄的、意思比较朦胧的、含义比较宽泛的方式来表述，姑且把“彼”译为之，把“周行”译为道上。

关于山。原诗描写山的险阻，以反映旅途的艰难，以衬托思归的忧伤。诗中称山为“崔嵬”、“高冈”和“砠”。“崔嵬”是指土石大山。“高冈”是指高耸之山。“砠”是指多石之山。三者意近而有别，既为描画，又暗指路程之长，过了一山又一山。因此今译时要贴近原意，而在修订版中，今译还更加注意接近原诗的诗韵。

关于马。原诗刻画马的神态，以反映旅途的艰辛和衬托思归的忧伤。马的疲倦之态，用“虺隤”、“玄黄”和“瘏”等词语表现。“虺隤”是指疲劳虚弱以至腿打晃，“玄黄”是指筋疲力尽而眼睛模糊。“瘏”是指疲极以至无法挪步。这三个词语都很形象，而表现疲倦的程度愈后愈甚，从马腿发软发展到整个趴下。三者既为描画，又暗指路程之长，十分传神。因此今译时要贴近原意。而在修订版中，今译还更加注意接近原诗的诗韵。

译诗与原诗句句字数相同，节奏保持一致，而且再现原诗的用韵。第四章还今译出原诗每句句末的助词。此外，全诗注意措辞，以期达到再现原诗格调和风格的目的。

二、《国风·邶风·北门》

【原诗】	【余冠英今译】[3]	【程俊英今译】[1]	【新译初版】[4]	【新译修订版】
出自北门，	走出北门愁在心，	一路走出城北门，	走出北门，	出了北门，
忧心殷殷。	心头烦恼重千斤。	心里隐隐忧虑深。	心中忧烦。	忧心殷殷。
终窭且贫，	养家活口顾不上，	既无排场又穷酸，	既贫又寒，	既寒且贫，
莫知我艰。	我的苦楚告谁听。	有谁了解我艰难。	谁知我难。	莫知我辛。
已焉哉！	完啦！得啦！	算了罢，	算了吧！	罢了吧！
天实为之，	老天这样安排下，	老天让我这么干，	天安排的，	天意如此，
谓之何哉！	教我还说什么话！	叫我怎么办！	有何法呀！	奈之何啊！
王事适我，	王爷的差事逼得凶，	王室差事扔给我，	王事派我，	王事差我，
政事一埤益我。	公爷的差事压得重。	政事全都推给我。	政事一并差我。	政事一并派我。
我入自外，	回到家里来，	忙了一天回家来，	我回到家，	我回家来，
室人交遍谪我。	谁都对我不放松。	家人个个骂我呆。	家人轮番怪我。	家人交替怪我。
已焉哉！	完啦！得啦！	算了罢，	算了吧！	罢了吧！
天实为之，	老天这样安排下，	这是老天的安排，	天安排的，	天意如此，
谓之何哉！	教我还说什么话！	叫我也无奈！	有何法呀！	奈之何啊！
王事敦我，	王爷的差事火烧眉，	王室差事逼着我，	王事督我，	王事催我，
政事一埤遗我。	公爷的差事压断背。	政事全盘压着我。	政事一并逼我。	政事一并归我。
我入自外，	回到家里来，	忙了一天回家来，	我回到家，	我回家来，
室人交遍摧我。	人人骂我窝囊废。	家人个个骂我傻。	家人轮番讥我。	家人交替讥我。
已焉哉！	完啦！得啦！	算了罢，	算了吧！	罢了吧！
天实为之，	老天这样安排下，	老天这样安排下，	天安排的，	天意如此，
谓之何哉！	教我还说什么话！	我有啥办法！	有何法呀！	奈之何啊！

原诗是官吏自叹之词。他公事繁忙，不堪重负，却生活清贫，屡遭家人责怪，故此长吁短叹，明知于事无补，只得归于天意，安于天命。

原诗的文学表现手法主要是：

（1）以四言为基础，交错使用长短句。

（2）每七句为一章，前四句叙事，后三句感叹。

（3）第一章前四句为四言，作为引子。第二和第三章前四句为格式一致的长短句，作为主旋律。

（4）每章后三句重复再现，作为副歌贯串全歌。

（5）第二和第三章的第一、第二和第四句都以“我”字结尾，而且“我”都作为某种举动的宾语，极具特色。

（6）第二和第三章运用了对仗格。第一和第二句对第三和第四句，十分严整。

（7）用韵丰富多彩。第一章前四句句句押韵，后三句也是句句押韵。第二章的第一、第二和第四句押叠韵。第三章的第二和第四句也押叠韵。第二和第三章的第三句和章末三句押韵，起到联串整篇的作用。

原诗全用赋体，语言朴实，真实自然，具有质美风格。

在新法今译时，我们朝着信、达、雅方向努力。举例如下：

关于“忧心殷殷”的今译。这一句是作者对其心境的自我描述，在全首诗歌中起到规定程度和格调的作用。他繁务压身，有压力忧烦；薪薄财少，有兴家之虑和体面之忧；在外多在家少，有奉亲不勤之疚；家人不满，有受责之苦；身不由己，有无可奈何之痛；但尚有安天乐命之心，奉公尽职之行，因此是忧愁烦闷不已，还不至于呼天抢地，甚或精神崩溃。今译时措辞要得当。

关于“王事”和“政事”的今译。“王事”是指周王下令差遣的公事，如平定、讨伐、行役。“政事”是指诸侯的国内政务。“王事”可以译为王令差事，由于字数所限，只得简称为王事。这个词语并非现代汉语通用词，可谓旧词新用。现代汉语中政事是指有关政治的事务，与原作中的“政事”意思相近，因此沿用之。

原诗第二和第三章前四句意思相近而不相同，遣词用字精当。“适”指扔给，是说把“王事”指派给“我”。“敦”指督促，是说督促“我”完成“王事”。先说指派差事再说督促完成，有递进的意思。“益”指加上，是说除了“王事”以外，“政事”也差遣“我”去做。“遗”指留下，是说“我”没做完的“政事”还是“我”的事。先说指派差事再说查看完成了没有，也有递进的意思。“谪”是责怪，“摧”是讥刺，同是描述家人的不满，却从不同侧面表达，也有递进的意思。因此今译时要尽量转述原意而不致生硬。

副歌的今译。原文为：“已焉哉！天实为之，谓之何哉！”等于说：不必愁闷不休了吧！天公这样安排了，还有什么办法呀！这是自解之辞，既有安天乐命之意，又有奉公尽职之愿，还有无可奈何之叹。因此今译时要尽量贴近原意，表现其意境。

译诗与原诗句句字数相同，节奏保持一致，而且基本再现原诗的用韵，再现原诗的对偶格，并注意措辞，以期达到再现原诗格调和风格的目的。

参考文献

1. 程俊英译注．诗经译注．上海：上海古籍出版社，1985．
2. 上海辞书出版社文学鉴赏辞典编纂中心编．诗经三百篇鉴赏辞典．上海：上海辞书出版社，2007．
3. 余冠英注译．诗经选（第 2 版）．北京：人民文学出版社，1979．
4. 邢宪生译注．全本诗经浅译．广州：暨南大学出版社，2010．

编写说明

《全本诗经浅译》旨在用浅白精简的语言再现《诗经》的原意和诗味，帮助中国文学爱好者吟咏《诗经》，感受诗味。它包含四部分内容：第一，原诗；第二，译诗；第三，注释；第四，注音。

原诗采用《诗经》通用版本，以《毛诗注疏》为准。全本共有 305 首诗歌，按照国风、小雅、大雅、周颂、鲁颂和商颂的顺序排列。

译诗遵循以下思路写作：

第一，采用古诗今译的方式，把《诗经》原诗转述为白话诗。

第二，采用同字数对译的方式，即译诗与原诗的字数句句相同。

第三，译诗尽可能再现原诗的原意。在原诗有多种解读的情况下，译诗尽可能模仿原诗，采用行文比较含蓄的、意思比较朦胧的、含意比较宽泛的方式来表述，以包容不同的解读。对于原诗中耳熟能详的名句和其他明白易懂的句子，译诗酌情保留原句。

第四，译诗尽可能再现原诗的文学表现形式（如修辞、音韵、节奏和语气）、格调和风格。

注释是译诗的补充，即是对《诗经》原诗中某些词句作出补充解释和说明。注释以简明为旨，并适当包容不同的解释，以“一说……，一说……”来表述。

注音是对《诗经》原诗中的生僻字和多音字标注汉语拼音，以方便读者吟咏原诗。

简体版字形统一使用《简化字总表》中的字形。《简化字总表》以外的生僻字，按照 1992 年新闻出版署、国家语言文字工作委员会发布的《出版物汉字使用管理规定》，一般不作偏旁简化和类推简化。

作品的编排原则是：方便读者，明了好用。

力使作品起码具有以下功能：

第一，可用来单独吟咏原诗，借助译诗和注释来理解原诗的原意和体味诗味。

第二，可用来单独吟咏译诗，帮助理解原诗的原意和体味原诗的诗味。

第三，可用来交替吟咏原诗和译诗，帮助吟咏原诗和背诵原诗。

第四，可提供一个基础给以推敲原诗，改善译诗，使《诗经》的今译趋于信、达、雅。

第五，可作为一份文字材料，让读者在吟咏《诗经》之余，去体味汉语，去体味古代汉语和现代汉语的异同，提高汉语水平。

目　录

修订版序 ……… 吴国钦　1－6
修订版前言 …………………… 1
前　记 ………………………… 1－5
编写说明 ……………………… 1

风·国风 ……………… 1－117
周南
关雎 ………………………… 1
葛覃 ………………………… 2
卷耳 ………………………… 2
樛木 ………………………… 3
螽斯 ………………………… 4
桃夭 ………………………… 4
兔罝 ………………………… 5
芣苢 ………………………… 5
汉广 ………………………… 6
汝坟 ………………………… 7
麟之趾 ……………………… 7
召南
鹊巢 ………………………… 8
采蘩 ………………………… 8
草虫 ………………………… 9
采蘋 ………………………… 10
甘棠 ………………………… 10
行露 ………………………… 11
羔羊 ………………………… 11
殷其雷 ……………………… 12
摽有梅 ……………………… 13
小星 ………………………… 13
江有汜 ……………………… 14
野有死麕 …………………… 14
何彼秾矣 …………………… 15
驺虞 ………………………… 15
邶风
柏舟 ………………………… 16
绿衣 ………………………… 17
燕燕 ………………………… 18
日月 ………………………… 19
终风 ………………………… 20
击鼓 ………………………… 21
凯风 ………………………… 22
雄雉 ………………………… 22
匏有苦叶 …………………… 23
谷风 ………………………… 24
式微 ………………………… 26
旄丘 ………………………… 26
简兮 ………………………… 27
泉水 ………………………… 28
北门 ………………………… 29
北风 ………………………… 30
静女 ………………………… 31

新台 …………………………… 32
二子乘舟 ………………………… 32
鄘风
柏舟 …………………………… 33
墙有茨 ………………………… 34
君子偕老 ………………………… 35
桑中 …………………………… 36
鹑之奔奔 ………………………… 36
定之方中 ………………………… 37
蝃蝀 …………………………… 38
相鼠 …………………………… 38
干旄 …………………………… 39
载驰 …………………………… 40
卫风
淇奥 …………………………… 41
考槃 …………………………… 42
硕人 …………………………… 42
氓 ……………………………… 44
竹竿 …………………………… 46
芄兰 …………………………… 47
河广 …………………………… 47
伯兮 …………………………… 48
有狐 …………………………… 48
木瓜 …………………………… 49
王风
黍离 …………………………… 50
君子于役 ………………………… 51
君子阳阳 ………………………… 52
扬之水 ………………………… 52
中谷有蓷 ………………………… 53
兔爰 …………………………… 54
葛藟 …………………………… 54
采葛 …………………………… 55
大车 …………………………… 56
丘中有麻 ………………………… 56
郑风
缁衣 …………………………… 57
将仲子 ………………………… 58
叔于田 ………………………… 59
大叔于田 ………………………… 60
清人 …………………………… 61
羔裘 …………………………… 61
遵大路 ………………………… 62
女曰鸡鸣 ………………………… 62
有女同车 ………………………… 63
山有扶苏 ………………………… 63
萚兮 …………………………… 64
狡童 …………………………… 64
褰裳 …………………………… 65
丰 ……………………………… 65
东门之墠 ………………………… 66
风雨 …………………………… 66
子衿 …………………………… 67
扬之水 ………………………… 67
出其东门 ………………………… 68
野有蔓草 ………………………… 68
溱洧 …………………………… 69
齐风
鸡鸣 …………………………… 70
还 ……………………………… 70
著 ……………………………… 71
东方之日 ………………………… 71
东方未明 ………………………… 72
南山 …………………………… 72

甫田 …………………………… 73
卢令 …………………………… 74
敝笱 …………………………… 74
载驱 …………………………… 75
猗嗟 …………………………… 75
魏风
葛屦 …………………………… 76
汾沮洳 ………………………… 77
园有桃 ………………………… 78
陟岵 …………………………… 79
十亩之间 ……………………… 79
伐檀 …………………………… 80
硕鼠 …………………………… 81
唐风
蟋蟀 …………………………… 82
山有枢 ………………………… 83
扬之水 ………………………… 84
椒聊 …………………………… 84
绸缪 …………………………… 85
杕杜 …………………………… 86
羔裘 …………………………… 86
鸨羽 …………………………… 87
无衣 …………………………… 88
有杕之杜 ……………………… 88
葛生 …………………………… 89
采苓 …………………………… 90
秦风
车邻 …………………………… 91
驷驖 …………………………… 92
小戎 …………………………… 93
蒹葭 …………………………… 94
终南 …………………………… 95
黄鸟 …………………………… 96
晨风 …………………………… 97
无衣 …………………………… 98
渭阳 …………………………… 98
权舆 …………………………… 99
陈风
宛丘 …………………………… 99
东门之枌 ……………………… 100
衡门 …………………………… 100
东门之池 ……………………… 101
东门之杨 ……………………… 101
墓门 …………………………… 102
防有鹊巢 ……………………… 102
月出 …………………………… 103
株林 …………………………… 103
泽陂 …………………………… 104
桧风
羔裘 …………………………… 105
素冠 …………………………… 105
隰有苌楚 ……………………… 106
匪风 …………………………… 106
曹风
蜉蝣 …………………………… 107
候人 …………………………… 107
鸤鸠 …………………………… 108
下泉 …………………………… 109
豳风
七月 …………………………… 110
鸱鸮 …………………………… 113
东山 …………………………… 114
破斧 …………………………… 115
伐柯 …………………………… 116

九罭 …………………… 117
狼跋 …………………… 117

雅·小雅 ………… 118 –215
鹿鸣之什
鹿鸣 …………………… 118
四牡 …………………… 119
皇皇者华 ……………… 120
常棣 …………………… 121
伐木 …………………… 122
天保 …………………… 124
采薇 …………………… 126
出车 …………………… 128
杕杜 …………………… 130
鱼丽 …………………… 131
南有嘉鱼之什
南有嘉鱼 ……………… 132
南山有台 ……………… 132
蓼萧 …………………… 134
湛露 …………………… 135
彤弓 …………………… 136
菁菁者莪 ……………… 137
六月 …………………… 138
采芑 …………………… 140
车攻 …………………… 141
吉日 …………………… 143
鸿雁之什
鸿雁 …………………… 144
庭燎 …………………… 145
沔水 …………………… 146
鹤鸣 …………………… 146
祈父 …………………… 147
白驹 …………………… 148
黄鸟 …………………… 149
我行其野 ……………… 150
斯干 …………………… 150
无羊 …………………… 152
节南山之什
节南山 ………………… 154
正月 …………………… 156
十月之交 ……………… 160
雨无正 ………………… 162
小旻 …………………… 164
小宛 …………………… 166
小弁 …………………… 167
巧言 …………………… 170
何人斯 ………………… 172
巷伯 …………………… 174
谷风之什
谷风 …………………… 176
蓼莪 …………………… 176
大东 …………………… 178
四月 …………………… 180
北山 …………………… 181
无将大车 ……………… 182
小明 …………………… 183
鼓钟 …………………… 185
楚茨 …………………… 186
信南山 ………………… 188
甫田之什
甫田 …………………… 190
大田 …………………… 192
瞻彼洛矣 ……………… 193
裳裳者华 ……………… 194

桑扈 …… 195
鸳鸯 …… 196
頍弁 …… 196
车舝 …… 198
青蝇 …… 199
宾之初筵 …… 200

鱼藻之什

鱼藻 …… 202
采菽 …… 203
角弓 …… 204
菀柳 …… 206
都人士 …… 206
采绿 …… 208
黍苗 …… 209
隰桑 …… 210
白华 …… 210
绵蛮 …… 212
瓠叶 …… 213
渐渐之石 …… 214
苕之华 …… 214
何草不黄 …… 215

雅·大雅 …… 216－277

文王之什

文王 …… 216
大明 …… 218
绵 …… 220
棫朴 …… 222
旱麓 …… 223
思齐 …… 224
皇矣 …… 225
灵台 …… 228
下武 …… 229
文王有声 …… 230

生民之什

生民 …… 232
行苇 …… 234
既醉 …… 236
凫鹥 …… 238
假乐 …… 239
公刘 …… 240
泂酌 …… 242
卷阿 …… 242
民劳 …… 244
板 …… 246

荡之什

荡 …… 249
抑 …… 252
桑柔 …… 256
云汉 …… 260
崧高 …… 262
烝民 …… 265
韩奕 …… 267
江汉 …… 270
常武 …… 272
瞻卬 …… 274
召旻 …… 276

颂·周颂 …… 278－292

清庙之什

清庙 …… 278
维天之命 …… 278
维清 …… 279
烈文 …… 279

天作 …………………… 279
昊天有成命 …………………… 280
我将 …………………… 280
时迈 …………………… 280
执竞 …………………… 281
思文 …………………… 282
臣工之什
臣工 …………………… 282
噫嘻 …………………… 283
振鹭 …………………… 283
丰年 …………………… 283
有瞽 …………………… 284
潜 …………………… 284
雝 …………………… 284
载见 …………………… 285
有客 …………………… 286
武 …………………… 286
闵予小子之什
闵予小子 …………………… 287
访落 …………………… 287
敬之 …………………… 288
小毖 …………………… 288
载芟 …………………… 289
良耜 …………………… 290
丝衣 …………………… 291
酌 …………………… 291
桓 …………………… 292
赉 …………………… 292
般 …………………… 292

颂·鲁颂 …………………… 293－301
駉 …………………… 293
有駜 …………………… 294
泮水 …………………… 295
閟宫 …………………… 298

颂·商颂 …………………… 302－307
那 …………………… 302
烈祖 …………………… 303
玄鸟 …………………… 304
长发 …………………… 304
殷武 …………………… 306

参考文献 …………………… 308
初版后记 …………………… 309
修订版后记 …………………… 310

风·国风

风:周代各国的歌曲。 **国风**:周代黄河流域十三国及南方诸国的歌曲,作于西周(前 1046—前 771)稍前至东周早期(前 770—前 6 世纪)大约五百年间。

周南

周南:周代东部南方诸国的歌曲。该地域在周代陕(今河南三门峡)以东成周(今洛阳)以南一带,即今河南南部和湖北大部,周成王时由周公旦管理。

关雎

	关雎	【译诗】
雎 jū		
	关关雎鸠,	关关雎鸠,
	在河之洲。	在河之洲。
窈 yǎo 窕 tiǎo	窈窕淑女,	窈窕淑女,
好 hǎo 逑 qiú	君子好逑。	君子佳偶。
参 cēn 差 cī	参差荇菜,	参差荇菜,
荇 xìng	左右流之。	左右收之。
	窈窕淑女,	窈窕淑女,
寤 wù 寐 mèi	寤寐求之。	日夜求之。
	求之不得,	求之不得,
	寤寐思服。	日夜思着。
	悠哉悠哉,	忧啊忧啊,
	辗转反侧。	辗转反侧。
	参差荇菜,	参差荇菜,
	左右采之。	左右采之。
	窈窕淑女,	窈窕淑女,
	琴瑟友之。	琴瑟爱之。
	参差荇菜,	参差荇菜,
芼 mào	左右芼之。	左右择之。
	窈窕淑女,	窈窕淑女,
乐 lè	钟鼓乐之。	钟鼓乐之。

关雎:君子追求淑女,述其事而抒情明理。《毛诗正义》:乐得淑女以配君子。《诗经原始》:乐得淑女以配君子也。

关关:鸟类和鸣声。**雎鸠**:水鸟名。一说是大苇莺,一说是王鸠,还有他说。 **窈窕淑女**:内外皆美的姑娘。 **君子好逑**:君子的佳偶。君子,君主及贵族男子的通称,这里是自称。逑,通仇,配偶。

参差:疏密长短大小不一貌。 **荇菜**:水生草本植物,生于湖泊,根入水底泥中,圆叶漂浮水面,嫩茎叶可作菜,也用于祭祀。 **流**:捞收。**寤寐**:睡与醒。常用于指日夜。

求之不得:追求不到。谓不遂所欲。**思服**:想念。服,思念。 **悠**:忧思,思念。 **辗转反侧**:形容心中有事,翻来覆去不能入睡。

采:摘取。 **琴瑟**:弹琴弹瑟。琴和瑟,弦乐器。 **友**:亲近相爱。

芼:择取。 **钟鼓**:敲钟击鼓。钟和鼓,打击乐器,也是礼乐器。 **乐**:使喜悦,使愉快。

葛覃

注音	原诗	【译诗】
覃 tán		

葛覃：贵妇人喜得归宁。《毛诗正义》：后妃之本也。《诗经原始》：因归宁而敦妇本也。

	葛之覃兮，	葛哟长啊，
施 yì	施于中谷，	延到山谷，
	维叶萋萋。	有叶萋萋。
	黄鸟于飞，	黄鸟在飞，
	集于灌木，	栖到丛木，
喈 jiē	其鸣喈喈。	其鸣唧唧。

葛：藤本植物，茎皮纤维可供织布编鞋。**覃**：长。一说蔓延。**施**：蔓延。一说移。**中谷**：谷中。山谷中。**维**：助词。**萋萋**：草木茂盛貌。**黄鸟**：鸟名。一说黄鹂，小鸣禽。一说金翅雀。**集**：鸟停栖到树上。**灌木**：丛木。**喈喈**：拟声词。鸟鸣声。

	葛之覃兮，	葛哟长啊，
	施于中谷，	延到山谷，
莫 mò	维叶莫莫。	有叶郁郁。
刈 yì 濩 huò	是刈是濩，	乃割乃煮，
絺 chī 绤 xì	为絺为绤，	织粗织细，
斁 yì	服之无斁。	穿着不腻。

莫莫：茂密貌。**是**：乃，于是。**刈**：割取。**濩**：煮。**为**：制，造。**絺**：细葛布。**绤**：粗葛布。**服**：穿，服用。**之**：代词。代指絺和绤制成的衣服。**无斁**：不厌恶，不厌倦。

	言告师氏，	俺告师氏，
	言告言归。	俺告俺归。
汙 wū	薄汙我私，	来洗我服，
浣 huàn	薄浣我衣。	来浣我衣。
害 hé	害浣害否？	何浣何否？
	归宁父母！	归宁父母！

言：我。一说助词。**告**：告知。**师氏**：女师，指抚育贵族女子并教其女德者。**薄**：助词。**汙**：亦作污。洗去污垢。**私**：日常衣服，便服。**浣**：洗涤。**衣**：礼服。**害**：通曷。何，什么。**否**：不。**归宁**：已嫁女子回娘家看望父母。

卷耳

【译诗】

卷耳：女子渴念远行人。《毛诗正义》：后妃之志也。《诗经原始》：念行役而知妇情之笃也。

	采采卷耳，	久采苍耳，
	不盈顷筐。	不满浅筐。
嗟 jiē	嗟！我怀人，	唉！我思君，
寘 zhì 行 háng	寘彼周行。	置之道上。

采采：采了又采。**卷耳**：苍耳。草本植物，生荒野路旁，嫩叶可作菜。**顷筐**：斜口浅筐，形似畚箕。**嗟**：叹词。表示叹息。**怀人**：思念远行人。**寘**：放置。

陟 zhì 嵬 wéi　陟彼崔嵬，　登那崔嵬，
虺 huī 隤 tuí　我马虺隤。　我马衰颓。
酌 zhuó 罍 léi　我姑酌彼金罍，　我且斟满金杯，
维以不永怀！　以免长萦怀！

周行：大道。一说周官的行列。陟：登。崔嵬：有石的土山。虺隤：病症。疲极腿打晃。姑：且，暂且。酌：斟酒。金罍：饰金的大型酒器。维：助词。以：使。永怀：长久思念。

陟彼高冈，　登那高冈，
我马玄黄。　我马眩盲。
兕 sì 觥 gōng　我姑酌彼兕觥，　我且斟满角觞，
维以不永伤！　以免长忧伤！

高冈：高的山脊。玄黄：病症。疲极眼睛模糊。兕觥：犀角制或犀角状酒器。一说青铜盛酒器，盖子为独角兽首状。永伤：长久忧伤。

砠 jū　陟彼砠矣，　登石丘啊，
瘏 tú　我马瘏矣，　我马伏了，
痡 pū　我仆痡矣，　我仆枯了，
吁 xū　云何吁矣！　几多忧呀！

砠：表面有土的石山。瘏：病症。疲极无法挪步。仆：仆人。一说车夫。痡：疲惫不堪。云：助词。何：多么。吁：忧愁。

樛 jiū

樛木

【译诗】

樛木：祝贺君子新婚。《毛诗正义》：后妃逮下也。《诗经原始》：祝所天也。

南有樛木，　南有弯树，
藟 lěi 累 léi　葛藟累之。　葡萄偎之。
乐 lè　乐只君子，　乐啊君子，
福履绥之！　福禄慰之！

樛木：枝向下弯曲的树木。葛藟：野葡萄。藤本植物，缠绕攀附其他物体生长。累：缠绕，攀缘。乐：快乐。只：助词。啊。君子：君主及贵族男子的通称。福履：福禄。绥：安抚。

南有樛木，　南有弯树，
葛藟荒之。　葡萄攀之。
乐只君子，　乐啊君子，
将 jiāng　福履将之！　福禄帮之！

荒：掩盖，覆盖。将：扶助。

南有樛木，　南有弯树，
葛藟萦之。　葡萄萦之。
乐只君子，　乐啊君子，
福履成之！　福禄成之！

萦：缠绕，盘旋。成：成全。

螽斯

【译诗】

螽 zhōng

螽斯羽，
诜诜兮！
宜尔子孙，
振振兮！

诜 shēn
振 zhēn

螽斯翅，
莘莘啊！
如你子孙，
芸芸啊！

螽斯：祝人家族兴旺。《毛诗正义》：后妃子孙众多也。《诗经原始》：美多男也。

螽斯：昆虫，繁殖快，喜大量集结，朝同一方向跳进和远飞。**羽**：鸟、虫的翅膀。**诜诜**：众多貌。**宜**：使相称。**尔**：你，你们。**振振**：兴旺众多貌。

螽斯羽，
薨薨兮！
宜尔子孙，
绳绳兮！

薨 hōng
绳 mín

螽斯翅，
轰轰啊！
如你子孙，
生生啊！

薨薨：拟声词。犹轰轰，昆虫群飞声。**绳绳**：连绵不绝貌。

螽斯羽，
揖揖兮！
宜尔子孙，
蛰蛰兮！

揖 jí
蛰 zhé

螽斯翅，
挤挤啊！
如你子孙，
济济啊！

揖揖：群聚貌。**蛰蛰**：群集和乐貌。

桃夭

【译诗】

桃之夭夭，
灼灼其华。
之子于归，
宜其室家。

华 huā

桃之夭夭，
灼灼桃花。
少女来归，
和洽一家。

桃夭：赞美新娘。《毛诗正义》：后妃之所致也。《诗经原始》：喜之子能宜室家也。

桃之夭夭：桃树旺盛美好。夭夭，旺盛美好貌。**灼灼**：鲜艳明丽貌。**华**：花。**之子**：这个人。**于归**：出嫁。**宜**：亲善，相处得当。**室家**：夫妇。

桃之夭夭，
有蕡其实。
之子于归，
宜其家室。

蕡 fén

桃之夭夭，
肥肥桃子。
少女来归，
和洽家室。

有：助词。**蕡**：果实肥大貌。**实**：果实。**家室**：家庭。

桃之夭夭，
其叶蓁蓁。
之子于归，
宜其家人。

蓁 zhēn

桃之夭夭，
桃叶森森。
少女来归，
和洽家人。

蓁蓁：叶子茂盛貌。**家人**：一家人。

兔罝

罝 jū

肃肃兔罝，
椓之丁丁。
赳赳武夫，
公侯干城。

椓 zhuó 丁 zhēng
干 gān

肃肃兔罝，
施于中逵。
赳赳武夫，
公侯好仇。

施 shī
好 hǎo 仇 qiú

肃肃兔罝，
施于中林。
赳赳武夫，
公侯腹心。

【译诗】

密密兔网，
捶之丁丁。
赳赳武夫，
公侯干城。

密密兔网，
设到通衢。
赳赳武夫，
公侯伴侣。

密密兔网，
设到深林。
赳赳武夫，
公侯腹心。

兔罝：赞扬武夫堪为公侯倚重。《毛诗正义》：后妃之化也。《诗经原始》：美猎士为王气所特钟也。

肃肃：网目细密貌。**兔罝**：捕兔的网。**椓**：敲打。**丁丁**：拟声词。敲击木桩之声。**赳赳**：威武雄健貌。**武夫**：武士，勇士。**公侯**：公爵与侯爵。指诸侯国国君。**干城**：盾牌和城墙。比喻捍卫者。

施：安置。**中逵**：逵中。逵，四通八达的道路。**好仇**：好伴侣。

中林：林中。林，树林。**腹心**：比喻亲信。

芣苢

芣 fú 苢 yǐ

采采芣苢，
薄言采之！
采采芣苢，
薄言有之！

采采芣苢，
薄言掇之！
采采芣苢，
薄言捋之！

掇 duō
捋 luō

采采芣苢，
薄言袺之！
采采芣苢，
薄言襭之！

袺 jié
襭 xié

【译诗】

采采车前，
我哟采之！
采采车前，
我哟取之！

采采车前，
我哟掇之！
采采车前，
我哟捋之！

采采车前，
我哟兜之！
采采车前，
我哟收之！

芣苢：时人乐采车前子，或许为求多子。《毛诗正义》：后妃之美也。《诗经原始》：拾菜讴歌，欣仁风之和鬯也。

采采：茂盛貌。一说灿灿青青貌。**芣苢**：车前草。常见野草，其穗多籽。古人相信车前子利于怀孕生子。**薄言**：言薄，即我薄，薄，助词。一说助词。一说急迫地。**采**：摘取。**有**：取。

掇：拾取。**捋**：握物顺着抹取。

袺：手持衣襟以兜物。**襭**：把衣襟掖入腰带以兜物。

	汉广	【译诗】
	南有乔木，	南方高树，
	不可休息！	不可休息！
	汉有游女，	汉水游女，
	不可求思！	不可求呀！
	汉之广矣，	汉水广啊，
	不可泳思！	不可泳呀！
	江之永矣，	江水长啊，
	不可方思！	不可航呀！
翘 qiáo	翘翘错薪，	杂杂草木，
刈 yì	言刈其楚。	俺割其楚。
	之子于归，	此女来归，
秣 mò	言秣其马。	俺喂其马。
	汉之广矣，	汉水广啊，
	不可泳思！	不可泳呀！
	江之永矣，	江水长啊，
	不可方思！	不可航呀！
	翘翘错薪，	杂杂草木，
蒌 lóu	言刈其蒌。	俺割其蒌。
	之子于归，	此女来归，
	言秣其驹。	俺喂其驹。
	汉之广矣，	汉水广啊，
	不可泳思！	不可泳呀！
	江之永矣，	江水长啊，
	不可方思！	不可航呀！

汉广：南人思慕游女。《毛诗正义》：德广所及也。《诗经原始》：江干樵唱，验德化之广被也。

乔木：高大的树木。**汉**：汉水。**游女**：出游的女子。**思**：助词。**广**：宽。**泳**：游泳。**江**：江水，即长江。**永**：水流长。**方**：相并的两船，竹筏。此指以舟、筏渡水。

翘翘：众多貌。**错薪**：杂乱丛生的柴草。错，错杂。**言**：我。一说助词。**刈**：割取。**楚**：黄荆。灌木，枝叶有香味，枝条可编筐、铺床、熏蚊、作柴薪。**之子**：这个人。**于归**：出嫁。**秣**：喂养牲口。

蒌：蒌蒿。草本植物，全株有香气，嫩茎叶可食用和祭祀用，老茎可作柴薪。**驹**：少壮的骏马。

汝坟

汝坟：妇人眷恋丈夫。《毛诗正义》：道化行也。《诗经原始》：南国归心也。

注音	原诗	【译诗】
	遵彼汝坟，	沿那汝堤，
枚 méi	伐其条枚。	伐其老枝。
	未见君子，	未见君子，
惄 nì 调 zhōu	惄如调饥。	愁如早饥。

遵：沿着。**汝**：汝水。**坟**：堤岸。**伐**：砍伐。**条枚**：枝干。**君子**：妻称呼夫。**惄**：忧思。**调饥**：朝饥，早晨的饥饿状态。比喻渴望的心情。

注音	原诗	【译诗】
	遵彼汝坟，	沿那汝堤，
肄 yì	伐其条肄。	伐其新枝。
	既见君子，	已见君子，
遐 xiá	不我遐弃。	勿把我弃。

条肄：再生的树枝。**不我遐弃**：不遐弃我。遐弃，疏远离弃。

注音	原诗	【译诗】
鲂 fáng 赪 chēng	鲂鱼赪尾，	鲂鱼红尾，
燬 huǐ	王室如燬。	王室火起。
	虽则如燬，	虽则火起，
迩 ěr	父母孔迩。	父母咫尺。

鲂鱼赪尾：鲂鱼红尾。一说鲂鱼发情期鱼体发珠光。一说鲂鱼疲劳时鱼尾发红。鲂鱼，一种大中型淡水鱼。赪，红色。**王室**：王朝。或是比喻其他。**燬**：烈火。**虽则**：虽然。**孔**：甚，很。**迩**：距离近。

麟之趾

麟之趾：赞美诸侯后代有仁德。《毛诗正义》：关雎之应也。《诗经原始》：美公族龙种尽非常人也。

注音	原诗	【译诗】
	麟之趾，	麟之趾，
振 zhēn	振振公子。	仁仁公子。
于 xū 嗟 jiē	于嗟，麟兮！	哎哟，麟啊！

麟：麒麟。传说中的仁兽，有足不踢，有额不抵，有角不触。**趾**：足。**振振**：信实仁厚貌。**公子**：诸侯之庶子。泛称诸侯之子。**于嗟**：叹词。表示赞叹。

原诗	【译诗】
麟之定，	麟之顶，
振振公姓。	仁仁公姓。
于嗟，麟兮！	哎哟，麟啊！

定：额。**公姓**：公孙。诸侯之孙。

原诗	【译诗】
麟之角，	麟之角，
振振公族。	仁仁公族。
于嗟，麟兮！	哎哟，麟啊！

公族：诸侯的同族。

公姓和公族可以都指公子，只为押韵而已。

召南

召南：周代西部南方诸国的歌曲。该地域在周代陕（今河南三门峡）以西镐京（今西安西郊）以南一带，即今陕西南部、河南西部、湖北西部、重庆北部和四川东北部一带，周成王时由召公奭管理。

鹊巢

【译诗】

鹊巢：描写贵族迎亲盛礼。《毛诗正义》：夫人之德也。《诗经原始》：昏礼告庙词也。

原诗	译诗
维鹊有巢，	喜鹊有巢，
维鸠居之。	鸤鸠居之。
之子于归，	少女来归，
百两御之。（御 yà）	百车接之。
维鹊有巢，	喜鹊有巢，
维鸠方之。	鸤鸠共之。
之子于归，	少女来归，
百两将之。（将 jiāng）	百车送之。
维鹊有巢，	喜鹊有巢，
维鸠盈之。	鸤鸠盈之。
之子于归，	少女来归，
百两成之。	百车成之。

维：助词。**鹊**：喜鹊。常见鸟类，能筑大巢，精美耐用。**鸠**：鸤鸠，即布谷鸟，不筑巢而占用它鸟旧巢。一说八哥，著名鸣禽，有时占用它鸟旧巢。**居**：居住。**之子**：这个人。**于归**：出嫁。**两**：通辆。**御**：通迓。迎接。

方：并，并住。一说占居。**将**：送。

盈：充满。或指陪嫁人员很多。**成**：成事，使成礼。

采蘩

蘩 fán

【译诗】

采蘩：夫人尽职祭事。《毛诗正义》：夫人不失职也。《诗经原始》：夫人亲蚕事于公宫也。

原诗	译诗
于以采蘩？	在哪采蘩？
于沼于沚。	在洲在池。
于以用之？	在哪用它？
公侯之事。	公侯祭事。
于以采蘩？	在哪采蘩？
于涧之中。	在涧之中。
于以用之？	在哪用它？

于以：于何。在何处。**采**：摘取。**蘩**：萎蒿。草本植物，生在水泽和湿润山林，全株有香气，嫩茎叶可作菜，也用于祭祀。**沼**：池塘，湖泽。**沚**：水中小块陆地。**公侯**：公爵与侯爵。指诸侯国国君。**事**：事务。指祭祀。

涧：山涧。**宫**：宗庙。

注音	原诗	译诗
	公侯之宫。	公侯庙中。

注音	原诗	译诗
被 bì 僮 tóng	被之僮僮，	发饰浓浓，
夙 sù	夙夜在公。	夙夜办公。
祁 qí	被之祁祁，	发饰齐齐，
	薄言还归。	我哟还归。

被：同髲。发饰。**僮僮**：盛装貌。一说恭敬貌。**夙夜**：朝夕，指无时无刻。**在公**：处理公事。指助理祭事。**祁祁**：众多貌。一说舒迟安详貌。**薄言**：言薄，我薄，薄，助词。一说助词。一说急迫地。

草虫　　【译诗】

草虫：妇人渴念丈夫。《毛诗正义》：大夫妻能以礼自防也。《诗经原始》：思君念切也。

注音	原诗	译诗
喓 yāo	喓喓草虫，	喓喓草虫，
趯 tì 阜 fù	趯趯阜螽。	跳跳蚱蜢。
螽 zhōng	未见君子，	未见君子，
	忧心忡忡。	忧心忡忡。
	亦既见止，	若已见之，
觏 gòu	亦既觏止，	若已会之，
降 xiáng	我心则降。	我心才松。

喓喓：拟声词。虫鸣声。**草虫**：蝈蝈。鸣虫，雄虫鸣声洪亮。**趯趯**：昆虫跳跃貌。**阜螽**：蚱蜢。昆虫，善跳，交配期间雌虫常背负雄虫。**君子**：妻称呼夫。**忧心忡忡**：忧愁不安貌。**亦**：助词，含假设之意。**既**：已经。**止**：犹之。他。**觏**：相遇，会见。**则**：才。**降**：平服，悦服。

注音	原诗	译诗
陟 zhì	陟彼南山，	登那南山，
蕨 jué	言采其蕨。	俺采其蕨。
	未见君子，	未见君子，
惙 chuò	忧心惙惙。	忧心惙惙。
	亦既见止，	若已见之，
	亦既觏止，	若已会之，
说 yuè	我心则说。	我心才悦。

陟：登。**言**：我。一说助词。**采**：摘取。**蕨**：蕨菜。草本植物，嫩叶芽可食用，根可食用和酿酒。**惙惙**：忧郁貌，忧伤貌。**说**：通悦。喜悦。

注音	原诗	译诗
	陟彼南山，	登那南山，
薇 wēi	言采其薇。	俺采其薇。
	未见君子，	未见君子，
	我心伤悲。	我心伤悲。
	亦既见止，	若已见之，
	亦既觏止，	若已会之，
	我心则夷。	我心才开。

薇：野豌豆。草本植物，嫩茎叶可食用。**夷**：喜悦。

采蘋

		【译诗】

采蘋：描述贵族女儿出嫁前学习祭礼的情景。《毛诗正义》：大夫妻能循法度也。《诗经原始》：女将嫁而教之，以告于其先也。

	于以采蘋？	在哪采蘋？
	南涧之滨。	南涧之滨。
	于以采藻？	在哪采藻？
行 xíng 潦 lǎo	于彼行潦。	在那流潦。

于以：于何。在何处。**采**：摘取。**蘋**：四叶草。水生草本植物，嫩时可食用。**涧**：山涧。**滨**：水边。**藻**：榨草。水生草本植物，可作蔬菜。**行潦**：沟中流水。

盛 chéng	于以盛之？	用啥盛着？
筥 jǔ	维筐及筥。	有筐及箩。
	于以湘之？	用啥烹着？
锜 qí	维锜及釜。	有鼎及锅。

于以：何以。用什么。**盛**：以器受物。**维**：助词。**筐及筥**：竹制盛器，方为筐，圆为筥。**湘**：烹煮。**锜及釜**：大铁锅，三脚为锜，无脚为釜。

	于以奠之？	在哪设祭？
牖 yǒu	宗室牖下。	宗庙窗底。
	谁其尸之？	谁来主祭？
齐 zhāi	有齐季女。	端庄少女。

奠：陈设祭品。**宗室**：宗庙。**牖**：窗。**下**：方位词。位置在低处。**其**：助词。**尸**：主持。**有**：助词。**齐**：通斋。庄重。**季女**：少女。

甘棠

		【译诗】

甘棠：南人怀念召伯。《毛诗正义》：美召伯也。《诗经原始》：思召伯也。

芾 fèi	蔽芾甘棠，	蔽日甘棠，
	勿翦勿伐，	勿剪勿伐，
召 shào 茇 bá	召伯所茇。	召伯所歇。

蔽芾：茂盛貌。一说幼小貌。**甘棠**：棠树，也叫豆梨。乔木，树冠如伞，树荫浓密。**翦**：剪。**伐**：砍伐。**召伯**：召公奭，周武王辅臣，周成王太保。相传召伯曾在棠树下听讼断狱，办理政事，公正无私，使官民各得其所，天下大治。**茇**：草舍；在草舍住宿。

	蔽芾甘棠，	蔽日甘棠，
	勿翦勿败，	勿剪勿败，
憩 qì	召伯所憩。	召伯所憩。

败：毁坏，摧残。**憩**：休息。

	蔽芾甘棠，	蔽日甘棠，
	勿翦勿拜，	勿剪勿屈，
说 shuì	召伯所说。	召伯所息。

拜：使弯曲。一说拔掉。**说**：通税。歇息。

行露

注音	原诗	【译诗】	注释
行 háng			**行露**：南人申辩拒婚缘由。《毛诗正义》：召伯听讼也。《诗经原始》：贫士却昏以远嫌也。
厌 yì 浥 yì	厌浥行露，	湿漉野露，	**厌浥**：潮湿。**行露**：道上的露水。**夙夜**：朝夕。指早出晚归。**谓**：通畏，害怕，担忧。**行**：道路。**露**：露水。
夙 sù	岂不夙夜？	岂不夙夜？	
行 háng	谓行多露！	畏路多露！	
	谁谓雀无角，	谁说雀无嘴，	**谓**：说。**雀**：麻雀。常见鸟类，喜在屋檐下作巢。**角**：鸟嘴。**何以**：用什么，怎么。**穿**：穿透，穿破。**女**：通汝。你，你们。**无家**：未成家。一说没有妻子。**速**：招致，致使。**狱**：诉讼，官司。**室家**：夫妇，家庭。**不足**：不充足，不够。
	何以穿我屋？	何以穿我屋？	
女 rǔ	谁谓女无家，	谁说你无家，	
	何以速我狱？	何以把我诉？	
	虽速我狱，	虽把我诉，	
	室家不足！	成家不足！	
	谁谓鼠无牙，	谁说鼠无牙，	**鼠**：老鼠。哺乳动物，杂食，门齿有力，常咬东西磨牙。**墉**：墙壁。**讼**：诉讼，官司。**不女从**：不从女。不屈从你。
墉 yōng	何以穿我墉？	何以穿我墙？	
	谁谓女无家，	谁说你无家，	
	何以速我讼？	何以致我讼？	
	虽速我讼，	虽致我讼，	
女 rǔ	亦不女从！	也不屈从！	

羔羊

注音	原诗	【译诗】	注释
			羔羊：勾画大夫乐于廉洁的形貌。《毛诗正义》：鹊巢之功致也。《诗经原始》：美召伯俭而能久也。
	羔羊之皮，	羔羊之皮，	**皮**：毛皮。指羔裘。羔裘为诸侯卿大夫朝服。**素丝**：白丝。**五**：交午，交错。一说数词。**紽**：羔裘的接缝。一说衣纽，即是缝在衣服一边的丝带。一说五根丝缕为一紽。**退食自公**：减去公膳，以示节俭，谓操守廉洁。一说退朝后用公餐。**委蛇**：雍容自得貌。
紽 tuó	素丝五紽。	素丝交系。	
	退食自公，	退食自公，	
委 wēi 蛇 yí	委蛇委蛇。	快意快意。	
	羔羊之革，	羔羊之革，	**革**：犹皮。指羔裘。**緎**：羔裘的接缝。一
緎 yù	素丝五緎。	素丝交织。	
	委蛇委蛇，	快意快意，	
	自公退食。	自公退食。	

总 zōng	羔羊之缝， 素丝五总。 委蛇委蛇， 退食自公。	羔羊之绒， 素丝交缝。 快意快意， 退食自公。	说衣扣，即是缝在衣服另一边由丝带所圈成的套子。一说二十根丝缕为一䋣。 **缝**：指羔裘。**总**：羔裘的接缝。一说衣结，即是已系上的纽扣。一说八十根丝缕为一总。

殷其雷

【译诗】

殷 yǐn

殷其雷：妇人送夫远行公干，有情有义。《毛诗正义》：劝以义也。《诗经原始》：讽众士以归周也。

遑 huáng 振 zhēn	殷其雷， 在南山之阳。 何斯违斯， 莫敢或遑？ 振振君子， 归哉归哉！	沉沉雷， 在南山之南。 何以急离， 不敢安闲？ 耿耿君子， 归吧归吧！	**殷**：雷声。**南山**：终南山，在今陕西。**阳**：南面。**何斯违斯**：为何此时离家。何，为什么。斯，此时。违，离开。斯，此地。**或**：助词。**遑**：闲暇。**振振**：信实仁厚貌。**君子**：妻称呼夫。
	殷其雷， 在南山之侧。 何斯违斯， 莫敢遑息？ 振振君子， 归哉归哉！	沉沉雷， 在南山之侧。 何以急离， 不敢闲息？ 耿耿君子， 归吧归吧！	**侧**：旁侧。**息**：休息。
处 chǔ	殷其雷， 在南山之下。 何斯违斯， 莫敢遑处？ 振振君子， 归哉归哉！	沉沉雷， 在南山之下。 何以急离， 不敢闲歇？ 耿耿君子， 归吧归吧！	**处**：居住。

摽有梅

【译诗】

注音	原诗	译诗
摽 biào		
	摽有梅，	掉哟梅，
	其实七兮！	十剩七啊！
庶 shù	求我庶士，	追我众士，
迨 dài	迨其吉兮！	趁日吉啊！
	摽有梅，	掉哟梅，
	其实三兮！	十剩三啊！
	求我庶士，	追我众士，
	迨其今兮！	趁今天啊！
	摽有梅，	掉哟梅，
塈 jì	顷筐塈之。	浅筐聚之。
	求我庶士，	追我众士，
	迨其谓之。	趁时会之。

摽有梅：女子求偶。《毛诗正义》：男女及时也。《诗经原始》：讽君相求贤也。

摽：落下。**梅**：落叶乔木。春花夏果，果子圆形味酸。**实**：果实。**七**：七成。**庶士**：众士。士，指未婚男子。**迨**：趁着。**吉**：吉日，好日子。

三：三成。

顷筐：斜口浅筐，形似畚箕。**塈**：取。**谓**：通会，聚。一说开口，告诉。

小星

【译诗】

注音	原诗	译诗
嘒 huì	嘒彼小星，	烁烁小星，
	三五在东。	三五在东。
	肃肃宵征，	速速夜行，
夙 sù	夙夜在公。	夙夜办公。
寔 shì	寔命不同！	此命不同！
	嘒彼小星，	烁烁小星，
参 shēn 昴 mǎo	维参与昴。	有参与昴。
	肃肃宵征，	速速夜行，
衾 qīn 裯 chóu	抱衾与裯。	抱被与衾。
	寔命不犹！	此命不若！

小星：小吏奔劳而认命。《毛诗正义》：惠及下也。《诗经原始》：小臣行役自甘也。

嘒：微光闪亮貌。**三五**：指参星和昴星。古人认为参星三颗、昴星五颗。孟春之月黄昏时，参星、昴星相继出现在东边天空。**肃肃**：疾速貌。**宵征**：夜行。**夙夜**：朝夕，指无时无刻。**在公**：办理公事。**寔**：同实。通是，此。

维：助词。**参与昴**：参星和昴星。**抱**：抱着。一说通抛，抛弃。**衾**：被子。一说床帐。**裯**：单被。**不犹**：不同。

江有汜

汜 sì

【译诗】

江有汜：弃妇痴望丈夫悔悟。《毛诗正义》：美媵也。《诗经原始》：商妇为夫所弃而无怼也。

江有汜，
之子归，
不我以。
不我以，
其后也悔。

江分水，
此人归，
把我废。
把我废，
其后呢悔。

江：长江。**汜**：从江河主流分出后又汇入主流的支流。**之子**：这个人。**归**：回返。**不我以**：不以我。不用我。以，用。**悔**：后悔，悔恨。

渚 zhǔ

处 chǔ

江有渚，
之子归，
不我与。
不我与，
其后也处。

江分洲，
此人归，
把我丢。
把我丢，
其后呢收。

渚：江水先分后合围成的小洲。**与**：用。**处**：停止。一说安心。

沱 tuó

江有沱，
之子归，
不我过。
不我过，
其啸也歌。

江分道，
此人归，
把我抛。
把我抛，
其啸呢歌。

沱：江河的支流。**过**：探望。**啸**：撮口而发长声。**歌**：指发声解说而悔过。

野有死麇

麇 jūn

【译诗】

野有死麇：描写少男少女相恋情景。《毛诗正义》：恶无礼也。《诗经原始》：拒招隐也。

野有死麇，
白茅包之。
有女怀春，
吉士诱之。

野有死麇，
白茅包之。
有女怀春，
好男诱之。

野：郊外，郊野。**麇**：獐。食草兽类，似鹿而小。**白茅**：丝茅。草本植物，可搓绳。**有女怀春**：谓少女爱慕异性。**吉士**：男子的美称。**诱**：引诱。

樕 sù

纯 tún

林有朴樕，
野有死鹿。
白茅纯束，
有女如玉。

林有小树，
野有死鹿。
白茅缠住，
有女如玉。

林：树林。**朴樕**：丛木，小树。**鹿**：梅花鹿。**纯束**：缠束，捆住。纯，缠束，包裹。

脱 tuì
感 hàn 帨 shuì
尨 máng

“舒而脱脱兮，
无感我帨兮！
无使尨也吠！”

“舒然徐徐啊，
勿动我帨啊！
勿使犬哟吠！”

舒而：舒然，慢慢地。**脱脱**：舒缓貌。**感**：通撼。动。**帨**：佩巾。**尨**：长毛狗，性凶猛。**吠**：狗叫。

襛 nóng

何彼襛矣

【译诗】

何彼襛矣：赞美王姬下嫁诸侯。《毛诗正义》：美王姬也。《诗经原始》：讽王姬车服渐侈也。

棣 dì 华 huā
曷 hé 雝 yōng

何彼襛矣？
唐棣之华。
曷不肃雝？
王姬之车。

啥繁盛呀？
唐棣之花。
岂不庄重？
王姬之车。

何：什么。**彼**：那。**襛**：繁密茂盛貌。**唐棣**：小乔木，花繁盛，白色美丽芳香。**华**：花。**曷**：岂。**肃雝**：行车之貌。一说庄严和穆貌。**王姬**：周王的女儿或孙女。

何彼襛矣？
华如桃李。
平王之孙，
齐侯之子。

啥繁盛呀？
花如桃李。
平王之孙，
齐侯之子。

平王之孙：周文王的孙女。平，正，德正。**齐侯之子**：齐侯的儿子。

缗 mín

其钓维何？
维丝伊缗。
齐侯之子，
平王之孙。

其钓如何？
以丝为线。
齐侯之子，
平王之孙。

钓：钓鱼。**维**：犹以，用。一说助词。**丝**：丝线。**伊**：为。**缗**：钓绳。

驺 zōu 虞 yú

驺虞

【译诗】

驺虞：赞叹驺虞尽职。一说赞叹猎不尽射。《毛诗正义》：鹊巢之应也。《诗经原始》：猎不尽杀也。

葭 jiā
发 fā 豝 bā
于 xū 嗟 jiē

彼茁者葭，
壹发五豝。
于嗟乎，驺虞！

茁壮之葭，
一射五只。
哎哟啊，驺虞！

茁：初生旺盛貌。**葭**：芦芽。春日初生的芦苇。**壹**：数词，一。**发**：射出箭。**五**：表示多。**豝**：母猪。**于嗟**：叹词。表示赞叹。**乎**：助词。**驺虞**：为天子掌管鸟兽的官。一说传说中的义兽名。

豵 zōng

彼茁者蓬，
壹发五豵。
于嗟乎，驺虞！

茁壮之蓬，
一射五头。
哎哟啊，驺虞！

蓬：蒿。草本植物，春夏茁壮生长。**豵**：小猪。

邶 bèi

邶风

邶风：周代诸侯国邶国的歌曲。邶国在今河南北部到河北南部一带，东接卫国，南接鄘国，公元前11世纪立国，公元前7世纪灭于卫国。

柏舟

【译诗】

柏舟：卫妇感叹不遇。一说卫臣之叹。《毛诗正义》：言仁而不遇也。《诗经原始》：贤臣忧谗悯乱，而莫能自远也。

泛 fàn　泛彼柏舟，　漂浮柏舟，
亦泛其流。　只漂着流。
耿耿不寐，　耿耿不寐，
如有隐忧。　而有深忧。
微我无酒，　非我无酒，
敖 áo　以敖以游。　去逛去游。

泛：漂浮，漂流。**柏舟**：柏木独木舟。**亦**：只是。**其**：助词。**流**：流水。**耿耿**：忧虑不安貌。**寐**：睡。**如**：而。**隐忧**：深忧。**以**：助词。**敖**：游玩。**游**：游玩，游乐。

我心匪鉴，　我心非镜，
不可以茹。　不能尽入。
亦有兄弟，　犹有兄弟，
不可以据。　不能相护。
愬 sù　薄言往愬，　我去陈诉，
逢彼之怒。　逢他发怒。

匪：通非。不是。**鉴**：青铜大盆，用以盛水照影，似镜子。**不可以**：不能。**茹**：容纳。一说猜度。**亦**：犹，尚。**据**：依靠。**薄言**：言薄，我薄，薄，助词。一说助词。一说急迫地。**愬**：诉说。**逢**：遭遇，遇到。

我心匪石，　我心非石，
不可转也！　不可转呢！
我心匪席，　我心非席，
不可卷也！　不可卷呢！
棣 dài　威仪棣棣，　威仪贵贵，
不可选也！　不可谴呢！

席：草席，竹席。**威仪**：庄重的仪容举止。**棣棣**：雍容娴雅貌。**选**：数，数落。一说通巽，退让。

忧心悄悄，　忧心悄悄，
愠 yùn　愠于群小。　怨自群小。
觏 gòu 闵 mǐn　觏闵既多，　蒙难已多，
受侮不少。　受辱不少。
寤 wù　静言思之，　静呀思之，
辟 pì 摽 biào　寤辟有摽！　捶胸通宵！

忧心悄悄：忧虑不安貌。**愠**：含怒，怨恨。**于**：被。**群小**：众小人。**觏闵**：担忧，遭难。觏，遭，遭受。闵，忧患。**静言**：安静地，仔细地。**寤**：睡醒。**辟**：通擗。捶胸。**有摽**：捶胸貌。

居 jī	日居月诸，	日哟月呀，
	胡迭而微？	怎轮着亏？
	心之忧矣，	心哟忧啊，
浣 huàn	如匪浣衣。	如未浣衣。
	静言思之，	静呀思之，
	不能奋飞！	不能奋飞！

居:助词。**诸**:助词。**胡**:同何，为什么。**迭**:更迭，轮流。**微**:亏蚀。**匪浣衣**:没有洗净衣服。**奋飞**:振翼高飞。多比喻人不受束缚，奋发有为。

绿衣

【译诗】

绿衣:悼念亡妻。《毛诗正义》:卫庄姜伤己也。《诗经原始》:卫庄姜伤嫡妾失位也。

	绿兮衣兮，	绿啊衣啊，
	绿衣黄里。	绿衣黄里。
	心之忧矣，	心哟忧啊，
曷 hé	曷维其已！	何时才止！

衣:上衣。**里**:内衣。**曷**:何时。**维**:助词。**已**:结束，终止。

	绿兮衣兮，	绿啊衣啊，
	绿衣黄裳。	绿衣黄裳。
	心之忧矣，	心哟忧啊，
	曷维其亡！	何时才忘！

裳:下衣。**亡**:忘。终止，断绝。

	绿兮丝兮，	绿啊丝啊，
女 rǔ	女所治兮！	你所织啊！
	我思古人，	我思故人，
俾 bǐ 訧 yóu	俾无訧兮！	使无失啊！

丝:丝线。**女**:通汝。你。**治**:整理。**古人**:故人。**俾**:使。**訧**:同尤。罪过，过错。

絺 chī 绤 xì	絺兮绤兮，	细布粗布，
	凄其以风。	凉爽透风。
	我思古人，	我思故人，
	实获我心。	是遂我心。

絺:细葛布。**绤**:粗葛布。**凄**:凉爽。**以**:因，因为。**风**:透风。**实**:确实。**获**:得到。

燕燕

【译诗】

燕燕：卫君送妹远嫁。《毛诗正义》：卫庄姜送归妾也。《诗经原始》：卫庄姜送归妾也。

差 cī

燕燕于飞，
差池其羽。
之子于归，
远送于野。
瞻望弗及，
泣涕如雨！

燕子在飞，
参差长羽。
妹子嫁去，
远送郊野。
瞻望不已，
泣下如雨！

燕燕：燕子。近人鸟类。**差池**：参差不齐。**羽**：翅膀。**之子**：这个人。**于归**：出嫁。**野**：郊外，野外。**瞻望**：远望。**泣涕**：眼泪。

颉 xié 颃 háng
将 jiāng

燕燕于飞，
颉之颃之。
之子于归，
远于将之。
瞻望弗及，
伫立以泣！

燕子在飞，
下之上之。
妹子嫁去，
远行送之。
瞻望不已，
伫立而泣！

颉之颃之：即颉颃。鸟飞上下貌。**将**：送。**伫立**：久立。**以**：连词。而。**泣**：无声流泪或低声哭。

燕燕于飞，
下上其音。
之子于归，
远送于南。
瞻望弗及，
实劳我心！

燕子在飞，
上下鸣音。
妹子嫁去，
远送往南。
瞻望不已，
此忧我心！

下上：同上下。飞上飞下。**实**：是，此。**劳**：忧伤，愁苦。

塞 sāi
勖 xù

仲氏任只，
其心塞渊，
终温且惠，
淑慎其身。
“先君之思”，
以勖寡人。

二妹诚啊，
其心深远，
既贤且惠，
善修其身。
“先君之思”，
以勉寡人！

仲氏：兄弟姐妹中排行第二。二妹。**任**：可信任。**只**：助词。**塞渊**：笃厚诚实，见识深远。**终**：既。**温**：温和，和气。**惠**：柔顺，和顺。**淑慎**：使和善谨慎。**先君**：已故国君。**思**：想法，念头。**勖**：勉励，劝勉。**寡人**：国君谦称。一说诸侯夫人自称。

日月

【译诗】

日月：卫妇诉说丈夫变心。《毛诗正义》：卫庄姜伤己也。《诗经原始》：卫庄姜伤己不见答于庄公也。

居 jī

古 gù 处 chǔ

宁 nìng

日居月诸，　日哟月呀，
照临下土！　照遍下土！
乃如之人兮，　居然此人啊，
逝不古处！　忽不相处！
胡能有定？　怎能收心？
宁不我顾？　竟不眷顾？

居：助词。**诸**：助词。**照临**：照射到。**下土**：大地。**乃**：竟然，居然。**逝**：助词。犹斯。**古处**：如以前一样相处。古，通故。**胡**：怎么。**定**：止，停。**宁**：犹乃。竟，而。**不我顾**：不顾我。顾，顾念，照顾。

日居月诸，　日哟月呀，
下土是冒！　下土普照！
乃如之人兮，　居然此人啊，
逝不相好！　忽不相好！
胡能有定？　怎能收心？
宁不我报？　竟不回报？

是：助词。**冒**：覆盖。**不我报**：不报我。报，报答，酬谢，回敬。

日居月诸，　日哟月呀，
出自东方！　出自东方！
乃如之人兮，　居然此人啊，
德音无良！　德行不良！
胡能有定？　怎能收心？
俾也可忘！　使人淡忘！

俾 bǐ

德音：道德品行。**俾**：使。**也**：助词。

日居月诸，　日哟月呀，
东方自出！　东方自出！
父兮母兮，　父啊母啊，
畜我不卒！　养我难久！
胡能有定？　怎能收心？
报我不述！　报我离谱！

畜 xù

畜：养育。**卒**：终，尽。**述**：循。此指遵循情理行事。

终风

【译诗】

终风：卫女思恋轻浮男子。《毛诗正义》：卫庄姜伤己也。《诗经原始》：卫庄姜伤所遇不淑也。

且 qiě
谑 xuè 敖 áo

终风且暴，
顾我则笑。
谑浪笑敖，
中心是悼！

既风且暴，
顾我而笑。
谑浪笑敖，
心中苦恼！

终：既。**风**：刮风。**暴**：急骤，猛烈。**顾**：回首，回视。**则**：而。**笑**：坏笑。**谑浪笑敖**：戏谑放浪，调笑戏弄。**中心**：心中。**是**：助词。**悼**：哀伤。

霾 mái
莫 mò

终风且霾，
惠然肯来。
莫往莫来，
悠悠我思！

既风且霾，
和顺可来。
无往无来，
悠悠我思！

霾：空气中多烟尘而浑浊。**惠然肯来**：有顺心而可来相会。**莫**：无，不。**悠悠**：忧思不已貌。

曀 yì
有 yòu

终风且曀，
不日有曀。
寤言不寐，
愿言则嚏。

既风且晦，
蔽日愈晦。
醒呀不睡，
惦则阿嚏。

曀：阴沉，阴暗。**有**：通又。更加。**寤**：醒，睡醒。**寐**：睡着。**言**：助词。焉。**愿言**：思念殷切貌。**嚏**：（指被思念者）打喷嚏。

虺 huǐ

曀曀其阴，
虺虺其雷，
寤言不寐，
愿言则怀。

晦晦天阴，
轰轰焦雷。
醒呀不睡，
惦则萦怀。

曀曀：天昏暗貌。**虺虺**：雷声。**怀**：忧伤。

击鼓

【译诗】

击鼓：卫征夫怨叹不得归。《毛诗正义》：怨州吁也。《诗经原始》：卫戍卒思归不得也。

镗 tāng	击鼓其镗，	击鼓咚咚，
	踊跃用兵。	踊跃用兵。
	土国城漕，	人筑漕城，
行 xíng	我独南行。	我独南征。

镗：拟声词。击鼓声。**踊跃**：奋起争雄貌。**用兵**：使用兵器。**土**：从事土木建筑。**国**：卫国国都。**城**：筑城。**漕**：卫国都城，在今河南。**独**：唯独。

	从孙子仲，	从孙子仲，
	平陈与宋。	平陈与宋。
	不我以归，	不让我归，
	忧心有忡！	忧心忡忡！

从：跟随。**孙子仲**：卫国将领。**平**：平定。**陈**：陈国。在卫国东南方，今河南。**宋**：宋国。在卫国东南方，今河南。**不我以归**：不以我归。不让我回乡。

爰 yuán 处 chǔ	爰居爰处？	哪驻哪扎？
	爰丧其马？	哪失战马？
	于以求之？	在哪找它？
	于林之下。	在林丛下。

爰：何处。**居**：驻扎。**处**：驻扎。**丧**：失，丢。**于以**：在何处，在哪里。

契 qiè	死生契阔，	死生苦劳，
	与子成说。	与子定约。
	执子之手，	执子之手，
偕 xié	与子偕老。	与子偕老。

死生：死亡和生存。**契阔**：勤苦。**子**：您。**成说**：立誓，定约。**执**：持，握。**偕老**：共同生活到老。常特指夫妻相谐到老。

于 xū 嗟 jiē	于嗟，阔兮，	哎哟，隔啊，
	不我活兮！	没同过啊！
洵 xún	于嗟，洵兮，	哎哟，远啊，
	不我信兮！	没守信啊！

于嗟：叹词。表示悲叹。**阔**：远离，远隔。**不我活**：不活我。使我们不能一起生活。**洵**：疏远，远离。**不我信**：不信我。使我们不能守信。信，守信。

凯风

【译诗】

凯风：卫人歌颂母亲而自责不孝。《毛诗正义》：美孝子也。《诗经原始》：孝子自责以感母心也。

凯风自南，　和风自南，
棘 jí　吹彼棘心。　吹那棘心。
棘心夭夭，　棘心夭夭，
劬 qú　母氏劬劳。　母亲劬劳。

凯风：和暖的风。指南风。**棘心**：酸枣芽。棘，酸枣，灌木，枝多刺，果肉少。**夭夭**：嫩壮貌。**母氏**：母亲。**劬劳**：劳苦。

凯风自南，　和风自南，
吹彼棘薪。　吹那棘薪。
母氏圣善，　母亲贤善，
我无令人。　我非好人。

棘薪：可作木柴的酸枣。比喻长大。**圣善**：聪明贤良。**无**：非，不是。**令人**：品德美好的人。

爰 yuán　爰有寒泉，　说有寒泉，
浚 xùn　在浚之下。　在浚地下。
有子七人，　有子七人，
母氏劳苦。　母亲劳苦。

爰：曰。一说助词。一说哪里。**寒泉**：清冽的泉水或井水。一说泉名，在浚城外。**浚**：浚地。在卫国。

睍 xiàn 睆 huǎn　睍睆黄鸟，　婉转黄鸟，
载 zài 好 hǎo　载好其音。　乃献好音。
有子七人，　有子七人，
莫慰母心。　莫慰母心。

睍睆：形容鸟啼声清和圆转。一说鸟毛色美好貌。**黄鸟**：黄鹂。鸣鸟，鸣声动听，形态美丽。一说金翅雀。**载**：乃，则。**莫**：无，不，没有。**慰**：安慰，宽解。

雄雉

【译诗】

雄雉：卫妇渴念远役丈夫。《毛诗正义》：刺卫宣公也。《诗经原始》：期友不归，思以共勖也。

雄雉于飞，　公雉在飞，
泄 yì　泄泄其羽。　徐徐振羽。
我之怀矣，　我感怀哩，
诒 yí　自诒伊阻！　自受此苦！

雉：雉鸡。尾羽长而美。公雉求偶时交替展一翅。**泄泄**：舒缓振翅貌。**羽**：翅膀。**怀**：思念。**自诒伊阻**：自受此苦。自，自己。诒，遗留。伊，此。阻，苦难。

雄雉于飞，　公雉在飞，
下上其音。　上下鸣音。
展矣君子，　诚呀君子，
实劳我心！　此忧我心！

下上：同上下。飞上飞下。**展**：诚然，真是。一说诚实，可信。**君子**：妻称呼夫。**实**：是，此。**劳**：忧伤，愁苦。

瞻彼日月，　瞻那日月，
悠悠我思！　悠悠我思！
道之云远，　道路遥远，
曷 hé　曷云能来？　何日能来？

瞻：望。悠悠：思念貌，忧思貌。思：思念。云：助词。曷：何日。

百尔君子，　在位君子，
行 xíng　不知德行。　不知德行。
忮 zhì　不忮不求，　不嫉不求，
臧 zāng　何用不臧？　何以不良？

百尔：诸位。亦指在位者。德行：道德品行。忮：嫉妒。求：贪求。何用：何以。臧：善。

匏 páo 苦 kū

匏有苦叶

【译诗】

匏有苦叶：卫女亟待男友过河成婚。《毛诗正义》：刺卫宣公也。《诗经原始》：刺世礼义澌灭也。

匏有苦叶，　匏叶枯萎，
济有深涉。　济渡深水。
深则厉，　深连衣，
揭 qì　浅则揭。　浅撩起。

匏：匏瓜。嫩瓜可食，秋天瓜熟叶枯，老瓜晒干可拴腰间浮游，对剖为瓢可作婚礼酒器。苦叶：枯叶。济：济水。在今山东。涉：渡口。深厉浅揭：谓可根据水的深浅采取适当渡河方式。厉，连衣涉水。揭，提起衣服涉水。

弥 mǐ　有弥济盈，　满满济盈，
鷕 yǎo　有鷕雉鸣。　呀呀雉鸣。
濡 rú　济盈不濡轨，　济盈不湿轴，
雉鸣求其牡。　雉鸣求其偶。

弥：水满盈貌。鷕：雉鸡鸣叫声。雉：雉鸡。夏季公母各自生活，秋季母雉呼唤公雉合群过冬。濡：浸湿。轨：车轴两端。牡：指公雉。

雝 yōng　雝雝鸣雁，　嗈嗈鸣雁，
旭日始旦。　旭日始现。
士如归妻，　哥欲娶妻，
迨 dài 泮 pàn　迨冰未泮。　趁冰未散。

雝雝：相和鸣叫声。雁：统称大雁、鸿雁等候鸟。在黄河流域以南越冬，春季群飞返北方。古人认为雁是挚鸟，故定亲时要上雁礼行雁奠。旦：明亮。士：男子的美称。归妻：娶妻。迨：趁着。泮：融化。

招招舟子，　招招船夫，
卬 áng　人涉卬否。　人渡俺否。
人涉卬否，　人渡俺否，
卬须我友。　俺等我友。

招招：摆手招呼貌。舟子：船夫。涉：渡河。卬：我。须：等待。

谷风

【译诗】

谷风：弃妇诉说丈夫寡情不忠。《毛诗正义》：刺夫妇失道也。《诗经原始》：逐臣自伤也。

注音	原诗	译诗
	习习谷风，	习习东风，
	以阴以雨。	阴阴雨雨。
黾 mǐn	黾勉同心，	黾勉同心，
	不宜有怒。	不应发怒。
葑 fēng 菲 fěi	采葑采菲，	萝卜采菜，
	无以下体。	不理根子。
	德音莫违：	善言莫违：
	及尔同死。	与你同死。

习习：微风和煦貌。一说风声。**谷风**：东风。**以**：助词。**黾勉**：勤勉，努力。**不宜**：不应该。**葑**：芜菁。蔬菜，块茎球状露地面，直根在地下。**菲**：萝卜。**无以**：不采用。**下体**：指植物的根茎。**德音**：善言，好听的话。**违**：违背，食言。**及**：与。**尔**：你，你们。

注音	原诗	译诗
行 xíng	行道迟迟，	行路迟迟，
	中心有违。	心中游移。
迩 ěr	不远伊迩，	近在咫尺，
畿 jī	薄送我畿。	送我门里。
荼 tú	谁谓荼苦？	谁说荼苦？
荠 jì	其甘如荠。	其甘如荠。
	宴尔新昏，	欣然新婚，
	如兄如弟。	如兄如弟。

行道：走路。**迟迟**：慢走貌。**中心**：心中。**违**：徘徊貌。一说怨恨。**伊**：表示肯定。犹是。**迩**：距离近。**薄**：助词。**畿**：门槛。**谓**：说，以为。**荼**：苦菜。**荠**：荠菜。叶香根甜。**宴尔**：高兴貌。**新昏**：新婚。昏，通婚。**如兄如弟**：情意深厚，如同兄弟。

注音	原诗	译诗
泾 jīng	泾以渭浊，	泾比渭浊，
湜 shí 沚 zhǐ	湜湜其沚。	澈澈止水。
	宴尔新昏，	欣然新婚，
	不我屑以。	看我不美。
	毋逝我梁，	勿去我堰，
发 fā 笱 gǒu	毋发我笱。	勿动我篓。
	我躬不阅，	我身难容，
遑 huáng	遑恤我后？	怎顾我后？

泾以渭浊：泾见于渭，更显其浊。泾，泾水，渭水的支流，水清。渭，渭水，黄河的支流，水浊。古人以为泾浊渭清。以，连及。**湜湜**：水清澈貌。**沚**：静止。**不我屑以**：不屑我以。不以我为美洁了。屑，美洁。以，助词。一说不屑以我。不肯同我一起。不屑，不肯。以，与，同。**毋**：勿。**逝**：往。**梁**：断水捕鱼的堰。**发**：乱动。**笱**：捕鱼的竹笼。**躬**：自己。**阅**：容纳。**遑**：怎么。**恤**：顾及。**后**：往后。一说子孙，后代。

注音	原诗	译诗
	就其深矣，	遇水深啊，
	方之舟之。	使筏使舟。
	就其浅矣，	遇水浅啊，

就：碰上，遇。**方**：舫，筏。指划船撑筏。

	泳之游之。	自泳自游。
亡 wú	何有何亡，	何有何无，
黾 mǐn	黾勉求之。	黾勉去求。
丧 sāng	凡民有丧，	凡民有难，
	匍匐救之。	全力去救。

何：什么。**亡**：无。**求**：寻求。**凡**：凡是。**民**：人。**丧**：灾难。**匍匐**：尽力。

慉 xù	不我能慉，	不能爱我，
雠 chóu	反以我为雠。	反以我为仇。
	既阻我德，	尽拒我意，
	贾用不售。	似货难售。
鞫 jū	昔育恐育鞫，	昔又恐又苦，
	及尔颠覆。	与你忍受。
	既生既育，	已丰已裕，
予 yú	比予于毒。	视我毒物。

不我能慉：不能慉我。慉，爱。**反**：反而。**雠**：仇恨，怨恨。**既**：全，尽。**阻**：拒绝。**德**：心意，情意。**贾用**：卖东西。**不售**：卖不出去。**育恐**：生活于恐惧中。**育鞫**：生活于穷困中。**及尔**：与你。**颠覆**：困顿。**既生既育**：已得财富，已得成长。**比**：当作，比作。**予**：我。**于**：为。**毒**：毒药，毒物。

	我有旨蓄，	我有干果，
	亦以御冬。	用以度冬。
	宴尔新昏，	欣然新婚，
	以我御穷。	以我度穷。
有 yòu 洸 guāng	有洸有溃，	发威发怒，
诒 yí	既诒我肄。	即给我苦。
	不念昔者，	不念当初，
塈 jì	伊余来塈！	是我才娶！

旨蓄：贮存的美好食物。**御**：抵抗，对付。**洸**：威武貌。**溃**：愤怒貌。**既**：即，便。**诒**：遗留，留给。**肄**：劳苦。**昔者**：往日，从前。**伊**：表示肯定。就是。一说助词。**余**：我。**塈**：取，娶。一说息。

式微

【译诗】

式微：黎臣怨叹黎君滞卫不归。《毛诗正义》：黎侯寓于卫，其臣劝以归也。《诗经原始》：黎臣劝君以归也。

式微式微，　至微至微，
胡不归？　何不归？
微君之故，　非君之故，
胡为乎中露？　何以在宿露？

式微：微小。一说昏暗，指黄昏或日月昏暗。式，助词。**胡**：怎么。**微**：非。**君**：国君和诸侯的统称。**故**：原因，缘故。**胡为**：何为，为什么。**乎**：同于。在。**中露**：露中。露，露水。

式微式微，　至微至微，
胡不归？　何不归？
躬 qióng　微君之躬，　非君之窘，
胡为乎泥中？　何以在泥中？

躬：通穷，困窘。一说身体。

旄 máo

旄丘

【译诗】

旄丘：黎君哀怨卫君不救难。《毛诗正义》：责卫伯也。《诗经原始》：黎臣劝君勿望救于卫也。

旄丘之葛兮，　陡丘之葛啊，
何诞之节兮！　好长枝节啊！
叔兮伯兮，　叔啊伯啊，
何多日也！　好多日呢！

旄丘：前高后低的山丘。**葛**：藤本植物，茎皮纤维可用于织布编鞋。**何**：何其，多么。一说为什么。**诞**：长，大。**节**：枝节。**叔、伯**：兄弟中长幼的称谓。

处 chǔ　何其处也？　何以驻呢？
必有与也！　必有附呢！
何其久也？　何以久呢？
必有以也！　必有由呢！

何：为什么。**其**：助词。**处**：安居。**与**：亲附，相与。一说原因。**以**：原因。

裘 qiú 戎 róng　狐裘蒙戎，　狐裘蓬松，
匪车不东。　其车不东。
叔兮伯兮，　叔啊伯啊，
靡所与同！　无所相通！

裘：狐皮外衣。高官的冬衣。**蒙戎**：蓬松。**匪**：通彼，那。一说通非，无。**靡**：无，没有。**与**：和。**同**：相通，同心。

琐 suǒ

琐兮尾兮，
流离之子！
叔兮伯兮，
褎如充耳！

褎 yòu

细啊微啊，
流离之子！
叔啊伯啊，
粲然充耳！

琐尾:细末。**流离之子**:指流亡者。一说指大杜鹃,喜在鹪鹩巢中产蛋,幼鸟得鹪鹩母鸟养大,比母鸟大几倍,人称食母鸟。流离,流落四处。一说鹪鹩,小鸣禽,善筑巢。**褎**:多笑貌。一说服饰盛貌。**如**:助词。**充耳**:塞住耳朵。

简兮

【译诗】

简兮:卫女思慕舞师。《毛诗正义》:刺不用贤也。《诗经原始》:贤者自伤失位而抒所怀也。

简兮简兮！
方将万舞。
日之方中，
在前上处。

盛啊盛啊！
行将万舞。
日哟当空，
在前为首。

简:盛大貌。一说勇猛貌。一说鼓声。**方将**:将要,正要。**万舞**:舞蹈名。先是武舞,舞者手拿兵器;后是文舞,舞者手拿鸟羽和乐器。**在前上处**:在前排上头。

俣 yǔ
辔 pèi

硕人俣俣，
公庭万舞。
有力如虎，
执辔如组。

贤人俣俣，
庙堂万舞。
有力如虎，
把缰如缕。

硕人:贤德之人。**俣俣**:魁梧貌。**公庭**:国君宗庙的厅堂。**执**:把,持。**辔**:驾驭马的缰绳。**组**:丝带。

龠 yuè
翟 dí
渥 wò 赭 zhě
锡 xī 爵 jué

左手执龠，
右手秉翟。
赫如渥赭，
公言锡爵。

左手持龠，
右手挥羽。
面如涂朱，
卫公赐酒。

龠:管乐器,似笛而长。**秉**:拿住。**翟**:雉尾羽毛。**赫**:火红色,红而有光。**渥赭**:渥丹。润泽光艳的朱丹。形容红润的面色。**公**:公爵。指卫君。**言**:说。**锡爵**:赐酒。锡,赐。爵,酒器。

榛 zhēn
隰 xí 苓 líng

山有榛，
隰有苓。
云谁之思？
西方美人。
彼美人兮，
西方之人兮！

山有榛，
洼有莲。
是谁我思？
西方美人。
那美人啊，
西方之人啊！

榛:小乔木,木质坚硬,果实可食用。象征男性。**隰**:低洼湿地。**苓**:莲,荷。水生植物,花美而香。象征女性。**云**:助词。**西方**:卫国之西。或指镐京一带。**美人**:品德美好的人。指舞师。

泉水

【译诗】

泉水：远嫁卫妇思归。《毛诗正义》：卫女思归也。《诗经原始》：卫媵女和载驰作也。

毖 bì　毖彼泉水，　细细泉水，
淇 qí　亦流于淇。　犹流到淇。
有怀于卫，　萦怀于卫，
靡日不思。　靡日不思。
娈 luán　娈彼诸姬，　俊美诸妹，
聊与之谋。　聊与之议。

毖：通泌。泉水涓流貌。**泉水**：肥泉。在卫国。**亦**：犹，尚且。一说已，已经。**于**：至，到。**淇**：淇水。在卫国。**怀**：思念。**于**：对，对于。**靡**：无，没有。**娈**：美好。**诸**：众，各位。**姬**：古时女子的美称。**聊**：姑且。**谋**：商量。

泲 jǐ　出宿于泲，　出居于泲，
祢 nǐ　饮饯于祢。　饯行于祢。
行 xíng　女子有行，　女子当嫁，
远父母兄弟。　远父母兄弟。
问我诸姑，　问我诸姑，
遂及伯姊。　再与大姐。

出宿：出居在外。**泲**：泲地。在卫国。**饮饯**：以酒饯别。**祢**：祢地。在卫国。**有行**：有道。指女子出嫁合道理。行，道。一说出嫁。**问**：问候。**诸姑**：父亲的众姐妹。**遂**：于是。**及**：与，和。**伯姊**：大姐。

干 gān　出宿于干，　出居于干，
饮饯于言。　饯行于言。
辖 xiá　载脂载辖，　上脂上辖，
还车言迈。　回车前去。
遄 chuán　遄臻于卫，　速达于卫，
瑕 xiá　不瑕有害？　不无有害？

干、言：干地、言地。在卫女所嫁国。**载**：助词。**脂**：用脂膏涂物。**辖**：车辖。插在车轴两端以免车轮脱落的键。**还车**：回车，车子返归。**言**：而。**迈**：远行，前进。**遄**：疾速。**臻**：至，到达。**不瑕**：不无。**害**：害处。

我思肥泉，　我思肥泉，
兹之永叹。　增哟长叹。
思须与漕，　思沫与漕，
我心悠悠。　我心悠悠。
驾言出游，　驾车出游，
写 xiě　以写我忧！　以解我忧！

兹：通滋。增加。**永叹**：长久叹息。**须**：沫郡。卫国旧都。**漕**：漕郡。卫国旧都。**悠悠**：思念貌，忧思貌。**驾**：驾车，乘坐。**言**：助词。焉。**写**：消除。

北门

北门：卫吏告劳而认命。《毛诗正义》：刺士不得志也。《诗经原始》：贤者安于贫仕也。

窭 jù

出自北门，
忧心殷殷。
终窭且贫，
莫知我艰。
已焉哉！
天实为之，
谓之何哉！

【译诗】

出了北门，
忧心殷殷。
既寒且贫，
莫知我辛。
罢了吧！
天意如此，
奈之何啊！

殷殷：忧伤貌。**终**：既。**窭**：贫穷而无法备礼。**且**：又。**艰**：艰难。**已焉哉**：罢了吧。已，止，罢。**天**：上天，上帝。**实**：确实，实在。**为**：做，作为。**谓**：如，奈。一说说。**何**：什么。

适 shì
埤 pí
谪 zhé

王事适我，
政事一埤益我。
我入自外，
室人交遍谪我。
已焉哉！
天实为之，
谓之何哉！

王事差我，
政事一并派我。
我回家来，
家人交替怪我。
罢了吧！
天意如此，
奈之何啊！

王事：王命差遣的公事。**适**：通擿。投掷。**政事**：诸侯国内的政务。**一埤**：一并。**益**：增加。**室人**：泛指家人。**交遍**：轮番。**谪**：谴责，责备。

敦 dūn
遗 wèi

王事敦我，
政事一埤遗我。
我入自外，
室人交遍摧我。
已焉哉！
天实为之，
谓之何哉！

王事催我，
政事一并归我。
我回家来，
家人交替讥我。
罢了吧！
天意如此，
奈之何啊！

敦：督促。**遗**：交付。**摧**：讥刺。

北风

【译诗】

北风：卫人相约逃亡。《毛诗正义》：刺虐也。《诗经原始》：贤者见机而作也。

	北风其凉，	北风冰凉，
雨 yù 雱 pāng	雨雪其雱。	下雪纷扬。
好 hào	惠而好我，	亲而爱我，
行 xíng	携手同行。	携手同行。
邪 xú	其虚其邪？	岂舒岂徐？
亟 jí 且 jū	既亟只且！	已很急啦！

雨雪：下雪。**雱**：雪盛貌。**惠**：爱。**好**：爱，喜爱。**其**：副词，表反诘。犹岂。**虚**：通舒，安舒从容。**邪**：通徐，徐缓。**既**：已经。**亟**：急。**只且**：助词。了啊。

喈 jiē	北风其喈，	北风疾吹，
	雨雪其霏。	下雪纷飞。
	惠而好我，	亲而爱我，
	携手同归。	携手同归。
	其虚其邪？	岂舒岂徐？
	既亟只且！	已很急啦！

喈：风疾貌。**霏**：雪密貌。

莫赤匪狐，	不赤非狐，
莫黑匪乌。	不黑非乌。
惠而好我，	亲而爱我，
携手同车。	携手同车。
其虚其邪？	岂舒岂徐？
既亟只且！	已很急啦！

莫：无，不，没有。**赤**：红色。**匪**：通非。不是。**狐**：兽名。性狡猾。**乌**：鸟名。乌鸦。羽毛黑色。

静女

【译诗】

静女：卫人怀想恋人。《毛诗正义》：刺时也。《诗经原始》：刺卫宣公纳伋妻也。

姝 shū	静女其姝，	静女娇柔，
俟 sì 隅 yú	俟我于城隅。	等我在角楼。
	爱而不见，	隐而不见，
踟 chí 蹰 chú	搔首踟蹰。	搔首踟蹰。

静女：娴静的女子。**姝**：美好。**俟**：等待。**城隅**：角楼，即城墙角上的城楼。一说城角，多指城根偏僻空旷处。**爱**：通薆。隐藏。**搔首踟蹰**：搔头徘徊不前。焦急惶惑貌。

娈 luán	静女其娈，	静女娇妍，
贻 yí 彤 tóng	贻我彤管。	送我红管。
炜 wěi	彤管有炜，	红管生辉，
说 yuè 怿 yì	说怿女美。	喜爱你美。
女 rǔ		

娈：美好貌。**贻**：赠送。**彤管**：红管。一说指白茅茅针，早春出芽，紫红色。一说指红杆笔，女史记事所用。**炜**：红而亮。**说怿**：喜爱。**女**：你。指彤管。**美**：美丽。

归 kuì 荑 tí	自牧归荑，	郊外馈荑，
洵 xún	洵美且异。	真美且奇。
女 rǔ	匪女之为美，	非你生来美，
贻 yí	美人之贻。	美人所给。

牧：郊外之地。**归**：通馈。赠送。**荑**：白茅嫩芽。**洵**：确实。**异**：奇特。**匪**：通非。不是。**女**：你。指荑。

新台

【译诗】

新台：论说齐女遭遇，借以讽刺卫宣公无耻。传宣公为其子伋纳齐女为妻，见她美貌而筑新台抢占之，是为卫宣姜。《毛诗正义》：刺卫宣公也。《诗经原始》：刺齐女之从卫宣公也。

泚 cǐ　新台有泚，　新台灿灿，
弥 mǐ　河水弥弥。　河水漫漫。
燕婉之求，　美好来求，
籧 qú 篨 chú　籧篨不鲜。　鸡胸不善。
鲜 xiān

新台：楼台名。在今河南黄河边上。泚：通玼。鲜明貌。河水：黄河。弥弥：水满盈貌。燕婉：美好，漂亮。一说仪态安详温顺。籧篨：身有残疾不能俯视者。鲜：好，善。

洒 cuǐ　新台有洒，　新台巍巍，
浼 měi　河水浼浼。　河水沛沛。
燕婉之求，　美好来求，
殄 tiǎn　籧篨不殄。　鸡胸不美。

洒：高峻貌。浼浼：水盛貌。殄：通腆。美，善。

鱼网之设，　渔网来设，
离 lì　鸿则离之。　鸿却入内。
燕婉之求，　美好来求，
得此戚施。　得此驼背。

鸿：天鹅。一说通䲨，蛤蟆。则：却。离：通罹。遭遇，碰到。戚施：蟾蜍的别名。比喻驼背。

乘 chéng

二子乘舟

【译诗】

二子乘舟：忧念亲友远行。传为卫公子伋和寿受害之事。《毛诗正义》：思伋、寿也。《诗经原始》：讽卫伋、寿之远行也。

二子乘舟，　二子乘舟，
泛 fàn　泛泛其景。　漂漂远行。
愿言思子，　眷眷思子，
养 yàng　中心养养！　心中萦萦！

子：古代对男子的尊称。泛泛：漂浮貌。景：通憬。远行貌。愿言：思念殷切貌。子：您。养养：忧愁不安貌。养，通恙。

二子乘舟，　二子乘舟，
汎汎其逝。　漂漂远去。
愿言思子，　眷眷思子，
瑕 xiá　不瑕有害？　不无有害？

逝：往，去。不瑕：不无。害：祸害。

鄘 yōng

鄘风

鄘风：周代诸侯国鄘国的歌曲。鄘国在今河南北部，北接邶国，公元前11世纪立国，公元前7世纪灭于卫国。

柏舟

【译诗】

柏舟：卫女发誓坚贞不贰。《毛诗正义》：共姜自誓也。《诗经原始》：贞妇自誓也。

泛 fàn

髧 dàn 髦 máo

原诗	译诗
泛彼柏舟，	漂浮柏舟，
在彼中河。	在那中流。
髧彼两髦，	垂发少小，
实维我仪，	此乃我偶，
之死矢靡它。	至死无他求。
母也天只，	娘呢天哪，
不谅人只！	不信俺哪！

泛：漂浮，漂流。**柏**：柏木。材质坚硬，耐水，宜制舟。**中河**：河中。**髧**：发下垂貌。**两髦**：古代少儿头发分垂两边齐眉的发型。指少年人。**实**：是，此。**维**：为。**仪**：配偶。**之死靡它**：至死不变。形容忠贞不贰。之，至。靡，无。它，其他的。**矢**：发誓。**天**：上天。一说指父亲。**只**：助词。啊。**谅**：相信，体谅。

慝 tè

原诗	译诗
泛彼柏舟，	漂浮柏舟，
在彼河侧。	在那河曲。
髧彼两髦，	垂发少小，
实维我特，	此乃我侣，
之死矢靡慝。	至死无他许。
母也天只，	娘呢天哪，
不谅人只！	不信俺哪！

侧：侧旁。**特**：配偶。**慝**：通忒。改变。

茨 cí

墙有茨

【译诗】

墙有茨:讽刺卫王室荒淫无耻。传卫惠公之兄顽被迫与后母卫宣姜乱伦。《毛诗正义》:卫人刺其上也。《诗经原始》:刺卫宫淫乱无检也。

墙有茨,	墙蒺藜,
不可埽也!	不可扫呢!
中冓之言,	内室之言,
不可道也!	不可道呢!
所可道也,	若可道呢,
言之丑也!	说来丑呢!

冓 gòu

茨:蒺藜。草本植物,茎分枝贴地贴壁蔓生,多生刺果。**不可**:不能。**埽**:同扫。扫除。**中冓**:内室。指宫中贵妇的卧室。**道**:说。**所**:假若。**丑**:丑恶,不好。

墙有茨,	墙蒺藜,
不可襄也!	不可荡呢!
中冓之言,	内室之言,
不可详也!	不可详呢!
所可详也,	若可详呢,
言之长也!	说来长呢!

襄 xiāng

长 cháng

襄:除去。**详**:细说。**长**:话多。

墙有茨,	墙蒺藜,
不可束也!	不可缚呢!
中冓之言,	内室之言,
不可读也!	不可出呢!
所可读也,	若可出呢,
言之辱也!	说来辱呢!

束:捆起来,缚起来。**读**:讲出,宣扬。**辱**:羞辱,难堪。

偕 xié

君子偕老

【译诗】

君子偕老：讽刺卫宣姜外美内丑。《毛诗正义》：刺卫夫人也。《诗经原始》：刺卫夫人宣姜也。

	君子偕老，	君子伴侣，
笄 jī 珈 jiā	副笄六珈，	髻笄六玉，
委 wēi 佗 tuó	委委佗佗。	雍容自得。
	如山如河，	如山如河，
	象服是宜。	礼服正合。
	子之不淑，	您哟缺德，
	云如之何！	又奈之何！

君子：君主及贵族男子的通称。此指卫宣公。**偕老**：借指夫妇。此指卫宣姜。**副笄**：贵族妇女头饰。编发为假髻称副；髻上所插之簪称笄。**珈**：首饰，笄端垂玉。**委委佗佗**：雍容自得貌。**如山如河**：如山河之德容。**象服**：后妃及贵夫人礼服，画有鸟羽等图饰。**是**：助词。**宜**：合适。**子**：您。**淑**：善。**云**：助词。**如之何**：如何。奈何，怎么办。

玼 cǐ	玼兮玼兮，	美啊美啊，
翟 dí	其之翟也！	彩雉衣呢！
鬒 zhěn 发 fà	鬒发如云，	黑发如云，
髢 dì	不屑髢也！	不屑饰呢！
瑱 tiàn	玉之瑱也，	玉充耳呢，
揥 tì	象之揥也，	牙簪子呢，
且 jū 皙 xī	扬且之皙也！	靓丽白皙呢！
	胡然而天也？	何以似天呢？
	胡然而帝也？	何以似帝呢？

玼：色彩鲜明貌。**翟**：画有彩雉图饰的女服。**鬒**：发密而黑貌。**不屑**：认为不值得。**髢**：装上假发。**瑱**：塞耳玉坠。**象**：指象牙。**揥**：发簪。**扬**：眉毛及其上下部分。引申为美貌。**且**：助词。**之**：其。**皙**：肤色白净。**胡然**：为何。**而**：如，如同。**天**：上天。**帝**：上帝。

瑳 cuō	瑳兮瑳兮，	白啊白啊，
展 zhàn	其之展也！	展衣灿呢！
绉 zhòu 絺 chī	蒙彼绉絺，	蒙着绉纱，
绁 xiè 袢 fán	是绁袢也！	这汗衫呢！
	子之清扬，	您眉眼靓，
且 jū	扬且之颜也！	靓丽容颜呢！
	展如之人兮，	诚然此人啊，
媛 yuàn	邦之媛也！	国色艳呢！

瑳：似玉鲜白貌。**展**：通襢。展衣。王后六服之一，白色。亦为世妇和卿大夫妻的礼服。**蒙**：覆盖，罩上。**绉絺**：极细葛布，绉纱。**是**：此，这。**绁袢**：夏日内衣。**清扬**：眉目清秀。**颜**：面容。**展如**：诚然。**邦**：诸侯的封国。**媛**：美女。

桑中

【译诗】

桑中：卫人思恋女友。《毛诗正义》：刺奔也。《诗经原始》：刺淫也。

爰 yuán	爰采唐矣？	哪采蒙菜？
沬 mèi	沬之乡矣！	沬之乡哩！
	云谁之思？	是谁我思？
	美孟姜矣！	美孟姜哩！
	期我乎桑中，	约我于桑中，
要 yāo	要我乎上宫，	邀我于上宫，
淇 qí	送我乎淇之上矣！	送我于淇之上哩！

爰：何处，哪里。**采**：摘取。**唐**：草名。又叫蒙菜，王女，菟丝。缠绕性草本寄生植物，全草可入药。**沬**：后称朝歌。春秋时卫国都城。在今河南。**乡**：乡村。**云**：助词。**美**：美女。**孟姜**：女子名。代称女友。**期**：约会。**乎**：于，在。**桑中**：地名。**要**：邀约。**上宫**：楼名。一说地名。**淇之上**：淇上，地名。淇水，流经卫国。

	爰采麦矣？	哪采麦子？
	沬之北矣！	沬之北哩！
	云谁之思？	是谁我思？
弋 yì	美孟弋矣！	美孟弋哩！
	期我乎桑中，	约我于桑中，
	要我乎上宫，	邀我于上宫，
	送我乎淇之上矣！	送我于淇之上哩！

孟弋：女子名。代称女友。

葑 fēng	爰采葑矣？	哪采芜菁？
	沬之东矣！	沬之东哩！
	云谁之思？	是谁我思？
	美孟庸矣！	美孟庸哩！
	期我乎桑中，	约我于桑中，
	要我乎上宫，	邀我于上宫，
	送我乎淇之上矣！	送我于淇之上哩！

葑：芜菁。块茎球状露出地面，可作蔬菜。**孟庸**：女子名。代称女友。

鹑之奔奔

鹑 chún

【译诗】

鹑之奔奔：讽刺卫宣公。一说借宣公之口讽刺其兄硕与后母宣姜乱伦。《毛诗正义》：刺卫宣姜也。《诗经原始》：代卫公子刺宣公也。

	鹑之奔奔，	鹌鹑跟跟，
彊 jiāng	鹊之彊彊。	喜鹊双双。
	人之无良，	人哟不良，

鹑：鹌鹑。鸟类，善奔跑，常成双活动。**奔奔**：鸟类公母相随貌。**鹊**：喜鹊。公母成双

注音	原文	译诗
	我以为兄。	何以为兄。

活动。**彊彊**：鸟类公母相随貌。**我**：通何。一说作者自称。**以为**：以之为。把他作为。**兄**：兄长。

注音	原文	译诗
	鹊之彊彊，	喜鹊双双，
	鹑之奔奔。	鹌鹑跟跟。
	人之无良，	人哟不良，
	我以为君。	何称为君。

君：国君。一说国君夫人。

定之方中

【译诗】

定之方中：赞颂卫文公重建卫都。《毛诗正义》：美卫文公也。《诗经原始》：美卫文公再造公室也。

注音	原文	译诗
	定之方中，	定星正中，
	作于楚宫。	筑造楚宫。
揆 kuí	揆之以日，	定位以日，
	作于楚室。	筑造楚室。
榛 zhēn	树之榛栗，	植下榛栗，
椅 yī	椅桐梓漆，	椅桐梓漆，
爰 yuán	爰伐琴瑟。	乃制琴瑟。

定之方中：定星正中，其时可建宫室。定，定星，也叫营室星。**作**：建造。**于**：为。**楚宫**：古宫殿名，卫文公建于楚丘。楚丘，卫国都城，在今河南。**揆之以日**：以日影测量定位。揆，测量。**楚室**：楚丘的宫室。**树**：种植。**榛、栗**：榛树和栗树。果实可食。**椅、桐、梓、漆**：楸树、桐树、梓树和漆树。木材皆坚实优良。**爰**：于是。**伐**：采伐。一说敲击。**琴瑟**：两种小乐器。一说指制造乐器。

注音	原文	译诗
	升彼虚矣，	登大丘啊，
	以望楚矣！	而望楚呀！
	望楚与堂，	望楚与堂，
	景山与京，	行山与冈，
	降观于桑。	下山观桑。
卜 bǔ	卜云其吉，	卜判为吉，
臧 zāng	终然允臧。	终究是祥。

升：登上。**虚**：大丘。**以**：而。**楚**：楚丘。**堂**：堂邑。与楚丘相邻。**景**：通憬。远行。一说大。**京**：高丘。**降**：下行。**观**：察看。**卜**：占卜。**云**：说。**终**：终于，终究。**允**：诚然。**臧**：善，好。

注音	原文	译诗
	灵雨既零，	好雨已淋，
倌 guān	命彼倌人，	命那车官，
夙 sù	星言夙驾，	晴呀早驾，
说 shuì	说于桑田。	歇于桑田。
	匪直也人，	非但呢仁，
塞 sāi	秉心塞渊，	用心深远，
騋 lái 牝 pìn	騋牝三千。	良马三千。

灵雨：好雨，及时雨。**既**：已。**零**：落。**命**：下令。**倌人**：驾车的小臣。**星**：雨止见星。**言**：助词。**夙**：早晨。**驾**：驾马车走。**说**：通税。止，停歇。**匪直**：不仅。**人**：通仁。**秉心**：用心。**塞渊**：笃厚诚实，见识深远。**騋**：七尺高的大马。**牝**：母马。

蝃 dì 蝀 dōng

蝃蝀

【译诗】

蝃蝀：讽刺违理思婚之人。《毛诗正义》：止奔也。《诗经原始》：代卫宣姜答新台也。

行 xíng

蝃蝀在东，
莫之敢指。
女子有行，
远父母兄弟。

夕虹在东，
无人敢指。
女子当嫁，
远父母兄弟。

蝃蝀：虹。 **指**：用手指向虹。古时用手指虹犯禁忌。 **有行**：有道。指女子出嫁合道理。行，道。一说出嫁。

朝 zhāo 隮 jī

朝隮于西，
崇朝其雨。
女子有行，
远兄弟父母。

朝虹在西，
清早下雨。
女子当嫁，
远兄弟父母。

朝：早晨。 **隮**：虹。 **崇朝**：终朝，早晨。崇，通终，尽。

大 tài

乃如之人也，
怀昏姻也，
大无信也，
不知命也！

居然此人呢，
思婚姻呢，
太无信呢，
不知命呢！

乃：竟然，居然。 **怀**：思恋。 **昏姻**：婚姻。 **大**：通太。 **无信**：不守信用。 **命**：天命，天理。一说命令，指父母之命。

相 xiàng

相鼠

【译诗】

相鼠：讽刺无礼之人。《毛诗正义》：刺无礼也。《诗经原始》：刺无礼也。

相鼠有皮，
人而无仪。
人而无仪，
不死何为？

看鼠有皮，
人竟无仪。
人竟无仪，
不死何理？

相：看。 **鼠**：哺乳动物。体小尾长，毛褐色或黑色，门齿发达，常咬啃物品，造成破坏。 **而**：连词，含竟然、却之意。 **仪**：容止仪表。 **何为**：何故，为什么。

俟 sì

相鼠有齿，
人而无止。
人而无止，
不死何俟？

看鼠有齿，
人竟无耻。
人竟无耻，
不死何时？

齿：门齿。 **止**：通耻。一说仪态举止。 **俟**：等待。

遄 chuán

相鼠有体，
人而无礼。
人而无礼，
胡不遄死？

看鼠有体，
人竟无礼。
人竟无礼，
怎不暴死？

体：身体，躯体。 **礼**：社会文化所形成的行为准则、道德规范和各种礼节。 **胡**：代词。表示疑问或反诘。为什么。 **遄**：迅疾。

干旄

干 gān 旄 máo

子子干旄，
在浚之郊。
素丝纰之，
良马四之。
彼姝者子，
何以畀之？

浚 xùn
纰 pí
姝 shū
畀 bì

子子干旟，
在浚之都。
素丝组之，
良马五之。
彼姝者子，
何以予之？

旟 yú
都 dū
予 yǔ

子子干旌，
在浚之城。
素丝祝之，
良马六之。
彼姝者子，
何以告之？

【译诗】

牦尾旗高，
在浚之郊。
素丝细织，
良马四匹。
那美贤者，
何以给予？

鹰鸟旗竖，
在浚之都。
素丝组织，
良马五匹。
那美贤者，
何以予以？

彩羽旗升，
在浚之城。
素丝交织，
良马六匹。
那美贤者，
何以告知？

干旄：赞美卫国招贤。《毛诗正义》：美好善也。《诗经原始》：美好善也。

子子：特出独立貌。**干旄**：旌旗的一种。以旄牛尾饰旗杆，作为仪仗。**浚**：浚城。在卫国。**郊**：城郊。**素丝**：白丝。**纰**：在旗帜上镶饰缘边。**素丝良马**：指卫大夫竖起彩旗亮出良马以见贤者。后来用作礼遇贤士之辞。**姝**：美好。**子**：对男子的尊称。**何以**：用什么。**畀**：给予。

干旟：画有或绣上鹰雕之类图形的旗子。**都**：古代地方区域名。**组**：编成旗帜上的丝带。**予**：给予。

干旌：旌旗的一种。以五色鸟羽饰旗杆，竖于车后，以为仪仗。**城**：城邑，都邑。**祝**：交织。**告**：告知。

注音	载驰	【译诗】
载 zài		
	载驰载驱,	载驰载驱,
唁 yàn	归唁卫侯。	去唁卫侯。
	驱马悠悠,	驱马悠悠,
	言至于漕。	俺到了漕。
大 dà 夫 fū	大夫跋涉,	大夫跋涉,
	我心则忧。	我心则忧。

载驰:许穆夫人助卫心切。传其父卫懿公灭于狄人,其兄卫戴公立于漕邑,她闻讯急返卫国相助。《毛诗正义》:许穆夫人作也。闵其宗国颠覆,自伤不能救也。《诗经原始》:许穆夫人自伤其国不能救卫也。

载驰载驱:谓车马疾行。**唁**:吊唁。**卫侯**:指卫戴公。**悠悠**:道路长远貌。**言**:我。一说助词。**漕**:卫国城邑,在今河南。**大夫**:古职官名。周代国君之下有卿、大夫、士三等。此指许国大臣。一说指卫国大臣。

注音	原诗	译诗
	既不我嘉,	尽不依我,
	不能旋反。	不可回返。
臧 zāng	视尔不臧,	看你不善,
	我思不远。	我思不远。
	既不我嘉,	尽不依我,
	不能旋济。	不可回去。
	视尔不臧,	看你不善,
閟 bì	我思不閟。	我思不淤。

既:尽,都。**不我嘉**:不嘉我。嘉,嘉许。**不能**:不可以。**旋反**:回返。**视**:看,审察。**尔**:你,你们。指许国大臣。**臧**:善。**远**:远离。此指脱离实际。**旋济**:回去。**閟**:闭塞,不通。

注音	原诗	译诗
陟 zhì 阿 ē	陟彼阿丘,	登那高丘,
蝱 méng	言采其蝱。	俺采其蝱。
	女子善怀,	女子多思,
行 xíng	亦各有行。	也各有方。
	许人尤之,	许臣怪之,
稚 zhì	众稚且狂!	既肆且狂!

陟:登上。**阿丘**:高丘。或为丘名。**言**:我。一说助词。**蝱**:贝母,药用植物,可止咳解郁。**善怀**:多思。**行**:道理。**许人**:许国人。指许国大臣。**尤**:责怪,抱怨。**众**:通终,既。**稚**:骄傲放纵,傲慢。一说幼稚。**狂**:狂妄。

注音	原诗	译诗
行 xíng	我行其野,	我行卫野,
芃 péng	芃芃其麦。	芃芃其麦。
	控于大邦,	去求大邦,
	谁因谁极!	谁亲谁至!
	大夫君子,	大夫君子,
	无我有尤。	勿把我怪。
	百尔所思,	诸位所思,
	不如我所之!	不如我所去!

行:走。**其**:代指卫国。**野**:郊野。**芃芃**:茂盛貌。**控**:往告,前去求援。**于**:到,及于。**大邦**:大国。**因**:可依靠。**极**:至。指兵救他国。**君子**:君主及贵族男子的通称。**无我有尤**:无有尤我。别指责我。**百尔**:犹言诸位。**之**:往,去。

卫风

卫风：周代诸侯国卫国的歌曲。卫国在今河北南部和河南北部一带，公元前11世纪立国。

淇奥

淇 qí 奥 yù

【译诗】

淇奥：赞美卫武公有德。《毛诗正义》：美武公之德也。《诗经原始》：美武公之德也。

猗 yī　僩 xiàn　咺 xuǎn　谖 xuān

瞻彼淇奥，
绿竹猗猗。
有匪君子，
如切如磋，
如琢如磨。
瑟兮僩兮，
赫兮咺兮，
有匪君子，
终不可谖兮！

瞻那淇曲，
绿竹郁郁。
斐然君子，
如切如磋，
如琢如磨。
肃啊宽啊，
赫啊庄啊，
斐然君子，
终不可忘啊！

淇：淇水。流经齐国。**奥**：通澳。水边弯曲处。**猗猗**：美盛貌。**匪**：通斐。有文采貌。**君子**：君主及贵族男子的通称。此指卫武公。**切磋琢磨**：器物加工的工艺。骨器切，象牙磋，玉器琢，石器磨。在此比喻学习和修身精益求精。**瑟**：神情庄严貌。**僩**：心胸宽广貌。**赫**：名声显赫貌。**咺**：容止庄重貌。**终**：终究。**谖**：忘记。

琇 xiù　会 kuài 弁 biàn

瞻彼淇奥，
绿竹青青。
有匪君子，
充耳琇莹，
会弁如星。
瑟兮僩兮，
赫兮咺兮，
有匪君子，
终不可谖兮！

瞻那淇曲，
绿竹青青。
斐然君子，
充耳晶莹，
帽顶如星。
肃啊宽啊，
赫啊庄啊，
斐然君子，
终不可忘啊！

青青：郁郁葱葱貌。**充耳**：冠两侧下垂的玉石，可用于塞耳。**琇莹**：似玉的宝石。**会**：皮帽缝合处。**弁**：皮帽。

箦 zé　圭 guī　猗 yī 重 chóng　较 jué 谑 xuè　虐 nüè

瞻彼淇奥，
绿竹如箦。
有匪君子，
如金如锡，
如圭如璧。
宽兮绰兮，
猗重较兮，
善戏谑兮，
不为虐兮！

瞻那淇曲，
绿竹如积。
斐然君子，
如金如锡，
如圭如璧。
宽啊绰啊，
倚车坐啊，
善戏谑啊，
不太过啊！

箦：丛积。**金、锡**：精炼的金属，比喻百炼精纯。**圭、璧**：诸侯上朝所用的玉器，比喻温润高贵。圭，长方形板状，上端尖。璧，圆环状。**宽绰**：谓气量宽宏。**猗**：通倚。依着，靠着。**重较**：车厢前左右有伸出的弯木可供倚靠的大车。**戏谑**：开玩笑。**虐**：不节制。一说以言语伤人。

考槃

考 kǎo 槃 pán

谖 xuān

考槃在涧，
硕人之宽。
独寐寤言，
永矢弗谖。

阿 ē
薖 kē

考槃在阿，
硕人之薖。
独寐寤歌，
永矢弗过。

考槃在陆，
硕人之轴。
独寐寤宿，
永矢弗告。

【译诗】

得乐山涧，
贤人大量。
独睡独言，
永誓不忘。

得乐山坡，
贤人开阔。
独睡独歌，
永誓不越。

得乐高处，
贤人往复。
独睡独宿，
永誓不述。

考槃:赞美贤人隐居自乐。《毛诗正义》:刺庄公也。《诗经原始》:赞贤者隐居自乐也。

考槃:一说得到快乐。考,成,达成。槃,乐,快乐。一说成德乐道。考,成。槃,乐,乐于。一说击缶。考,敲,击。槃,乐,乐器。 **硕人**:贤德之人。**宽**:宽宏。 **寐**:睡着。 **寤**:睡醒。 **矢**:发誓。 **弗**:不。 **谖**:忘记。

阿:山的弯曲处。**薖**:心胸宽广。**过**:逾越。一说过访,来往。

陆:高平之地。一说大山顶上。**轴**:往复,盘旋。**告**:告诉。

硕人

颀 qí
褧 jiǒng

硕人其颀，
衣锦褧衣。
齐侯之子，
卫侯之妻。
东宫之妹，
邢侯之姨，
谭公维私。

【译诗】

美人玉立，
着锦罩衣。
齐侯之女，
卫侯之妻。
东宫之妹，
邢侯妻姨，
谭公小姨。

硕人:描述卫庄姜出嫁盛况,赞美了其高贵美丽。《毛诗正义》:闵庄姜也。《诗经原始》:颂卫庄姜美而贤也。

硕人:美人。指卫庄姜。**颀**:修长貌。**衣锦褧衣**:内穿锦衣,外穿罩衣,女子出嫁途中所穿。锦,锦衣。褧衣,麻质单罩衣,用以遮尘。 **齐侯**:指齐庄公。**子**:女儿。**卫侯**:指卫庄公。**东宫**:指齐国太子。 **邢侯**:邢国国君。**姨**:妻姨。**谭公**:谭国国君。**维**:是。**私**:古称姐妹的丈夫。

荑 tí	手如柔荑，	指如嫩荑，
	肤如凝脂。	肤如凝脂。
蝤 qiú 蛴 qí	领如蝤蛴，	颈如蝤蛴，
瓠 hù 犀 xī	齿如瓠犀。	齿如瓠籽。
螓 qín	螓首蛾眉，	螓首蛾眉，
倩 qiàn	巧笑倩兮，	巧笑倩啊，
	美目盼兮！	美目盼啊！

手:指手指。**荑**:白茅嫩芽，色白柔嫩。**凝脂**:冻状脂油，白而嫩滑。**领**:颈。**蝤蛴**:天牛幼虫，体白润，圆柱状。**瓠犀**:瓠中嫩籽，洁白整齐。**螓首蛾眉**:谓额广而眉弯。螓，昆虫，小型蝉类，头部方正。蛾，家蚕成虫，触角长而弯。**巧笑**:美好的笑。**倩**:笑靥美好貌。**盼**:眼睛黑白分明貌。

敖 áo	硕人敖敖，	美人高高，
说 shuì	说于农郊。	歇于近郊。
	四牡有骄，	驷马雄矫，
幩 fén 镳 biāo	朱幩镳镳。	衔帛红俏。
翟 dí 茀 fú	翟茀以朝，	羽车上朝，
朝 cháo 夙 sù	大夫夙退，	大夫早退，
	无使君劳。	免使君劳。

敖敖:高高貌。**说**:通税。停歇。**农郊**:近郊。**四牡**:一车四匹公马。**骄**:马健壮貌。**朱幩**:马嚼环两旁的红色帛质饰物，可扇汗。**镳镳**:盛美貌。**翟茀**:贵族妇女所乘的雉羽饰车。**以**:而。**朝**:朝见。**大夫**:古职官名。周代国君之下有卿、大夫、士三等。**夙**:早。**退**:退朝。**君**:指卫庄公。**劳**:辛劳。

	河水洋洋，	河水洋洋，
活 guō	北流活活。	北流哗哗。
罛 gū 涉 huò	施罛涉涉，	撒网沙沙，
鳣 zhān 鲔 wěi	鳣鲔发发。	鳇鲟唰唰。
发 bō 葭 jiā	葭菼揭揭，	芦芒拔拔，
菼 tǎn	庶姜孽孽，	陪女花花，
朅 qiè	庶士有朅。	陪臣高大。

河水:黄河。**洋洋**:水盛大貌。**活活**:拟声词。水流声。**施**:张，撒。**罛**:渔网。**涉涉**:拟声词。撒网入水声。**鳣**:鳇鱼。大型河鱼，春天逆流至中上游产卵。**鲔**:白鲟。大型河鱼，春天逆流至中游产卵。**发发**:拟声词。鱼尾动声。**葭**:芦苇。**菼**:芒。与芦苇混生。**揭揭**:高高长长貌。**庶姜**:指陪嫁的姜姓众女子。**孽孽**:服饰华丽貌。**庶士**:指随从的齐国诸臣。**朅**:威武雄壮貌。

氓

氓 méng
蚩 chī
愆 qiān
将 qiāng

氓之蚩蚩，
抱布贸丝。
匪来贸丝，
来即我谋。
送子涉淇，
至于顿丘。
匪我愆期，
子无良媒。
将子无怒，
秋以为期。

【译诗】

小哥哧哧，
带布买丝。
非来买丝，
来与我议。
送您渡淇，
到那顿丘。
非我延期，
您无良媒。
请您别气，
秋日为期。

氓：弃妇诉说丈夫变心。《毛诗正义》：刺时也。《诗经原始》：为弃妇作也。

氓：民，百姓。**蚩蚩**：同哧哧。拟声词。笑声。**抱**：带着。**布**：布帛，古代用以换物，当作货币。一说古代一种铜铸货币。**贸**：交易。**丝**：蚕丝，也指丝织品。**匪**：通非。不是。**即**：就，靠近。**谋**：商议。**子**：您。**涉**：渡水。**淇**：淇水，流经卫国，在今河南。**至于**：到。**顿丘**：卫国地名。**愆期**：过期。**将**：愿，请。**期**：约期。

乘 chéng 垝 guǐ
垣 yuán
涟 lián
载 zài
卜 bǔ 筮 shì
贿 huì

乘彼垝垣，
以望复关。
不见复关，
泣涕涟涟。
既见复关，
载笑载言。
尔卜尔筮，
体无咎言。
以尔车来，
以我贿迁。

登那断垣，
以望复关。
不见复关，
泣涕涟涟。
已见复关，
载笑载言。
你卜你卦，
辞无凶言。
驾你车来，
把嫁妆搬。

乘：登。**垝**：倒塌。**垣**：墙，矮墙。**以**：而。**复关**：卫国地名。赴约人所居地。代指赴约人。**泣涕**：眼泪。**涟涟**：泪流不断貌。**既**：已。**载笑载言**：又笑又说。**尔**：你。**卜**：占卜。火灼龟甲，以裂纹判吉凶。**筮**：用蓍草占卦判凶吉。**体**：卦体。占卜占卦时所示的兆象。**咎言**：不吉利的话。**以**：拿，用。**贿**：财物。指嫁妆。**迁**：迁移。

于 xū 嗟 jiē
葚 shèn
耽 dān
说 tuō

桑之未落，
其叶沃若。
于嗟，鸠兮！
无食桑葚。
于嗟，女兮！
无与士耽。
士之耽兮，
犹可说也！
女之耽兮，
不可说也！

桑哟未落，
其叶润泽。
哎哟，鸠啊！
勿贪桑葚。
哎哟，女啊！
勿与男玩。
男贪玩啊，
犹可解呢！
女贪玩啊，
不可解呢！

桑：桑树。绿叶可养蚕。**之**：助词。**沃若**：润泽貌。**于嗟**：感叹词。**鸠**：斑鸠。常见鸟类，吃谷物、果实等。**桑葚**：桑树的浆果，紫红色。**士**：男人。**耽**：玩乐太甚，沉湎。**说**：通脱。解脱。

	桑之落矣，	桑哟落啊，
	其黄而陨。	叶黄而残。
徂 cú	自我徂尔，	自我嫁你，
	三岁食贫。	多年贫寒。
淇 qí 汤 shāng	淇水汤汤，	淇水汤汤，
渐 jiān 帷 wéi	渐车帷裳。	沾湿车帘。
	女也不爽，	女呢不爽，
	士贰其行。	男异品行。
	士也罔极，	男呢邪气，
	二三其德！	不专情意！

而:又。**陨**:凋谢,凋零。**徂**:往,到。此指嫁给。**尔**:你。**三岁**:指多年。**食贫**:过着贫苦生活。**汤汤**:水盛大貌。**渐**:沾湿。**帷裳**:车厢两旁的布帘。**也**:助词。**爽**:差错,违背。**贰**:不专一。**行**:品行,行为。**罔极**:不正。**二三**:不专一,反复不定。**德**:情意。

	三岁为妇，	多年为妇，
靡 mǐ	靡室劳矣！	不辞劳哩！
夙 sù	夙兴夜寐，	夙兴夜寐，
朝 zhāo	靡有朝矣！	非一朝哩！
	言既遂矣，	俺来久了，
	至于暴矣！	竟凶暴哩！
	兄弟不知，	兄弟不知，
咥 xì	咥其笑矣！	嘻嘻笑哩！
	静言思之，	静呀思之，
	躬自悼矣！	自苦恼哩！

为:作为。**妇**:妻子。**靡室劳**:不以家务为劳。**夙兴夜寐**:早起晚睡。形容勤劳。**靡有朝**:非一日。即天天如此。**言**:我。一说助词。**既**:已经。**遂**:久。一说顺。**至于**:竟然。**暴**:凶暴。**咥**:大笑貌。**笑**:讥笑。**静言**:安静地,仔细地。**躬自**:自己。**悼**:哀伤。

偕 xié	及尔偕老，	与你偕老，
	老使我怨。	老使我怨。
	淇则有岸，	淇水有岸，
隰 xí 泮 pàn	隰则有泮。	洼地有畔。
	总角之宴，	童小之欢，
	言笑晏晏。	言笑晏晏。
	信誓旦旦，	信誓旦旦，
	不思其反。	不意其变。
	反是不思，	变而不意，
	亦已焉哉！	也罢了吧！

及:与,和。**偕老**:共同生活到老。常特指夫妻相谐到老。**则**:助词。**隰**:低洼湿地。**泮**:通畔。边,岸。**总角**:古时儿童的发型,束发成两角的样子。借指幼年。**宴**:喜乐,欢乐。**言笑晏晏**:说说笑笑,和柔温顺。**信誓旦旦**:谓誓言诚恳可信。旦旦,诚恳貌。**不思**:没想到。**反**:反复无常。**是**:而。**亦**:也。**已焉哉**:罢了吧。已,止,罢。

竹竿

【译诗】

竹竿:远嫁卫妇思乡。一说卫女求婚不得而思归。《毛诗正义》:卫女思归也。《诗经原始》:卫女思归也。

籊 tì　籊籊竹竿，　细细竹竿，
淇 qí　以钓于淇。　垂钓于淇。
岂不尔思?　岂不想你?
远莫致之。　远莫致之。

籊籊:竹细长貌。**以**:用以。**钓**:钓鱼。**淇**:淇水。流经卫国。在今河南。**岂不尔思**:岂不思尔。难道不想你。**莫**:不能。**致**:达到,实现。

泉源在左，　泉源在左，
淇水在右。　淇水在右。
行 xíng　女子有行，　女子当嫁，
远兄弟父母。　远兄弟父母。

泉源:卫国水名。与淇水相会。**有行**:有道。指女子出嫁合道理。行,道。一说出嫁。

淇水在右，　淇水在右，
泉源在左。　泉源在左。
瑳 cuō　巧笑之瑳，　巧笑齿烁，
傩 nuó　佩玉之傩。　佩玉步妥。

巧笑:美好的笑。**瑳**:笑见洁白牙齿貌。**佩玉**:系于衣带用作装饰的玉件。**傩**:行走有节奏貌。

滺 yōu　淇水滺滺，　淇水悠悠，
桧 guì 楫 jí　桧楫松舟。　桧桨松舟。
驾言出游，　驾车出游，
写 xiě　以写我忧。　以解我忧。

滺滺:水流动貌。**桧**:圆柏。乔木,材质坚韧耐腐蚀,用于文具、建筑,宜制船桨。**楫**:短桨。**松**:松树。高大乔木,材质轻软,用于车、船、建筑。**驾**:驾车,乘坐。**言**:助词。焉。**写**:消除。

芄 wán

芄兰

【译诗】

芄兰之支，　芄兰荚枝，
觿 xī
童子佩觿。　童佩角锥。
虽则佩觿，　虽佩角锥，
能不我知。　却无所知。
容兮遂兮，　晃啊悠啊，
悸 jì
垂带悸兮！　垂带抖啊！

芄兰之叶，　芄兰叶子，
韘 shè
童子佩韘。　童佩扳指。
虽则佩韘，　虽佩扳指，
能不我甲。　却无所爱。
容兮遂兮，　晃啊悠啊，
垂带悸兮！　垂带抖啊！

芄兰：讽刺童子假充大人。一说讽刺不称其服者。《毛诗正义》：刺惠公也。《诗经原始》：讽童子以守分也。

芄兰：萝藦。草质藤本植物，叶为心形，果实初生时为锥状，成熟时为角状。**支**：荚枝。指初生果实。**童子**：儿童，未成年的男子。**佩**：佩戴。**觿**：角锥，为成年人佩饰，用于解开衣带之结。**虽则**：虽然。**能**：乃，而。**不我知**：不知我。**容**：舒缓放肆貌。**遂**：舒缓放肆貌。**悸**：带下垂貌。一说颤动貌。

韘：射箭工具，俗称扳指，套在右手大拇指上用以钩弦。**甲**：通狎。亲昵。

河广

【译诗】

谁谓河广？　谁说河宽？
一苇杭之。　一筏撑过。
谁谓宋远？　谁说宋远？
跂 qǐ 予 yú
跂予望之。　踮脚望着。

谁谓河广？　谁说河宽？
曾 zēng
曾不容刀。　不容一舟。
谁谓宋远？　谁说宋远？
朝 zhāo
曾不崇朝。　不用一朝。

河广：旅卫宋人思归。《毛诗正义》：宋襄公母归于卫，思而不止，故作是诗也。《诗经原始》：宋襄公母思归卫而不得也。

谓：说。**河**：黄河。一说济水。**广**：宽阔。**苇**：苇筏。芦苇编成的筏子。**杭**：渡，渡过。**宋**：宋国。周代诸侯国。在今河南。北邻卫国。**跂**：踮着脚。**予**：我。

曾：乃。**刀**：通舠。小船。**崇朝**：终朝。早晨。

伯兮

【译诗】

伯兮：卫妇渴念征东的丈夫。《毛诗正义》：刺时也。《诗经原始》：思妇寄征夫以词也。

朅 qiè
桀 jié
殳 shū

伯兮朅兮，
邦之桀兮！
伯也执殳，
为王前驱。

哥啊武啊，
邦之杰啊！
哥呢执殳，
为王前驱。

伯：对丈夫的昵称。**朅**：威武雄壮貌。**邦**：诸侯的封国。**桀**：杰出的人才。**执**：持，拿。**殳**：兵器，竹质，长一丈二尺。**为**：作为。**王**：君王。**前驱**：前导。

适 shì

自伯之东，
首如飞蓬。
岂无膏沐？
谁适为容！

自哥征东，
首如飞蓬。
岂无发膏？
为谁美容！

之：往，去。**首**：头，头顶。**飞蓬**：指干枯折断后随风飞旋的蓬草。蓬，蒿蓬，草本植物，花枝繁多。**膏沐**：润发油膏。**谁适为容**：为谁修饰容貌。适，是，一说愉悦。

杲 gǎo

其雨其雨，
杲杲出日。
愿言思伯，
甘心首疾！

祈雨祈雨，
灿灿旭日。
眷眷想哥，
甘心忧郁！

其雨：下雨吧。其，表祈求。**杲杲**：明亮貌。**出日**：旭日。**愿言**：思念殷切貌。**首疾**：过度思念引起的头痛。

谖 xuān
痗 mèi

焉得谖草，
言树之背？
愿言思伯，
使我心痗！

哪得萱草，
俺栽屋内？
眷眷想哥，
使我心碎！

焉：怎么，哪里。**谖草**：萱草，也叫忘忧草。草本植物，花为黄花菜，食之宽心。**言**：我。一说助词。**树**：种植。**背**：房屋的北半部。**痗**：忧思成病。

有狐

【译诗】

有狐：卫妇思夫。一说卫女思念心上人。《毛诗正义》：刺时也。《诗经原始》：妇人忧夫久役无衣也。

绥 suí
淇 qí

有狐绥绥，
在彼淇梁。
心之忧矣，
之子无裳！

有狐尾随，
在那淇旁。
心哟忧啊，
他缺衣裳！

狐：狐狸。冬季发情时，雌狐缓步而行，雄狐尾随寻偶。**绥绥**：独行寻偶貌，一说徐行貌。**淇**：淇水。流经卫国。**梁**：鱼梁，拦鱼的堰。**无**：缺少。**裳**：下身衣裙。

有狐绥绥，
在彼淇厉。
心之忧矣，
之子无带！

有狐尾随，
在那淇外。
心哟忧啊，
他缺衣带！

厉：河水及腰而可涉过之处。带：衣带。

有狐绥绥，
在彼淇侧。
心之忧矣，
之子无服！

有狐尾随，
在那淇侧。
心哟忧啊，
他缺衣服！

服：衣服。

木瓜

【译诗】

木瓜：颂扬报恩结好的情理。一说赞誉有情人互赠。《毛诗正义》：美齐桓公也。《诗经原始》：讽卫人以报齐也。

琚 jū

投我以木瓜，
报之以琼琚。
匪报也，
永以为好也！

投我以木瓜，
报之以琼琚。
非报呢，
永为相好呢！

投：赠送。以：用。木瓜：落叶灌木，果长椭圆形，成熟时深黄色，气味芳香，可食用和药用。报：报答。琼琚：珍美佩玉。匪：通非。不是。以为：以之为。把它作为。好：相好。

投我以木桃，
报之以琼瑶。
匪报也，
永以为好也！

投我以木桃，
报之以琼瑶。
非报呢，
永为相好呢！

木桃：落叶灌木，果圆锥状卵形，小于木瓜，成熟时色黄味酸气香，可药用。琼瑶：美玉。

玖 jiǔ

投我以木李，
报之以琼玖。
匪报也，
永以为好也！

投我以木李，
报之以琼玖。
非报呢，
永为相好呢！

木李：落叶灌木，果卵形，小于木桃，成熟时色黄绿味酸，气浓郁芳香，可药用。琼玖：泛指美玉。

王风

王风：东周王国境内的歌曲。公元前7世纪周平王迁都至成周（今洛阳），疆土限于今河南北部一带。

黍离

黍 shǔ
稷 jì
行 xíng

黍离	【译诗】
彼黍离离，	黍子萋萋，
彼稷之苗。	谷子吐苗。
行迈靡靡，	久走徐徐，
中心摇摇。	心中摇摇。
知我者，	知我者，
谓我心忧。	说我心忧。
不知我者，	不知我者，
谓我何求。	说我何求。
悠悠苍天，	悠悠苍天，
此何人哉！	此何人哪！
彼黍离离，	黍子萋萋，
彼稷之穗。	谷子抽穗。
行迈靡靡，	久走徐徐，
中心如醉。	心中如醉。
知我者，	知我者，
谓我心忧。	说我心忧。
不知我者，	不知我者，
谓我何求。	说我何求。
悠悠苍天，	悠悠苍天，
此何人哉！	此何人哪！
彼黍离离，	黍子萋萋，
彼稷之实。	谷子结子。
行迈靡靡，	久走徐徐，
中心如噎。	心中憋死。

黍离：周臣忧思时世。传周室东迁后，王朝大夫重返故都，见宫室变为野田，伤感不已。《毛诗正义》：闵宗周也。《诗经原始》：闵宗周也。

黍：黍子。草本植物，米称黄米，性粘，是重要粮食。**离离**：茂盛貌。**稷**：粟，谷子。草本植物，米称小米，性不粘，是重要粮食。**行迈**：行走不止。**靡靡**：行走迟缓貌。**中心**：心中。**摇摇**：心神不定貌。**知**：理解。**谓**：说。**求**：寻求，追求。**悠悠**：高高。

醉：酒醉。或指精神恍惚。

实：子实。**噎**：气逆不能呼吸。

知我者，	知我者，
谓我心忧。	说我心忧。
不知我者，	不知我者，
谓我何求。	说我何求。
悠悠苍天，	悠悠苍天，
此何人哉！	此何人哪！

君子于役

【译诗】

君子于役：周妇思念久役的丈夫。《毛诗正义》：刺平王也。《诗经原始》：妇人思夫远行无定也。

	君子于役，	君子服役，
	不知其期，	不知役期，
曷 hé	曷至哉？	何时归？
埘 shí	鸡栖于埘，	鸡栖于穴，
	日之夕矣，	日坠西了，
	羊牛下来。	牛羊下来。
	君子于役，	君子服役，
	如之何勿思！	奈之何勿思！

君子：妻称呼夫。**于**：往。**役**：服兵役或徭役。**期**：期限。**曷**：同何。何时。**至**：到，归来。**埘**：挖墙洞做成的鸡窝。**夕**：日暮。**下来**：指下山回来。**如之何**：有何办法。一说怎么，为什么。

	君子于役，	君子服役，
	不日不月，	无日无月，
佸 huó	曷其有佸？	何时聚合？
桀 jié	鸡栖于桀，	鸡栖于架，
	日之夕矣，	日坠西了，
括 kuò	羊牛下括。	牛羊下坡。
	君子于役，	君子服役，
	苟无饥渴？	谅无饥渴？

不日不月：指没有归期。**有**：通又，再，重。**佸**：相会。**桀**：鸡架横木条。**下括**：下来。括，到，来。**苟**：表示推测或愿望。**饥渴**：腹饿口渴。

君子阳阳

【译诗】

君子阳阳：描画周廷君子自乐乐人的形貌。《毛诗正义》：闵周也。《诗经原始》：贤者自乐仕于伶官也。

君子阳阳，
左执簧，
右招我由房。
其乐只且！（且 jū）

君子洋洋，
左持簧，
右招我齐唱。
他乐极啦！

君子：君主及贵族男子的通称。一说妻称呼夫。一说道德高尚者。**阳阳**：得意貌。**左**：左手。**执**：持，拿。**簧**：一种吹奏乐器。**右**：右手。**招**：招手。**由房**：一起娱乐室内音乐。一说同由敖。游乐。**乐**：快乐。**只且**：甚啊。只，通旨，甚。一说了啊。

君子陶陶，
左执翿，（翿 dào）
右招我由敖。（敖 áo）
其乐只且！

君子陶陶，
左持纛，
右招我舞蹈。
他乐极啦！

陶陶：和乐貌。**翿**：即纛。杆顶饰以羽毛的旗子。**由敖**：一起舞蹈。一说游遨，游乐。

扬之水

【译诗】

扬之水：周征夫哀怨不得归。传周平王征兵戍申抗楚。《毛诗正义》：刺平王也。《诗经原始》：戍卒怨也。

扬之水，
不流束薪。
彼其之子，（其 jì）
不与我戍申。（戍 shù）
怀哉怀哉！
曷月予还归哉？（曷 hé 予 yú）

湍急水，
不流束薪。
那个人儿，
不与我戍申。
思啊思啊！
何日我可归啊？

扬：水急流貌。一说水缓流貌。**不**：不能。**流**：流走。**束**：捆。**薪**：柴薪。**彼其之子**：那个人。**与**：跟，随。**戍**：戍守。**申**：周代诸侯国。在今河南西南部。**怀**：想念。**曷**：何。**予**：我。**还归**：回还。

扬之水，
不流束楚。
彼其之子，
不与我戍甫。
怀哉怀哉！
曷月予还归哉？

湍急水，
不流荆束。
那个人儿，
不与我戍甫。
思啊思啊！
何日我可归啊？

楚：黄荆。灌木，可作柴薪、垫床。**甫**：周代诸侯国。在今河南西南部。

	扬之水，	湍急水，
	不流束蒲。	不流束蒲。
	彼其之子，	那个人儿，
	不与我戍许。	不与我戍许。
	怀哉怀哉！	思啊思啊！
	曷月予还归哉？	何日我可归啊？

蒲：香蒲。草本植物，叶柔长，用以编织草席、蒲包。**许**：周代诸侯国。在今河南中部。

中谷有蓷

蓷 tuī

【译诗】

中谷有蓷：描写弃妇的悲伤。《毛诗正义》：闵周也。《诗经原始》：闵嫠妇也。

	中谷有蓷，	深谷益母，
暵 hàn 干 gān	暵其干矣！	枯萎干哩！
仳 pǐ	有女仳离，	有女仳离，
嘅 kǎi	嘅其叹矣！	慨然叹哩！
	嘅其叹矣，	慨然叹哩，
	遇人之艰难矣！	遇人他艰难哩！

中谷：谷中。谷，山谷。**蓷**：益母草。草本植物，分枝少，开花后下部叶片逐渐枯死。可药用，为妇科良药。**暵**：干枯。**其**：助词。**干**：枯干。**仳离**：分离。指离弃。**嘅**：感慨。**叹**：叹息。**艰难**：困苦。

	中谷有蓷，	深谷益母，
脩 xiū	暵其脩矣！	枯萎焦哩！
	有女仳离，	有女仳离，
啸 xiào	条其啸矣！	长声啸哩！
	条其啸矣，	长声啸哩，
	遇人之不淑矣！	遇人他不好哩！

脩：干枯。**条**：长啸声。**啸**：长而清脆的吁气声。**不淑**：不善。

	中谷有蓷，	深谷益母，
	暵其湿矣！	枯萎死哩！
	有女仳离，	有女仳离，
啜 chuò	啜其泣矣！	呜咽泣哩！
	啜其泣矣，	呜咽泣哩，
嗟 jiē	何嗟及矣！	悔无及哩！

湿：干枯。**啜**：抽泣貌。**泣**：低声哭。**何嗟及矣**：嗟何及矣。后悔无及的。嗟，叹息。及，来得及。

爰 yuán

兔爰

【译诗】

兔爰:周人哀叹世道黑暗。《毛诗正义》:闵周也。《诗经原始》:伤乱始也。

有兔爰爰,
雉离于罗。
我生之初,
尚无为;
我生之后,
逢此百罹,
尚寐无吪!

罹 lí
吪 é

野兔缓缓,
雉鸡被围。
我生之初,
尚无为;
我生之后,
逢此百虑,
愿睡不移!

兔:野兔。食草兽类,逃脱快,能打洞,难被捕获,被视为性狡猾。**爰爰**:舒缓貌。**雉**:雉鸡。鸟类,觅食或受惊时只顾前行,易被捕获,被视为性耿直。**离**:通罹。遭遇,碰到。**罗**:捕鸟的网。**生**:在世。**初**:前期。**尚**:犹,还。一说庶几,近乎。**无为**:没有作为。一说无事,特指无军役之事。**后**:后期。**罹**:忧惧。**尚**:庶几,但愿。**寐**:睡着。**吪**:动。

有兔爰爰,
雉离于罦。
我生之初,
尚无造;
我生之后,
逢此百忧,
尚寐无觉!

罦 fú
觉 jiào

野兔缓缓,
雉鸡被扣。
我生之初,
尚无就;
我生之后,
逢此百忧,
愿睡不够!

罦:设有机关的捕鸟兽的网。**无造**:没有成就。一说无事,特指无军役之事。一说无伪造。**觉**:睡醒。

有兔爰爰,
雉离于罿。
我生之初,
尚无庸;
我生之后,
逢此百凶,
尚寐无聪!

罿 tóng

野兔缓缓,
雉鸡被坑。
我生之初,
尚无用;
我生之后,
逢此百凶,
愿睡不聪!

罿:设有机关的捕鸟兽的网。**无庸**:没有作用。一说无劳苦,特指无军役之事。**凶**:灾祸。**聪**:听觉。

藟 lěi

葛藟

【译诗】

葛藟:周人哀叹无所依。《毛诗正义》:王族刺平王也。《诗经原始》:民穷无所依也。

绵绵葛藟,
在河之浒。
终远兄弟,

绵 mián
浒 hǔ

绵绵葡萄,
在河之浒。
既远兄弟,

绵绵:连绵不断貌。一说草木细弱貌。**葛藟**:野葡萄。藤本植物,攀附他物生长。**河**:黄河。**浒**:水边。**终**:既。**远**:离开。

	谓他人父。 谓他人父， 亦莫我顾！	叫他人父。 叫他人父， 也无照顾！	**谓**：叫。**亦**：也，也是。**莫我顾**：莫顾我。不关心我。顾，照顾，关心。
涘 sì	绵绵葛藟， 在河之涘。 终远兄弟， 谓他人母。 谓他人母， 亦莫我有！	绵绵葡萄， 在河之谷。 既远兄弟， 叫他人母。 叫他人母， 也无爱抚！	**涘**：水边。**有**：通友。亲善，友爱。
漘 chún	绵绵葛藟， 在河之漘。 终远兄弟， 谓他人昆。 谓他人昆， 亦莫我闻！	绵绵葡萄， 在河之滩。 既远兄弟， 叫他人兄。 叫他人兄， 也无沟通！	**漘**：水边。**昆**：兄，哥。**闻**：通问。恤问，存问。

采葛

【译诗】

采葛：渴念心上人。《毛诗正义》：惧谗也。《诗经原始》：怀友也。

	彼采葛兮！ 一日不见， 如三月兮！	他采葛啊！ 一日不见， 如三月啊！	**彼**：他，他们。**葛**：藤本植物。皮可搓绳纺线，藤可编箩筐，根可食用。
	彼采萧兮！ 一日不见， 如三秋兮！	他采蒿啊！ 一日不见， 如三秋啊！	**萧**：野艾蒿。草本植物，有香气，用于祭祀，嫩苗可作蔬菜。**秋**：一个季度。一说一年。
艾 ài	彼采艾兮！ 一日不见， 如三岁兮！	他采艾啊！ 一日不见， 如三岁啊！	**艾**：草本植物，有香气，供祭祀，嫩苗可作蔬菜，叶和籽可药用。**岁**：一年。

大车

【译诗】

大车：周女示爱。《毛诗正义》：刺周大夫也。《诗经原始》：征夫叹也。

槛 jiàn
毳 cuì 菼 tǎn

大车槛槛，
毳衣如菼。
岂不尔思？
畏子不敢。

大车坎坎，
礼服青淡。
岂不想你？
怕您不敢。

大车：古代乘用的乚车。特指大夫所乘之车。**槛槛**：车行声。**毳衣**：毛布做的礼服，大夫所用。**菼**：芒初抽之穗，色青黄带褐。**岂不尔思**：岂不思尔。难道不想念你。**畏**：恐怕。**子**：您。

啍 tūn
璊 mén

大车啍啍，
毳衣如璊，
岂不尔思？
畏子不奔。

大车吞吞，
礼服红纯。
岂不想你？
怕您不奔。

啍啍：车行迟重貌。一说车行声。**璊**：赤玉。**奔**：逃亡，私奔。

穀 gǔ
予 yú
皦 jiǎo

穀则异室，
死则同穴。
谓予不信，
有如皦日！

生而异室，
死而同穴。
说我不信，
有如丽日！

穀：生，活着。**则**：而。**异室**：不在同一房屋生活。**同穴**：共葬一个墓穴。**谓**：说。**予**：我。**皦**：洁白，明亮。

丘中有麻

【译诗】

丘中有麻：周女思念恋人。《毛诗正义》：思贤也。《诗经原始》：招贤偕隐也。

嗟 jiē
将 qiāng

丘中有麻，
彼留子嗟。
彼留子嗟，
将其来施施。

坡上有麻，
彼留子嗟。
彼留子嗟，
请他来溜达。

丘中：山坡上。**麻**：大麻。草本植物，皮供纺线搓绳。**留**：姓留。一说使不离开。**子嗟**：男子名字。**将**：请。**其**：他。**施施**：缓行貌。

丘中有麦，
彼留子国。
彼留子国，
将其来食。

坡上有麦，
彼留子国。
彼留子国，
请他来食。

子国：男子名字。**食**：吃东西。

贻 yí 玖 jiǔ

丘中有李，
彼留之子。
彼留之子，
贻我佩玖。

坡上有李，
彼留之子。
彼留之子，
送我佩石。

李：李树。果树，李子是夏日佳果。**之子**：（留氏）之子。一说这人。**贻**：赠送。**佩玖**：身上佩戴的玖质饰物。玖，似黑玉的美石，可制佩饰。

郑风

郑风:周代诸侯国郑国的歌曲。郑国在今陕西中部,东周时迁往今河南中部,公元前8世纪立国。

缁衣

【译诗】

缁 zī

予 yú

粲 càn

缁衣:郑妇关爱丈夫。一说贵族善待贤人。《毛诗正义》:美武公也。《诗经原始》:美郑武公好贤也。

原诗	译诗
缁衣之宜兮,	黑袍真宜啊,
敝,予又改为兮!	破,我又改制啊!
适子之馆兮,	赴您之馆啊,
还,予授子之粲兮!	还,我给您美餐啊!
缁衣之好兮,	黑袍真好啊,
敝,予又改造兮!	破,我又改造啊!
适子之馆兮,	赴您之馆啊,
还,予授子之粲兮!	还,我给您美餐啊!
缁衣之席兮,	黑袍真阔啊,
敝,予又改作兮!	破,我又改做啊!
适子之馆兮,	赴您之馆啊,
还,予授子之粲兮!	还,我给您美餐啊!

缁衣:黑色朝服。**之**:助词。**宜**:合宜。**敝**:破旧。**予**:我。**改为**:修改缝制。**适**:去,往。**子**:对男子的尊称。**馆**:官署名,指办公处。一说客舍。**还**:回来。**授**:给。**粲**:通餐,饭食。一说鲜明貌,指新衣。

改造:修改缝制。

席:大,宽大。**改作**:修改缝制。

将 qiāng

将仲子

将仲子兮！
无逾我里，
无折我树杞。
岂敢爱之？
畏我父母。
仲可怀也，
父母之言，
亦可畏也！

杞 qǐ

将仲子兮！
无逾我墙，
无折我树桑。
岂敢爱之？
畏我诸兄。
仲可怀也，
诸兄之言，
亦可畏也！

将仲子兮！
无逾我园，
无折我树檀。
岂敢爱之？
畏人之多言。
仲可怀也，
人之多言，
亦可畏也！

檀 tán

【译诗】

请二哥啊！
勿越我壁，
勿伤我枸杞。
岂敢惜树？
畏我父母。
哥可思呢，
父母之言，
也可畏呢！

请二哥啊！
勿越我墙，
勿伤我绿桑。
岂敢惜树？
畏我兄长。
哥可思呢，
兄长之言，
也可畏呢！

请二哥啊！
勿越我园，
勿伤我青檀。
岂敢惜树？
畏人家闲言。
哥可思呢，
人家闲言，
也可畏呢！

将仲子：郑女婉拒恋人来幽会。《毛诗正义》：刺庄公也。《诗经原始》：讽世以礼自持也。

将：请。**仲**：兄弟排行第二。**子**：对男子的敬称。**无**：别，不要。**逾**：越过，翻越。**里**：里墙，院墙。**折**：折断，伤害。**树杞**：杞树。枸杞。小灌木，嫩叶可食用，叶、果、根、皮可药用，常栽于房前屋后。**爱之**：舍不得它。爱，吝惜。之，指树。**怀**：思念，想念。

墙：院墙。**树桑**：桑树。常栽于房前屋后。

园：后花园。指院墙。**树檀**：檀树。青檀。高大乔木，材质优良，常栽于房前屋后。**多言**：好讲闲话。

叔于田

【译诗】

叔于田：郑人赞美贵族行猎。《毛诗正义》：刺庄公也。《诗经原始》：刺庄公纵弟田猎自喜也。

叔于田，
巷无居人。
岂无居人？
不如叔也，
洵美且仁！

叔猎禽，
巷无居民。
岂无居民？
不如叔呢，
真美且仁！

洵 xún

叔：指青年贵族。一说特指郑庄公之弟叔段。**田**：打猎。**巷**：里巷。**居人**：家居的人。**洵**：确实。**仁**：仁爱。

叔于狩，
巷无饮酒。
岂无饮酒？
不如叔也，
洵美且好！

叔猎兽，
巷无饮酒。
岂无饮酒？
不如叔呢，
真美且好！

狩：冬猎。

叔适野，
巷无服马。
岂无服马？
不如叔也，
洵美且武！

叔郊猎，
巷无驾马。
岂无驾马？
不如叔呢，
真美且武！

适：往。**野**：郊外。**服**：驾驭。**武**：勇猛，威武。

大叔于田

叔于田，
乘乘马。
执辔如组，
两骖如舞。
叔在薮，
火烈具举。
袒裼暴虎，
献于公所。
“将叔无狃，
戒其伤女。”

叔于田，
乘乘黄。
两服上襄，
两骖雁行。
叔在薮，
火烈具扬。
叔善射忌，
又良御忌！
抑磬控忌，
抑纵送忌！

叔于田，
乘乘鸨。
两服齐首，
两骖如手。
叔在薮，
火烈具阜。
叔马慢忌，
叔发罕忌！
抑释掤忌，
抑鬯弓忌！

乘 chéng
乘 shèng 辔 pèi
骖 cān
薮 sǒu
袒 tǎn 裼 xī
将 qiāng 狃 niǔ
女 rǔ
襄 xiāng
行 háng
鸨 bǎo
阜 fù
掤 bīng
鬯 chàng

【译诗】

叔出猎，
驾驷马。
把缰如缕，
骖马如舞。
叔在泽，
火把俱举。
赤膊打虎，
献到官府。
“请叔勿疏，
防虎伤汝。”

叔出猎，
驾驷黄。
服马前行，
骖马两旁。
叔在泽，
火把俱旺。
叔善射呢，
又精驾呢！
马轻控呢，
箭连中呢！

叔出猎，
驾驷驳。
服马齐头，
骖马两手。
叔在泽，
火把俱烈。
马跑慢呢，
箭发罕呢！
开箭筒呢，
收宝弓呢！

大叔于田：郑人赞美贵族行猎。《毛诗正义》：刺庄公也。《诗经原始》：刺庄公纵弟恃勇而胜众也。

叔：指青年贵族。一说特指郑庄公之弟叔段。**乘乘马**：驾起四马一车。**辔**：马缰绳。**如组**：如执丝带般自如。组，宽而薄的丝带。**两骖**：两匹骖马，驾车时位于两旁。**如舞**：如舞蹈般整齐。**薮**：水少草茂的沼泽。**火烈**：举火把者的行列。烈，行列。**具**：俱，都。**举**：举起。**袒裼**：赤膊。**暴**：徒手搏击。**公所**：官府。**将**：请。**无狃**：不要习以为常。狃，熟习。**戒**：防备。**其**：指虎。**女**：通汝。你。

乘黄：一车四匹黄马。**两服**：两匹服马，驾车时位于中间。**上襄**：并驾在前面。**雁行**：跟进在两旁略后。**扬**：猛烈发光。**忌**：助词。**良御**：善于驾车。**抑**：助词。**磬控**：纵马和勒马。泛指驭马。**纵送**：射箭和逐禽。

鸨：通鸨。黑白杂色马。**齐首**：齐头并进。**如手**：跟进在两旁略后，如两手般协调。**阜**：盛，旺盛。**发**：发箭。**罕**：少。**释**：打开。**掤**：箭筒盖。**鬯**：通韔。将弓收入弓袋。

清人

注音	原诗	【译诗】
	清人在彭，	清人在彭，
驷 sì 旁 bēng	驷介旁旁。	战车强强。
重 chóng	二矛重英，	二矛重缨，
	河上乎翱翔！	河岸啊翱翔！
	清人在消，	清人在消，
麃 biāo	驷介麃麃。	战车彪彪。
	二矛重乔，	二矛重钩，
	河上乎逍遥！	河岸啊逍遥！
	清人在轴，	清人在轴，
陶 dào	驷介陶陶。	战车骤骤。
	左旋右抽，	左转拔刀，
	中军作好。	主将作秀。

清人：讽刺郑文公无方。传文公讨厌将军高克而派他戍边，终致兵马溃散，高克外逃。《毛诗正义》：刺文公也。《诗经原始》：刺郑文公弃其师也。

清人：郑国清邑人。指清邑籍郑国将军高克所带兵马。**彭**：郑国地名，在黄河边上。**驷介**：四马披甲拉的战车。介，披甲。**旁旁**：强壮有力貌。**二矛**：一车配备的两支矛。**重英**：一支矛上有双重红缨。**河上**：黄河岸边。**翱翔**：遨游。

消：郑国地名，在黄河边上。**麃麃**：勇武貌。**乔**：矛上挂缨的钩。

轴：郑国地名，在黄河边上。**陶陶**：驱驰貌。**左旋右抽**：向左转身，右手拔刀。**中军**：称主将。**作好**：摆姿势。

羔裘

裘 qiú

注音	原诗	【译诗】
濡 rú	羔裘如濡，	羔裘如油，
洵 xún	洵直且侯。	真直且优。
其 jì	彼其之子，	那个汉子，
渝 yú	舍命不渝。	舍命不渝。
	羔裘豹饰，	羔裘豹饰，
	孔武有力。	孔武有力。
	彼其之子，	那个汉子，
	邦之司直。	邦之司直。
晏 yàn	羔裘晏兮，	羔裘艳啊，
粲 càn	三英粲兮！	衣饰灿啊！
	彼其之子，	那个汉子，
彦 yàn	邦之彦兮！	邦之贤啊！

羔裘：赞誉郑贤臣。一说借以讽今。《毛诗正义》：刺朝也。《诗经原始》：美郑大夫也。

羔裘：紫羔皮衣。诸侯卿大夫的朝服。**如濡**：润泽。**洵**：确实。**直**：正直。**侯**：美，好。**舍命不渝**：宁死不变。渝，改变。

豹饰：皮衣衣袖上的豹皮缘饰。**孔武有力**：勇猛有力。**邦**：诸侯的封国。**司直**：负责纠正别人过错的人。

晏：鲜明，鲜艳。**三英**：皮衣上的饰物。**粲**：鲜丽。**彦**：才德兼备者，贤士。

遵大路

【译诗】

遵大路：挽留老朋友。一说挽留情人。《毛诗正义》：思君子也。《诗经原始》：挽君子勿速行也。

	遵大路兮，	沿大路啊，
掺 shǎn 祛 qū	掺执子之祛兮！	挽着您的袖啊！
恶 wù	无我恶兮！	勿厌我啊！
寁 zǎn	不寁故也？	不念旧吗？

遵：循着，沿着。**掺**：揽，挽。**祛**：衣袖，袖口。**恶**：憎恶，讨厌。**寁**：召，招呼。一说速绝，速去。**故**：故人，老相好。

	遵大路兮，	沿大路啊，
	掺执子之手兮！	挽着您的手啊！
魗 chǒu	无我魗兮！	勿弃我啊！
好 hǎo	不寁好也？	不念好吗？

魗：抛弃。**好**：相好。

女曰鸡鸣

【译诗】

女曰鸡鸣：夫妇对话，和乐相爱。《毛诗正义》：刺不说德也。《诗经原始》：贤妇警夫以成德也。

	女曰："鸡鸣。"	女说："鸡鸣。"
	士曰："昧旦。"	男说："还暗。"
兴 xīng	"子兴视夜，	"您起床看，
	明星有烂。"	明星灿灿。"
翱 áo	"将翱将翔，	"且游且逛，
弋 yì 凫 fú	弋凫与雁。"	射凫与雁。"

昧旦：天将明未明之时。**兴**：起。**视夜**：观察夜色。**明星**：启明星。即金星。**有烂**：烂烂。明亮。**将**：且，又。**翱翔**：遨游。**弋**：射箭。**凫**：野鸭。**雁**：大雁。

	"弋言加之，	"射呀得之，
	与子宜之。	与您食之。
	宜言饮酒，	食呀饮酒，
偕 xié	与子偕老。	与您偕老。
	琴瑟在御，	琴瑟在侧，
	莫不静好。"	莫不美好。"

言：助词。焉。**加**：射中。**宜**：菜肴。此指享用菜肴。**御**：旁边。**静好**：平静和美。

来 lài	"知子之来之，	"知您慰劳之，
	杂佩以赠之！	杂佩回赠之！
	知子之顺之，	知您和顺之，

来：慰劳。**杂佩**：总称连缀在一起的各种佩玉。**顺**：和顺。**问**：馈赠。**好**：喜爱。**报**：报答。

好 hào

杂佩以问之！ 杂佩回问之！
知子之好之， 知您爱好之，
杂佩以报之！” 杂佩回报之！”

有女同车 【译诗】

有女同车：郑人怀想所爱。《毛诗正义》：刺忽也。郑人刺忽之不昏于齐。《诗经原始》：讽郑太子忽以昏齐也。

华 huā　将 jiāng 翱 áo　琼 qióng 琚 jū　洵 xún 都 dū

有女同车， 有女同车，
颜如舜华。 颜如槿花。
将翱将翔， 且游且逛，
佩玉琼琚。 佩玉无瑕。
彼美孟姜， 那美孟姜，
洵美且都！ 真美且雅！

颜：脸部，气色。**舜华**：木槿花。舜，木槿，灌木，花大而美，淡红、紫红或白色。**将**：且，又。**翱翔**：遨游。**琼琚**：精美的玉佩。**孟姜**：女子名。一说为姜家长女。**洵**：确实。**都**：雍容娴雅，优美。

行 xíng　将 qiāng

有女同行， 有女同行，
颜如舜英。 颜如槿靓。
将翱将翔， 且游且逛，
佩玉将将。 佩玉锵锵。
彼美孟姜， 那美孟姜，
德音不忘！ 令名不忘！

舜英：木槿花。**将将**：同锵锵。佩玉相碰之声。**德音**：好名声。

山有扶苏 【译诗】

山有扶苏：郑女戏谑男友。《毛诗正义》：刺忽也。《诗经原始》：刺世美非所美也。

隰 xí 华 huā　都 dū　且 jū

山有扶苏， 山有扶苏，
隰有荷华。 洼有荷花。
不见子都， 不见子都，
乃见狂且。 反见狂夫。

扶苏：树名，也叫槲树，高大乔木，叶大果圆。一说枝叶繁茂的树木。**荷华**：荷花。**子都**：有名美男子。**乃**：却，反而。**狂**：狂妄无知的人。**且**：助词。

山有桥松， 山有高松，
隰有游龙。 洼有游龙。
不见子充， 不见子充，
乃见狡童。 反见狡童。

桥松：高大的松树。桥，通乔，大。**游龙**：水荭的别名。高大草本植物，茎直立有节，花圆锥状，粉红、深红或白色。**子充**：有名美男子。**狡童**：姣好少年人。

萚兮

【译诗】

萚兮：邀人唱和。《毛诗正义》：刺忽也。《诗经原始》：讽朝臣共扶危也。

萚 tuò

萚兮萚兮，　叶啊叶啊，
风其吹女！　风吹你落！
叔兮伯兮，　叔啊伯啊，
倡予和女！　你唱我和！

女 rǔ　予 yú 和 hè

萚：落叶。风其吹女：风，其吹女。起风，风来吹你。女，你，指落叶。倡予和女：倡，予和女。领唱，我来和你。倡，领唱。予，我。和，应和，帮腔。女，你，指叔伯。一说予倡女和。我唱你和。

萚兮萚兮，　叶啊叶啊，
风其漂女！　风吹你飞！
叔兮伯兮，　叔啊伯啊，
倡予要女！　你唱我随！

漂 piāo　要 yāo

漂：通飘。吹起。要：和，跟着唱。

狡童

【译诗】

狡童：郑女哀怨恋人疏远。《毛诗正义》：刺忽也。《诗经原始》：忧君为群小所弄也。

彼狡童兮，　那狡童啊，
不与我言兮！　不与我谈啊！
维子之故，　因您之故，
使我不能餐兮！　使我不能餐啊！

狡童：姣好少年人。维：为，正因为。子：您。故：原因。

彼狡童兮，　那狡童啊，
不与我食兮！　不与我食啊！
维子之故，　因您之故，
使我不能息兮！　使我不能息啊！

息：安宁。

褰裳

褰 qiān
裳 cháng
溱 zhēn
且 jū

子惠思我，
褰裳涉溱。
子不我思，
岂无他人？
狂童之狂也且！

【译诗】

您思慕我，
撩裙涉溱。
您不思我，
岂无他人？
狂童哟狂呢啊！

褰裳：郑女戏谑恋人并暗示之。《毛诗正义》：思见正也。《诗经原始》：思见正于益友也。

惠：爱。 **思**：思念。 **褰**：撩起，提起。 **裳**：下衣裙。 **溱**：溱水。在郑国。 **不我思**：不思我。 **狂童**：轻狂顽劣的少年。 **且**：助词。啊。

洧 wěi

子惠思我，
褰裳涉洧。
子不我思，
岂无他士？
狂童之狂也且！

您思慕我，
撩裙涉洧。
您不思我，
岂无他位？
狂童哟狂呢啊！

洧：洧水。在郑国。 **士**：指未婚男子。

丰

【译诗】

丰：郑女悔不从嫁，盼未婚夫再来亲迎。《毛诗正义》：刺乱也。《诗经原始》：悔士进不以礼也。

俟 sì
予 yú

子之丰兮，
俟我乎巷兮，
悔予不送兮！

您哟胖啊，
等我于巷啊，
悔我不送啊！

丰：丰满貌。 **俟**：等待。 **巷**：里巷。 **送**：送行。

子之昌兮，
俟我乎堂兮！
悔予不将兮！

您哟壮啊，
等我于堂啊，
悔我不从啊！

昌：强壮貌。 **堂**：正厅。 **将**：从，顺从，随从。一说行，行进。

衣 yì 褧 jiǒng
裳 cháng
予 yú 行 xíng

衣锦褧衣，
裳锦褧裳。
叔兮伯兮，
驾予与行！

着纱罩衣，
穿锦缎裳。
叔啊伯啊，
载我同往！

衣锦褧衣，裳锦褧裳：内穿锦衣，外穿罩衣，女子出嫁途中所穿。锦，锦衣。褧衣，麻质单罩衣，用以遮尘。 **驾**：驾车以迎亲。 **行**：前往。

裳锦褧裳，
衣锦褧衣。
叔兮伯兮，
驾予与归！

穿锦缎裳，
着纱罩衣。
叔啊伯啊，
载我同归！

东门之墠

【译诗】

墠 shàn

东门之墠：郑人对歌以示爱。《毛诗正义》：刺乱也。《诗经原始》：有所思而不得见也。

“东门之墠，	“东门平川，
茹藘在阪。	茜草在坂。
其室则迩，	其家虽近，
其人甚远！”	其人甚远！”

藘 lǘ 阪 bǎn
迩 ěr

墠：郊野平地。 **茹藘**：茜草。攀缘草本植物，根含红色素，用作染料。 **阪**：斜坡。 **室**：住家。 **则**：虽然。 **迩**：距离近。

“东门之栗，	“东门之栗，
有践家室。	浅浅居室。
岂不尔思，	岂不想你，
子不我即！”	您不来聚！”

栗 lì

栗：栗树。周人族树，宗庙住宅都种。 **践**：浅陋貌。一说善，好。一说排列整齐貌。 **家室**：房舍。 **子不我即**：子不即我。即，相就，主动亲近。

风雨

【译诗】

风雨：喜逢君子。君子指丈夫，一说指贤友。《毛诗正义》：思君子也。《诗经原始》：怀友也。

风雨凄凄，	风雨凄凄，
鸡鸣喈喈。	鸡鸣喈喈。
既见君子，	已见君子，
云胡不夷？	怎会不悦？

喈 jiē

风雨凄凄：风雨交加，凄凉清冷。 **喈喈**：拟声词。鸡鸣声。 **君子**：妻称呼夫。一说道德高尚者。 **云**：助词。 **胡**：怎么。 **夷**：喜悦。

风雨潇潇，	风雨潇潇，
鸡鸣胶胶。	鸡鸣嘐嘐。
既见君子，	已见君子，
云胡不瘳？	怎会不笑？

瘳 chōu

潇潇：风雨急骤貌。 **胶胶**：拟声词。鸡鸣声。 **瘳**：乐。一说病愈。

风雨如晦，	风雨如晦，
鸡鸣不已。	鸡鸣不已。
既见君子，	已见君子，
云胡不喜？	怎会不喜？

如：而。 **晦**：昏暗。 **已**：止。

子衿

衿 jīn
宁 nìng 嗣 sì

青青子衿，
悠悠我心。
纵我不往，
子宁不嗣音？

青青子佩，
悠悠我思。
纵我不往，
子宁不来？

挑 tāo 达 tà
阙 què

挑兮达兮，
在城阙兮！
一日不见，
如三月兮！

【译诗】

青青您衿，
悠悠我心。
纵我不往，
您岂不传音？

青青您佩，
悠悠我思。
纵我不往，
您岂不来？

徘啊徊啊，
在城阙啊！
一日不见，
如三月啊！

子衿：郑女渴盼恋人来赴约。《毛诗正义》：刺学校废也。《诗经原始》：伤学校废也。

子：您。**衿**：衣服的交领。青衿，青色交领的长衫。古代学子的常服。**悠悠**：忧思貌。**纵**：纵令，即使。**宁**：岂，难道。**嗣音**：保持音信。

佩：佩玉。也可指佩玉系带。

挑达：往来走动貌。**城阙**：城门两边的望楼。

扬之水

鲜 xiǎn
予 yú 女 rǔ
迋 kuáng

扬之水，
不流束楚。
终鲜兄弟，
维予与女。
无信人之言，
人实迋女。

扬之水，
不流束薪。
终鲜兄弟，
维予二人。
无信人之言，
人实不信。

【译诗】

湍急水，
不流束柴。
既少兄弟，
就我与你。
勿信人所言，
人乃骗你。

湍急水，
不流束薪。
既少兄弟，
就咱两人。
勿信人所言，
人乃无信。

扬之水：郑人嘱咐亲人勿轻信他人。《毛诗正义》：闵无臣也。《诗经原始》：阙解。

扬：水急流貌。一说水缓流貌。**不**：不能。**流**：流走。**束楚**：成捆黄荆。束，捆。楚，黄荆，灌木，用作柴薪、床垫。**终**：既。**鲜**：少，不多。**维**：仅，只有。**予**：我。**女**：你。**实**：实在是。**迋**：通诳。欺骗。

薪：柴薪。**不信**：不诚实。

出其东门

【译诗】

出其东门:郑人表白不花心。《毛诗正义》:闵乱也。《诗经原始》:不慕非礼色也。

	出其东门,	出那东门,
	有女如云。	有女如云。
	虽则如云,	虽则如云,
	匪我思存。	非我所寻。
缟 gǎo 綦 qí	缟衣綦巾,	白衣青巾,
员 yún	聊乐我员。	聊乐我魂。

云:众多貌。**匪**:通非。不是。**思存**:思念。**缟衣**:白色绢衣。缟,白色。**綦**:青灰色。**巾**:佩巾。**聊**:且。**乐**:使快乐。**员**:助词。

闉 yīn 阇 dū	出其闉阇,	出那城楼,
荼 tú	有女如荼。	有女如荼。
	虽则如荼,	虽则如荼,
且 cú	匪我思且。	非我所求。
茹 rú 藘 lǘ	缟衣茹藘,	白衣红佩,
	聊可与娱。	聊可同娱。

闉阇:外城城门。**荼**:茅穗的银白色丝毛。**如荼**:众多貌。**思且**:思念。且,犹存,思念。**茹藘**:茜草。可作红色染料。指红色佩巾。**与娱**:与之同乐。

野有蔓草

【译诗】

野有蔓草:郑人庆幸偶遇美女。《毛诗正义》:思遇时也。《诗经原始》:朋友相期会也。

	野有蔓草,	野有蔓草,
漙 tuán	零露漙兮!	落露团啊!
	有美一人,	有个美人,
	清扬婉兮!	亮眼婉啊!
邂 xiè 逅 hòu	邂逅相遇,	邂逅相遇,
	适我愿兮!	遂我愿啊!

蔓草:泛指蔓生的杂草。**零露**:降落的露水。**漙**:露水多貌。**清扬**:谓眼球明亮,黑白分明。**婉**:美好,柔美。**邂逅相遇**:不期而遇。**适我愿**:适合我的心愿。

	野有蔓草,	野有蔓草,
瀼 ráng	零露瀼瀼。	落露汪汪。
	有美一人,	有个美人,
	婉如清扬。	婉而眼亮。
	邂逅相遇,	邂逅相遇,
偕 xié 臧 zāng	与子偕臧。	与您皆畅。

瀼瀼:露水多貌。**如**:而。**偕**:皆。**臧**:善,好。

溱 zhēn 洧 wěi

溱洧

【译诗】

溱洧：描述郑国男女春游相恋情景。《毛诗正义》：刺乱也。《诗经原始》：刺淫也。

	原诗	译诗
	溱与洧，	溱与洧，
	方涣涣兮！	正涣涣啊！
女 nǚ	士与女，	男与女，
蕳 jiān	方秉蕳兮！	正持兰啊！
	女曰："观乎？"	妹问："玩吧？"
且 cú	士曰："既且。"	哥说："已去。"
且 qiě	"且往观乎！"	"再去玩吧！"
	洧之外，	洧水外，
洵 xún 讦 xū	洵讦且乐。	真阔且乐。
且 qiě	维士与女，	有男与女，
谑 xuè	伊其相谑，	相互戏谑，
	赠之以勺药。	赠对方勺药。

溱与洧：溱水和洧水。在郑国，今河南。**方**：正，正在。**涣涣**：水满貌。**士与女**：众青年男女。**秉**：持，拿。**蕳**：佩兰。草本植物，花、叶有香气，可驱邪气。**女曰**：某女子说。**观**：游览。**士曰**：某男子说。**既且**：已经去过。既，已。且，通徂，去，往。**且往**：再去。且，再。**讦**：大。**维**：助词。**伊**：助词。**相谑**：互开玩笑。多指男女间戏谑狎玩。**勺药**：草本植物，苗叶叫蘼芜或勺药，有香气，根茎叫川芎。

	原诗	译诗
	溱与洧，	溱与洧，
浏 liú	浏其清矣！	凌凌清哩！
	士与女，	男与女，
	殷其盈矣！	满满盈哩！
	女曰："观乎？"	妹问："玩吧？"
	士曰："既且。"	哥说："已去。"
	"且往观乎！"	"再去玩吧！"
	洧之外，	洧水外，
	洵讦且乐。	真阔且乐。
	维士与女，	有男与女，
	伊其将谑，	相互戏谑，
	赠之以勺药。	赠对方勺药。

浏：水深而清澈貌。**殷**：众，多。**盈**：满。**将谑**：互开玩笑。将，相之误。

齐风

齐风：周代诸侯国齐国的歌曲。齐国在今山东北部，公元前11世纪立国。

鸡鸣

【译诗】

鸡鸣：齐妇提醒夫早朝而夫拖延。夫为君主或大臣。《毛诗正义》：思贤妃也。《诗经原始》：贤妇警夫早朝也。

朝 cháo

“鸡既鸣矣，
朝既盈矣！”
“匪鸡则鸣，
苍蝇之声。”

“鸡已鸣了，
朝已盈了！”
“非鸡哟鸣，
苍蝇之声。”

朝：朝堂，群臣清晨朝见国君之处。既：已经。盈：满。匪：通非。不是。则：助词。

“东方明矣，
朝既昌矣！”
“匪东方则明，
月出之光。”

“东方明了，
朝已旺了！”
“非东方哟明，
月出之光。”

昌：旺盛，繁盛，热闹。

薨 hōng
会 huì 且 qiě
庶 shù 予 yú

“虫飞薨薨，
甘与子同梦。”
“会且归矣！
无庶予子憎。”

“虫飞轰轰，
甘与您同梦。”
“朝快散了！
愿不被您憎。”

薨薨：虫飞声。甘：甘愿，乐意。子：您。同梦：同眠。会：朝会。且归：将散（会）。无庶：庶无。但愿不会。予：给。憎：讨厌。

还 xuán

还

【译诗】

还：齐人礼答同猎者的夸奖。《毛诗正义》：刺荒也。《诗经原始》：刺齐俗以弋猎相矜尚也。

猱 náo
揖 yī 儇 xuān

子之还兮，
遭我乎猱之间兮！
并驱从两肩兮，
揖我谓我儇兮！

您哟敏啊，
遇我在猱山间啊！
并驾追两麋啊，
作揖夸我迅啊！

还：敏捷。遭：相遇。猱：猱山。在齐国。并：一起。驱：驱车前进。从：追逐。肩：三岁的兽，大兽。揖：拱手行礼。儇：敏捷。

子之茂兮，
遭我乎猱之道兮！
并驱从两牡兮，
揖我谓我好兮！

您哟俏啊，
遇我在猱山道啊！
并驾追两豹啊，
作揖夸我好啊！

茂：美好。牡：公兽。

	子之昌兮，	您哟壮啊，	**昌**：盛壮貌。**臧**：善，好。
	遭我乎猺之阳兮！	遇我在猺山南啊！	
	并驱从两狼兮，	并驾追两狼啊，	
臧 zāng	揖我谓我臧兮！	作揖夸我强啊！	

著

【译诗】

著 zhù

著：齐女描画来亲迎的未婚夫。《毛诗正义》：刺时也。《诗经原始》：刺不亲迎也。

俟 sì	俟我于著乎而，	等我门内呼儿，	**俟**：等待。**著**：门、屏之间。**乎而**：助词。表示赞叹。**充耳**：挂在冠两旁的玉饰，可用以塞耳。**素**：白丝线。**尚**：加，加上。**琼华**：似玉的美石。
	充耳以素乎而，	充耳线白呼儿，	
	尚之以琼华乎而。	配之以美石呼儿。	
	俟我于庭乎而，	等我前庭呼儿，	**庭**：堂前地，院子。**琼莹**：似玉的美石。
	充耳以青乎而，	充耳线青呼儿，	
	尚之以琼莹乎而。	配之以水晶呼儿。	
	俟我于堂乎而，	等我厅堂呼儿，	**堂**：正厅。**琼英**：似玉的美石。
	充耳以黄乎而，	充耳线黄呼儿，	
	尚之以琼英乎而。	配之以琳琅呼儿。	

东方之日

【译诗】

东方之日：齐女描述幽会情景。《毛诗正义》：刺衰也。《诗经原始》：刺荒淫也。

	东方之日兮，	东方之日啊，	**姝**：美丽，美好。**室**：房间，内房。**履**：行走。一说踩，踏。一说礼。**即**：相就。一说行迹。一说通膝。
姝 shū	彼姝者子，	那美男子，	
	在我室兮！	在我室啊！	
	在我室兮，	在我室啊，	
	履我即兮！	走我即啊！	
	东方之月兮，	东方之月啊，	**闼**：门内。**发**：出发。一说行迹，脚迹。一说脚，足。
	彼姝者子，	那美男子，	
闼 tà	在我闼兮！	在我屋啊！	
	在我闼兮，	在我屋啊，	
发 fā	履我发兮！	走我出啊！	

东方未明

【译诗】

东方未明：齐臣讽刺公家号令失时。《毛诗正义》：刺无节也。《诗经原始》：刺无节也。

东方未明，
裳 cháng 颠倒衣裳。
颠之倒之，
自公召之。

东方未明，
颠倒衣裳。
颠之倒之，
是公召之。

颠倒衣裳：谓急促惶遽中不暇整衣。自：从。公：对人的尊称。一说官府。召：召唤，发出号令。

晞 xī 东方未晞，
颠倒裳衣。
倒之颠之，
自公令之。

东方未晞，
颠倒裳衣。
倒之颠之，
是公令之。

晞：破晓，天亮。令：发出命令让人执行。

折柳樊圃，
瞿 jù 狂夫瞿瞿。
不能辰夜，
夙 sù 莫 mù 不夙则莫。

折柳编篱，
狂夫惧惧。
不能守夜，
不早则迟。

折柳樊圃：折下柳枝编织园圃篱笆。樊，编篱笆。狂夫：无知妄为之人。瞿瞿：惊视不安貌。辰夜：伺夜，守候过夜。一说晨夜，白天和黑夜。辰，通晨。夙：早。莫：同暮。晚。

南山

【译诗】

南山：齐人讽刺齐襄公私通文姜而鲁桓公放任之。《毛诗正义》：刺襄公也。《诗经原始》：刺襄公淫其妹，而鲁不能禁也。

南山崔崔，
绥 suí 雄狐绥绥。
鲁道有荡，
齐子由归。
既曰归止，
曷 hé 曷又怀止？

南山巍巍，
雄狐尾随。
鲁道坦荡，
齐女此归。
既然归呢，
怎又来呢？

南山：山名，在齐国，今山东。崔崔：山高大貌。绥绥：独行寻偶貌。一说徐行貌。鲁道：通往鲁国的大道。荡：平坦。齐子：指文姜，鲁桓公夫人，齐襄公同父异母妹妹。由归：经由此路出嫁。止：助词。曷：为何。怀：来，来到。一说思。

屦 jù 葛屦五两，
緌 ruí 冠緌双止。
鲁道有荡，
齐子庸止。
既曰庸止，
曷 hé 曷又从止？

葛鞋有两，
冠穗双呢。
鲁道坦荡，
齐女用呢。
既然用呢，
怎又从呢？

葛屦：葛草鞋。五两：两只配成一双。冠緌：帽穗。公侯礼帽帽带的下垂部分。庸：用，由。指经由此路出嫁。从：跟随。

注音	原诗	译诗	注释
蓺 yì	蓺麻如之何?	植麻应如何?	**蓺**:通艺。种植。**衡从**:横纵。**亩**:田垄。**取**:通娶。**告**:请求。一说告诉。**鞫**:通鞠。穷,极。指放纵至极。
从 zòng	衡从其亩。	横纵田亩。	
	取妻如之何?	娶妻应如何?	
	必告父母。	必求父母。	
	既曰告止,	既然求呢,	
鞫 jū	曷又鞫止?	怎又由呢?	
	析薪如之何?	劈柴应如何?	**析薪**:劈柴。**克**:胜任。**极**:至。达到最高限度。指放纵至极。
	匪斧不克。	无斧不克。	
	取妻如之何?	娶妻应如何?	
	匪媒不得。	无媒不得。	
	既曰得止,	既然得呢,	
	曷又极止?	怎又失呢?	

注音	原诗	译诗	注释
甫 bǔ	**甫田**	**【译诗】**	**甫田**:思念远人,感叹时光飞逝难得一见。《毛诗正义》:大夫刺襄公也。《诗经原始》:未详。
	无田甫田,	勿耕大田,	**无田甫田**:别耕种大田。无,勿,不要。甫,大。**维**:其。**莠**:田间杂草。**骄骄**:草盛而高貌。**劳心**:忧心。**忉忉**:忧虑貌。
莠 yǒu	维莠骄骄。	其草高高。	
	无思远人,	勿思远人,	
忉 dāo	劳心忉忉。	忧心忉忉。	
	无田甫田,	勿耕大田,	**桀桀**:草盛而高貌。**怛怛**:忧伤不安貌。
桀 jié	维莠桀桀。	其草拔拔。	
	无思远人,	勿思远人,	
怛 dá	劳心怛怛。	忧心怛怛。	
娈 luán	婉兮娈兮,	娇啊妍啊,	**婉**:柔美貌。**娈**:美好貌。**总角**:古时儿童的发型,束发成两角的样子。**丱**:两角相对貌。**未几**:不久。**弁**:加弁,加冠。指男子二十岁行冠礼。
丱 guàn	总角丱兮!	羊角辫啊!	
	未几见兮,	不久见啊,	
弁 biàn	突而弁兮!	忽弱冠啊!	

卢令

令 líng

【译诗】

卢令：赞美猎手。一说借以讽刺时风。《毛诗正义》：刺荒也。《诗经原始》：刺好田也。

卢令令，
其人美且仁。

犬丁零，
其人美且仁。

卢：猎犬。令令：狗颈上环铃响声。其人：那人。指猎人。仁：仁爱。

重 chóng 鬈 quán

卢重环，
其人美且鬈。

犬双环，
其人美且鬈。

重环：子母环。大环套小环。鬈：头发美貌。一说勇健貌。

鋂 méi 偲 cāi

卢重鋂，
其人美且偲。

犬双枚，
其人美且才。

重鋂：一大环套两小环。偲：多才。一说胡须多貌。

敝笱

笱 gǒu

【译诗】

敝笱：齐人讽刺文姜放肆而鲁桓公放任之。《毛诗正义》：刺文姜也。《诗经原始》：刺鲁桓公不能防闲齐姜也。

鲂 fáng 鳏 guān

敝笱在梁，
其鱼鲂鳏。
齐子归止，
其从如云。

破篓在堰，
其鱼鲂鳡。
齐女归呢，
其从如云。

敝：破。笱：鱼笼，捕鱼的竹笼。梁：断水捕鱼的堰。鲂：淡水鱼，体侧扁，口斜裂。鳏：鳡鱼。大型淡水鱼，性凶悍。齐子：指文姜，鲁桓公夫人，齐襄公同父异母妹妹。归：回乡。止：助词。从：仆从。如云：如云铺天。形容人多。

鱮 xù

敝笱在梁，
其鱼鲂鱮。
齐子归止，
其从如雨。

破篓在堰，
其鱼鲂鱮。
齐女归呢，
其从如雨。

鱮：鲢鱼。大中型淡水鱼，好结群而游。如雨：如雨倾盆。形容人多。

唯 wěi

敝笱在梁，
其鱼唯唯。
齐子归止，
其从如水。

破篓在堰，
其鱼尾尾。
齐女归呢，
其从如水。

唯唯：鱼相随而行貌。如水：如水流泻。形容人多。

载 zài

载驱

【译诗】

载驱：齐人讽刺文姜招摇回乡。《毛诗正义》：齐人刺襄公也。《诗经原始》：刺文姜如齐无忌也。

注音	原诗	译诗
	载驱薄薄，	驰驱嘚嘚，
簟 diàn 茀 fú	簟茀朱鞹。	竹帘红革。
鞹 kuò	鲁道有荡，	鲁道坦荡，
	齐子发夕。	齐女彻夜。

薄薄：拟声词。车马疾驰声。 **簟茀**：马车上的竹帘。 **朱鞹**：红色兽皮车盖。 **齐子**：指文姜。 **发夕**：整夜行走。一说日夕。一说启程出发。一说天刚亮出发。一说早行夜宿。

注音	原诗	译诗
骊 lí	四骊济济，	驷马齐齐，
辔 pèi 沵 nǐ	垂辔沵沵。	垂缰腻腻。
	鲁道有荡，	鲁道坦荡，
岂 kǎi 弟 tì	齐子岂弟。	齐女无忌。

骊：黑马。 **济济**：整齐美好貌。 **辔**：马缰绳。 **沵沵**：柔软貌。 **岂弟**：和乐平易。指恬不知耻。

注音	原诗	译诗
汶 wèn 汤 shāng	汶水汤汤，	汶水汤汤，
彭 bāng	行人彭彭。	行人攘攘。
	鲁道有荡，	鲁道坦荡，
翱 áo	齐子翱翔。	齐女翱翔。

汶水：河名。流经齐鲁两国。 **汤汤**：水盛大貌。 **彭彭**：众多貌。 **翱翔**：游逛。

注音	原诗	译诗
	汶水滔滔，	汶水滔滔，
儦 biāo	行人儦儦。	行人浩浩。
	鲁道有荡，	鲁道坦荡，
敖 áo	齐子游敖。	齐女游遨。

儦儦：众多貌。

猗 yī 嗟 jiē

猗嗟

【译诗】

猗嗟：齐人赞美鲁庄公英俊善射。一说讽刺，传庄公为文姜与齐襄公私生。《毛诗正义》：刺鲁庄公也。《诗经原始》：美鲁庄公材艺之美也。

注音	原诗	译诗
	猗嗟，昌兮！	哎哟，壮啊！
颀 qí 长 cháng	颀而长兮。	身修长啊。
	抑若扬兮，	眉宇靓啊，
	美目扬兮，	美目亮啊，
跄 qiāng	巧趋跄兮，	步履畅啊，
臧 zāng	射则臧兮！	射技良啊！

猗嗟：赞叹声。 **昌**：健壮貌。 **颀**：身高挑貌。 **抑**：通懿。美。 **若**：形容词词尾。 **扬**：眉毛及其上下部分。 **美目扬**：双眼有神采。 **巧**：美好。 **趋跄**：步履中规中矩。趋，碎步快走。跄，行有节奏貌。 **射则**：射箭的法则。 **臧**：善，好。

	猗嗟，名兮！	哎哟，明啊！
	美目清兮。	美目清啊。
	仪既成兮，	射仪成啊，
侯 hóu	终日射侯，	终日射靶，
正 zhēng	不出正兮，	无不正啊，
	展我甥兮！	真我甥啊！

名：通明。明亮，昌盛。一说眼眉之间。**仪**：射仪。**侯**：箭靶。**正**：箭靶的中心。**展**：诚然，确实。**甥**：外甥。

娈 luán	猗嗟，娈兮！	哎哟，俊啊！
	清扬婉兮。	眉眼婉啊。
	舞则选兮，	舞步端啊，
	射则贯兮，	射靶穿啊，
	四矢反兮，	四箭串啊，
	以御乱兮！	可御乱啊！

娈：美好。**清扬婉**：眉清目秀。**舞则选**：舞步准确整齐。选，齐整，端正。**贯**：射中，射穿箭靶。**四矢反**：四箭射中同一的。反，重复。**以**：可以。**御**：抵抗。乱：祸乱。

魏风

魏风：周代诸侯国魏国的歌曲。魏国在今山西西南部和陕西东南部一带，公元前11世纪立国，公元前6世纪灭于晋国。

葛屦　　【译诗】

屦 jù

葛屦：讽刺贵妇心窄。《毛诗正义》：刺褊也。《诗经原始》：刺褊也。

	纠纠葛屦，	缭缭葛鞋，
	可以履霜！	何以踏霜！
掺 shān	掺掺女手，	纤纤女手，
	可以缝裳！	何以缝裳！
要 yāo 襋 jí	要之襋之，	上带上领，
	好人服之。	美人试装。

纠纠：纠缠交错貌。**葛屦**：葛草鞋。**可以**：何以。**掺掺**：纤纤。纤细。**要**：缝裙腰。此指上腰带。**襋**：上衣领。**好人**：美人儿。含讽刺味。

	好人提提，	美人徐徐，
辟 bì	宛然左辟，	转身左避，
揥 tì	佩其象揥。	插其牙笄。
褊 biǎn	维是褊心，	有此心窄，
	是以为刺。	是以讽刺。

提提：安舒貌。**宛然**：转身避开貌。一说委曲顺从貌。**左辟**：向左闪开。辟，通避，躲避。**象揥**：象牙发簪。**维**：由于。**是**：此，这。**褊心**：心胸狭窄。**是以**：因此。**刺**：讽刺。

汾 fén 沮 jù
洳 rù

汾沮洳

【译诗】

汾沮洳：魏女思慕心上人。《毛诗正义》：刺俭也。《诗经原始》：美俭德也。

彼汾沮洳，　汾水滩涂，
言采其莫。　俺采酸模。
彼其之子，　那个人儿，
美无度。　美无度。
美无度，　美无度，
殊异乎公路。　甚异于公路。

莫 mù
其 jì

汾：汾水。在魏国，今山西。**沮洳**：低湿之地。**言**：我。一说助词。**莫**：酸模。草本植物，嫩叶可作蔬菜，味酸滑。**殊异**：不相同。**公路**：官名，掌管君王的路车。为贵族世袭。

彼汾一方，　汾水之旁，
言采其桑。　俺采绿桑。
彼其之子，　那个人儿，
美如英。　美如瑛。
美如英，　美如瑛，
殊异乎公行。　甚异于公行。

桑：桑树。桑叶可养蚕，桑葚可食用。**英**：通瑛。美玉，一说花。**公行**：官名，掌管君王兵车出行队列。为贵族世袭。

彼汾一曲，　汾水之曲，
言采其蕒。　俺采泽泻。
彼其之子，　那个人儿，
美如玉。　美如玉。
美如玉，　美如玉，
殊异乎公族。　甚异于公族。

蕒 xù

曲：河曲。**蕒**：泽泻。沼生草本植物，叶可作蔬菜，块茎、叶、果可药用。**公族**：诸侯或君王的同族。

园有桃

【译诗】

园有桃:魏士感世忧思。《毛诗正义》:刺时也。《诗经原始》:贤者忧国政日非也。

	园有桃,	园有桃,
殽 yáo	其实之殽。	其果为肴。
	心之忧矣,	心哟忧啊,
	我歌且谣。	我歌且谣。
	不知我者,	不知我者,
	谓我士也骄。	说我士呢骄。
	彼人是哉?	那人对吗?
其 jī	子曰何其?	您说怎的?
	心之忧矣,	心哟忧啊,
	其谁知之?	有谁知之?
其 qí	其谁知之,	有谁知之,
盖 hé	盖亦勿思!	何不勿思!

之:是。**殽**:同肴。泛指菜肴。**歌且谣**:指歌唱。歌,有伴奏而唱。谣,无伴奏而唱。**士**:最低一级的贵族。**骄**:骄傲。**子曰何其**:你说怎么了。子,你,指自己。何,如何。其,助词。**盖**:通盍。何不。**亦**:助词。

棘 jí	园有棘,	园有棘,
	其实之食。	其果为食。
	心之忧矣,	心哟忧啊,
行 xíng	聊以行国。	姑且游历。
	不我知者,	不知我者,
	谓我士也罔极。	说我士呢乖僻。
	彼人是哉?	那人对吗?
	子曰何其?	您说怎的?
	心之忧矣,	心哟忧啊,
	其谁知之?	有谁知之?
	其谁知之,	有谁知之,
	盖亦勿思!	何不勿思!

棘:酸枣树。落叶乔木,果酸可食用。**聊**:姑且,暂且。**行国**:周游于国中。**罔极**:不正。

陟岵

陟 zhì 岵 hù

【译诗】

陟岵：魏征夫思亲。《毛诗正义》：孝子之行役，思念父母也。《诗经原始》：孝子行役而思亲也。

原诗	译诗
陟彼岵兮，	登山头啊，
瞻望父兮！	眺望父啊！
父曰："嗟，予子！	父说："咳，我子！
行役夙夜无已。	服役夙夜无已。
上慎旃哉，	望保重啊，
犹来无止！"	可归勿止！"

嗟 jiē 予 yú 行 xíng 夙 sù 旃 zhān

陟：登。岵：无草木的山。一说有草木的山。嗟：叹词，表打招呼。夙夜：朝夕，指无时无刻。无已：不懈，不怠。上：通尚。表祈望。慎：谨慎，小心。旃：之，焉。犹：可，可能。一说尚。来：回来。无止：不要停留。止，停留。

原诗	译诗
陟彼屺兮，	登山脊啊，
瞻望母兮！	眺望母啊！
母曰："嗟，予季！	母说："咳，我细！
行役夙夜无寐。	服役夙夜无睡。
上慎旃哉，	望保重啊，
犹来无弃！"	可归勿弃！"

屺 qǐ

屺：无草木的山。季：小儿子。无寐：没得睡觉。寐，睡。无弃：不要离弃我而在他乡。

原诗	译诗
陟彼冈兮，	登山冈啊，
瞻望兄兮！	眺望兄啊！
兄曰："嗟，予弟！	兄说："咳，我弟！
行役夙夜必偕。	服役夙夜一起。
上慎旃哉，	望保重啊，
犹来无死！"	可归勿死！"

偕 xié

冈：山脊，山坡。偕：俱，指一同行动。

十亩之间

【译诗】

十亩之间：魏夫妇相约回乡。一说采桑者相呼。《毛诗正义》：刺时也。《诗经原始》：夫妇偕隐也。

原诗	译诗
十亩之间兮，	十亩田间啊，
桑者闲闲兮，	桑者闲闲啊，
行与子还兮！	将与您还啊！

行 xíng

十亩：指桑田。桑者：采桑者。闲闲：从容自得貌。行：且，将。还：回，返。

原诗	译诗
十亩之外兮，	十亩田外啊，
桑者泄泄兮，	桑者逸逸啊，
行与子逝兮！	将与您去啊！

泄 yì

泄泄：和乐自得貌，一说人多貌。逝：往，去。

伐檀

注音	原诗	【译诗】
檀 tán		
	坎坎伐檀兮，	坎坎伐檀啊，
寘 zhì 干 gān	寘之河之干兮！	置之河之岸啊！
猗 yī	河水清且涟猗！	河水清且漾呀！
穑 sè	不稼不穑，	不种不收，
廛 chán	胡取禾三百廛兮？	怎获谷三百仓啊？
	不狩不猎，	不狩不猎，
县 xuán 貆 huán	胡瞻尔庭有县貆兮？	怎见你院挂大獾啊？
	彼君子兮，	那君子啊，
	不素餐兮！	白吃饭啊！

伐檀：魏人讽刺领主不劳而获。《毛诗正义》：刺贪也。《诗经原始》：伤君子不见用于时，而又耻受无功禄也。

坎坎：伐木声。**檀**：落叶乔木，又粗又高、材质优良，适于制造战车及贵重物品。**寘**：放置。**干**：岸。**涟**：水面泛起微波。**猗**：助词。啊。**稼**：种植谷物。**穑**：收割谷物。**胡**：为何，怎么。**取**：获得。**禾**：谷类作物的总称。**三百**：表示多。**廛**：民房，货仓。一说通缠。量词，束。一说一百亩田。**庭**：院子。**县**：悬挂。**貆**：獾。食肉兽类，性凶猛，皮毛轻软。**不**：助词。**素餐**：无功受禄，不劳而食。

注音	原诗	【译诗】
	坎坎伐辐兮，	坎坎伐辐啊，
	寘之河之侧兮！	置之河之侧啊！
	河水清且直猗！	河水清且直呀！
	不稼不穑，	不种不收，
	胡取禾三百亿兮？	怎获谷三百亿啊？
	不狩不猎，	不狩不猎，
	胡瞻尔庭有县特兮？	怎见你院挂大鹿啊？
	彼君子兮，	那君子啊，
	不素食兮！	白吃肉啊！

辐：车轮中的木辐条。**直**：水直流。**亿**：一万万。一说通繶。量词，束。**特**：三岁的兽，大兽。**素食**：同素餐。不劳而食。

注音	原诗	【译诗】
	坎坎伐轮兮，	坎坎伐轮啊，
漘 chún	寘之河之漘兮！	置之河之沿啊！
	河水清且沦猗！	河水清且纹呀！
	不稼不穑，	不种不收，
囷 qūn	胡取禾三百囷兮？	怎获谷三百囤啊？
	不狩不猎，	不狩不猎，
	胡瞻尔庭有县鹑兮？	怎见你院挂鹌鹑啊？
	彼君子兮，	那君子啊，
飧 sūn	不素飧兮！	白吃荤啊！

漘：水边。**沦**：水面起微波。**囷**：圆形的谷仓。一说量词，捆。**鹑**：鹌鹑。小型鸟类，肉鲜美。**素飧**：无功受禄，不劳而食。飧，熟食，也泛指吃饭。

	硕鼠	【译诗】
	硕鼠硕鼠，	硕鼠硕鼠，
黍 shǔ	无食我黍！	勿食我黍！
女 rǔ	三岁贯女，	多年侍你，
	莫我肯顾。	不肯关顾。
	逝将去女，	誓将弃你，
	适彼乐土。	去那乐土。
	乐土乐土，	乐土乐土，
爰 yuán	爰得我所！	便得我宇！
	硕鼠硕鼠，	硕鼠硕鼠，
	无食我麦！	勿食我麦！
	三岁贯女，	多年侍你，
	莫我肯德。	不肯感激。
	逝将去女，	誓将弃你，
	适彼乐国。	去那乐国。
	乐国乐国，	乐国乐国，
	爰得我直！	便得我直！
	硕鼠硕鼠，	硕鼠硕鼠，
	无食我苗！	勿食我苗！
	三岁贯女，	多年侍你，
劳 lào	莫我肯劳。	不肯慰劳。
	逝将去女，	誓将弃你，
	适彼乐郊。	去那乐郊。
	乐郊乐郊，	乐郊乐郊，
号 háo	谁之永号？	谁还呼号？

硕鼠:魏人抗议领主剥削而向往理想社会。《毛诗正义》:刺重敛也。《诗经原始》:刺重敛也。

硕鼠:大老鼠。**黍**:粮食作物。**三岁**:三年。指多年。**贯**:服侍。**莫我肯顾**:莫肯顾我。不肯关照我。顾,照顾,关心。**逝**:通誓。表示决绝。**去女**:离开你。**适**:往。**乐土**:安乐的地方。**爰**:于是,就。**所**:处所。

麦:粮食作物。**德**:施德,报德。**乐国**:同乐土。**直**:正道,正理。一说价值,报酬。

苗:粟。粮食作物。**劳**:慰劳。**乐郊**:同乐土。**之**:其。表反问。**永号**:长呼,呼号。

唐风

唐风：周代诸侯国唐国的歌曲。唐国公元前11世纪立国，在今山西中南部，西周时改称晋，春秋时扩张到今陕西东部、河北西南部和河南北部一带。

蟋蟀

【译诗】

蟋蟀：晋臣岁暮述怀。《毛诗正义》：刺晋僖公也。《诗经原始》：唐人岁暮述怀也。

注音	原诗	译诗
	蟋蟀在堂，	蟋蟀在堂，
聿 yù 莫 mù	岁聿其莫。	岁哟将毕。
	今我不乐，	今不行乐，
	日月其除。	光阴白去。
大 tài	无已大康，	勿太安享，
	职思其居。	应思职事。
好 hào	好乐无荒，	好乐勿荒，
瞿 jù	良士瞿瞿。	贤士翼翼。

蟋蟀：昆虫，立秋后鸣叫，居野外，农历九月进入室内。**堂**：正厅。**岁聿其莫**：一年将尽。聿，助词。莫，同暮，时间将尽。**乐**：行乐。**日月**：光阴。**除**：光阴过去。**无**：不要。**已**：太，太过。**大康**：过分安乐。大，太。**职**：应，当。**居**：指所处地位或所任职务。**荒**：荒废。**良士**：贤士。**瞿瞿**：小心谨慎貌。

注音	原诗	译诗
	蟋蟀在堂，	蟋蟀在堂，
	岁聿其逝。	岁哟将逝。
	今我不乐，	今不行乐，
	日月其迈。	光阴白费。
	无已大康，	勿太安享，
	职思其外。	应思分外。
	好乐无荒，	好乐勿荒，
蹶 guì	良士蹶蹶。	贤士快快。

逝：过去，消逝。**迈**：光阴流逝。**外**：本职外的事情。**蹶蹶**：勤勉貌。

注音	原诗	译诗
	蟋蟀在堂，	蟋蟀在堂，
	役车其休。	役车将休。
	今我不乐，	今不行乐，
慆 tāo	日月其慆。	光阴白溜。
	无以大康，	勿太安享，
	职思其忧。	应思国忧。
	好乐无荒，	好乐勿荒，
	良士休休。	贤士悠悠。

役车：车名，供庶人服役时乘坐。**其休**：将要休假。**慆**：逝去。**忧**：指忧国。**休休**：安乐而有节制貌。

山有枢

枢 shū

山有枢，
隰有榆。
子有衣裳，
弗曳弗娄。
子有车马，
弗驰弗驱。
宛其死矣，
他人是愉。

隰 xí
曳 yè 娄 lǚ
愉 tōu

【译诗】

山有枢，
洼有榆。
您有衣裳，
不穿不服。
您有车马，
不驰不驱。
干瘪死了，
他人乐取。

山有枢：讽刺晋君吝啬。《毛诗正义》：刺晋昭公也。《诗经原始》：刺唐人俭不中礼也。

枢：刺榆。小乔木，生在山坡，耐旱。**隰**：低洼之地。**榆**：榆树。乔木，生在河川山谷。**弗**：不。**曳**：拖。指穿着拖地长衣。**娄**：通搂。指穿着紧身衣服。**宛**：死貌，枯萎貌。一说假如。**愉**：通偷。盗取。一说快乐，愉快。

山有栲，
隰有杻。
子有廷内，
弗洒弗埽。
子有钟鼓，
弗鼓弗考。
宛其死矣，
他人是保。

栲 kǎo
杻 niǔ
埽 sǎo

山有栲，
洼有杻。
您有庭除，
不洒不扫。
您有钟鼓，
不击不敲。
干瘪死了，
他人得到。

栲：栲栎。高大乔木，生在向阳山坡。**杻**：毛稠李。乔木，生在河谷。**廷内**：庭院厅房。**洒**：洒水在地以打扫卫生。**埽**：同扫。**考**：敲。**保**：占有。

山有漆，
隰有栗。
子有酒食，
何不日鼓瑟？
且以喜乐，
且以永日。
宛其死矣，
他人入室。

山有漆，
洼有栗。
您有酒食，
何不常鼓瑟？
且以喜乐，
且以延日。
干瘪死了，
他人入室。

漆：漆树。乔木，生在向阳避风山坡。**栗**：板栗。乔木，生在河滨，抗旱耐涝。**日**：每天。经常之意。**且**：姑且。**永日**：延长岁月。

扬之水

【译诗】

扬之水：晋人隐晦告密。传晋昭公封其叔桓叔在曲沃。桓叔渐强，昭公渐弱。晋大臣潘父勾结桓叔，密谋政变。《毛诗正义》：刺晋昭公也。《诗经原始》：讽昭公以备曲沃也。

注音	原诗	译诗
	扬之水，	湍急水，
	白石凿凿。	白石凿凿。
襮 bó	素衣朱襮，	素衣红领，
	从子于沃。	从您于沃。
	既见君子，	已见君子，
	云何不乐？	怎会不乐？

扬：水急流貌。一说水缓流貌。**凿凿**：鲜明貌。**襮**：绣有斧形花纹的衣领。**从**：随，跟随。**沃**：曲沃。邑名，在晋国，今山西。**君子**：指桓叔。

注音	原诗	译诗
	扬之水，	湍急水，
	白石皓皓。	白石皓皓。
	素衣朱绣，	素衣红绣，
鹄 hú	从子于鹄。	从您于鹄。
	既见君子，	已见君子，
	云何其忧？	怎会有忧？

皓皓：洁白貌。**朱绣**：绣有红色花纹的衣领。**鹄**：古地名，在曲沃。**云何其忧**：怎会有忧愁。

注音	原诗	译诗
	扬之水，	湍急水，
粼 lín	白石粼粼。	白石粼粼。
	我闻有命，	我听有令，
	不敢以告人！	不敢告诉人！

粼粼：明净貌。

椒聊

【译诗】

椒聊：晋人赞人健壮多子。或许借以比喻或讽喻。《毛诗正义》：刺晋昭公也。《诗经原始》：忧沃盛而晋微也。

注音	原诗	译诗
	椒聊之实，	花椒果实，
蕃 fán 衍 yǎn	蕃衍盈升。	繁多成升。
其 jì	彼其之子，	那个人呀，
	硕大无朋。	硕大无朋。
且 jū	椒聊且，	花椒呀，
且 jū	远条且！	香飘呀！

椒聊：即椒，花椒。灌木，叶、果芳香，果成串，成熟时为红色圆形，内有种子一粒，黑色圆大光亮。聊，助词。**蕃衍**：繁盛众多。**盈升**：成升。表示多。**硕大无朋**：体壮德美无可比拟。**且**：助词。**远条**：远长。指香气传得远。

	椒聊之实，	花椒果实，
匊 jū	蕃衍盈匊。	繁多成兜。
	彼其之子，	那个人呀，
且 qiě 笃 dǔ	硕大且笃。	硕大且厚。
	椒聊且，	花椒呀，
	远条且！	香飘呀！

盈匊：成捧。表示多。匊，即掬，两手合捧。**笃**：厚实，结实。

绸 chóu 缪 móu	**绸缪**	**【译诗】**

绸缪：新郎即景抒情。一说亲友闹新房。《毛诗正义》：刺晋乱也。《诗经原始》：贺新昏也。

	绸缪束薪，	缠紧束薪，
	三星在天。	参星东临。
	今夕何夕，	今夕何夕，
	见此良人？	见此美人？
	子兮，子兮，	您啊，您啊，
	如此良人何？	奈此美人何？

绸缪：紧紧缠缚貌。**束薪**：一捆柴草。象征结婚。**三星在天**：参星在东方。指黄昏。三星，参星。**良人**：美人。

刍 chú	绸缪束刍，	缠紧束秸，
隅 yú	三星在隅。	参星南斜。
	今夕何夕，	今夕何夕，
邂 xiè 逅 hòu	见此邂逅？	见此爱悦？
	子兮，子兮，	您啊，您啊，
	如此邂逅何？	奈此爱悦何？

束刍：一捆牧草。象征结婚。刍，喂牲畜的草料。**三星在隅**：参星在东南方。指入夜。隅，东南角。**邂逅**：欢悦貌。代指欢心之人。

	绸缪束楚，	缠紧荆束，
	三星在户。	参星南去。
	今夕何夕，	今夕何夕，
粲 càn	见此粲者？	见此美女？
	子兮，子兮，	您啊，您啊，
	如此粲者何？	奈此美女何？

束楚：一捆荆条。象征结婚。**三星在户**：参星在正南方。指午夜。户，大门。**粲者**：美女。

杕杜

【译诗】

杕杜:晋人哀叹内外无助。《毛诗正义》:刺时也。《诗经原始》:自伤兄弟失好而无助也。

注音	原诗	译诗
杕 dì		
	有杕之杜,	孤独杜梨,
湑 xǔ	其叶湑湑。	其叶郁郁。
行 xíng 踽 jǔ	独行踽踽,	独行踽踽,
	岂无他人?	岂无他人?
	不如我同父。	不如我同父。
嗟 jiē 行 háng	嗟,行之人!	唉,路上人!
	胡不比焉?	怎不即呀?
	人无兄弟,	人无兄弟,
佽 cì	胡不佽焉?	怎不济呀?

杕:树木孤独挺立貌。**杜**:棠梨,又叫杜梨。乔木或灌木,在贫瘠山地常为灌木,在沃野可成高大乔木。**湑湑**:茂盛貌。**踽踽**:独行貌。**同父**:同父兄弟。**嗟**:叹词,表叹息声。**行**:大路。**胡**:为何。**比**:亲近。一说辅助。**佽**:帮助。

注音	原诗	译诗
	有杕之杜,	孤独杜梨,
菁 jīng	其叶菁菁。	其叶葱葱。
睘 qióng	独行睘睘,	独行茕茕,
	岂无他人?	岂无他人?
	不如我同姓。	不如我同宗。
	嗟,行之人!	唉,路上人!
	胡不比焉?	怎不即呀?
	人无兄弟,	人无兄弟,
	胡不佽焉?	怎不济呀?

菁菁:茂盛貌。**睘睘**:孤独无依貌。**同姓**:同祖兄弟。

羔裘

【译诗】

羔裘:晋人讽刺卿大夫势利。《毛诗正义》:刺时也。《诗经原始》:刺在位不能恤民也。

注音	原诗	译诗
袪 qū	羔裘豹袪,	羔裘豹袖,
居 jù	自我人居居。	对我等倨倨。
	岂无他人?	岂无他人?
	维子之故!	因您旧故!

羔裘:紫羔皮衣。诸侯卿大夫朝服。**豹袪**:袖口上用豹皮制成的装饰。**自**:对待。**我人**:我这样的人。**居居**:倨傲貌。一说憎恶、不相亲近貌。**维**:由于。**子**:你。**故**:旧故,旧友。

褎 xiù

羔裘豹褎，
自我人究究。
岂无他人？
维子之好！

羔裘豹袖，
对我等傲傲。
岂无他人？
因您旧好！

褎：衣袖。**究究**：傲慢貌。一说憎恶、不相亲貌。**好**：指旧好。

鸨 bǎo

鸨羽

【译诗】

鸨羽：晋征夫哀怨久役不得归。《毛诗正义》：刺时也。《诗经原始》：刺征役苦民也。

栩 xǔ
盬 gǔ
蓺 yì 稷 jì
黍 shǔ 怙 hù
曷 hé

肃肃鸨羽，
集于苞栩。
王事靡盬，
不能蓺稷黍，
父母何怙？
悠悠苍天！
曷其有所？

大鸨振羽，
栖到栎树。
王事无已，
不能种稷黍，
父母怎护？
悠悠苍天！
何时有住？

肃肃：鸟拍翅膀之声。**鸨**：大鸨。大型鸟类，生在草原，善奔跑，秋天迁飞至黄河流域过冬。无后趾，不能握枝站立。**集**：鸟在树上栖息。**苞**：丛生。**栩**：刺叶栎。灌木，叶有锐齿。**王事**：王命差遣的公事。**靡盬**：无止息。**蓺**：同艺。种植。**稷黍**：黍和稷。泛指五谷。**怙**：依靠。**曷其有所**：何时才有住所。曷，何时。所，住所。

棘 jí
食 sì

肃肃鸨翼，
集于苞棘。
王事靡盬，
不能蓺黍稷，
父母何食？
悠悠苍天！
曷其有极？

大鸨拍翼，
栖到丛棘。
王事无已，
不能种黍稷，
父母怎侍？
悠悠苍天！
何时是底？

棘：酸枣。灌木，枝干布满尖刺。**食**：通饲。给人吃。**曷其有极**：何时苦难才到头。极，尽头。

行 háng

肃肃鸨行，
集于苞桑。
王事靡盬，
不能蓺稻粱，
父母何尝？
悠悠苍天！
曷其有常？

大鸨雁行，
栖到蒙桑。
王事无已，
不能种稻粱，
父母怎养？
悠悠苍天！
何时复常？

行：行列。**桑**：蒙桑。灌木，叶有齿刺。**稻粱**：稻和粱。谷物的总称。**尝**：吃。**曷其有常**：何时才能恢复正常。

无衣

【译诗】

无衣：晋人感念"子"赠衣。一说"子"指妻子。一说"子"指周王，传晋武公请命周厘王册封为晋侯。《毛诗正义》：美晋武公也。《诗经原始》：代武公请命于王也。

原诗	译诗
岂曰无衣七兮？	岂说无衣七啊？
不如子之衣，	不如您那衣，
安且吉兮！	安且吉啊！

七：代指衣之多。一说侯伯以七为礼，车骑衣服皆以七为节。子：您。安：安适。吉：美好。

原诗	译诗
岂曰无衣六兮？	岂说无衣六啊？
不如子之衣，	不如您那衣，
安且燠兮！	安且厚啊！

燠 yù

六：代指衣之多。一说天子之卿以六为礼，车骑衣服皆以六为节。燠：暖和，温暖。

有杕之杜

杕 dì

【译诗】

有杕之杜：晋人求交君子。或许是求贤或求偶。《毛诗正义》：刺晋武公也。《诗经原始》：自嗟无力致贤也。

原诗	译诗
有杕之杜，	孤独杜梨，
生于道左。	长于路左。
彼君子兮，	那君子啊，
噬肯适我？	可肯近我？
中心好之，	心中喜爱，
曷饮食之？	何不款待？

噬 shì 適 dí　好 hào　曷 hé

杕：树木孤独挺立貌。杜：杜梨。乔木或灌木，在贫瘠山地常为灌木，在沃野可成高大乔木。道：道路。噬：助词。適：亲厚。中心：心中。好：喜爱。曷：何不。

原诗	译诗
有杕之杜，	孤独杜梨，
生于道周。	长于路右。
彼君子兮，	那君子啊，
噬肯来游？	可肯来游？
中心好之，	心中喜爱，
曷饮食之？	何不款待？

周：曲折之处，旁边。游：游玩。一说交往。

葛生

【译诗】

葛生：哀悼亡偶。《毛诗正义》：刺晋献公也。《诗经原始》：征妇怨也。

蔹 liǎn
予 yú
处 chǔ

葛生蒙楚，
蔹蔓于野。
予美亡此，
谁与？独处。

葛缠荆木，
蔹掩荒野。
我爱葬此，
谁伴？独处。

葛：草质藤本植物，攀绕他物生长。**蒙**：覆盖。**楚**：也叫黄荆。小灌木。**蔹**：白蔹。草质藤本植物，攀附他物上升。**蔓**：蔓延。**予美**：我爱。**亡此**：死后葬此。**与**：和……在一起。**独处**：还不是独自居住。

棘 jí

葛生蒙棘，
蔹蔓于域。
予美亡此，
谁与？独息。

葛缠丛棘，
蔹掩墓地。
我爱葬此，
谁伴？独息。

棘：酸枣。灌木。**域**：坟地。**息**：止息，歇息。

粲 càn
衾 qīn

角枕粲兮，
锦衾烂兮！
予美亡此，
谁与？独旦。

角枕灿啊，
锦被艳啊！
我爱葬此，
谁伴？独眠。

角枕：角制或角饰的枕头，死者用。**粲**：华美鲜明。**锦衾**：锦缎被子，敛尸用。**烂**：华美。**旦**：天亮。指睡到天亮。

夏之日，
冬之夜。
百岁之后，
归于其居！

夏之日，
冬之夜。
百岁之后，
归于其穴！

百岁之后：死后。**归**：归宿。**其居**：死者的坟墓。

冬之夜，
夏之日。
百岁之后，
归于其室！

冬之夜，
夏之日。
百岁之后，
归于其室！

其室：死者的坟墓。

苓 líng

采苓

【译诗】

采苓：劝人勿信谎言。《毛诗正义》：刺晋献公也。《诗经原始》：刺听谗也。

巅 diān

旃 zhān

采苓采苓，	采收白莲，
首阳之巅。	首阳山颠。
人之为言，	人说谎言，
苟亦无信。	且勿轻信。
舍旃舍旃，	舍之舍之，
苟亦无然。	且勿当真。
人之为言，	人说谎言，
胡得焉！	怎得逞！

苓：莲。水生植物。**首阳**：首阳山。在晋国，今山西。**巅**：山顶。**为言**：诈伪之言。为，通伪。**人**：有人。**苟**：姑且。一说诚然。**亦**：助词。**无**：勿。**信**：相信。**舍**：舍弃。**旃**：之焉。**然**：认为正确。**胡**：怎么。**得**：得到，得利。

采苦采苦，	采收苦菜，
首阳之下。	首阳山下。
人之为言，	人说谎言，
苟亦无与。	且勿采纳。
舍旃舍旃，	舍之舍之，
苟亦无然。	且勿当真。
人之为言，	人说谎言，
胡得焉！	怎得逞！

苦：苦菜。草本植物，生在田野。**与**：以，用。

葑 fēng

采葑采葑，	采收芜菁，
首阳之东。	首阳山东。
人之为言，	人说谎言，
苟亦无从。	且勿听从。
舍旃舍旃，	舍之舍之，
苟亦无然。	且勿当真。
人之为言，	人说谎言，
胡得焉！	怎得逞！

葑：芜菁。蔬菜。种在园圃，或生在田野。**从**：听从。

秦风

秦风：周代秦国的歌曲。秦国原为周国附庸，在今陕西西部，公元前8世纪受封为诸侯国，扩张到今陕西中部。

车邻

车邻：赞美秦君平易待人。《毛诗正义》：美秦仲也。《诗经原始》：美秦君简易易事也。

	车邻	【译诗】
	有车邻邻，	有车辚辚，
	有马白颠。	有马白顶。
	未见君子，	未见君子，
	寺人之令。	侍臣传令。
阪 bǎn	阪有漆，	坡有漆，
隰 xí 栗 lì	隰有栗。	洼有栗。
	既见君子，	已见君子，
	并坐鼓瑟。	并坐鼓瑟。
	今者不乐，	今日不乐，
耋 dié	逝者其耋！	来日老弱！
	阪有桑，	坡有桑，
	隰有杨。	洼有杨。
	既见君子，	已见君子，
	并坐鼓簧。	并坐鼓簧。
	今者不乐，	今日不乐，
	逝者其亡！	来日死亡！

邻邻：辚辚。拟声词。车行声。**白颠**：额有白毛。**君子**：指秦君。**寺人**：宫中近侍小臣，多为阉人担任。

阪：斜坡。**漆**：漆树，生在向阳山坡。**隰**：低湿地。**栗**：板栗。生在低湿河谷滩地。**瑟**：拨弦乐器。**逝者**：将来。**耋**：七八十岁。泛指衰老。

桑：喜生在向阳山坡。**杨**：白杨。乔木，喜潮湿，生在低湿地。**簧**：吹乐器。

驷 sì 驖 tiě

驷驖

【译诗】

驷驖：秦臣赞美秦襄公行猎。《毛诗正义》：美襄公也。《诗经原始》：美田猎之盛也。

阜 fù 辔 pèi

驷驖孔阜，　四马黑油，
六辔在手。　六缰在手。
公之媚子，　公之所爱，
从公于狩。　从公猎狩。

驷驖：一车四匹赤黑马。**孔**：甚，很。**阜**：肥壮。**六辔**：一套六条马缰绳。**公**：指秦襄公。**媚子**：所爱之人。也指贤臣。**狩**：冬猎。

奉时辰牡，　赶出公兽，
辰牡孔硕。　公兽肥硕。
公曰："左之！"　公令："向左！"
舍拔则获。　一箭射获。

奉时辰牡：进献应时雄兽。指赶出野兽供秦襄公打猎。**左之**：驾车向左转。**舍拔**：射出箭。舍，发。拔，箭尾触弦之处。

辅 yóu 镳 biāo 载 zài 猃 xiǎn 骄 xiāo

游于北园，　游于北园，
四马既闲。　驷马熟练。
𬨎车鸾镳，　轻车銮衔，
载猃歇骄。　载上猎犬。

北园：园林名。**闲**：通娴。娴熟，熟习。**𬨎车**：轻车。**鸾镳**：系鸾铃的马衔。**载**：以车运载。**猃**：长嘴猎犬。**歇骄**：短嘴猎犬。

注音	小戎	【译诗】
戎 róng		
俴 jiàn	小戎俴收，	小车浅舆，
楘 mù 輈 zhōu	五楘梁輈。	五带辕固。
	游环胁驱，	活环皮扣，
靷 yǐn 鋈 wù	阴靷鋈续，	引带铜箍，
毂 gǔ	文茵畅毂，	虎垫长毂，
骐 qí 馵 zhù	驾我骐馵。	驾我花驹。
	言念君子，	俺念君子，
	温其如玉。	温润如玉。
	在其板屋，	在戎板屋，
	乱我心曲。	乱我心曲。
阜 fù	四牡孔阜，	驷马肥硕，
辔 pèi	六辔在手。	六缰在手。
骐 qí 骝 liú	骐骝是中，	青红中间，
䯄 guā 骊 lí	䯄骊是骖。	黄黑两边。
骖 cān 鋈 wù	龙盾之合，	龙盾叠合，
觼 jué 軜 nà	鋈以觼軜。	缰环金色。
	言念君子，	俺念君子，
	温其在邑。	温润在西。
	方何为期，	何日为期，
	胡然我念之？	何以我念之？
	俴驷孔群，	驷马合群，
厹 qiú 錞 duì	厹矛鋈錞，	矛端套金，
苑 yuàn	蒙伐有苑，	盾面饰纹，
韔 chàng 镂 lòu	虎韔镂膺。	弓袋镂胸。
	交韔二弓，	倒放双弓，
绲 gǔn 縢 téng	竹闭绲縢。	弓架缠绳。
	言念君子，	俺念君子，
载 zài 兴 xīng	载寝载兴。	乍眠乍行。
厌 yān	厌厌良人，	雅雅良人，
	秩秩德音。	智智令闻。

小戎：秦妇渴念西征的丈夫，细描了兵车。《毛诗正义》：美襄公也。《诗经原始》：怀西征将士也。

小戎：小型兵车。**俴**：矮，浅。**收**：舆，车厢。一说轸，束住车厢的横木。**楘**：扎固并装饰车辕的皮带。**梁輈**：车上用以驾马的曲辕。**游环**：皮革活环，在服马颈套上，中穿缰绳，控制骖马不外逸。**胁驱**：皮革扣带，系在车轸，过服马胁外，控制骖马不内入。**阴靷**：引车前行的皮带。**鋈续**：装饰马车的白铜皮带环。**文茵**：虎皮车垫。**畅毂**：长毂。毂，车轮的中心部分，有圆孔，可插轴。**骐**：青黑花马。**馵**：后足白色的马。**言**：我。**君子**：妻称呼夫。**板屋**：西戎常见的木板屋。西戎，古族名，在今陕西、甘肃一带。**乱**：扰乱。**心曲**：内心。

阜：大，肥大。**骝**：黑鬃黑尾红马。**䯄**：黄马。**骊**：黑马。**龙盾**：龙纹盾牌。**合**：叠合。**觼軜**：系上内缰的环。觼，有舌的环。軜，骖马内缰。**在邑**：在西戎地方。**方**：将。**期**：归期。**胡然**：为何。

俴驷：一车的四马。**孔群**：很协调。**厹矛**：三刃矛。**錞**：矛柄下端的金属套。**蒙**：覆盖。**伐**：通瞂。盾。**苑**：纹彩貌。**虎韔**：虎皮弓袋。**镂膺**：马胸前的雕花金饰带子。**交韔二弓**：两把弓反向并置弓袋中。**竹闭**：竹制弓架，正弓用。**绲**：绳。**縢**：缠束。**载寝载兴**：忽睡忽起。不安貌。**厌厌**：安静貌。**良人**：女子称丈夫。**秩秩**：聪明多智貌。**德音**：美名。

蒹 jiān 葭 jiā

蒹葭

【译诗】

蒹葭：描述追人之难。所追者一说是意中人，一说是隐士。《毛诗正义》：刺襄公也。《诗经原始》：惜招隐难致也。

蒹葭苍苍，
白露为霜。
所谓伊人，
在水一方，
溯洄从之，
道阻且长。
溯游从之，
宛在水中央。

溯 sù 洄 huí

芦苇苍苍，
白露为霜。
所谓伊人，
在水一方。
逆流追之，
道险且长。
顺流追之，
宛在水中央。

蒹葭：蒹，荻。葭，芦苇。均为高大草本植物，春天冒出芽苞，灰紫苍苍；夏天杆高叶茂，青绿一片；秋天抽穗开花，采采灿然。**所谓**：所说的。**伊人**：此人。指意中所指之人。**水**：河。**方**：旁。**溯洄**：逆流而上。**从**：追，随。**阻**：险阻。**溯游**：顺流而下。**宛**：仿佛。

蒹葭萋萋，
白露未晞。
所谓伊人，
在水之湄。
溯洄从之，
道阻且跻。
溯游从之，
宛在水中坻。

晞 xī 湄 méi 跻 jī 坻 chí

芦苇萋萋，
白露未晞。
所谓伊人，
在水之际。
逆流追之，
道险且崎。
顺流追之，
宛在水中地。

萋萋：茂盛貌。**晞**：干。**湄**：岸边，水和草相接的地方。**跻**：上升，升高。**坻**：水中小块陆地。

蒹葭采采，
白露未已。
所谓伊人，
在水之涘。
溯洄从之，
道阻且右。
溯游从之，
宛在水中沚。

涘 sì 沚 zhǐ

芦苇采采，
白露未已。
所谓伊人，
在水之翼。
逆流追之，
道险且曲。
顺流追之，
宛在水中屿。

采：鲜明貌。**已**：止。**涘**：水边。**右**：迂回盘曲。**沚**：水中小块陆地。

终南

【译诗】

终南：秦臣祝颂秦君成为诸侯。《毛诗正义》：戒襄公也。《诗经原始》：祝襄公以收民望也。

	终南何有？	南山有啥？
	有条有梅。	有柚有梅。
	君子至止，	君子至此，
裘 qiú	锦衣狐裘。	锦衣狐裘。
渥 wò	颜如渥丹，	颜如渥丹，
	其君也哉！	乃君呢啊！

终南：南山。在秦国，今陕西。**条**：柚，乔木，果大可食，是佳果。一说山楸。**梅**：梅树，花美耐寒，果为佳果。一说楠木。**君子**：指秦君。**锦衣**：精美华丽的衣服。指显贵者的服装。**狐裘**：狐皮外衣，为诸侯服装。**渥丹**：润泽光艳的朱砂。形容红润的面色。**其**：乃，乃是。**君**：君主。**也哉**：助词，表感叹。

	终南何有？	南山有啥？
	有纪有堂。	有杞有棠。
	君子至止，	君子至此，
黻 fú	黻衣绣裳。	纹衣绣裳。
将 qiāng	佩玉将将，	佩玉锵锵，
	寿考不亡！	寿高无疆！

纪：通杞。枸杞。南山特产。**堂**：棠。杜梨。**黻衣**：贵族礼服，绣有青黑色花纹。**绣裳**：贵族礼服，绣有五彩花纹。**将将**：拟声词。碰击声。**寿考**：长寿。**亡**：终止。

黄鸟

【译诗】

黄鸟:秦人哀悼三位贤臣。《毛诗正义》:哀三良也。《诗经原始》:哀三良也。

注音	原诗	译诗
	交交黄鸟,	啾啾黄鸟,
棘 jí	止于棘。	栖到棘。
穆 mù	谁从穆公?	谁殉穆公?
奄 yǎn	子车奄息。	子车奄息。
	维此奄息,	有此奄息,
	百夫之特。	百夫可匹。
	临其穴,	临其穴,
惴 zhuì 慄 lì	惴惴其慄。	惴惴战栗。
	彼苍者天,	苍苍之天,
	歼我良人!	杀我贤臣!
赎 shú	如可赎兮,	若可赎啊,
	人百其身!	百换一人!

交交:拟声词。鸟鸣声。**黄鸟**:黄鹂。小鸣禽。一说金翅雀。**止**:栖息。**棘**:酸枣树。棘谐音急。**从**:从死,殉葬。**穆公**:秦穆公。**子车奄息**:人名。姓子车,名奄息。秦国大臣。**维**:助词。**特**:匹敌,相当。一说杰出者。**临**:从高处朝向低处。**穴**:墓穴。**惴惴**:恐惧貌。**慄**:战栗,发抖。**歼**:消灭。**良人**:贤者。**赎**:替换。**人百其身**:以百人换他一个。一说死上百次也要做。

注音	原诗	译诗
	交交黄鸟,	啾啾黄鸟,
	止于桑。	栖到桑。
	谁从穆公?	谁殉穆公?
行 háng	子车仲行。	子车仲行。
	维此仲行,	有此仲行,
	百夫之防。	百夫可当。
	临其穴,	临其穴,
	惴惴其慄。	惴惴战栗。
	彼苍者天,	苍苍之天,
	歼我良人!	杀我贤臣!
	如可赎兮,	若可赎啊,
	人百其身!	百换一人!

桑:桑树。桑谐音丧。**子车仲行**:人名。姓子车,名仲行。秦国大臣。**防**:对当,相当。

注音	原诗	译诗
	交交黄鸟,	啾啾黄鸟,
	止于楚。	栖荆树。
	谁从穆公?	谁殉穆公?
鍼 qián	子车鍼虎。	子车鍼虎。

楚:黄荆。楚含意苦楚。**子车鍼虎**:人名。姓子车,名鍼虎。秦国大臣。

维此鍼虎，	有此鍼虎，
百夫之御。	百夫可阻。
临其穴，	临其穴，
惴惴其慄。	惴惴战栗。
彼苍者天，	苍苍之天，
歼我良人！	杀我贤臣！
如可赎兮，	若可赎啊，
人百其身！	百换一人！

御：匹敌，相当。

晨风

【译诗】

晨风：担忧会为君子所弃。君子或为丈夫，或为君主，或为贤人。《毛诗正义》：刺康公也。《诗经原始》：未详。

鴥 yù
钦 qīn

鴥彼晨风，	疾飞鹞鹰，
郁彼北林。	茂密北林。
未见君子，	未见君子，
忧心钦钦。	忧心殷殷。
如何如何？	奈何奈何？
忘我实多！	忘我是多！

鴥：疾飞貌。**晨风**：燕隼。鹞鹰类猛禽，飞行极快捷。**郁**：茂盛貌，浓密貌。**北林**：林名。**君子**：妻称呼夫。一说君主。一说贤人。**钦钦**：忧思难忘貌。**如何**：奈何，怎么办。

栎 lì
隰 xí 驳 bó
乐 lè

山有苞栎，	山多麻栎，
隰有六驳。	洼多梓榆。
未见君子，	未见君子，
忧心靡乐。	忧心无乐。
如何如何？	奈何奈何？
忘我实多！	忘我是多！

苞：丛生。**栎**：麻栎。乔木。**隰**：低洼地。**六**：表示多。**驳**：梓榆。乔木，耐阴湿。**靡乐**：不快乐。

棣 dì
檖 suì

山有苞棣，	山多唐棣，
隰有树檖。	洼多山梨。
未见君子，	未见君子，
忧心如醉。	忧心如醉。
如何如何？	奈何奈何？
忘我实多！	忘我是多！

棣：唐棣。小乔木。**树**：直立貌。**檖**：山梨。小乔木，耐湿涝。

无衣

【译诗】

无衣：秦兵表忠。《毛诗正义》：刺用兵也。《诗经原始》：秦人乐为王复仇也。

岂曰无衣？
与子同袍。
王于兴师，
修我戈矛，
与子同仇！

岂说无衣？
与您同袍。
王哟兴师，
备我戈矛，
与您同仇！

衣：泛指服装。**袍**：长外衣。**王**：指称秦国君主。**于**：助词。**兴师**：起兵。**修**：修缮，准备好。**同仇**：共同赴敌，对敌人表示共同愤慨。

岂曰无衣？
与子同泽。
王于兴师，
修我矛戟，
与子偕作！

岂说无衣？
与您同衣。
王哟兴师，
备我矛戟，
与您齐起！

偕 xié

泽：通襗。内衣。**偕作**：同起，共同行动。

岂曰无衣？
与子同裳。
王于兴师，
修我甲兵，
与子偕行！

岂说无衣？
与您同裳。
王哟兴师，
备我甲兵，
与您齐行！

行 xíng

裳：下衣，裙。**甲兵**：铠甲兵器。**偕行**：一同出发，一起走。

渭阳

【译诗】

渭阳：秦穆公公子送别舅父晋公子重耳。《毛诗正义》：康公念母也。《诗经原始》：康公送别舅氏重耳归晋也。

我送舅氏，
曰至渭阳。
何以赠之？
路车乘黄。

我送舅父，
已至渭阳。
何以赠之？
大车驷黄。

乘 shèng

舅氏：舅父。**曰**：助词。**渭阳**：渭水北岸。渭水，在秦国，今陕西。**何以**：用什么。**路车**：辂车。诸侯所乘之车。**乘黄**：四匹黄马。

我送舅氏，
悠悠我思。
何以赠之？
琼瑰玉佩。

我送舅父，
悠悠我思。
何以赠之？
美石玉佩。

琼 qióng 瑰 guī

琼瑰：次于玉的美石。

权舆

【译诗】

权舆：秦贵族哀叹今不如昔。一说讽刺秦君待臣失礼。《毛诗正义》：刺康公也。《诗经原始》：刺康公待贤礼杀也。

於 wū

於，我乎！ 唉，我呀！
夏屋渠渠， 大碗巨巨，
今也每食无余。 今呢每餐无余。
于嗟乎！ 哎哟呀！
不承权舆！ 不再当初！

于 xū 嗟 jiē

於：叹词。乎：助词。夏屋：大俎，大的食具。一说大屋。渠渠：大貌。一说深广貌。无余：没有剩余。于嗟乎：叹词。表感叹。承：继承，接续。权舆：起始，当初。

於，我乎！ 唉，我呀！
每食四簋， 每餐四肴，
今也每食不饱。 今呢每餐不饱。
于嗟乎！ 哎哟呀！
不承权舆！ 不再当初！

簋 guǐ

四：表示多。簋：圆形食器。也作量词。

陈风

陈风：周代诸侯国陈国的歌曲。陈国在今河南东部和安徽西北部一带，公元前11世纪立国。

宛丘

【译诗】

宛丘：陈人爱慕女巫而描画之。《毛诗正义》：刺幽公也。《诗经原始》：刺上位游荡无度也。

汤 dàng

子之汤兮， 您放荡啊，
宛丘之上兮！ 宛丘之上啊！
洵有情兮， 真有情啊，
而无望兮！ 而无望啊！

洵 xún

汤：通荡。行为放纵，游荡无所不为。宛丘：丘名，在陈国都城附近，今河南淮阳。洵：确实。而：却，然而。

坎其击鼓， 咚咚击鼓，
宛丘之下。 宛丘之下。
无冬无夏， 无论冬夏，
值其鹭羽。 手持鹭羽。

值 zhì

坎其：坎坎。击鼓或击缶之声。无：无论。值：握持。鹭羽：白鹭羽毛，用以制舞具。

坎其击缶， 当当击缶，
宛丘之道。 宛丘之道。
无冬无夏， 无论冬夏，
值其鹭翿。 手持鹭毛。

缶 fǒu

翿 dào

缶：瓦质打击乐器。鹭翿：白鹭羽毛制成的舞具，似扇。

东门之枌

枌 fén

东门之枌，
宛丘之栩。
子仲之子，
婆娑其下。

栩 xǔ　婆 pó 娑 suō

【译诗】

东门白榆，
宛丘柞树。
子仲之女，
婆娑其下。

东门之枌：陈人描画女巫并表达爱意。《毛诗正义》：疾乱也。《诗经原始》：巫觋盛行也。

枌：白榆。乔木，树冠圆大多阴。**栩**：麻栎。乔木，树干挺拔。**子仲之子**：子仲氏之女。**婆娑**：跳舞貌。

榖 gǔ 差 chāi

榖旦于差，
南方之原。
不绩其麻，
市也婆娑。

良辰哟选，
南方平原。
不搓麻纱，
市间婆娑。

榖旦：良辰，清朗美好的日子。代称吉日。**于**：助词。**差**：选择。**原**：原野，平原。**绩**：搓捻麻线。**市**：集市。

鬷 zǒng　荍 qiáo　贻 yí

榖旦于逝，
越以鬷迈。
视尔如荍，
贻我握椒。

良辰哟至，
约以同去。
看你如花，
给我把椒。

逝：至。**越以**：助词。**鬷**：会合，聚集。**迈**：出行。**荍**：锦葵。草本植物，花紫红色。**贻**：送给。**握**：量词。把。**椒**：花椒，果红色，有香气。

衡门

【译诗】

衡门之下，
可以栖迟。
泌之洋洋，
可以乐饥。

泌 bì　乐 liáo

陋室之下，
可以憩息。
泉水涓涓，
可以充饥。

衡门：讲出知足之理。《毛诗正义》：诱僖公也。《诗经原始》：贤者自乐而无求也。

衡门：横木为门。指简陋的居室。**栖迟**：游息。**泌**：涓流之泉水。**洋洋**：缓缓貌。**乐饥**：疗饥，充饥。乐，通疗。

鲂 fáng

岂其食鱼，
必河之鲂？
岂其取妻，
必齐之姜？

难道吃鱼，
必选河鲂？
难道娶妻，
必选齐姜？

岂其：难道，一说何必。**鲂**：鲂鱼。大中型淡水鱼类，肉质细嫩，味道鲜美，为鱼中上品。**齐之姜**：齐国贵族姜姓小姐。

岂其食鱼，
必河之鲤？
岂其取妻，
必宋之子？

难道吃鱼，
必选河鲤？
难道娶妻，
必选宋子？

鲤：鲤鱼。大中型淡水鱼类，黄河鲤个大味美，为名鱼。**宋之子**：宋国贵族子姓小姐。

东门之池　【译诗】

东门之池：陈人思慕意中人。《毛诗正义》：刺时也。《诗经原始》：未详。

注音	原诗	译诗
	东门之池，	东门城河，
沤 òu	可以沤麻。	可以沤麻。
	彼美淑姬，	那美淑女，
	可与晤歌。	可与对歌。

池：护城河。沤：长时间浸泡。麻：大麻。草本纤维植物，皮经浸泡漂洗成纤维，可用于纺织。淑：善，善良。姬：妇女的美称。晤歌：相对而歌。晤，面对面。

注音	原诗	译诗
	东门之池，	东门城河，
纻 zhù	可以沤纻。	可以沤苎。
	彼美淑姬，	那美淑女，
	可与晤语。	可与对语。

纻：苎麻。草本纤维植物，皮经浸泡漂洗成纤维，可用于纺织。晤语：见面交谈。

注音	原诗	译诗
	东门之池，	东门城河，
菅 jiān	可以沤菅。	可以沤菅。
	彼美淑姬，	那美淑女，
	可与晤言。	可与对言。

菅：菅草。高大草本植物，茎叶经浸泡，可用于打绳索、编草鞋。晤言：见面谈话。

东门之杨　【译诗】

东门之杨：抱怨对方失约。双方或为情侣。一说讽刺亲迎不至。《毛诗正义》：刺时也。《诗经原始》：未详。

注音	原诗	译诗
	东门之杨，	东门白杨，
牂 zāng	其叶牂牂。	其叶苍苍。
	昏以为期，	黄昏为期，
	明星煌煌。	明星煌煌。

杨：白杨。乔木，叶片宽大厚实。牂牂：茂盛貌。昏：黄昏。期：约期。明星：启明星，即金星。早晨出现在东方。煌煌：明亮貌。

注音	原诗	译诗
	东门之杨，	东门白杨，
肺 pèi	其叶肺肺。	其叶郁郁。
	昏以为期，	黄昏为期，
晢 zhé	明星晢晢。	明星熠熠。

肺肺：茂盛貌。晢晢：明亮貌。

墓门

【译诗】

墓门：陈人讽刺陈桓公不及早锄奸。一说讽刺恶君陈佗。传陈佗先趁桓公病重杀了太子，再趁桓公去世篡位乱世。《毛诗正义》：刺陈佗也。《诗经原始》：刺桓公不能早去佗也。

棘 jí

墓门有棘，
斧以斯之。
夫也不良，
国人知之。
知而不已，
谁昔然矣！

墓门有棘，
斧头劈之。
他呢不良，
国人知之。
知而不已，
早如此了！

墓门：墓道之门。**棘**：酸枣。灌木，枝条由折多刺。**斯**：劈。**夫**：他。指陈佗。一说指陈佗的师傅。**已**：停止。**谁昔**：从前。谁，助词。**然**：如此，这样。

鸮 xiāo
予 yú

墓门有梅，
有鸮萃止。
夫也不良，
歌以讯之。
讯予不顾，
颠倒思予。

墓门有梅，
鸱鸮栖之。
他呢不良，
作歌批之。
批也白说，
乱来想我。

梅：梅树。一说楠木。**鸮**：鸱鸮。鸟类，包括鸺鹠、猫头鹰等。昼伏夜动，夜啼声如鬼哭。**萃**：栖止。**止**：之，此。**歌**：作歌。一说作诗。**讯**：责问。**讯予不顾**：不顾予讯。不理睬我的责问。予，我。**颠倒**：颠覆，败亡。一说错乱，昏乱。

防有鹊巢

【译诗】

防有鹊巢：忧惧心上人受骗。《毛诗正义》：忧谗贼也。《诗经原始》：忧谗贼也。

邛 qióng
苕 tiáo
侜 zhōu 予 yú
忉 dāo

防有鹊巢，
邛有旨苕。
谁侜予美？
心焉忉忉！

堤有鹊巢，
丘有苕草。
谁骗我爱？
心呀忉忉！

防：堤坝。**鹊**：喜鹊。筑巢于高大乔木上，不筑在堤坝上。**邛**：土丘。**旨**：美好。**苕**：紫云英。草本植物，生在湿地。**侜**：欺骗。**予美**：我爱。我所爱之人。**焉**：助词。**忉忉**：忧虑貌。

甓 pì
鷊 yì

中唐有甓，
邛有旨鷊。
谁侜予美？
心焉惕惕！

庭有鸭子，
丘有绶穗。
谁骗我爱？
心呀惧惧！

中唐：大门至厅堂的路。**甓**：通䴙。也叫潜水鸭子。水鸟，生在水泊，胆小畏人。一说砖。**鷊**：通虉。绶草，草本植物，花紫红色穗状，生在低湿地。**惕惕**：担忧貌。

月出

【译诗】

月出：渴慕月下美人。《毛诗正义》：刺好色也。《诗经原始》：有所思也。

月出皎兮，
佼 jiǎo 僚 liǎo 佼人僚兮！
窈 yǎo 纠 jiǎo 舒窈纠兮，
劳心悄兮！

月出皎啊，
佳人好啊！
徐窈窕啊，
忧心悄啊！

皎：洁白明亮貌。**佼人**：美人。佼，美好。**僚**：美好。**舒**：缓慢。**窈纠**：步履舒缓、体态优美貌。**劳心**：忧心。**悄**：忧愁。

皓 hào 月出皓兮，
懰 liǔ 佼人懰兮！
懮 yǒu 舒懮受兮，
慅 cǎo 劳心慅兮！

月出皓啊，
佳人妙啊！
徐悠游啊，
忧心搅啊！

皓：洁白明亮貌。**懰**：美好。**懮受**：步态优美貌。**慅**：忧虑不安。

月出照兮，
燎 liào 佼人燎兮！
夭 yāo 绍 chāo 舒夭绍兮，
惨（懆 cǎo）劳心惨兮！

月出照啊，
佳人俏啊！
徐妖娆啊，
忧心懆啊！

照：照耀，辉映。**燎**：娇美。**夭绍**：轻盈多姿貌。**惨**：当为懆。忧愁不安。

株林

【译诗】

株林：陈人讽刺陈灵公君臣荒淫无耻。《毛诗正义》：刺灵公也。《诗经原始》：刺灵公也。

“胡为乎株林？”
“从夏南。”
“匪适株林，
从夏南！”

“何以去株林？”
“找夏南。”
“他去株林，
找夏南！”

胡为：何为，为什么。**株林**：地名。陈国夏氏封邑，在今河南。**从**：往就。**夏南**：夏徵舒，字子南，陈国大夫夏叔御之子。其父死后，其母夏姬与陈灵公和大夫孔宁、仪行父通奸。他怒杀陈灵公，而两大夫逃亡。**匪**：通彼。那人。**适**：去，往。

乘 shèng 驾我乘马，
说 shuì 说于株野。
乘 chéng 乘我乘驹，
乘 shèng 朝 zhāo 朝食于株。

驾我驷马，
歇于株野。
乘我驷驹，
晨食于株。

乘马：一车四马。**说**：通税。止息。**乘驹**：一车四驹马。驹，少壮的骏马。**朝食**：早餐。也指偷食。

陂 bēi

泽陂

【译诗】

泽陂：渴念意中人。《毛诗正义》：刺时也。《诗经原始》：伤所思之不见也。

彼泽之陂，
有蒲与荷。
有美一人，
伤如之何。
寤 wù 寐 mèi 寤寐无为，
涕 tì 泗 sì 涕泗滂沱！

那草泽侧，
有蒲与荷。
有个美人，
想如之何。
日夜无措，
涕泗滂沱！

泽：水草丛杂的洼地。**陂**：堤防，堤岸。**蒲**：草本植物，生在水边，长叶如带，花穗如棒。**荷**：莲。水生草本植物，叶圆如伞，花大芳香。**伤**：思念，忧思。一说通阳，我。**寤寐**：醒睡。指日夜。**无为**：不知所为。**涕泗滂沱**：谓涕泪如雨。形容涕泪流得极多。

彼泽之陂，
蕑 jiān 有蒲与蕑。
有美一人，
卷 quán 硕大且卷。
寤寐无为，
悁 yuān 中心悁悁！

那草泽侧，
有蒲与兰。
有个美人，
高大且炫。
日夜无措，
心中烦烦！

蕑：佩兰。草本植物，花、叶有香气，可驱邪气。**硕大**：身材高大。**卷**：通婘。美好貌。**悁悁**：忧闷貌。

彼泽之陂，
菡 hàn 萏 dàn 有蒲菡萏。
有美一人，
俨 yǎn 硕大且俨。
寤寐无为，
辗转伏枕！

那草泽侧，
有蒲荷艳。
有个美人，
高大且妍。
日夜无措，
辗转伏枕！

菡萏：荷花。**俨**：仪态美好。

桧 guì

桧风

桧风:周代诸侯国桧国的歌曲。桧国也作郐国,在今河南中部,公元前7世纪灭于郑国。

裘 qiú

羔裘

【译诗】

羔裘:桧女思念心上人。一说大夫忧虑桧君贪玩误国。《毛诗正义》:大夫以道去其君也。《诗经原始》:伤桧君贪冒,不知危在旦夕也。

原诗	译诗
羔裘逍遥,	羔裘逍遥,
狐裘以朝。(朝 cháo)	狐裘上朝。
岂不尔思?	岂不想你?
劳心忉忉!(忉 dāo)	忧心忉忉!

羔裘:羔羊皮袄,诸侯、卿大夫服装。**狐裘**:狐皮外衣,诸侯服装。**以**:在。**朝**:诸侯或卿大夫处理政务。**忉忉**:忧思貌。

原诗	译诗
羔裘翱翔,	羔裘游玩,
狐裘在堂。	狐裘庙堂。
岂不尔思?	岂不想你?
我心忧伤!	我心忧伤!

堂:公堂,庙堂。指朝廷。

原诗	译诗
羔裘如膏,	羔裘如膏,
日出有曜。(曜 yào)	日出闪耀。
岂不尔思?	岂不想你?
中心是悼!(悼 dào)	心中苦恼!

膏:油脂。**曜**:光,发光。**悼**:哀伤。

素冠

【译诗】

素冠:哀悼亡夫。《毛诗正义》:刺不能三年也。《诗经原始》:伤桧君被执,愿与同归就戮也。

原诗	译诗
庶见素冠兮,(庶 shù)	幸见素冠啊,
棘人栾栾兮,(棘 jí 栾 luán)	哀者孱孱啊,
劳心传传兮!(传 tuán)	忧心团团啊!

庶:幸得,幸而。**素冠**:白色的帽子。古代遭凶丧事时所戴。**棘人**:极为哀伤之人。一说瘦瘠的人。**栾栾**:瘦瘠貌。**传传**:忧劳貌,忧思貌。

原诗	译诗
庶见素衣兮,	幸见素衣啊,
我心伤悲兮,	我心伤悲啊,
聊与子同归兮!	愿与您同归啊!

素衣:白色丧服。**聊**:愿意。**同归**:同归宿。

原诗	译诗
庶见素韠兮,(韠 bì)	幸见素韠啊,
我心蕴结兮,	我心郁结啊,
聊与子如一兮!	愿与您如一啊!

韠:皮蔽膝,朝觐或祭祀时遮蔽在衣裳前,与衣裳同色。**蕴结**:忧郁难解。**如一**:一样。指同归宿。

隰有苌楚

隰 xí 苌 cháng

【译诗】

隰有苌楚，
猗傩其枝。
夭之沃沃，
乐子之无知！

猗 ē 傩 nuó
夭 ǎo
乐 lè

洼有羊桃，
婀娜幼枝。
娇哟茁茁，
慕你哟无知！

隰有苌楚：桧人自叹草木不如。一说思慕意中人。《毛诗正义》：疾恣也。《诗经原始》：伤乱离也。

苌楚：猕猴桃。又名羊桃。大型木质藤本植物，幼枝被褐色毛，叶大阔卵形，花白转黄色，有芳香，浆果似桃，生棕色毛，酸甜多汁。**猗傩**：同婀娜。轻盈柔美貌。**夭**：草木初生态。**沃沃**：丰茂而有光泽貌。**乐**：喜爱。一说爱慕。**无知**：没有知觉。一说没有匹配。

隰有苌楚，
猗傩其华。
夭之沃沃，
乐子之无家！

华 huā

洼有羊桃，
婀娜白花。
娇哟茁茁，
慕你哟无家！

华：通花。**无家**：没有家庭。

隰有苌楚，
猗傩其实。
夭之沃沃，
乐子之无室！

洼有羊桃，
婀娜果实。
娇哟茁茁，
慕你哟无室！

实：果实。**无室**：没有家室。

匪风

【译诗】

匪风发兮，
匪车偈兮！
顾瞻周道，
中心怛兮！

发 fā
偈 jié
怛 dá

那风呼啊，
那车驱啊！
回望大道，
心中愁啊！

匪风：桧人远行而思乡。《毛诗正义》：思周道也。《诗经原始》：伤周道不能复桧也。

匪：通彼，那。一说通非，并非。**发**：拟声词。风疾吹声。**偈**：疾驰貌。**顾瞻**：回望。**周道**：大道。**怛**：悲伤，愁苦。

匪风飘兮，
匪车嘌兮！
顾瞻周道，
中心吊兮！

嘌 piāo

那风搅啊，
那车跑啊！
回望大道，
心中苦啊！

飘：风疾速貌。**嘌**：疾驶貌。**吊**：同弔。伤痛。

谁能亨鱼？
溉之釜鬵。
谁将西归？
怀之好音。

亨 pēng
溉 gài 鬵 xín

谁能烹鱼？
洗哟锅鼎。
谁将西归？
回哟佳音。

亨：通烹。烹饪。**溉**：洗涤。**釜鬵**：指炊具。釜，似锅。鬵，似釜。**西归**：归向西方。**怀**：馈送，回报。**好音**：好消息。

曹风

曹风：周代诸侯国曹国的歌曲。曹国在今山东西南部，公元前11世纪立国。

蜉 fú 蝣 yóu

蜉蝣

蜉蝣之羽，
衣裳楚楚。
心之忧矣，
于 yú 处 chù
于我归处！

蜉蝣之翼，
采采衣服。
心之忧矣，
于我归息！

蜉蝣掘阅，
麻衣如雪。
心之忧矣，
说 shuì
于我归说！

【译诗】

蜉蝣之羽，
衣裳楚楚。
心哟忧啊，
去哪归宿！

蜉蝣之翅，
采采衣服。
心哟忧啊，
去哪归息！

蜉蝣穿穴，
麻衣如雪。
心哟忧啊，
去哪归结！

蜉蝣：曹人哀叹生命短暂。一说哀叹曹君任用小人而结局堪忧。《毛诗正义》：刺奢也。《诗经原始》：未详。

蜉蝣：昆虫。幼虫生活在水中，成虫有两对白翅，寿命很短。**羽**：翅。**楚楚**：鲜丽貌。**于**：往。一说与，同。**我**：通何。何处。一说作者自称。**归处**：归依。指死去。

采采：华丽貌。一说众多。**归息**：休息。指死去。

掘：穿透。**阅**：通穴。洞穴。**归说**：归宿。指死去。

候 hòu

候人

彼候人兮，
何 hè 祋 duì
何戈与祋。
其 jì
彼其之子，
芾 fú
三百赤芾。

鹈 tí
维鹈在梁，
濡 rú 其 qí
不濡其翼。
彼其之子，
称 chèn
不称其服。

【译诗】

那候人啊，
扛戈与殳。
那个小子，
三百赤芾。

鹈鹕在堰，
不湿其翼。
那个小子，
不称其服。

候人：曹人讽刺曹君重用小人。《毛诗正义》：刺近小人也。《诗经原始》：刺曹君远君子而近小人也。

候人：负责整路查盗或迎宾送客的官员。**何**：通荷。扛。**戈**：兵器名。**祋**：兵器名，即殳。竹制，长一丈二尺。**赤芾**：红色蔽膝，为大夫以上所服。

鹈：鹈鹕。大型水鸟，嘴巨大，群体捕鱼，或列横队以翅击水赶鱼，或张嘴逆水捞鱼。**梁**：拦水捕鱼的堰。**濡**：浸湿。**称**：适合，相当。**服**：朝服。

注音	原诗	译诗
	维鹈在梁，	鹈鹕在堰，
味 zhòu	不濡其味。	不湿其嘴。
	彼其之子，	那个小子，
媾 gòu	不遂其媾。	不配其位。

味：鸟嘴。遂：称，适合。一说久。媾：厚待。

注音	原诗	译诗
荟 huì 蔚 wèi	荟兮蔚兮，	灰啊紫啊，
朝 zhāo 隮 jī	南山朝隮！	南山晨气。
娈 luán	婉兮娈兮，	婵啊娟啊，
	季女斯饥！	少女早饥！

荟、蔚：云层厚积而黑紫不定貌。一说云雾聚集貌。隮：云气升腾。婉、娈：美好貌。季女：少女。斯：助词。饥：饥饿。指早晨饥饿。

鸤鸠

鸤 shī

【译诗】

鸤鸠：赞颂曹君有德有礼。一说借以反讽。《毛诗正义》：刺不壹也。《诗经原始》：追美曹之先君德足正人也。

注音	原诗	译诗
	鸤鸠在桑，	鸤鸠在桑，
	其子七兮！	其子七啊！
	淑人君子，	善人君子，
	其仪一兮！	仪容一啊！
	其仪一兮，	仪容一啊，
	心如结兮！	心如石啊！

鸤鸠：戴胜。鸟类，头上有高大羽冠，产卵多。一说是布谷鸟。桑：桑树。桑谐音上。七：表示多。淑人：善人。仪：仪容。一：如一。结：凝结。

注音	原诗	译诗
	鸤鸠在桑，	鸤鸠在桑，
	其子在梅。	其子在梅。
	淑人君子，	善人君子，
	其带伊丝。	腰带为丝。
	其带伊丝，	腰带为丝，
弁 biàn 骐 qí	其弁伊骐。	礼帽青黑。

梅：梅树。梅谐音美。带：腰带。伊：是。弁：贵族穿礼服时戴的帽子。骐：青黑色。

注音	原诗	译诗
	鸤鸠在桑，	鸤鸠在桑，
	其子在棘。	其子在棘。
	淑人君子，	善人君子，
忒 tè	其仪不忒。	仪容无缺。
	其仪不忒，	仪容无缺，
正 zhèng	正是四国。	匡正列国。

棘：酸枣树。棘谐音吉。淑人：善人。忒：差错。正：纠正，匡正。一说长，为长。四国：四方邻国。泛指四方、天下。

	鸤鸠在桑，	鸤鸠在桑，	榛：榛树。一说丛木。榛谐音政。国人：全国的人。胡：怎么。万年：万岁，长寿。
榛 zhēn	其子在榛。	其子在榛。	
	淑人君子，	善人君子，	
	正是国人。	匡正国人。	
	正是国人，	匡正国人，	
	胡不万年！	怎不万年！	

下泉

【译诗】

下泉：曹人感叹周王朝衰落而缅怀当年贤者。或借以怨刺时世。《毛诗正义》：思治也。《诗经原始》：伤周无王，不足以制霸也。

洌 liè	洌彼下泉，	冷那流泉，	洌：寒冷。下泉：下流的泉水。苞：丛生。稂：古称莠一类的杂草。一说狼尾草。忾：叹息感慨。寤：醒着。念：思念。周京：周朝京城。
稂 láng	浸彼苞稂。	浸那丛稂。	
忾 xì	忾我寤叹，	慨我夜叹，	
	念彼周京。	念那周京。	
	洌彼下泉，	冷那流泉，	萧：野艾蒿。常见植物，嫩叶可食用药用，也供祭祀。京周：周朝京城。
	浸彼苞萧。	浸那丛蒿。	
	忾我寤叹，	慨我夜叹，	
	念彼京周。	念那周镐。	
	洌彼下泉，	冷那流泉，	蓍：草本植物，茎直，用以占卜。京师：周朝京城。
蓍 shī	浸彼苞蓍。	浸那丛蓍。	
	忾我寤叹，	慨我夜叹，	
	念彼京师。	念那京师。	
芃 péng 黍 shǔ	芃芃黍苗，	芃芃黍苗，	芃芃：茂盛貌。膏：滋润。四国：四方邻国。也泛指四方，天下。有王：朝见天子。郇伯：即是郇侯，周文王之子，有治诸侯之功。一说晋大夫荀跞，曾扶助周敬王即位。劳：操劳。
膏 gào	阴雨膏之。	雨露浇之。	
王 wàng	四国有王，	列国朝王，	
郇 xún	郇伯劳之。	郇伯劳之。	

豳风

豳 bīn

豳风:周代豳地的歌曲。豳,古国名,周国祖先公刘所立。豳地在今甘肃东部至陕西南部一带。

七月

七月:豳地领主描述豳地四季生活。《毛诗正义》:陈王业也。《诗经原始》:陈王业所自始也。

		【译诗】
	七月流火,	七月星移,
	九月授衣。	九月制衣。
觱 bì	一之日觱发,	十一月风厉,
栗 lì	二之日栗烈,	十二月寒逼,
褐 hè	无衣无褐,	无衣无服,
	何以卒岁?	何以卒岁?
耜 sì	三之日于耜,	正月里备犁,
	四之日举趾。	二月里耕地。
	同我妇子,	同我妻儿,
馌 yè	馌彼南亩,	送饭田里,
畯 jùn 喜 chì	田畯至喜。	田官来吃。

七月:夏历七月。流火:大火星西移。火,大火星,夏历五月黄昏位于中天,七月黄昏,渐移位向西。授衣:分派裁制寒衣。一之日:周历正月,即夏历十一月。觱发:风寒冷。二之日:周历二月,即夏历十二月。栗烈:凛冽。严寒貌。栗,通溧。褐:粗布短衣。卒:终。三之日:周历三月,即夏历正月。于:取。耜:犁。四之日:周历四月,即夏历二月。举趾:举足(去耕田)。同:与。妇子:妻儿。馌:给田间农人送饭。南亩:农田。田畯:田官。管耕种收获。至:来。喜:通饎。酒食。指享用酒食。

	七月流火,	七月星移,
	九月授衣。	九月制衣。
载 zài	春日载阳,	春日回暖,
	有鸣仓庚。	黄鹂鸣唱。
懿 yì	女执懿筐,	女提深筐,
行 háng	遵彼微行,	沿那小径,
爰 yuán	爰求柔桑。	专采嫩桑。
	春日迟迟,	春日迟迟,
蘩 fán 祁 qí	采蘩祁祁。	采蘩济济。
	女心伤悲,	女心伤悲,
殆 dài	殆及公子同归。	待与公子同归。

春日:春天。载:开始。阳:暖和。仓庚:黄莺。鸣禽。春季自南迁北。懿:深。遵:沿。微行:小路。爰:在那里。求:采。柔桑:嫩桑叶。迟迟:日长貌。蘩:蒌蒿。濒水植物,嫩叶可做菜供祭祀。祁祁:众多貌。殆:也许可以。表示希望。一说将近。及:与,同。公子:领主之子或女。同归:一同返回。

	七月流火,	七月星移,
萑 huán	八月萑苇。	八月收苇。
条 tiāo	蚕月条桑,	三月采桑,
斨 qiāng	取彼斧斨,	取那斧斨,
	以伐远扬,	以砍枝长,

萑苇:芒、荻和芦苇。夏历八月抽穗开花。此指收割芦苇。蚕月:蚕忙时期。即夏历三月。条桑:采桑。条,通挑,采摘。斧斨:泛指各种斧头。斨,方孔斧头。远扬:向上扬起的枝条。

猗 yī	猗彼女桑。	拉那白桑。
鵙 jú	七月鸣鵙，	七月鵙啼，
载 zài	八月载绩。	八月始织。
	载玄载黄，	染黑染黄，
	我朱孔阳，	我取红亮，
	为公子裳。	制公子裳。

猗:通掎。牵枝以取。**女桑**:白桑。一种桑树。**鵙**:伯劳。鸟类,善鸣,公鸟春天长鸣,新鸟夏秋试喉。**载**:开始。**绩**:织。**载**:助词。**玄**:黑色。**孔阳**:很鲜明。**为**:制作。

葽 yāo	四月秀葽，	四月莠秀，
蜩 tiáo	五月鸣蜩。	五月蝉叫。
	八月其获，	八月收获，
陨 yǔn 萚 tuò	十月陨萚。	十月零落。
貉 hé	一之日于貉，	十一月捕貉，
	取彼狐狸，	取那狐狸，
裘 qiú	为公子裘。	制公子裘。
	二之日其同，	十二月会众，
缵 zuǎn	载缵武功。	继续出动。
豵 zōng	言私其豵，	小兽私用，
豜 jiān	献豜于公。	大兽归公。

秀:抽穗开花。**葽**:莠,又名狗尾草。草本植物,四月抽穗。**蜩**:蝉。昆虫,善鸣。**陨萚**:草木凋落。**貉**:兽类,皮毛可制衣帽。**狐**:兽类,皮毛可制衣。**狸**:也叫狸子。兽类,皮毛可制衣。**同**:会合,聚集。**载**:助词。**缵**:继承,继续。**武功**:武事。指田猎之事。**言**:我。一说助词。**私**:给予私人。**豵**:一岁的猪。指小兽。**豜**:大猪。指大兽。**于**:给。**公**:官府。

螽 zhōng	五月斯螽动股，	五月螽斯弹腿，
	六月莎鸡振羽。	六月莎鸡振翅。
	七月在野，	七月野外，
	八月在宇，	八月檐底，
	九月在户，	九月屋内，
	十月蟋蟀入我床下。	十月蟋蟀入我床下。
穹 qióng	穹窒熏鼠，	堵洞熏鼠，
塞 sāi 墐 jìn	塞向墐户。	塞窗闭户。
嗟 jiē	嗟，我妇子！	咳，我妻儿！
	曰为改岁，	算是辞岁，
处 chǔ	入此室处。	入此房住。

斯螽:即螽斯,也叫飞蝗。昆虫,五月孵化,群跳向前。**股**:大腿。**莎鸡**:即草螽。鸣虫,振动翅膀发尖声。**野**:田野。**宇**:屋檐。**户**:屋里。**蟋蟀**:昆虫,善鸣,振动翅膀发声。**穹**:穷尽。**窒**:塞,堵。**塞**:塞缝。**向**:朝北的窗户。泛指窗户。**墐**:用泥涂塞。**户**:单扇的门。泛指门。**嗟**:叹词,表打招呼。**曰**:助词。**为**:算是。**改岁**:由旧岁进入新年。**处**:居住。

薁 yù	六月食郁及薁，	六月吃李葡萄，
亨 pēng 菽 shū	七月亨葵及菽。	七月煮葵大豆。

郁:郁李。灌木,果圆红色。**薁**:山葡萄。木质藤本植物,果椭圆紫黑色。**亨**:通烹。

注音	原文	译文
剥 pū	八月剥枣，	八月打枣，
	十月获稻。	十月割稻。
	为此春酒，	酿此春酒，
	以介眉寿。	以助长寿。
	七月食瓜，	七月吃瓜，
	八月断壶。	八月摘瓠。
苴 jū	九月叔苴，	九月拾麻，
荼 tú 樗 chū	采荼薪樗，	采菜劈木，
食 sì	食我农夫。	养我农夫。

烹饪。**葵**：葵菜。草本植物，嫩叶为菜。**菽**：大豆。指豆类。**剥**：通扑。击，打。**春酒**：冬酿春熟的酒。**介**：佐助。**眉寿**：长寿。**断**：摘。**壶**：通瓠。瓠瓜。嫩瓜可作菜。**叔**：拾取。**苴**：麻籽。**荼**：苦菜。**薪**：劈木成柴。**樗**：臭椿。乔木，速生，作柴薪。**食**：通饲。给人吃。

注音	原文	译文
	九月筑场圃，	九月修园圃，
	十月纳禾稼：	十月储五谷：
黍 shǔ 稷 jì	黍稷重穋，	黍稷谷稻，
重 tóng 穋 lù	禾麻菽麦。	粟麻豆麦。
	嗟，我农夫！	咳，我农夫！
	我稼既同，	我粮已藏，
	上入执宫功。	得入城建房。
	昼尔于茅，	昼你割茅，
绹 táo	宵尔索绹。	夜你搓草。
亟 jí 乘 chéng	亟其乘屋，	急起修屋，
	其始播百谷。	就要播百谷。

筑：修建。**场圃**：种菜及打谷用地。**纳**：收藏。**禾稼**：谷类作物的统称。**黍稷重穋**：指五谷。黍，黄米。稷，谷子。重，通穜，早种晚熟的谷子。穋，晚种早熟的谷子。**禾麻菽麦**：指各种粮食。禾，粟，小米。**嗟**：叹词。打招呼。**同**：聚集。**上**：通尚。还得。一说去。**入**：泛指至，往。**执**：做。**宫功**：房屋的修建。**尔**：你们。**于**：取。**宵**：夜。**索**：搓。**绹**：绳索。**亟**：急速。**乘屋**：修盖房屋。**其始**：即将开始。

注音	原文	译文
	二之日凿冰冲冲，	十二月凿冰咚咚，
	三之日纳于凌阴。	正月里储于冰洞。
蚤 zǎo	四之日其蚤，	二月里一早，
	献羔祭韭。	献羔供韭。
	九月肃霜，	九月降霜，
	十月涤场。	十月扫场。
飨 xiǎng	朋酒斯飨，	两樽同享，
	曰杀羔羊。	又宰羔羊。
跻 jī	跻彼公堂，	登上公堂，
称 chēng 兕 sì	称彼兕觥：	举起角觞：
觥 gōng	“万寿无疆！”	“万寿无疆！”

冲冲：拟声词。凿冰之声。**凌阴**：冰窖。凌，冰。阴，通窨，地窖。**蚤**：通早。早晨。**羔**：小羊。**韭**：韭菜。**肃霜**：霜降而万物萧条。**涤场**：打扫场地。**朋酒**：两樽酒。**斯**：皆。**飨**：乡人聚饮。**曰**：助词。**跻**：登上。**公堂**：领主家族的厅堂。**称**：举。**兕觥**：犀角制或犀角状酒器。一说青铜盛酒器，盖子为独角兽首状。**万寿无疆**：千秋万世，永远生存。祝福、祝愿之语。

鸱 chī 鸮 xiāo

鸱鸮

【译诗】

鸱鸮鸱鸮！
既取我子，
无毁我室。
恩斯勤斯，
鬻子之闵斯！

鬻 yù 闵 mǐn

鸱鸮鸱鸮！
已夺我儿，
勿毁我巢。
爱呀勤呀，
育儿可悯呀！

鸱鸮：假托母鸟，诉说拼死救难之情景。传周公旦作之以呈周成王。《毛诗正义》：周公救乱也。《诗经原始》：周公悔过以儆成王也。

鸱鸮：鸟类，包括鸺鹠、猫头鹰等，捕猎小动物。**室**：指鸟巢。**恩**：爱。一说殷。恩勤即殷勤。**勤**：勤劳。一说惜，怜惜。**斯**：助词。**鬻**：养，育。一说幼，稚。**闵**：怜悯，可怜。一说病，病困。

迨天之未阴雨，
彻彼桑土，
绸缪牖户。
今女下民，
或敢侮予！

迨 dài
土 dù
绸 chóu 缪 móu
牖 yǒu 女 rǔ
予 yú

趁天哟未阴雨，
剥那桑皮，
缠紧门户。
今你下民，
谁敢欺我！

迨：趁。**彻**：剥取。**桑土**：桑根皮。土，通杜，根。**绸缪**：紧密缠住。**牖户**：窗与门。指窝巢。**女**：你。**下民**：指人类。**或**：谁，何。**侮**：欺负。**予**：我。

予手拮据，
予所捋荼，
予所蓄租。
予口卒瘏，
曰予未有室家！

予 yú 拮 jié
捋 luō 荼 tú
瘏 tú

我手劳碌，
我猛揪絮，
我猛积聚。
我嘴终秃，
而我未有巢窟！

拮据：劳苦操作。**所**：一个劲地。**荼**：白茅的穗絮，铺巢用。**蓄**：积存。**租**：积聚。**卒**：最终。**瘏**：疲病。**曰**：助词。

予羽谯谯，
予尾翛翛，
予室翘翘。
风雨所漂摇，
予维音哓哓！

谯 qiáo
翛 xiāo
翘 qiáo
哓 xiāo

我羽萧萧，
我尾焦焦，
我巢翘翘。
风雨所飘摇，
我惊叫哓哓！

谯谯：羽毛残破貌。**翛翛**：羽毛干枯无光泽貌。**翘翘**：高而危险貌。**漂摇**：摇动。**哓哓**：拟声词。惊吓的叫声。

注音	东山	【译诗】
徂 cú	我徂东山，	我去东山，
慆 tāo	慆慆不归。	久久不归。
	我来自东，	我回自东，
濛 méng	零雨其濛。	烟雨蒙蒙。
	我东曰归，	在东思归，
	我心西悲。	望西伤悲。
	制彼裳衣，	制那便衣，
行 háng	勿士行枚。	勿再衔枚。
蜎 yuān 蠋 zhú	蜎蜎者蠋，	蠕蠕野蚕，
烝 zhēng	烝在桑野。	久在桑野。
敦 duī	敦彼独宿，	蜷曲独宿，
	亦在车下。	也在车下。

东山：周征夫东征日久，归途想家。《毛诗正义》：周公东征也。《诗经原始》：周公劳归士也。

徂：往。**东山**：当时远戍之地。在今山东。**慆慆**：长久。**零雨**：绵绵细雨。**濛**：小雨貌。**裳衣**：泛指衣服。此指百姓衣裳。**士**：通事。从事。**行枚**：行军衔枚。指征战之事。**蜎蜎**：虫蠕动貌。**蠋**：野蚕。桑树害虫，似家蚕而色较深。**烝**：久。**桑野**：植桑的田野。**敦**：蜷缩成一团貌。一说独处貌。

	我徂东山，	我去东山，
	慆慆不归。	久久不归。
	我来自东，	我回自东，
	零雨其濛。	烟雨蒙蒙。
臝 luǒ	果臝之实，	瓜蒌果实，
施 yì	亦施于宇。	挂到檐下。
	伊威在室，	土鳖在室，
蠨 xiāo 蛸 shāo	蠨蛸在户。	蜘蛛在家。
町 tiǎn 畽 tuǎn	町畽鹿场，	房旁鹿场，
熠 yì 燿 yào	熠燿宵行。	闪烁萤光。
行 háng	不可畏也，	不可畏呢，
	伊可怀也！	是可思呢！

果臝：瓜蒌。草质藤本植物，生在山林溪谷，或栽培，瓜果卵形，黄色。**施**：延伸。**宇**：屋檐。**伊威**：土鳖。昆虫，椭圆而扁，多足，灰色，喜阴暗潮湿。**蠨蛸**：蜘蛛类昆虫，长脚。**町畽**：田舍旁空地。**鹿场**：鹿的活动场所。**熠燿**：闪烁貌。**宵行**：萤火虫。昆虫，腹部发闪烁荧光。**伊**：是。

	我徂东山，	我去东山，
	慆慆不归。	久久不归。
	我来自东，	我回自东，
	零雨其濛。	烟雨蒙蒙。

鹳：老鹳。大型涉禽，形似鹤，白羽毛，黑长嘴，红长脚，整天在浅滩捕食鱼虫，求偶时上岸击喙鸣叫。**垤**：蚁冢。蚁窝口的小土堆。**妇**：妻。**洒埽**：洒扫。泼水扫地。

鹳 guàn 垤 dié	鹳鸣于垤，	鹳鸣于堤，
	妇叹于室。	妻叹于室。
穹 qióng 埽 sǎo	洒埽穹窒，	洒扫堵塞，
聿 yù	我征聿至。	征夫将至。
敦 tuán 苦 kū	有敦瓜苦，	圆圆匏壳，
烝 zhēng 栗 lì	烝在栗薪。	久在薪前。
	自我不见，	自我不见，
	于今三年！	于今三年！

穹窒：完全堵塞。**征**：征夫。**聿**：助词。**敦**：圆圆貌。**瓜苦**：匏瓜（瓢子）。匏瓜剖半为瓢，婚礼时新郎新娘各执一半，盛酒漱口行礼。苦，通枯。一说苦味的瓜。**烝**：久。**栗薪**：栗木柴薪，结婚时用。一说劈开的柴薪。栗，音liè，劈。

	我徂东山，	我去东山，
	慆慆不归。	久久不归。
	我来自东，	我回自东，
	零雨其濛。	烟雨蒙蒙。
	仓庚于飞，	黄鹂在飞，
熠 yì	熠耀其羽。	闪烁其羽。
	之子于归，	她呀来归，
	皇驳其马。	斑驳其马。
缡 lí	亲结其缡，	岳母结缡，
	九十其仪。	繁细礼仪。
	其新孔嘉，	其新甚佳，
	其旧如之何？	日久如之何？

仓庚：黄鹂。鸣禽。**于**：助词。**熠耀**：鲜明貌，光采闪烁貌。**皇驳其马**：桃花马，斑纹美丽。皇，黄白相间。驳，红白相间。**亲**：丈母娘。**结缡**：嫁女礼仪，母亲为临嫁女儿系佩巾，以示到男家后奉事舅姑，操持家务。缡，女子所用佩巾。**九十**：表示多。**孔**：很。**嘉**：美满。

破斧

【译诗】

破斧：周人赞颂周公东征救世救民。《毛诗正义》：美周公也。《诗经原始》：美周公伐罪救民也。

	既破我斧，	既破我斧，
斨 qiāng	又缺我斨。	又损我斨。
	周公东征，	周公东征，
	四国是皇。	列国复常。
	哀我人斯，	怜我等呀，
	亦孔之将！	实在甚祥！

破：破坏，损坏。**缺**：破损。**斧**：古代专指椭圆孔斧。**斨**：方孔斧。**四国**：四方邻国。泛指天下。**皇**：通匡。匡正。**哀**：怜悯。**斯**：助词。**亦**：实在，毕竟。**孔**：很。**将**：大，善。

	既破我斧，	既破我斧，	**锜**：锯子。**吪**：教化。**嘉**：善，美好。
锜 qí	又缺我锜。	又损我锯。	
	周公东征，	周公东征，	
吪 é	四国是吪。	列国教化。	
	哀我人斯，	怜我等呀，	
	亦孔之嘉！	实在甚嘉！	

	既破我斧，	既破我斧，	**銶**：一说凿子。一说独头斧。**遒**：固，稳定。**休**：美善。
銶 qiú	又缺我銶。	又损我凿。	
	周公东征，	周公东征，	
遒 qiú	四国是遒。	列国稳牢。	
	哀我人斯，	怜我等呀，	
	亦孔之休！	实在甚好！	

伐柯

【译诗】

伐柯：周人赞誉“之子”有礼。传为赞周公旦。《毛诗正义》：美周公也。《诗经原始》：未详。

	伐柯如何？	斧柄怎削？	**伐柯**：砍取斧柄。**匪**：通非。无。**克**：能够。**取**：通娶。娶妻。
	匪斧不克。	无斧不克。	
	取妻如何？	妻子怎娶？	
	匪媒不得。	无媒不得。	

	伐柯伐柯，	削柄削柄，	**则**：法则，准则。**觏**：会见，遇见。**笾豆**：祭祀用礼器或宴会用食器。笾，高脚竹盘。豆，高脚木盘，大多有盖。**践**：排列整齐貌。
	其则不远。	样子在前。	
觏 gòu	我觏之子，	我会此君，	
笾 biān	笾豆有践。	盘盆井然。	

九罭

罭 yù

【译诗】

鳟 zūn 鲂 fáng
觏 gòu
衮 gǔn

九罭之鱼鳟鲂。
我觏之子，
衮衣绣裳。

密网渔获鳟鲂。
我会此君，
衮衣绣裳。

渚 zhǔ
於 yú
女 rǔ 处 chǔ

鸿飞遵渚，
公归无所，
於女信处！

鸿飞沿洲，
公归无所，
留您两夜！

鸿飞遵陆，
公归不复，
於女信宿！

鸿飞沿陆，
公归不复，
留您两宿！

是以有衮衣兮，
无以我公归兮，
无使我心悲兮！

是以有衮衣啊，
勿让我公归啊，
勿使我心悲啊！

九罭：豳地领主恳留贵客。传为留周公旦。《毛诗正义》：美周公也。《诗经原始》：东人送周公西归也。

九罭：一种带有囊袋以捕捞小鱼的网。**鳟**：赤眼鳟。中小型淡水鱼，性极机灵，难捕获。**鲂**：大中型淡水鱼，肥美。**觏**：柜遇。**衮衣**：帝王及上公穿的绘有卷龙的礼服。**绣裳**：彩色下衣，为官员礼服。

鸿：鸿雁。大型水鸟。一说天鹅。**遵**：循，沿着。**渚**：沙洲。**公**：公侯通称。**归**：回去。**无所**：没有定处。**於**：厚待。一说与。**女**：你。**信处**：连住两夜。

陆：高平之地，陆地。**复**：返。**信宿**：连住两夜。

是以：因此。**有**：保有。**以**：致使，让。

狼跋

跋 bá

【译诗】

疐 zhì
孙 xùn
舄 xì 几 jǐ

狼跋其胡，
载疐其尾。
公孙硕肤，
赤舄几几。

狼踩其胡，
再绊其尾。
公逊大美，
红鞋翘起。

瑕 xiá

狼疐其尾，
载跋其胡。
公孙硕肤，
德音不瑕。

狼绊其尾，
再踩其胡。
公逊大美，
令闻不无。

狼跋：周人赞誉周公旦。《毛诗正义》：美周公也。《诗经原始》：美周公也。

跋：踩，踏。**胡**：兽颈下的垂肉。**载**：再。**疐**：通踬。绊，绊倒。**公孙**：公指周公。孙，通逊，谦逊。一说诸侯之孙。**硕肤**：大的美德。肤，美。一说心广体胖之貌。**赤舄**：古代天子、诸侯所穿的鞋。赤色，重底。**几几**：一说鞋头尖而上翘貌。一说安重貌。

德音：好名声。**不瑕**：不无。一说无瑕。

雅·小雅

雅:西周时都城镐京一带的歌曲。镐京在今陕西西安西南。小雅:雅分为小雅和大雅。一说以内容区分;一说以音乐区分;一说以新旧区分,未有定论。作于西周(前1046—前771)时期到东周早期(前770—前6世纪)。

鹿鸣之什

鹿鸣

【译诗】

鹿鸣:周王礼宴群臣。《毛诗正义》:宴群臣嘉宾也。《诗经原始》:燕群臣也。

呦 yōu

呦呦鹿鸣,
食野之苹。
我有嘉宾,
鼓瑟吹笙。
吹笙鼓簧,
承筐是将。
人之好我,
示我周行。

将 jiāng 好 hào 行 háng

呦呦鹿鸣,
食野之苹。
我有嘉宾,
鼓瑟吹笙。
吹笙鼓簧,
捧筐行赏。
宾哟爱我,
指我路向。

呦呦:拟声词。鹿鸣吼声。鹿:动物,一公多母,公鹿高声鸣叫,以招引母鹿配对结群。苹:青蒿。草本植物。承:捧。筐:礼品竹筐。是:助词。将:献,奉。人:指嘉宾。好:善,爱。示:告诉。周行:至善之道。

蒿 hāo 恌 tiāo 燕 yàn 敖 áo

呦呦鹿鸣,
食野之蒿。
我有嘉宾,
德音孔昭,
视民不恌,
君子是则是效。
我有旨酒,
嘉宾式燕以敖。

呦呦鹿鸣,
食野之蒿。
我有嘉宾,
德言甚好,
示人正道,
君子学习仿效。
我有美酒,
嘉宾宴饮陶陶。

蒿:艾蒿。草本植物。德音:德言。指合乎仁德的言语和教令。孔:很。昭:明。视:通示。以事或物示人。恌:轻佻。是:于是。则:仿效。效:仿效。旨酒:美酒。式:助词。燕:通宴。宴会。敖:舒畅快乐。

芩 qín 湛 dān

呦呦鹿鸣,
食野之芩。
我有嘉宾,
鼓瑟鼓琴。
鼓瑟鼓琴,
和乐且湛。
我有旨酒,
以燕乐嘉宾之心。

呦呦鹿鸣,
食野之芹。
我有嘉宾,
鼓瑟弹琴。
鼓瑟弹琴,
和乐且欢。
我有美酒,
以宴乐嘉宾之心。

芩:水芹。湿生草本植物。湛:喜乐。

注音	原诗	【译诗】
牡 mǔ	**四牡**	

四牡：周使臣奔忙王事而思归不得。《毛诗正义》：劳使臣之来也。《诗经原始》：勤王事也。

騑 fēi	四牡騑騑，	驷马久驱，
倭 wēi 迟 chí	周道倭迟，	大道逶迤，
	岂不怀归？	岂不思归？
靡 mǐ 盬 gǔ	王事靡盬，	王事无已，
	我心伤悲！	我心伤悲！

牡：公马。**騑騑**：马行走不止貌。**周道**：大道。**倭迟**：曲折遥远貌。**靡盬**：无止息。

	四牡騑騑，	驷马久驱，
啴 tān 骆 luò	啴啴骆马，	咻咻白驹，
	岂不怀归？	岂不思归？
	王事靡盬，	王事无已，
遑 huáng 处 chǔ	不遑启处！	不遑安居！

啴啴：喘气貌。**骆**：黑鬣白马。**不遑**：无暇。**启处**：谓安居。

隹 zhuī	翩翩者隹，	翩翩斑鸠，
载 zài	载飞载下，	时飞时驻，
栩 xǔ	集于苞栩。	栖到柞树。
	王事靡盬，	王事无已，
将 jiāng	不遑将父！	不遑养父！

翩翩：鸟快飞貌。**隹**：斑鸠。常见鸟类。群居树丛，短飞即停息。**栩**：柞树。高大乔木。**将**：养。

	翩翩者隹，	翩翩斑鸠，
	载飞载止，	时飞时止，
杞 qǐ	集于苞杞。	栖到枸杞。
	王事靡盬，	王事无已，
	不遑将母！	不遑养母！

杞：枸杞。灌木。

	驾彼四骆，	驾那驷驹，
骎 qīn	载骤骎骎，	驰骤颠颠，
	岂不怀归？	岂不思归？
	是用作歌，	是以作歌，
谂 shěn	将母来谂！	将母怀念！

骤：马奔驰。**骎骎**：马飞跑貌。**是用**：是以，因此。**谂**：思念。

皇皇者华

【译诗】

华 huā

皇皇者华：周使臣自述尽职。《毛诗正义》：君遣使臣也。《诗经原始》：遣使臣也。

注音	原诗	译诗
	皇皇者华，	艳艳之花，
隰 xí	于彼原隰。	在那野地。
駪 shēn	駪駪征夫，	奔奔征夫，
	每怀靡及。	时虑无及。

皇皇：色彩鲜明貌。**华**：花。**原隰**：泛指原野。原，广平之地。隰，低湿之地。**駪駪**：疾行貌。一说众多貌。**征夫**：远行的人。指使臣。**每**：每每，时常。**靡及**：来不及。

注音	原诗	译诗
	我马维驹，	我马为驹，
辔 pèi 濡 rú	六辔如濡。	六缰如油。
载 zài	载驰载驱，	载驰载驱，
爰 yuán 诹 zōu	周爰咨诹。	周全征求。

驹：少壮骏马。**濡**：滋润。**载驰载驱**：谓车马疾行。**周**：遍，全。一说忠信。**爰**：助词。**咨诹**：征询访问。

注音	原诗	译诗
骐 qí	我马维骐，	我马青黑，
	六辔如丝。	六缰如丝。
	载驰载驱，	载驰载驱，
	周爰咨谋。	周全咨议。

骐：黑纹青马。**如丝**：有光泽貌。**谋**：讨论商酌。

注音	原诗	译诗
骆 luò	我马维骆，	我马白色，
	六辔沃若。	六缰柔和。
	载驰载驱，	载驰载驱，
度 duó	周爰咨度。	周全商酌。

骆：黑鬣白马。**沃若**：柔润貌。**度**：咨询，商酌。

注音	原诗	译诗
骃 yīn	我马维骃，	我马灰银，
	六辔既均。	六缰均匀。
	载驰载驱，	载驰载驱，
	周爰咨询。	周全咨询。

骃：杂白毛浅黑马。**咨询**：听取意见。

常棣

棣 dì

【译诗】

常棣：周人颂扬宗族亲情。传为周公旦所作。《毛诗正义》：宴兄弟也。《诗经原始》：周公宴兄弟也。

注音	原诗	译诗
华 huā	常棣之华，	唐棣之花，
鄂 è 不 fū 韡 wěi	鄂不韡韡。	萼托熠熠。
	凡今之人，	当今之人，
	莫如兄弟。	莫如兄弟。

常棣：唐棣。小乔木，花繁盛，白色美丽芳香，花萼绿色。**鄂不**：花萼和花托。鄂，通萼，花萼。不，同柎，花托。**韡韡**：鲜明貌。**凡今**：当今。**兄弟**：古代对同姓宗亲的称呼。

注音	原诗	译诗
丧 sāng	死丧之威，	死丧苦事，
	兄弟孔怀。	兄弟挂虑。
隰 xí 裒 póu	原隰裒矣，	原野聚哩，
	兄弟求矣！	兄弟求哩！

威：通畏。可畏之事。**孔**：很。**怀**：思虑。**裒**：聚。一说指聚土成坟。

注音	原诗	译诗
	脊令在原，	鹡鸰在原，
	兄弟急难。	兄弟急难。
	每有良朋，	虽有好友，
	况也永叹。	增呢长叹。

脊令：白鹡鸰。水鸟，鸣声如急急。**原**：高平之地。**每**：虽。**况**：增加。**也**：助词。**永叹**：长叹。

注音	原诗	译诗
阋 xì	兄弟阋于墙，	兄弟阋于墙，
务 wǔ	外御其务。	外抗欺负。
	每有良朋，	虽有好友，
烝 zhēng 戎 róng	烝也无戎。	久呢不助。

兄弟阋于墙：即兄弟阋墙。兄弟争吵在家里。**务**：通侮。欺负。**烝**：久。**戎**：相助。

注音	原诗	译诗
丧 sāng	丧乱既平，	丧乱已平，
	既安且宁。	既安且宁。
	虽有兄弟，	虽有兄弟，
	不如友生。	不如友朋。

友生：朋友。

注音	原诗	译诗
傧 bìn 笾 biān	傧尔笾豆，	摆好菜肉，
饫 yù	饮酒之饫。	酒宴家族。
	兄弟既具，	兄弟齐聚，
	和乐且孺。	和乐欢愉。

傧：陈列。**尔**：那。**笾豆**：宴会用食器。笾盛果脯，豆盛肉菜。**饫**：古代家族的私宴名。**既**：尽，都。一说已经。**具**：聚集。**孺**：通愉。愉快。一说亲爱。一说排列有序。

注音	原诗	译诗	注释
好 hǎo	妻子好合,	妻子投合,	妻子:妻。好合:情投意合。翕:和合,聚合。湛:喜乐。
	如鼓瑟琴。	如鼓瑟琴。	
翕 xī	兄弟既翕,	兄弟齐会,	
湛 dān	和乐且湛。	和乐欢欣。	

注音	原诗	译诗	注释
	宜尔室家,	睦你家室,	宜:和顺,亲善。室家:泛指家庭或家庭成员。帑:通孥。儿子。究:深究,深思。图:考虑。亶:确实。然:这样。
帑 nú	乐尔妻帑。	乐你妻儿。	
	是究是图,	深思熟虑,	
亶 dǎn	亶其然乎!	确乎如此!	

伐木

【译诗】

伐木:周王衷心礼宴亲朋。《毛诗序》:燕朋友故旧也。《诗经原始》:燕朋友、亲戚、兄弟也。

注音	原诗	译诗	注释
丁 zhēng	伐木丁丁,	伐木丁丁,	丁丁:拟声词。砍树声。乔木:高树。友声:朋友的声音。也指朋友。相:看。矧:何况。友生:朋友。神:通慎。谨慎。听:听从,遵循。终:既。和:和谐。平:太平。
嘤 yīng	鸟鸣嘤嘤。	鸟鸣嘤嘤。	
	出自幽谷,	飞出幽谷,	
	迁于乔木。	迁到高树。	
	嘤其鸣矣,	嘤嘤鸣啊,	
	求其友声。	求其友声。	
相 xiàng	相彼鸟矣,	看那鸟啊,	
	犹求友声。	尚求友声,	
矧 shěn	矧伊人矣,	何况人啊,	
	不求友生?	不求友朋?	
	神之听之,	慎之听之,	
	终和且平。	既和且平。	

注音	原诗	译诗	注释
许 hǔ	伐木许许,	伐木簌簌,	许许:削下木屑貌。一说众人合力叫号声。酾酒:滤酒。藇:醇美貌。羜:五月小羊。泛指羔羊。速:邀请。诸父:天子对同姓诸侯,诸侯对同姓大夫,都称为父,多人则称诸父。宁:宁可。适:恰巧。微:非。顾:顾念。於:叹词,表感叹。粲:鲜
酾 shī 藇 xù	酾酒有藇。	滤酒醇厚。	
羜 zhù	既有肥羜,	已备肥羔,	
	以速诸父。	以邀诸父。	
宁 nìng	宁适不来,	宁巧不来,	
	微我弗顾。	非我不顾。	

注音	原文	译文	注释
於 wū 粲 càn	於，粲洒埽！	啊，细洒扫！	明貌。**陈**：摆设。**馈**：食物。**八簋**：周制，天子祭祀或宴享用八簋。簋，盛食品的器具。**牡**：雄牛或雄羊。**诸舅**：天子对异姓诸侯，诸侯对异姓大夫，都称为舅，多人则称诸舅。**咎**：过失。
埽 sǎo 馈 kuì	陈馈八簋。	摆菜八簋。	
簋 guǐ 牡 mǔ	既有肥牡，	已备肥牛，	
	以速诸舅。	以邀诸舅。	
	宁适不来，	宁巧不来，	
	微我有咎。	非我有误。	

注音	原文	译文	注释
阪 bǎn	伐木于阪，	伐木在山，	**阪**：山坡。**衍**：满溢众多。**笾豆**：宴会用食器。笾，高脚竹盘，盛果脯。豆，高脚木盘，大多有盖，盛肉菜。**践**：陈列整齐貌。**兄弟**：古代对亲戚的统称。**无远**：别疏远见外。**民**：人。**失德**：过错，罪过，失误。**干糇**：干粮。泛指普通食品。**以**：使。**愆**：过失。**湑**：将酒滤清。一说清酒。**我**：助词。啊。一说自称。**酤**：买酒。一说一夜酿成的酒。**坎坎**：击鼓声。**蹲蹲**：起舞貌。**迨**：趁着。**暇**：闲暇。**湑**：清酒。
酾 shī 衍 yǎn	酾酒有衍。	滤酒满满。	
笾 biān	笾豆有践，	盘盆井然，	
	兄弟无远。	兄弟勿远。	
	民之失德，	人哟失德，	
糇 hóu 愆 qiān	干糇以愆。	馒头使偏。	
湑 xǔ	有酒湑我，	有酒滤哇，	
酤 gū	无酒酤我！	无酒酤哇！	
	坎坎鼓我，	咚咚鼓哇，	
蹲 cún	蹲蹲舞我！	翩翩舞哇！	
迨 dài	迨我暇矣，	趁我暇啊，	
	饮此湑矣！	饮此酒呀！	

天保

【译诗】

天保：周臣祝颂周王。《毛诗正义》：下保上也。《诗经原始》：祝君福也。

注音	原诗	译诗
	天保定尔，	天安定你，
	亦孔之固。	实在巩固。
俾 bǐ 单 dǎn	俾尔单厚，	使你敦厚，
除 zhù	何福不除。	何福不授。
	俾尔多益，	使你丰足，
庶 shù	以莫不庶。	而莫不富。

保定：保护而安定之。尔：你。指君主。孔：很。固：巩固。俾：使。单厚：诚厚，敦厚。除：赐予。多益：众多。指物产多。以：连词。而。庶：富庶。

注音	原诗	译诗
	天保定尔，	天安定你，
戬 jiǎn 穀 gǔ	俾尔戬穀。	使你福禄。
	罄无不宜，	万事如意，
	受天百禄。	承天百福。
	降尔遐福，	赐你远福，
	维日不足。	日计不足。

戬穀：福禄。罄：尽，所有。降：降予。遐福：远福。遐，远，久。

注音	原诗	译诗
	天保定尔，	天安定你，
兴 xīng	以莫不兴。	而莫不兴。
阜 fù	如山如阜；	如山如丘；
	如冈如陵；	如冈如陵；
	如川之方至，	如川流不息，
	以莫不增。	而莫不增。

注音	原诗	译诗
蠲 juān 饎 chì	吉蠲为饎，	洁备酒食，
	是用孝享。	用来祭献。
禴 yuè 烝 zhēng	禴祠烝尝，	四季供养，
	于公先王。	先公先王。
卜 bǔ	君曰卜尔，	先君赐你，
	万寿无疆。	万寿无疆。

吉蠲：清洁。饎：酒食。是用：用是。用这。孝享：祭献。禴：夏祭。祠：春祭。烝：冬祭。尝：秋祭。卜：赐给。

注音	原诗	译诗
弔 dì	神之弔矣，	神哟莅啊，
诒 yí	诒尔多福。	给你多福。

弔：至，来。诒：送。质：平稳。一说质朴。群黎：众民。百姓：

	民之质矣，	民哟治啊，	百官。**遍**：都。**为**：做，作。指仿效。一说通讹。感化。
	日用饮食。	日用饮食。	
	群黎百姓，	黎民百官，	
为 wéi	遍为尔德。	全效你德。	

恒 gèng	如月之恒；	如月趋盈；	**恒**：月上弦貌。**骞**：亏损。**崩**：崩坏。**尔**：你。一说如此。**或**：助词。一说有。**承**：继承。
	如日之升；	如日初升；	
	如南山之寿，	如南山之寿，	
骞 qiān	不骞不崩；	不损不崩；	
	如松柏之茂：	如松柏之茂：	
	无不尔或承。	无不你所承。	

注音	采薇	【译诗】
薇 wēi		
	采薇采薇，	采薇采薇，
	薇亦作止！	苗哟出呢！
	曰归曰归，	思归思归，
莫 mù	岁亦莫止！	岁哟暮呢！
	靡室靡家，	无室无家，
猃 xiǎn 狁 yǔn	猃狁之故。	猃狁之故。
遑 huáng	不遑启居，	不遑安坐，
	猃狁之故。	猃狁之故。

采薇：周征夫归途上倾诉乡愁。《毛诗正义》：遣戍役也。《诗经原始》：戍役归也。

薇：野豌豆。草本植物，夏历腊月，豆苗出土；正月二月，苗叶柔嫩；三月四月，豆熟茎老。 **亦**：助词。 **作**：生出。 **止**：助词。 **岁莫**：年底。莫，通暮。 **靡室靡家**：兵身在外如同无家。靡，无。 **猃狁**：也叫猃狁，古族名。后代称为狄、匈奴、胡等。在今陕西、甘肃一带。 **不遑**：无暇。 **启居**：跪和坐。泛指安居。

	采薇采薇，	采薇采薇，
	薇亦柔止！	叶哟柔呢！
	曰归曰归，	思归思归，
	心亦忧止！	心哟忧呢！
	忧心烈烈，	忧心惙惙，
	载饥载渴。	又饥又渴。
	我戍未定，	我戍未定，
	靡使归聘。	没给归省。

烈烈：忧愁貌。 **戍**：驻守。**使**：令，让。一说使者。 **归聘**：谓回家问安。

	采薇采薇，	采薇采薇，
	薇亦刚止！	梗哟硬呢！
	曰归曰归，	思归思归，
	岁亦阳止！	冬哟孟呢！
	王事靡盬，	王事无已，
	不遑启处。	不遑安居。
	忧心孔疚，	忧心甚苦，
行 xíng	我行不来。	我征未回。

阳：阳月，夏历十月。即是孟冬。 **启处**：指安居。 **疚**：病，痛苦。 **行**：行役，在外奔忙。 **来**：返回。一说至，来到。

	彼尔维何？	是啥盛开？
华 huā	维常之华。	唐棣之花。
	彼路斯何？	是啥高大？

尔：通薾。花盛开貌。 **维**：是。 **何**：什么。 **常**：常棣，即唐棣。小乔木，花繁盛，白色美丽芳香。 **路**：车高大貌。 **君子**：指将帅。

	原文	译文
	君子之车。	君子之车。
戎 róng	戎车既驾，	兵车已驾，
	四牡业业。	驷马硕硕。
	岂敢定居，	岂敢驻扎，
	一月三捷。	一月三捷。

戎车：兵车。**驾**：把车套在马等牲口身上。**牡**：雄马。**业业**：高大雄壮貌。**三捷**：多次打胜仗。

	原文	译文
	驾彼四牡，	驾那驷马，
骙 kuí	四牡骙骙。	驷马骙骙。
	君子所依，	君子所倚，
腓 féi	小人所腓。	士兵所蔽。
	四牡翼翼，	驷马齐齐，
弭 mǐ	象弭鱼服。	宝弓皮袋。
	岂不日戒，	岂不常戒，
棘 jí	猃狁孔棘。	猃狁孔急。

骙骙：马行雄壮貌。**依**：倚，靠。**小人**：指兵士。**腓**：通庇。遮蔽，遮挡。**翼翼**：行列整齐貌。**象弭**：象牙弓端。**鱼服**：鱼菔。鱼皮箭袋。**日戒**：天天戒备。**棘**：急。

	原文	译文
	昔我往矣，	昔我往啊，
	杨柳依依。	杨柳依依。
	今我来思，	今我来呀，
雨 yù 霏 fēi	雨雪霏霏。	雨雪霏霏。
行 xíng	行道迟迟，	道路逶迤，
	载渴载饥。	又渴又饥。
	我心伤悲，	我心伤悲，
	莫知我哀！	莫知我哀！

依依：柳条随风飘拂貌。**思**：助词。**雨雪**：下雪。**霏霏**：雪多貌。**行道**：道路。**迟迟**：长远。

出车

【译诗】

出车：周大臣南仲奉命北伐而告成。《毛诗正义》：劳还率也。《诗经原始》：征夫还也。

	原诗	译诗
	我出我车，	我出兵车，
	于彼牧矣！	自郊外哩！
	自天子所，	天子传令，
	谓我来矣！	叫我来哩！
	召彼仆夫，	召那御夫，
载 zài	谓之载矣！	叫他载哩！
难 nàn	王事多难，	王事多难，
棘 jí	维其棘矣！	唯其急哩！

出：出动。于：从。牧：郊外。所：住地。谓：使，命。仆夫：御夫。王事：特指朝聘、会盟、征伐等王朝大事。难：灾难。维：助词。棘：急。

	原诗	译诗
	我出我车，	我出兵车，
	于彼郊矣！	自远郊哩！
旐 zhào	设此旐矣，	龟旗竖哩，
旄 máo	建彼旄矣！	牦尾吊哩！
旟 yú	彼旟旐斯，	鹰旗龟旗，
旆 pèi	胡不旆旆？	怎还垂垂？
	忧心悄悄，	忧心悄悄，
瘁 cuì	仆夫况瘁。	御夫憔悴。

旐：画有龟蛇图像的旗子。旄：以牦牛尾为杆饰的旗子。旟：画有鸟隼图像的旗子。胡：何。不：助词。一说否定副词。旆旆：旗帜下垂貌。一说旗帜飘扬貌。忧心悄悄：焦虑不安貌。况瘁：憔悴。

	原诗	译诗
	王命南仲：	王命南仲：
	“往城于方。”	“去筑朔方。”
彭 bāng	出车彭彭，	出车辆辆，
旂 qí 央 yīng	旂旐央央。	军旗艳艳。
	天子命我，	天子命我，
	城彼朔方。	筑那朔方。
	赫赫南仲，	赫赫南仲，
襄 xiāng	玁狁于襄。	玁狁扫光。

王：指周宣王。南仲：周宣王大臣，征军主帅。城：筑城。方：朔方，即北方。一说朔方为地名，在今陕西北部至内蒙古一带。出车：出动兵车。彭彭：众多貌。旂：画有两龙并悬铃在杆的旗子。央央：鲜明貌。赫赫：威名显赫貌。玁狁：也叫猃狁，古族名。后代称为狄、匈奴、胡等。在今陕西、甘肃一带。襄：扫除。

	原诗	译诗
	昔我往矣，	昔我往啊，
黍 shǔ 稷 jì	黍稷方华。	黍稷开花。
华 huā	今我来思，	今我来呀，

黍稷：两种重要粮食作物，周历五月抽穗开花。载：满。涂：泥泞。指天暖解冻，道路泥泞。不遑：不暇。

雨 yù	雨雪载涂。	路雪尽化。
	王事多难，	王事多难，
遑 huáng	不遑启居。	无暇坐下。
	岂不怀归？	岂不思归？
	畏此简书！	畏此约法！

启居：跪和坐。泛指安居。**简书**：用于告诫、策命、盟誓、征召等事的文书。指周王此次征召之令。

喓 yāo	喓喓草虫，	喓喓草虫，
趯 tì 螽 zhōng	趯趯阜螽。	跳跳阜螽。
	未见君子，	未见君子，
	忧心忡忡。	忧心忡忡。
	既见君子，	已见君子，
降 xiáng	我心则降。	我心才松。
	赫赫南仲，	赫赫南仲，
戎 róng	薄伐西戎。	来伐西戎。

喓喓：拟声词。虫鸣声。**草虫**：蝈蝈。鸣虫，雄虫鸣声洪亮。一说为油葫芦。鸣虫，雄虫善鸣。**趯趯**：昆虫跳跃貌。**阜螽**：蚱蜢。昆虫，善跳，交配期间雌虫常背负雄虫。**则**：乃，才。**降**：平服，悦服。**薄**：助词。**西戎**：古族名。泛指西北各古族。在今陕西、甘肃一带。

	春日迟迟，	春日迟迟，
萋 qī	卉木萋萋。	草木萋萋。
喈 jiē	仓庚喈喈，	黄鹂唧唧，
蘩 fán 祁 qí	采蘩祁祁。	采蘩济济。
	执讯获丑，	审敌俘虏，
还 xuán	薄言还归。	我哟班师。
	赫赫南仲，	赫赫南仲，
	玁狁于夷。	玁狁平息。

迟迟：日长貌。**卉**：草。**萋萋**：茂盛貌。**仓庚**：黄鹂。鸣鸟，鸣声圆润。**蘩**：蒌蒿。草本植物，嫩茎叶可作菜。**祁祁**：众多貌。**执讯**：审问俘虏。**获丑**：俘虏敌众。**薄言**：言薄，我薄，薄，助词。一说助词。一说急迫地。**还归**：凯旋。**夷**：平定。

杕 dì

杕杜

【译诗】

杕杜：周妇渴盼征夫归来。《毛诗正义》：劳还役也。《诗经原始》：念征夫也。

有杕之杜，
有睆其实。
王事靡盬，
继嗣我日。
日月阳止，
女心伤止！
征夫遑止！

孤独棠梨，
圆圆果实。
王事无已，
再延我期。
十月残呢，
女心酸呢，
征夫闲呢！

睆 huàn　嗣 sì　遑 huáng

杕：树木孤独挺立貌。杜：棠梨。乔木，秋天结果，果细圆。睆：圆圆貌。继嗣：延续。指延迟。日：指归期。日月：指时节。阳：阳月。夏历十月。止：助词。遑：闲暇。

有杕之杜，
其叶萋萋。
王事靡盬，
我心伤悲。
卉木萋止，
女心悲止，
征夫归止！

孤独棠梨，
其叶萋萋。
王事无已，
我心伤悲。
草木萋呢，
女心悲呢，
征夫归呢！

萋萋：茂盛貌。

陟彼北山，
言采其杞。
王事靡盬，
忧我父母。
檀车幝幝，
四牡痯痯，
征夫不远！

登那北山，
俺采枸杞。
王事无已，
忧我父母。
兵车残残，
驷马喘喘，
征夫不远！

陟 zhì　檀 tán 幝 chǎn　痯 guǎn

言：我。一说助词。杞：枸杞。嫩叶及果实可食用，夏日采摘。檀车：泛称兵车或役车。幝幝：破旧貌。痯痯：疲病貌。

匪载匪来，
忧心孔疚。
期逝不至，
而多为恤。
卜筮偕止，
会言近止，
征夫迩止！

无载无来，
忧心甚苦。
逾期不至，
则最为虑。
卜筮齐呢，
合判近呢，
征夫即呢！

卜 bǔ 筮 shì　偕 xié　迩 ěr

匪：通非。无，没有。载：车载人，坐车。来：到来。疚：病，痛苦。斯逝：归期已过。而：就。多：很，最。恤：忧虑。卜：占卜。烧龟甲观裂纹判凶吉。筮：用蓍草占卦。偕：俱，齐。会：合，汇总。言：判定。迩：距离近。

丽 lí

鱼丽

鱼丽：周臣赞美周王酒宴。《毛诗正义》：美外物盛多，能备礼也。《诗经原始》：燕嘉宾也。

罶 liǔ
鲿 cháng
鲨 shā

鱼丽于罶，
鲿鲨。
君子有酒，
旨且多！

鲂 fáng 鳢 lǐ

鱼丽于罶，
鲂鳢。
君子有酒，
多且旨！

鰋 yǎn

鱼丽于罶，
鰋鲤。
君子有酒，
旨且有！

物其多矣，
维其嘉矣！

偕 xié

物其旨矣，
维其偕矣！

物其有矣，
维其时矣！

【译诗】

鱼落鱼篓，
鲿鲨。
君子有酒，
美且多！

鱼落鱼篓，
鲂鳢。
君子有酒，
多且美！

鱼落鱼篓，
鲇鲤。
君子有酒，
美且齐！

酒肴多哩，
又是佳哩！

酒肴美哩，
又是配哩！

酒肴齐哩，
又是宜哩！

丽：通 罹。落 入。**罶**：捕鱼的竹笼。**鲿**：鲿鱼。又名黄颊鱼。小型淡水肉食性鱼类，肉质细嫩鲜美。**鲨**：又名鮀。小型淡水捕食性鱼类，味鲜美。 **君子**：指周王。**旨**：味美。

鲂：大中型淡水鱼，肉质细嫩鲜美，为上等食用鱼。 **鳢**：又名黑鱼。中型淡水凶猛鱼类，吞食其他鱼类，为著名食用鱼。

鰋：鲇。大型淡水肉食性鱼类，肉质鲜嫩，为上等食用鱼。 **鲤**：鲤鱼。大中型淡水鱼类，黄河鲤个大味美，为名鱼。 **有**：多，齐备。

物：物品。指鱼菜美酒。 **嘉**：美好。

偕：齐同，同等。

时：应时。

南有嘉鱼之什

南有嘉鱼

【译诗】

南有嘉鱼:周臣赞美周王宴乐。《毛诗正义》:乐与贤也。《诗经原始》:娱宾也。

烝 zhēng

南有嘉鱼,
烝然罩罩。
君子有酒,
嘉宾式燕以乐。

南有嘉鱼,
群游绰绰。
君子有酒,
嘉宾赴宴而乐。

南:南方。**嘉鱼**:内河淡水鱼类,栖深水洞穴越冬,春夏群游出洞,性迟缓。**烝然**:众多貌。**罩罩**:鱼游水貌。**君子**:指周王。**式**:助词。**燕**:宴饮。

汕 shàn 衎 kàn

南有嘉鱼,
烝然汕汕。
君子有酒,
嘉宾式燕以衎。

南有嘉鱼,
群游姗姗。
君子有酒,
嘉宾赴宴而欢。

汕汕:鱼游水貌。**衎**:乐。

樛 jiū 瓠 hù 累 léi 绥 suí

南有樛木,
甘瓠累之。
君子有酒,
嘉宾式燕绥之。

南有弯树,
瓠瓜坠之。
君子有酒,
嘉宾赴宴慰之。

樛木:枝向下弯曲的树。**甘瓠**:瓠瓜。攀缘草质藤本植物,葫芦的变种,嫩瓜可食用。**累**:缠绕,攀缘。**绥**:安抚。

隹 zhuī

翩翩者隹,
烝然来思!
君子有酒,
嘉宾式燕又思!

翩翩斑鸠,
群飞来呀!
君子有酒,
嘉宾赴宴再呀!

翩翩:鸟快飞貌。**隹**:斑鸠。常见鸟类。群居树丛,短飞即停息。**思**:助词。**又**:再次。一说通侑,劝酒。

南山有台

【译诗】

南山有台:周臣祝颂周王。《毛诗序》:乐得贤也。《诗经原始》:祝宾也。

南山有台,
北山有莱。
乐只君子,
邦家之基!

南山有苔,
北山有莱。
乐啊君子,
国家根基!

台:苔草。草本植物,叶片可编蓑衣。**莱**:藜。草本植物,叶可洗衣漂白。**乐**:快乐。**只**:助词。啊。**君子**:指周王。一说指贤人。**邦家**:国家。

	原文	译文	注释
	乐只君子， 万寿无期！	乐啊君子， 万寿无期！	
	南山有桑， 北山有杨。 乐只君子， 邦家之光！ 乐只君子， 万寿无疆！	南山有桑， 北山有杨。 乐啊君子， 国家之光！ 乐啊君子， 万寿无疆！	**桑**：桑树。叶养蚕，极重要。**杨**：青杨。乔木，木材纹理直，结构细，作大梁久不弯曲。
杞 qǐ	南山有杞， 北山有李。 乐只君子， 民之父母！ 乐只君子， 德音不已！	南山有杞， 北山有李。 乐啊君子， 民之父母！ 乐啊君子， 令闻不已！	**杞**：枸杞。叶和果可食用药用。**李**：果树，果甘甜，为佳果。**德音**：好名声。
栲 kǎo 杻 niǔ 遐 xiá	南山有栲， 北山有杻。 乐只君子， 遐不眉寿！ 乐只君子， 德音是茂！	南山有栲， 北山有杻。 乐啊君子， 怎不高寿！ 乐啊君子， 令闻丰厚！	**栲**：栲树。高大乔木。果叫橡果，可制取淀粉，软皮层叫软木，可御寒、渡河、制盾、作床垫，木材坚实，可供建筑用，皮可提炼栲胶和黑色染料。**杻**：稠李。乔木，果可食用，木材细致，可制弓。**遐不**：何不。**眉寿**：长寿。**茂**：昌盛，丰硕。
枸 jǔ 楰 yú 耇 gǒu 艾 ài	南山有枸， 北山有楰。 乐只君子， 遐不黄耇！ 乐只君子， 保艾尔后！	南山枳椇， 北山灰楸。 乐啊君子， 怎不长寿！ 乐啊君子， 养育你后！	**枸**：枳椇。乔木，果甜可食，木材纹理美观，可制家具、车船。**楰**：灰楸。乔木，花美，木材易加工耐腐蚀。**黄耇**：年老，高寿。黄，指黄发，头发初转白时。耇，老而驼背。**保艾**：养育。**尔**：你。**后**：后代。

蓼 lù

蓼萧

【译诗】

蓼萧:诸侯赞颂周王宴请。《毛诗正义》:泽及四海也。《诗经原始》:天子燕诸侯而美之也。

滑 xǔ

蓼彼萧斯，
零露湑兮！
既见君子，
我心写兮！
燕笑语兮，
是以有誉处兮！

处 chǔ

高大艾蒿，
落露烁啊！
已见君子，
我心悦啊！
宴笑语啊，
是以有安乐啊！

蓼:又长又大貌。**萧**:野艾蒿。草本植物，根茎发达盘错，全草有浓烈香气，嫩茎叶可供祭祀和食用，晒干作香用于祭祀。**零露**:降落的露水。**湑**:露水多貌。**君子**:君王和贵族的通称。此指周王。**写**:舒畅，喜悦。**燕**:通宴。宴请。**誉处**:安乐。

瀼 rǎng

蓼彼萧斯，
零露瀼瀼。
既见君子，
为龙为光。
其德不爽，
寿考不忘。

高大艾蒿，
落露汪汪。
已见君子，
是宠是光。
其德不爽，
寿高无疆。

瀼瀼:露水多貌。**为**:是。**龙**:宠。**光**:光荣。**不爽**:不差。**忘**:通亡。终止。

泥 nì

岂 kǎi 弟 tì

岂 kǎi

蓼彼萧斯，
零露泥泥。
既见君子，
孔燕岂弟。
宜兄宜弟，
令德寿岂。

高大艾蒿，
落露湿湿。
已见君子，
安乐和易。
宜兄宜弟，
令德寿喜。

泥泥:露水湿貌。**孔燕**:十分安乐、闲适。**岂弟**:和易近人。**宜**:融洽。**令德**:美德。**寿岂**:长寿而快乐。

鞗 tiáo

鸾 luán 雝 yōng

蓼彼萧斯，
零露浓浓。
既见君子，
鞗革冲冲，
和鸾雝雝，
万福攸同。

高大艾蒿，
落露浓浓。
已见君子，
笼饰荡荡，
车铃融融，
万福伴同。

浓浓:露水多貌。**鞗革**:马笼头的下垂装饰。**冲冲**:垂饰貌。**和鸾**:车铃。和，挂在车前横木上的铃。鸾，挂在轭首或车架上的铃。**雝雝**:形容和谐。**攸**:所。**同**:聚。

湛 zhàn

湛露

【译诗】

湛露：周王宴请诸侯以亲和之。《毛诗三义》：天子宴诸侯也。《诗经原始》：天子燕诸侯也。

湛湛露斯，
晞 xī 匪阳不晞。
厌 yān 厌厌夜饮，
不醉无归。

汪汪露水，
非晒不飞。
安安夜饮，
不醉无归。

湛湛：露水浓重貌。**匪**：非。**阳**：太阳。**晞**：干。**厌厌**：安闲貌。

湛湛露斯，
在彼丰草。
厌厌夜饮，
载 zài 在宗载考。

汪汪露水，
在那盛草。
安安夜饮，
在庙行孝。

丰草：茂盛的草。**宗**：宗庙。**载**：从事于。**考**：孝。一说成，祖庙落成之礼。

湛湛露斯，
杞 qǐ 棘 jí 在彼杞棘。
显允君子，
莫不令德。

汪汪露水，
在那杞棘。
贤明君子，
莫不令德。

杞：枸杞。**棘**：酸枣。**显允**：英明信诚。**君子**：指诸侯。**令德**：美德。

椅 yī 其桐其椅，
其实离离。
岂 kǎi 弟 tì 岂弟君子，
莫不令仪。

那桐那椅，
果实累累。
和易君子，
莫不令仪。

桐：泡桐。乔木，果卵圆形，累累压枝。**椅**：又称山桐子。落叶乔木，花黄绿色，浆果球形，红色或红褐色。**离离**：下垂貌，表示丰盛。**岂弟**：和易近人。**令仪**：举止礼仪美好。

彤 tóng

彤弓

【译诗】

彤弓：周王赏赐有功诸侯。《毛诗正义》：天子锡有功诸侯也。《诗经原始》：天子锡有功诸侯也。

弨 chāo
贶 kuàng
朝 zhāo 飨 xiǎng

原诗	译诗
彤弓弨兮，	彤弓松啊，
受言藏之。	受呀藏之。
我有嘉宾，	我有嘉宾，
中心贶之。	心中赏之。
钟鼓既设，	钟鼓已设，
一朝飨之。	一早飨之。

彤弓：朱弓，诸侯所用。彤，红色。**弨**：弓弦松弛貌。**受**：接受。**言**：助词。焉。**贶**：善，嘉美。一说赐，赏赐。**一朝**：一早。一说终日。一说早朝。**飨**：以隆重的礼仪宴请宾客。泛指宴请，以酒食犒劳、招待。

载 zài

原诗	译诗
彤弓弨兮，	彤弓松啊，
受言载之。	受呀摆之。
我有嘉宾，	我有嘉宾，
中心喜之。	心中喜之。
钟鼓既设，	钟鼓已设，
一朝右之。	一早请之。

载：放置，陈设。一说装载。**喜**：高兴，快乐。**右**：通侑。劝食。

櫜 gāo
好 hào

原诗	译诗
彤弓弨兮，	彤弓松啊，
受言櫜之。	受呀收之。
我有嘉宾，	我有嘉宾，
中心好之。	心中厚之。
钟鼓既设，	钟鼓已设，
一朝酬之。	一早酬之。

櫜：弓袋。指用弓袋装起收藏。**好**：喜爱。**酬**：主人再次向客人敬酒，劝酒。

菁 jīng 莪 é

菁菁者莪

【译诗】

菁菁者莪：周人感激君子栽培。《毛诗正义》：乐育材也。《诗经原始》：乐育材也。

阿 ē

菁菁者莪，
在彼中阿。
既见君子，
乐且有仪。

葱葱萎蒿，
在那山地。
已见君子，
乐且有礼。

菁菁：茂盛貌。**莪**：萎蒿。草本植物，生在水边及山坡荒地，全草清香。**阿**：大丘陵。**君子**：指周王。一说泛指才德出众者。**有仪**：有礼。仪，仪表礼节。

沚 zhǐ

菁菁者莪，
在彼中沚。
既见君子，
我心则喜。

葱葱萎蒿，
在那洲沚。
已见君子，
我心才喜。

沚：水中小沙洲。**则**：乃，才。

菁菁者莪，
在彼中陵。
既见君子，
锡我百朋。

锡 xī

葱葱萎蒿，
在那大山。
已见君子，
赐我百钱。

陵：大土山。**锡**：赐。**百朋**：指很多钱。百，代表多。朋，古代贝币单位。

泛 fàn

泛泛杨舟，
载沉载浮。
既见君子，
我心则休。

漂漂杨舟，
时沉时浮。
已见君子，
我心才舒。

泛泛：漂浮貌。**杨舟**：杨木小船。**载沉载浮**：谓在水中上下沉浮。**休**：喜悦。一说安定。

六月

【译诗】

六月：赞美尹吉甫奉命北伐而凯旋。似为大臣张仲所作。《毛诗正义》：宣王北伐也。《诗经原始》：美吉甫佐命北伐有功，归宴私第也。

栖 xī	六月栖栖，	六月栖栖，
戎 róng 饬 chì	戎车既饬。	兵车已执。
牡 mǔ 骙 kuí	四牡骙骙，	驷马骙骙，
	载是常服。	运那军服。
𤞤 xiǎn 狁 yǔn	𤞤狁孔炽，	𤞤狁放肆，
	我是用急。	我是以急。
	王于出征，	王命出征，
	以匡王国。	以匡王国。

栖栖：忙碌不安貌。**戎车**：兵车。**饬**：整治。**骙骙**：马行雄壮貌。**载**：装载。**常服**：军服。**𤞤狁**：也叫猃狁，古族名。后代称为狄、匈奴、胡等。在今陕西、甘肃一带。**炽**：盛。**是用**：因此。**于**：曰，命令。**匡**：辅助。**王国**：天子的国家。指周王朝。

骊 lí	比物四骊，	配齐驷马，
	闲之维则。	驯之有则。
	维此六月，	在此六月，
	既成我服。	告成军服。
	我服既成，	军服告成，
	于三十里。	进三十里。
	王于出征，	王命出征，
	以佐天子。	以佐天子。

比物：齐同其马力。**骊**：黑马。**闲**：训练。**则**：法则。**服**：指军服。**于**：往。

	四牡修广，	驷马高长，
颙 yóng	其大有颙。	其大雄雄。
	薄伐𤞤狁，	来伐𤞤狁，
	以奏肤公。	以建大功。
	有严有翼，	严严肃肃，
共 gōng	共武之服。	致力军务。
	共武之服，	致力军务，
	以定王国。	以安王国。

修广：又高又大。**其大有颙**：其大非常。颙，大头，引申为大貌。一说有颙其大。其头硕大。**薄**：助词。**奏**：成。**肤公**：大功。**严**：威严。**翼**：恭敬。**共**：奉，供职。一说恭，忠于。**武**：军事。**服**：事。

茹 rú	𤞤狁匪茹，	𤞤狁不弱，
	整居焦获。	占据焦获。
镐 hào	侵镐及方，	侵镐及方，

茹：柔弱。**整居**：操兵整军占据。**焦获**：地名。在周北部边地，与𤞤狁接壤。**镐**：镐地。在周北部。**方**：朔方。在周北部。

泾 jīng	至于泾阳。	到那泾阳。	**泾阳**:地名。在周西北部。**织文鸟章**:旗上画着飞鸟图案。织,通帜,旗帜。**旆**:旗端飘带。**央央**:鲜明貌。**元戎**:大的兵车。**启行**:谓开路。
织 zhì	织文鸟章,	帜绘鸟样,	
旆 pèi 央 yīng	白旆央央。	飘带艳艳。	
乘 shèng	元戎十乘,	大车十辆,	
行 xíng	以先启行。	领先导向。	
	戎车既安,	兵车稳当,	**轾**:车前倾。**轩**:车后仰。**佶**:健壮貌。**闲**:娴熟,熟练。**大原**:地名。在周西北部,今甘肃。**文武**:能文能武。**吉甫**:尹吉甫。周宣王大臣,征军主帅。**万邦**:所有诸侯国。后引申为天下,全国。**宪**:榜样,楷模。
轾 zhì 轩 xuān	如轾如轩。	俯仰随愿。	
佶 jí	四牡既佶,	驷马雄健,	
	既佶且闲。	雄健熟练。	
	薄伐猃狁,	来伐猃狁,	
大 tài	至于大原。	到那大原。	
	文武吉甫,	文武吉甫,	
	万邦为宪。	万邦典范。	
	吉甫燕喜,	吉甫宴喜,	**燕喜**:宴饮喜乐。**受祉**:接受天地神明的降福。**来归**:归来。**御**:陪伴。**炰鳖**:清蒸甲鱼。**脍鲤**:红烧鲤鱼。**侯**:助词。维,惟。**张仲**:周宣王大臣,吉甫之友。**孝友**:孝顺父母友爱兄弟的人。
祉 zhǐ	既多受祉。	尽受福祉。	
镐 hào	来归自镐,	还归自镐,	
行 xíng	我行永久。	我行长久。	
	饮御诸友,	酒陪诸友,	
炰 páo 脍 kuài	炰鳖脍鲤。	蒸鳖烧鲤。	
	侯谁在矣?	有谁在呢?	
	张仲孝友。	张仲孝子。	

芑 qǐ	**采芑**	**【译诗】**

采芑：周人赞美方叔威服蛮荆。《毛诗正义》：宣王南征也。《诗经原始》：南人美方叔威服蛮荆也。

	薄言采芑，	我哟采菜，
	于彼新田，	在那新田，
菑 zī	于此菑亩。	在这新地。
莅 lì	方叔莅止，	方叔到此，
	其车三千，	兵车三千，
干 gān	师干之试。	军队效力。
率 shuài	方叔率止，	方叔率师，
乘 chéng 骐 qí	乘其四骐，	驾其驷马，
	四骐翼翼。	驷马奕奕。
奭 shì	路车有奭，	大车红赤，
簟 diàn 茀 fú	簟茀鱼服，	竹帘蒙皮，
鞗 tiáo	钩膺鞗革。	胸饰笼饰。

薄言：言薄，我薄，薄，助词。一说助词。一说急迫。**芑**：似苦菜。嫩苗可作菜。**新田、菑亩**：新开垦田地，第一年称菑田，地未熟，杂草多；第二年称新田，好种，收成好；第三年称畬田，地力尽，不可种。**方叔**：周宣王大臣。**莅**：临。**止**：犹之，此。**师干**：指军队。**试**：用。一说练习。**率**：率领。**骐**：黑纹青马。**翼翼**：壮健貌。**路车**：辂车。古代天子或诸侯贵族所乘的车。**奭**：鲜红貌。**簟茀**：竹帘。**鱼服**：鲨鱼皮蒙车。**钩膺**：马颔及胸上的革带，下垂缨饰。**鞗革**：马笼头的下垂装饰。

	薄言采芑，	我哟采菜，
	于彼新田，	在那新田，
	于此中乡。	在这田上。
	方叔莅止，	方叔到此，
	其车三千，	兵车三千，
旐 zhào 央 yīng	旂旐央央。	军旗艳艳。
	方叔率止，	方叔率师，
軧 qí	约軧错衡，	饰轴金辕，
玱 qiāng	八鸾玱玱。	八銮锵锵。
	服其命服，	穿着命服，
芾 fú	朱芾斯皇，	朱芾煌煌，
珩 héng	有玱葱珩。	锵锵绿珩。

中乡：乡中。田中。**旂旐**：指军旗。旂，画有双龙并在杆头悬铃的旗。旐，画有龟蛇图像的旗。**央央**：鲜明貌。**约軧**：车毂两端的皮革装饰。**错衡**：金色纹饰的车辕横木。**鸾**：衔铃。挂在马嚼子两旁的铃。**玱玱**：拟声词。铃声。**命服**：周王所赐的官服。**朱芾**：红色蔽膝。**斯皇**：皇皇。辉煌貌。**玱**：玉碰击声。**葱**：绿色。**珩**：佩玉上的横玉。

鴥 yù 隼 sǔn	鴥彼飞隼，	疾飞红隼，
戾 lì	其飞戾天，	其飞至天，
爰 yuán	亦集爰止。	也栖与息。
	方叔莅止，	方叔到此，

鴥：疾飞貌。**隼**：红隼。候鸟，捕食老鼠、小鸟，猎食时疾迅俯冲，喜结群迁飞。**戾**：至。**集**：鸟栖止于树。**爰**：与。**止**：栖息。

	其车三千，	兵车三千，
	师干之试。	军队效力。
	方叔率止，	方叔率师，
钲 zhēng	钲人伐鼓，	鼓手擂鼓，
鞠 jū	陈师鞠旅。	列队誓师。
	显允方叔，	贤明方叔，
	伐鼓渊渊，	擂鼓咚咚，
阗 tián	振旅阗阗。	班师盛盛。

钲人：击鼓传令者。**鞠旅**：誓师。**显允**：英明信诚。**渊渊**：鼓声。**振旅**：整队班师。一说整顿部队，操练士兵。**阗阗**：众多、旺盛貌。

	蠢尔蛮荆，	蠢你蛮荆，
雠 chóu	大邦为雠。	大国为仇。
	方叔元老，	方叔元老，
	克壮其犹。	能献其谋。
	方叔率止，	方叔率师，
	执讯获丑。	审敌俘虏。
戎 róng 啴 tān	戎车啴啴，	兵车群群，
焞 tuī	啴啴焞焞，	群群队队，
	如霆如雷。	如霆如雷。
	显允方叔，	贤明方叔，
	征伐猃狁，	征伐猃狁，
	蛮荆来威。	蛮荆生畏。

蛮荆：古称荆州地区，即春秋楚国之地，在今湖北。也称楚地人。**雠**：通仇。**克**：能。**壮**：壮大，加强。**犹**：通猷。计谋。一说道。**执讯**：审问俘虏。**获丑**：俘虏敌众。**啴啴**：众盛貌。**焞焞**：盛多貌。**来**：助词。犹是。表示宾语前置。**威**：震慑，使知畏惧而服从。

车攻

【译诗】

车攻：周臣赞颂周王借行猎召会诸侯于东都。《毛诗正义》：宣王复古也。《诗经原始》：宣王复会诸侯于东都也。

	我车既攻，	我车已整，
	我马既同。	我马已同。
庞 lóng	四牡庞庞，	驷马雄雄，
徂 cú	驾言徂东。	驾车往东。

既：已经。**攻**：通工。整治，修缮。**同**：齐整。**庞庞**：高大壮实貌。**言**：助词。焉。**徂**：往。**东**：指周朝东都成周以东地方。成周在今河南洛阳。

	田车既好，	猎车已妥，
	四牡孔阜。	驷马肥硕。

田车：猎车。**孔阜**：很肥壮。

	东有甫草，	东有草泽，
行 xíng	驾言行狩。	驾车行猎。

甫草：指甫田的草地。甫田，古泽名，在今河南。一说广阔茂盛的草地。**行狩**：泛指打猎。

	之子于苗，	天子出猎，
选 suàn 嚣 xiāo	选徒嚣嚣。	点名到到。
旐 zhào 旄 máo	建旐设旄，	树旗立旄，
敖 áo	搏兽于敖。	捕兽往敖。

之子：指周王。**于**：往。**苗**：夏天打猎。**选**：数，算。**徒**：随从。**嚣嚣**：点名声。**旐**：画有龟蛇图像的旗。**旄**：用牦牛尾做杆饰的旗。**搏兽**：指打猎。**敖**：地名，在今河南。一说指敖山，在今河南。

	驾彼四牡，	驾那驷马，
	四牡奕奕。	驷马奕奕。
芾 fú 舄 xì	赤芾金舄，	赤芾金鞋，
绎 yì	会同有绎。	朝会济济。

奕奕：高大美盛貌。**赤芾**：赤色蔽膝。为大夫以上所服。**金舄**：饰金黄朱色复底鞋。诸侯所穿。**会同**：诸侯朝会天子的专称。**绎**：人多貌。

佽 cì	决拾既佽，	射具已列，
调 tiáo	弓矢既调。	弓箭已合。
	射夫既同，	射手已协，
柴 zì	助我举柴。	助我拾猎。

决拾：射箭用具。决，通抉，扳指，多以骨制，套在右手拇指上，用以钩弦拉弦；拾，套袖，革制，套在左臂上，用以护臂。**佽**：排列有序。**调**：协调，使协调。**射夫**：弓箭手。**同**：协调，协和。**举柴**：拾取地上的猎物。

	四黄既驾，	驷马已驾，
骖 cān 猗 yī	两骖不猗。	两骖不倚。
	不失其驰，	驱猎得法，
	舍矢如破。	发箭中的。

四黄：四匹黄马。**两骖**：一车中两侧的马。**猗**：倚。偏斜。**驰**：指驾车驱驰打猎的法则。**舍矢**：放箭。**如**：乃。**破**：射中。

	萧萧马鸣，	萧萧马鸣，
旆 pèi	悠悠旆旌。	飘飘旗旌。
	徒御不惊，	随从机警，
庖 páo	大庖不盈。	御厨充盈。

萧萧：拟声词。马嘶叫声。**悠悠**：旗飘动貌。**旆旌**：旌旗。**徒御**：指随从。徒，步行者。御，驾车者。**不**：一说通丕，大。**惊**：一说通警，警戒。**大庖**：周王的厨房。**盈**：满。

	之子于征，	天子出行，
	有闻无声。	有闻无声。
	允矣君子，	诚呀君子，
	展也大成！	真呢大成！

征：行。**有闻**：指听到车马声。**无声**：指没有喧哗声。**允**：信，诚信。**君子**：指周王。**展**：真是，诚然。

吉日

【译诗】

吉日：周臣赞美周王行猎周地。《毛诗正义》：美宣王也。《诗经原始》：美宣王田猎也。

	吉日维戊，	吉日是戊，
祷 dǎo	既伯既祷。	祭祷马祖。
	田车既好，	猎车已妥，
阜 fù	四牡孔阜。	驷马肥硕。
	升彼大阜，	上那大丘，
	从其群丑。	追逐群兽。

既：又。 **伯**：古代祭名，祭祀马祖。 **祷**：祈祷。 **孔**：很。 **阜**：肥大。 **升**：上。 **大阜**：大土山。 **从**：追逐。 **群丑**：兽群。

	吉日庚午，	吉日庚午，
差 chāi	既差我马。	已择我马。
	兽之所同，	兽哟所聚，
麀 yōu 麌 yǔ	麀鹿麌麌。	母鹿伙伙。
沮 jū	漆沮之从，	漆沮逐去，
	天子之所。	天子处所。

差：选择。 **同**：聚。 **麀鹿**：母鹿。 **麌麌**：众多貌。 **漆沮**：漆水和沮水。在周地，今陕西。 **从**：追，追赶。 **所**：所在地。

	瞻彼中原，	看那莽原，
祁 qí	其祁孔有。	地广兽汇。
儦 biāo 俟 sì	儦儦俟俟，	奔奔走走，
	或群或友。	或群或对。
	悉率左右，	齐逐左右，
	以燕天子。	以悦天子。

中原：原中。原野里。 **祁**：大。 **有**：多。 **儦儦**：兽奔跑貌。 **俟俟**：兽行走貌。 **悉**：都。 **率**：赶。 **左右**：指天子的左边和右边。 **燕**：通宴。娱悦。

	既张我弓，	已张我弓，
挟 xié	既挟我矢。	已持我矢。
发 fā 豝 bā	发彼小豝，	射那小猪，
殪 yì 兕 sì	殪此大兕。	毙这大犀。
	以御宾客，	以宴宾客，
酌 zhuó 醴 lǐ	且以酌醴。	佐以酒水。

挟：持，拿。 **发**：射箭。 **豝**：小野猪。 **殪**：死。 **兕**：犀牛。 **御**：招待。 **酌醴**：酌酒。

鸿雁之什

鸿雁

【译诗】

鸿雁：周使臣奉命建屋济贫，述其事以明志。《毛诗正义》：美宣王也。《诗经原始》：使者承命安集流民也。

注音	原诗	译诗
	鸿雁于飞，	鸿雁在飞，
	肃肃其羽。	沙沙翅打。
	之子于征，	此人远行，
劬 qú	劬劳于野。	劬劳荒野。
爰 yuán 矜 jīn	爰及矜人，	顾及贫弱，
鳏 guān	哀此鳏寡。	哀此孤寡。

鸿雁：也叫大雁。秋冬季节，群起迁飞，鸣声嗷嗷，宛若哀号。**肃肃**：拟声词。拍翅声。**之子**：这人。指使臣。此为使臣自称。**于**：助词。**征**：远行。**劬劳**：辛劳。**爰**：乃。**及**：至。一说给。**矜人**：可哀怜的人。指贫弱者。一说穷人。**哀**：怜悯。**鳏寡**：孤寡。指无家可归者。

注音	原诗	译诗
	鸿雁于飞，	鸿雁在飞，
	集于中泽。	栖到草泽。
垣 yuán	之子于垣，	此人建屋，
	百堵皆作。	百座齐筑。
	虽则劬劳，	虽则劬劳，
	其究安宅。	民终安宿。

集：栖身，停留。**中泽**：沼泽之中，草泽之中。**垣**：墙。指建屋。**百堵**：百道墙。指很多房屋。**究**：终究，毕竟。**安宅**：犹安居、安所。

注音	原诗	译诗
	鸿雁于飞，	鸿雁在飞，
嗷 áo	哀鸣嗷嗷。	哀鸣嗷嗷。
	维此哲人，	有这哲人，
	谓我劬劳。	说我劬劳。
	维彼愚人，	有那愚人，
	谓我宣骄。	说我奢骄。

哲人：智慧卓越的人。**宣骄**：骄奢，骄横奢侈。

燎 liáo	## 庭燎	【译诗】
其 jī	夜如何其？	夜何时呢？
	夜未央，	夜未央，
	庭燎之光。	庭炬亮光。
	君子至止，	君子至此，
鸾 luán 将 qiāng	鸾声将将。	銮声锵锵。
	夜如何其？	夜何时呢？
艾 ài	夜未艾，	夜未逝，
晣 zhé	庭燎晣晣。	庭炬熠熠。
	君子至止，	君子至此，
哕 huì	鸾声哕哕。	銮声哕哕。
	夜如何其？	夜何时呢？
乡 xiàng	夜乡晨，	夜将明，
辉 huī	庭燎有辉。	庭炬光辉。
	君子至止，	君子至此，
	言观其旂。	我见龙旗。

庭燎：周王所见早朝时分情境。《毛诗正义》：美宣王也。《诗经原始》：勤视朝也。

如何：什么时候。**其**：助词。**央**：终止。**庭燎**：庭中照明的火炬。**君子**：指诸侯。**止**：犹之，此。**鸾**：车铃。挂在马嚼子两旁的铃。**将将**：锵锵。拟声词。铃声。

艾：尽。**晣晣**：明亮貌。**哕哕**：有节奏的铃声。

乡晨：天将亮。乡，通向。**辉**：光，光辉。**言**：我。一说助词。**旂**：画有两龙并在杆头悬铃的旗。

沔水

【译诗】

沔水:周贵族忧虑谗言乱国。《毛诗正义》:规宣王也。《诗经原始》:未详。

沔 miǎn

	原诗	译诗
	沔彼流水,	满满流水,
朝 cháo	朝宗于海。	朝见于海。
鴥 yù 隼 sǔn	鴥彼飞隼,	疾飞红隼,
	载飞载止。	时飞时止。
嗟 jiē	嗟,我兄弟,	唉,我兄弟,
	邦人诸友!	邦君诸友!
	莫肯念乱,	莫肯忧患,
	谁无父母!	谁无父母!

沔:水满貌。 **朝宗于海**:百川流归大海如同诸侯朝见天子。 **鴥**:疾飞貌。 **隼**:红隼。候鸟,捕食老鼠、小鸟,猎食时疾速俯冲,喜结群迁飞。 **载**:助词。一说则。 **兄弟**:古代对同姓宗亲的统称。 **嗟**:叹词,表感叹。 **邦人**:谓诸侯。 **念**:忧虑。

	原诗	译诗
	沔彼流水,	满满流水,
汤 shāng	其流汤汤。	奔流汤汤。
	鴥彼飞隼,	疾飞红隼,
	载飞载扬。	时飞时翔。
	念彼不迹,	虑那大逆,
行 xíng	载起载行。	时起时行。
	心之忧矣,	心哟忧啊,
弭 mǐ	不可弭忘!	不可淡忘!

汤汤:水浩大貌。 **扬**:高飞。 **不迹**:不循道。指逆道为非者。 **载起载行**:坐立不安貌。一说恣意起兵。 **弭忘**:忘却。

	原诗	译诗
	鴥彼飞隼,	疾飞红隼,
率 shuài	率彼中陵。	沿那山陵。
讹 é	民之讹言,	民间谣言,
宁 nìng	宁莫之惩!	竟不叫停!
	我友敬矣,	我友慎啊,
谗 chán 兴 xīng	谗言其兴!	谗言将兴!

率:循。 **讹言**:谣言。 **宁**:为何。 **惩**:克制。 **敬**:通警。警惕。 **其兴**:将要兴起。

鹤鸣

【译诗】

鹤鸣:万物各得其所,借喻用人之道,暗示招贤。《毛诗正义》:诲宣王也。《诗经原始》:讽宣王求贤山林也。

	原诗	译诗
	鹤鸣于九皋,	鹤鸣在幽泽,
皋 gāo	声闻于野。	声传四野。
	鱼潜在渊,	鱼潜深渊,
渚 zhǔ	或在于渚。	或在浅浒。

鹤:白鹤。又名仙鹤。大型涉禽,栖于沼泽地,形态俊逸,喜仰天鸣叫,鸣声嘹亮。 **九皋**:曲折深远的沼泽。

	乐彼之园，	乐那大园，
爰 yuán 檀 tán	爰有树檀，	园有青檀，
萚 tuò	其下维萚。	其下落叶。
	他山之石，	他山之石，
	可以为错。	可以为错。

声闻于野：到处听到鸣声。**渚**：水边。**园**：四周圈围，种植蔬果花木的地方。**爰**：在那里。一说助词。**树檀**：檀树，有青檀、黄檀等。材质坚硬细致，为优良木材。**萚**：枯落树叶。**他山之石，可以为错**：别的山上的石头也可为砺石，用来琢磨玉器。谓别国的贤才也可用为本国的辅佐。错，琢玉石的砺石。

	鹤鸣于九皋，	鹤鸣在幽泽，
	声闻于天。	声传九天。
	鱼在于渚，	鱼在浅浒，
	或潜在渊。	或潜深渊。
	乐彼之园，	乐那大园，
	爰有树檀，	园有青檀，
榖 gǔ	其下维榖。	其下构树。
	他山之石，	他山之石，
	可以攻玉。	可以攻玉。

榖：构树。又名楮。乔木，材质松软，在不良环境下，常长成丛生灌木，不能成材，枝叶又有乳液黏人，被称为恶木。**攻**：加工。指琢磨。

祈父（祈 qí 父 fǔ）

【译诗】

祁父：周京卫士责怪司马调度失当。《毛诗正义》：刺宣王也。《诗经原始》：禁旅责司马征调失常也。

	祈父！	司马！
予 yú	予王之爪牙。	我京城卫士。
恤 xù	胡转予于恤？	怎调我征伐？
	靡所止居！	无家可居！

祈父：司马。京城禁卫军长官。**予**：我。**王之爪牙**：京城卫士。**胡**：为什么。**转**：调动。**恤**：忧患。**靡**：无。**所**：住所。**止居**：安居。

	祈父！	司马！
	予王之爪士。	我京城虎士。
	胡转予于恤？	怎调我征伐？
底 zhǐ	靡所底止！	无家可归！

王之爪士：京城虎士。**底止**：居住。底，至。止，居住。一说终止。

	祈父！	司马！
亶 dǎn	亶不聪。	真是盲。
	胡转予于恤？	怎调我征伐？
饔 yōng	有母之尸饔！	有母哟失养！

亶：确实是。**聪**：明察。**尸饔**：没有饭菜，指不能奉养。尸，失。饔，熟食。一说主管炊事，指不能奉养反使母劳作。尸，主管。一说摆设饭菜，指只有祭祀而不能奉养。尸，陈设。

白驹

白驹：周贵族挽留隐士。一说周王求贤。《毛诗正义》：大夫刺宣王也。《诗经原始》：放隐士还山也。

皎 jiǎo
絷 zhí

皎皎白驹，
食我场苗。
絷之维之，
以永今朝。
所谓伊人，
于焉逍遥？

【译诗】

皎皎白驹，
食我秧苗。
绊之系之，
以延今朝。
所谓伊人，
去哪逍遥？

皎皎：洁白。**场**：圃。**场苗**：场中之苗。**絷**：用绳绊住马脚。**维**：拴住马缰绳。**永**：延长。**所谓**：所说的。**伊人**：此人。指意中所指之人。**于焉**：去哪里。于，去，往。焉，哪里。一说于此。

藿 huò

皎皎白驹，
食我场藿。
絷之维之，
以永今夕。
所谓伊人，
于焉嘉客？

皎皎白驹，
食我豆叶。
绊之系之，
以延今夜。
所谓伊人，
去哪作乐？

藿：豆叶。**嘉客**：同逍遥。一说嘉宾。

贲 bì

皎皎白驹，
贲然来思！
尔公尔侯？
逸豫无期。
慎尔优游，
勉尔遁思！

皎皎白驹，
焕然来呀！
你公你侯？
逸乐无期。
实在悠游，
莫隐遁呀！

贲然：光彩貌。一说马快跑貌。**思**：助词。**尔**：你。**逸豫**：安乐。**慎**：诚然，实在。一说谨慎。**优游**：悠闲自得。**勉**：通免，免除。**遁**：遁世，隐居。

刍 chú
遐 xiá

皎皎白驹，
在彼空谷。
生刍一束，
其人如玉。
毋金玉尔音，
而有遐心！

皎皎白驹，
在那空谷。
青草一束，
其人如玉。
勿吝惜你音，
而有疏心！

生刍：青草。**其人**：指那朋友。**如玉**：指有美德。**毋**：不要，别。**金玉**：比喻珍惜。指吝惜。**音**：音讯。**遐心**：疏远之心。遐，远。

黄鸟

黄鸟：弃妇诉说夫家薄情无理。《毛诗正义》：刺宣王也。《诗经原始》：刺民风偷薄也。

注音	原诗	【译诗】
	黄鸟黄鸟，	黄鸟黄鸟，
榖 gǔ	无集于榖，	勿栖构树，
粟 sù	无啄我粟。	勿啄我粟。
	此邦之人，	此邦之人，
榖 gǔ	不我肯榖。	对我冷酷。
	言旋言归，	俺还俺归，
	复我邦族。	会我宗族。

黄鸟：金翅雀。弱小鸟类，鸣禽，喜食杂草和谷物的种子。一说黄鹂。**榖**：构树。又名楮。乔木。**粟**：重要粮食作物。**不我肯榖**：不肯榖我。不肯善待我。榖，善。**言**：我。一说助词。**旋**：还。**复**：返。**邦族**：邦国宗族。

注音	原诗	【译诗】
	黄鸟黄鸟，	黄鸟黄鸟，
	无集于桑，	勿栖绿桑，
	无啄我粱。	勿啄我粮。
	此邦之人，	此邦之人，
	不可与明。	不可讲明。
	言旋言归，	俺还俺归，
	复我诸兄。	会我宗兄。

粱：小米。重要粮食作物。**明**：讲明。**诸兄**：所有同宗之兄。

注音	原诗	【译诗】
	黄鸟黄鸟，	黄鸟黄鸟，
栩 xǔ	无集于栩，	勿栖柞木，
黍 shǔ	无啄我黍。	勿啄我黍。
	此邦之人，	此邦之人，
处 chǔ	不可与处。	不可共处。
	言旋言归，	俺还俺归，
	复我诸父。	会我伯叔。

栩：柞树。乔木。**黍**：谷子。重要粮食作物。**处**：相处。一说居。**诸父**：指伯父和叔父。一说指诸兄。

行 xíng

我行其野

【译诗】

我行其野：弃妇诉说丈夫见异思迁。《毛诗正义》：刺宣王也。《诗经原始》：刺睦姻之政不讲也。

芾 fèi 樗 chū

畜 xù

我行其野，
蔽芾其樗。
昏姻之故，
言就尔居。
尔不我畜，
复我邦家。

我行郊野，
密密樗树。
婚姻之故，
俺跟你住。
你不爱我，
返我国度。

蔽芾：茂盛貌。一说初生貌。**樗**：臭椿。乔木，人称恶木，叶破后奇臭，果实形似眼睛，多经络，似血丝，被叫作鬼目。**言**：我。一说助词。**就**：从。**畜**：喜爱。**复**：返。**邦家**：国家。

蓫 zhú

我行其野，
言采其蓫。
昏姻之故，
言就尔宿。
尔不我畜，
言归斯复。

我行郊野，
而采野蓄。
婚姻之故，
俺跟你宿。
你不爱我，
俺归呀去。

蓫：羊蹄。又名蓄。草本植物，嫩苗作野菜，根药用。**归**：大归。女子被休，回返娘家。**斯**：助词。

葍 fú

祇 zhī

我行其野，
言采其葍。
不思旧姻，
求尔新特。
成不以富，
亦祇以异。

我行郊野，
而采葍菜。
不思老伴，
寻你新配。
诚不因富，
只是求异。

葍：小旋花。蔓生草本植物，根白色较粗，可作野菜和药用。**姻**：指妻子。一说指丈夫的父亲。**特**：配偶。**成**：通诚。诚然，确实。**亦**：只是。**祇**：适，恰，正。**异**：不专一。

干 gān

斯干

【译诗】

斯干：周王庆贺宫室落成。《毛诗正义》：宣王考室也。《诗经原始》：公族考室也。

秩秩斯干，
幽幽南山。
如竹苞矣，
如松茂矣，

涓涓溪涧，
幽幽南山。
如竹苞哩，
如松茂哩，

秩秩：水清流动貌。**干**：通涧。**幽幽**：深远貌。**南山**：终南山。在周都镐京之南。**苞**：丛生貌。**式**：助词。含应、当之意。**犹**：责怪。一说通猷，欺诈。

	原文	译文	注释
	兄及弟矣， 式相好矣， 无相犹矣！	兄与弟哩， 该相好哩， 无相吵哩！	
妣 bǐ 爰 yuán 处 chǔ	似续妣祖， 筑室百堵， 西南其户， 爰居爰处， 爰笑爰语。	继承先祖， 筑宫百屋， 西房南户， 便居便住， 便笑便语。	**似续**：继承。**妣祖**：先祖。妣，亡母。**筑室**：盖宫室。**百堵**：房屋多貌。堵，墙。**西南其户**：指正房厢房。西，东西厢房。南，正房，门朝南。户，门。**爰**：于是。
阁 gé 椓 zhuó 橐 tuó 芋 yǔ	约之阁阁， 椓之橐橐， 风雨攸除， 鸟鼠攸去， 君子攸芋。	扎模咯咯， 夯墙笃笃， 风雨则除， 雀鼠则驱， 君子则居。	**约**：捆，扎。**阁阁**：捆扎造墙模板的咯咯声。**椓**：敲，打。**橐橐**：夯土声。**攸**：乃，于是。一说所。**除**：避开。**芋**：通宇。居住。一说大。
跂 qǐ 棘 jí 翚 huī 跻 jī	如跂斯翼， 如矢斯棘， 如鸟斯革， 如翚斯飞， 君子攸跻。	正如踮立， 直如箭疾， 展如鸟翼， 势如雉飞， 君子则祭。	**跂**：踮脚。**斯**：助词。**翼**：严整貌。**棘**：急，疾。一说棱角。**革**：翅膀。**翚**：锦鸡。雉科鸟类，羽多彩，尾羽长，飞翔姿态优美。**跻**：登。指登上祭祀。
 觉 jué 哙 kuài 哕 huì	殖殖其庭， 有觉其楹， 哙哙其正， 哕哕其冥， 君子攸宁。	正正天井， 挺挺圆楹， 阔阔昼明， 幽幽夜冥， 君子则宁。	**殖殖**：平正貌。殖，通直。**庭**：堂前的平地。**有觉**：觉觉。高大挺立貌。**楹**：堂屋前部的柱子。**哙哙**：宽敞明亮貌。**正**：向明的地方。一说宽广。一说白天。**哕哕**：深暗貌。**冥**：深远。一说黑夜。
莞 guān 簟 diàn 寝 qǐn 兴 xīng	下莞上簟， 乃安斯寝。 乃寝乃兴， 乃占我梦。 吉梦维何？	竹席蒲垫， 乃安一眠。 睡好起身， 乃占我梦。 吉梦如何？	**莞**：香蒲。水生草本植物，叶狭长，可编席。指蒲席。**簟**：竹席。**寝**：睡。**兴**：起床。**占**：占卜。**维**：是。

罴 pí	维熊维罴，	有熊有罴，
虺 huǐ	维虺维蛇。	有蜥有蛇。

熊:黑熊。猛兽,雄壮有力。 **罴**:棕熊。猛兽,比黑熊更大更强。 **虺**:蜥蜴。又名四脚蛇。爬虫类。

大 tài	大人占之：	太卜占梦：
	维熊维罴，	有熊有罴，
	男子之祥；	男孩吉祥；
	维虺维蛇，	有蜥有蛇，
	女子之祥。	女孩吉祥。

大人:太卜,占梦之官。

	乃生男子，	若生男孩，
载 zài	载寝之床，	则睡在床，
衣 yì	载衣之裳，	则穿衣裳，
璋 zhāng	载弄之璋。	则玩玉璋。
喤 huáng	其泣喤喤，	其啼喤喤，
芾 fú	朱芾斯皇，	朱芾煌煌，
	室家君王。	一家侯王。

乃:若。 **载**:则。 **弄**:玩。 **璋**:玉器,长条板状,为礼器。 **喤喤**:形容小儿哭啼声洪亮。 **朱芾**:红色蔽膝。古代礼服上的一种装饰物,缝于长衣之前,天子纯朱,诸侯黄朱。 **皇**:通煌。辉煌。 **室家**:家里人。 **君王**:诸侯或周王。

	乃生女子，	若生女孩，
	载寝之地，	则睡在地，
裼 tì	载衣之裼，	则裹包被，
	载弄之瓦。	则玩纺锤。
	无非无仪，	无违无仪，
	唯酒食是议，	唯酒食来议，
诒 yí 罹 lí	无父母诒罹。	免父母忧虑。

裼:婴儿的包被。 **瓦**:陶纺锤。 **非**:违背,违道。 **仪**:威仪。一说善。 **酒食**:指料理家务。 **议**:商议,考虑。 **诒罹**:谓带来忧愁。

无羊

【译诗】

无羊:周臣赞美王家牧业。《毛诗正义》:宣王考牧也。《诗经原始》:美司牧也。

	谁谓尔无羊？	谁说你无羊？
	三百维群。	三百为群。
	谁谓尔无牛？	谁说你无牛？
犉 rún	九十其犉。	九十黑唇。

尔:你。 **三百**:指数量多。 **维**:为。一说其。 **九十**:指数量多。 **犉**:黑唇黄牛。 **尔**:你的。 **思**:助词。 **濈濈**:本作戢戢。聚集貌。 **湿湿**:耳摇动貌。

注音	原文	译文
	尔羊来思，	你羊来呀，
濈 jí	其角濈濈。	其角排排。
	尔牛来思，	你牛来呀，
湿 chì	其耳湿湿。	其耳摆摆。

注音	原文	译文
降 jiàng 阿 ē	或降于阿，	有下山坡，
	或饮于池，	有临水泊，
寝 qǐn 讹 é	或寝或讹。	有行有卧。
	尔牧来思，	牧人来呀，
何 hè 蓑 suō	何蓑何笠，	披蓑戴笠，
餱 hóu	或负其餱。	还背馍馍。
	三十维物，	三十毛色，
	尔牲则具。	祭牲够妥。

或：有的。**阿**：小山坡。**讹**：通吪。走动。**尔**：你的。**牧**：牧人。**何**：通荷。披戴。**蓑**：蓑衣。**笠**：斗笠。**或**：又。**负**：背。**餱**：干粮。**三十维物**：牛的毛色很多。三十，指多。物，杂色牛。**牲**：祭祀及食用的家畜。**具**：齐备。

注音	原文	译文
	尔牧来思，	牧人来呀，
	以薪以蒸，	取枝取干，
	以雌以雄。	捕母捕公。
	尔羊来思，	你羊来呀，
矜 jīn 兢 jīng	矜矜兢兢，	肥肥壮壮，
骞 qiān	不骞不崩。	不散不松。
麾 huī 肱 gōng	麾之以肱，	手臂一动，
	毕来既升。	齐来尽登。

薪：粗柴枝。**蒸**：细柴枝。**雌**：母的鸟兽。**雄**：公的鸟兽。**兢兢**：强壮貌。**骞**：亏损。指走失。**崩**：溃散。指失群。**麾**：指挥。**肱**：手臂。**毕**：尽。**既**：尽。**升**：登上。

注音	原文	译文
	牧人乃梦：	牧人做梦：
	众维鱼矣，	众人与鱼，
旐 zhào 旟 yú	旐维旟矣。	龟旗鹰旗。
大 tài	大人占之：	太卜占梦：
	众维鱼矣，	众人与鱼，
	实维丰年；	此为丰年；
	旐维旟矣，	龟旗鹰旗，
溱 zhēn	室家溱溱。	家族芸芸。

众：众人。一说蝗虫。**维**：与。一说为。**旐**：画有龟蛇图案的旗。**旟**：画有鸟隼图案的军旗。**大人**：太卜，占梦之官。**室家**：家人，此指家族。**溱溱**：众多貌。

节南山之什

节南山

注音	原诗	【译诗】
	节彼南山，	峻拔南山，
	维石岩岩。	其石巉巉。
尹 yǐn	赫赫师尹，	赫赫师尹，
	民具尔瞻。	民俱观瞻。
惔 tán	忧心如惔，	忧心如焚，
	不敢戏谈。	不敢笑谈。
	国既卒斩，	国运尽断，
监 jiàn	何用不监？	何以不鉴？

节南山：周大夫家父痛斥太师尹氏徇私误政祸国。《毛诗正义》：家父刺幽王也。《诗经原始》：家父刺师尹也。

节：高峻貌。**南山**：指终南山，在今陕西。**岩岩**：山石堆积高峻貌。**赫赫**：显赫尊贵貌。**师尹**：指周太师尹氏。太师为朝中最高官职三公之一。尹氏为周代望族。**具**：俱。**瞻**：观察。**惔**：焚烧。**戏谈**：嬉笑言谈。**卒**：尽。**斩**：断绝。**何用**：何以。**监**：通鉴。觉察，明白。一说读 jiān，督察。

注音	原诗	【译诗】
	节彼南山，	峻拔南山，
猗 ē	有实其猗。	处处草茁。
	赫赫师尹，	赫赫师尹，
	不平谓何？	不平为何？
瘥 cuó	天方荐瘥，	天正连祸，
丧 sāng	丧乱弘多。	死乱众多。
	民言无嘉，	民言无嘉，
憯 cǎn 嗟 jiē	憯莫惩嗟！	还不管呢！

实：充满貌。一说广阔貌。**猗**：草长。一说通阿，山隅。**谓何**：为何。**方**：正。**荐瘥**：一再发生疫病；深重的灾祸。荐，再，接连。**弘多**：很多。**憯**：乃，竟。**惩**：止。指止恶行善。**嗟**：助词。

注音	原诗	【译诗】
大 tài	尹氏大师，	尹氏太师，
氐 dǐ	维周之氐，	是周根基，
	秉国之均，	掌国中枢，
	四方是维，	四方维系，
毗 pí	天子是毗，	天子辅弼，
俾 bǐ	俾民不迷。	使民不迷。
吊 dì 昊 hào	不吊昊天，	不善昊天，
空 kòng	不宜空我师！	不该耗民力！

氐：根本。**秉**：掌握。**均**：陶胚转盘。比喻国家政权。**四方**：天下各诸侯国。**维**：控制。**毗**：辅佐。**俾**：使。**吊**：同弔。善。**昊天**：苍天，天帝，上天。**不宜**：不应该。**空我师**：使民众穷困。空，使穷困。师，民众。

弗躬弗亲，
庶民弗信。
弗问弗仕，
勿罔君子。
式夷式已，
无小人殆。
琐琐姻亚，
则无膴仕。

不躬不亲，
庶民不信。
不问不视，
勿骗君子。
公平而治，
无小人挤。
小小姻亲，
则无厚职。

躬亲：亲自从事。**问**：询问。**仕**：察，考察。一说任用。**罔**：欺骗。**君子**：指贤者。**式**：用。一说助词。**夷**：平，公平。一说平易。**已**：通纪。治理。一说制止。**殆**：亲近。一说危害。**琐琐**：卑微貌。**姻亚**：姻亲。**膴仕**：高官厚职。**膴**，厚。

昊天不佣，
降此鞠讻。
昊天不惠，
降此大戾。
君子如届，
俾民心阕。
君子如夷，
恶怒是违。

昊天不公，
降此巨凶。
昊天不爱，
降此大害。
君子若至，
使民心适。
君子若直，
怨恨消释。

佣：均，公平。**鞠讻**：极大的灾害。**讻**：祸乱。**戾**：恶。**君子**：指师尹。一说指贤者。**届**：至，到。指亲躬政事。一说指就任高职。**阕**：平息。**违**：去掉，消除。

不吊昊天，
乱靡有定。
式月斯生，
俾民不宁。
忧心如酲，
谁秉国成？
不自为政，
卒劳百姓。

不善昊天，
乱没有停。
月月发生，
使民不宁。
忧如酩酊，
谁掌国政？
不亲为政，
终苦百姓。

定：停止。**式**：助词。**月**：月月。一说通抈。折断，扼杀。**生**：发生。**酲**：喝醉了神志不清。**秉**：执。**国成**：国政的成规。**卒**：终于，最后。

驾彼四牡，
四牡项领。
我瞻四方，
蹙蹙靡所骋！

驾那驷马，
驷马肥颈。
我瞻四方，
局促难驰骋！

项领：马颈上赘肉，因久不拉车而生出。**蹙蹙**：局促貌。**骋**：驰骋。

	方茂尔恶，	正发你恶，
相 xiàng	相尔矛矣！	见你矛哩！
怿 yì	既夷既怿，	已喜已悦，
相 xiāng	如相酬矣！	如相酬哩！

茂：勉力。一说盛。**尔**：指尹氏。**相**：视。**既**：已经。**夷**：喜悦。**怿**：喜悦。**相酬**：相互敬酒。

	昊天不平，	昊天不平，
	我王不宁。	我王不宁。
	不惩其心，	不收其心，
	覆怨其正。	反怨匡正。

覆：反而。**惩**：克制，制止。

父 fǔ	家父作诵，	家父作诵，
	以究王讻。	以究国伤。
	式讹尔心，	该洗你心，
畜 xù	以畜万邦。	以养万邦。

家父：周幽王大夫。**诵**：宜于诵读的韵文，如诗歌。**究**：追究。**王**：王朝。**讻**：祸乱。**式**：助词。含应、当之意。**讹**：通吪。感化，改变。**尔**：指太师。**畜**：养。

正 zhèng

正月

【译诗】

正月：周大夫感时伤遇而怨刺周幽王无道。《毛诗正义》：大夫刺幽王也。《诗经原始》：周大夫感时伤遇也。

	正月繁霜，	四月多霜，
	我心忧伤。	我心忧伤。
讹 é	民之讹言，	民间谣言，
	亦孔之将。	实在扬扬。
	念我独兮，	念我独啊，
	忧心京京。	忧心长长。
	哀我小心，	哀我顾虑，
癙 shǔ 痒 yáng	癙忧以痒。	积忧成恙。

正月：正阳之月。指夏历四月，周历六月。**讹言**：谣传的话。**孔**：很。**将**：大。**独**：孤独。**京京**：忧愁不绝貌。**哀**：怜悯。**小心**：畏忌，顾虑。**癙忧**：郁闷忧愁。**以**：因而。**痒**：忧思过度所成之病。

	父母生我，	父母生我，
俾 bǐ 瘉 yù	胡俾我瘉？	怎使我苦？
	不自我先，	不在我前，

俾：使。**瘉**：病，痛苦。**莠言**：坏话。**愈愈**：忧惧貌。一说日益深重貌。**是以**：因此。**有**：谓呈现、产生

不自我后。　　不在我后。
好言自口，　　好言自口，
莠 yǒu　莠言自口。　　恶言自口。
忧心愈愈，　　忧心惧惧，
是以有侮。　　是以受辱。

或发生某种情状。**侮**：欺侮，侮辱。

惸 qióng　忧心惸惸，　　忧心茕茕，
念我无禄。　　念我无福。
民之无辜，　　民哟无辜，
并其臣仆。　　尽似奴仆。
哀我人斯，　　哀我等呀，
于何从禄？　　如何求福？
爰 yuán　瞻乌爰止，　　看乌所栖，
于谁之屋？　　在谁之屋？

惸惸：孤独貌。一说愁思貌。**禄**：福。**并**：普遍，都。**其**：助词，表示揣测。**臣仆**：奴仆。**哀**：怜悯。**我人**：指部分贵族官员。**于何**：如何。**从**：寻找。**瞻**：看。**乌**：乌鸦。乌类，体黑鼻白，在近民居大树上筑巢，有时在屋脊上栖息。传周代以乌为吉兆。**爰**：犹之。**止**：栖息。**屋**：指富人之屋。

瞻彼中林，　　看那林中，
侯薪侯蒸。　　枝杈横生。
殆 dài　民今方殆，　　民今危殆，
梦 méng　视天梦梦。　　视天蒙蒙。
既克有定，　　既能有定，
靡人弗胜。　　无人不胜。
有皇上帝，　　伟大上帝，
伊谁云憎？　　是谁你憎？

侯：维。**薪**：粗柴枝。**蒸**：细柴枝。**殆**：危险。**梦梦**：昏乱不明貌。**既**：既然。**克**：能。**皇**：伟大。**伊谁云憎**：憎恨谁呢。伊，助词。云，助词。

盖 hé　谓山盖卑？　　说山多低？
为冈为陵。　　成冈成陵。
民之讹言，　　民间谣言，
宁 nìng　宁莫之惩。　　竟不叫停。
召彼故老，　　召见元老，
讯之占梦。　　询问占梦。
予 yú　具曰“予圣”，　　都说“我圣”，
谁知乌之雌雄？　　谁辨乌哟母公？

谓：说。**盖**：通盍。何。**宁**：乃，竟。**惩**：克制，制止。**故老**：老臣。**占梦**：卜度梦的吉凶。**讯**：问。**具曰“予圣”**：都说：我是贤圣。圣，道德和智慧高超。**乌**：乌鸦。

	谓天盖高？	说天多高？
	不敢不局。	不敢不屈。
	谓地盖厚？	说地多厚？
蹐 jí	不敢不蹐。	不敢不趋。
号 háo	维号斯言，	呼喊此言，
	有伦有脊。	有道有理。
	哀今之人，	哀今世人，
虺 huǐ 蜴 yì	胡为虺蜴？	怎成蜥蜴？

局：弯曲。**蹐**：小步走路。**维**：助词。**号**：呼喊。**伦**：准则。**脊**：条理。**虺蜴**：蜥蜴。又名四脚蛇。爬虫类。胆小，见人就逃避。

阪 bǎn	瞻彼阪田，	看那坡田，
菀 yù	有菀其特。	壮苗特立。
杌 wù	天之杌我，	天哟撼我，
	如不我克。	似我难制。
	彼求我则，	他招我呢，
	如不我得。	似我难得。
仇 qiú	执我仇仇，	得我傲傲，
	亦不我力。	不问我事。

阪田：山坡田地。**菀**：茂盛貌。**特**：挺立。指特出之苗。**杌**：动，摇动。**克**：制胜。**彼**：指周王。**则**：助词。**执**：持。引申为掌控。**仇仇**：傲慢貌。**不我力**：不力我。不重用我。

	心之忧矣，	心哟忧啊，
	如或结之。	如人憋之。
	今兹之正，	今此朝政，
	胡然厉矣？	何以恶呢？
	燎之方扬，	野火正旺，
宁 nìng	宁或灭之？	岂能灭之？
	赫赫宗周，	赫赫宗周，
褒 bāo 姒 sì	褒姒威之！	褒姒灭之！
威 miè		

或：有人。**结**：郁结。**今兹**：今此，现在。**正**：通政。朝政。**胡然**：为何。**厉**：恶，坏。**燎**：野火。**扬**：旺盛。**宁**：岂，难道。**灭**：熄灭。**赫赫**：兴盛貌。**宗周**：西周王都。**褒姒**：周幽王宠妃。幽王因宠爱她而朝政昏乱，终于亡身亡国。**威**：灭亡，熄灭。

	终其永怀，	既有长忧，
窘 jiǒng	又窘阴雨。	又困阴雨。
	其车既载，	其车已载，
	乃弃尔辅。	却弃辅木。
	载输尔载，	掉落你货，
将 qiāng 予 yú	“将伯助予！”	“请哥来助！”

终：既。**永怀**：长忧。**窘**：困迫。**乃**：却。**尔**：你。指周幽王。**辅**：绑在车轮外旁两条夹毂的直木，用以增强车轮的承载力。**载**：助词。**输**：掉落。**载**：车上的货物。**将**：请。**伯**：大哥。

	无弃尔辅，	勿弃辅木，	员：加固。屡：常常。顾：关心，照顾。仆：车夫。终：终究。逾：越过。曾：竟然。不意：不在意，不放在心上。
员 yún	员于尔辐。	加固车辐。	
	屡顾尔仆，	常顾车夫，	
	不输尔载。	不掉货物。	
	终逾绝险，	终脱大险，	
曾 zēng	曾是不意！	竟不在乎！	
沼 zhǎo	鱼在于沼，	鱼在池沼，	沼：水池。亦：实在。匪：非。克：能。伏：隐藏，隐匿。炤：明显。惨惨：忧虑不安貌。
	亦匪克乐。	实不能乐。	
	潜虽伏矣，	潜虽躲啊，	
炤 zhāo	亦孔之炤。	实在显目。	
	忧心惨惨，	忧心懆懆，	
	念国之为虐。	念国政为虐。	
	彼有旨酒，	他有美酒，	洽比：融洽，亲近。邻：邻近的人。昏姻：亲家，姻亲关系。云：友好。一说周旋往来。慇慇：忧伤貌。
	又有嘉肴，	又有佳肴，	
洽 qià	洽比其邻，	协和四邻，	
	昏姻孔云。	姻亲甚亲。	
	念我独兮，	念我独啊，	
慇 yīn	忧心慇慇！	忧心殷殷！	
佌 cǐ	佌佌彼有屋，	卑卑他有屋，	佌佌：渺小卑微。指小人。彼：他。蔌蔌：猥琐丑陋。指卑鄙者。谷：俸禄。禄：福。天夭：天所伤害。一说天指周王。是：与。椓：残害。哿：可。可心，快乐。一说尚可。哀：怜悯。惸独：孤独无依者。
蔌 sù	蔌蔌方有谷。	琐琐方有禄。	
	民今之无禄，	民今哟无福，	
椓 zhuó	天夭是椓。	天灾人祸。	
哿 gě	哿矣富人，	可哩富人，	
惸 qióng	哀此惸独！	哀此茕独！	

	十月之交	【译诗】
	十月之交，	十月刚到，
朔 shuò 卯 mǎo	朔月辛卯，	初一辛卯，
	日有食之，	日又食哟，
	亦孔之丑。	实在不好。
	彼月而微，	那月哟亏，
	此日而微。	这日哟亏。
	今此下民，	今此下民，
	亦孔之哀！	实在悲哀！

十月之交：周大夫怨刺周幽王无道以致朝政失常。《毛诗正义》：大夫刺幽王也。《诗经原始》：刺皇父煽虐以至灾变也。

十月之交，朔月辛卯，日有食之：周历十月初一辛卯日，又日食了。即公元前776年9月6日早晨日食。交，开始。朔月，月朔，每月初一。有，又。**丑**：不好。**而**：助词。**微**：昏暗无光。指日月亏蚀。

	日月告凶，	日月见凶，
行 háng	不用其行。	轨道反常。
	四国无政，	四方劣政，
	不用其良。	不用贤良。
	彼月而食，	那月哟食，
	则维其常。	则为寻常。
	此日而食，	这日哟食，
臧 zāng	于何不臧？	如何不祥？

告凶：显示凶兆。**行**：道路。指轨道。**四国**：指天下。**无政**：无好政。**维**：是。**于何**：为何。**不臧**：不好，不吉利。

烨 yè	烨烨震电，	烁烁雷电，
	不宁不令。	不宁不靖。
	百川沸腾，	百川沸腾，
冢 zhǒng 崒 zú	山冢崒崩。	山顶骤崩。
	高岸为谷，	高崖成谷，
	深谷为陵。	深谷成陵。
	哀今之人，	哀今之人，
憯 cǎn	胡憯莫惩！	怎还不停！

烨烨：电光闪烁貌。**震**：雷。**不令**：不善。**山冢**：山顶。**崒崩**：忽然崩塌。崒，通猝，忽然。**岸**：山崖。**憯**：曾。一说竟。**惩**：止。指止恶行善。一说警。

父 fǔ	皇父卿士，	皇父卿士，
	番维司徒，	樊为司徒，
	家伯维宰，	家伯宰夫，

皇父：人名。**卿士**：周王朝执政官，总管王朝政事。**番**：樊。人名。**司徒**：六卿之一，掌管土地和教化。**家伯**：人名。**宰**：宰夫。

注音	原文	译文
	仲允膳夫，	仲允膳夫，
聚 zōu	聚子内史，	聚子内史，
蹶 guì 趣 cǒu	蹶维趣马，	蹶管养牧，
楀 jǔ	楀维师氏，	楀为师氏，
处 chǔ	艳妻煽方处。	艳妻盛宫府。

官职，辅助冢宰管理朝政。**仲允**：人名。**膳夫**：官职，掌管宫廷饮食。**聚子**：人名。**内史**：官职，协助天子管理爵、禄、废、置等政务。**蹶**：人名。**趣马**：官职，管周王马匹。**楀**：人名。**师氏**：官职，掌管辅导王室，教育贵族子弟，以及监督朝廷礼仪。**艳妻**：指褒姒。**煽**：炽盛。**方处**：住处。指王宫。

注音	原文	译文
父 fǔ	抑，此皇父！	咦，这皇父！
	岂曰不时？	岂说不是？
	胡为我作，	何以征役，
	不即我谋？	不与我议？
	彻我墙屋，	拆我房屋，
汙 wū	田卒汙莱。	田尽荒废。
予 yú 戕 qiāng	曰“予不戕，	说“我无伤，
	礼则然矣”！	礼这样的”！

抑：叹词。噫。**不时**：不对。时，是。**胡为**：何为，为什么。**作**：劳役，使劳役。**彻**：通撤。拆毁。**墙屋**：房屋。**卒**：完全。**汙**：同污。积水。**莱**：田地荒芜。**戕**：毁坏，损伤。**礼**：封建等级制度及其礼仪。**然**：这样，那样。

注音	原文	译文
	皇父孔圣，	皇父甚圣，
都 dū	作都于向。	建都向城。
	择三有事，	选三卿士，
亶 dǎn 藏 zàng	亶侯多藏。	真哟富盈。
憖 yìn	不憖遗一老，	不愿留元老，
俾 bǐ	俾守我王。	以保我王。
	择有车马，	选有车者，
徂 cú	以居徂向。	迁居向城。

向：邑名。在今河南。**三有事**：三卿。有事，即有司，官吏。古代设官分职，各有专司，故称。**亶**：诚然，实在。**侯**：助词。**多藏**：大量积蓄财货。**憖**：愿意。**一老**：指年高德劭之人。**有车马**：富有人家。**居**：住。**徂**：往。

注音	原文	译文
黾 mǐn	黾勉从事，	黾勉做事，
	不敢告劳。	不敢告劳。
	无罪无辜，	无罪无辜，
谗 chán 嚣 áo	谗口嚣嚣。	谗言滔滔。
	下民之孽，	下民之祸，
	匪降自天。	非降自天。
噂 zǔn 沓 tà	噂沓背憎，	口蜜腹剑，
	职竞由人。	只争在人。

黾勉：勤勉。**谗口**：说坏话的嘴，谗佞。**嚣嚣**：众口谗毁貌。**孽**：灾祸。**噂沓**：相互交谈。**背憎**：背后彼此憎恨。**职**：唯，只。**竞**：争。**由**：由于。**人**：指谗佞。

	悠悠我里，	悠悠我虑，
痗 mèi	亦孔之痗。	实在悲郁。
	四方有羡，	四方有乐，
	我独居忧。	我独担忧。
	民莫不逸，	人莫不逸，
	我独不敢休。	我独不敢休。
	天命不彻，	天命失序，
	我不敢效我友自逸。	我不敢学我友安逸。

里：通悝。忧，忧思。**痗**：病，忧伤。**四方**：天下，各处。**羡**：喜乐。一说有余，剩余。**居**：处于。**民**：人。**逸**：安闲，安乐。**不彻**：不循常道。**自逸**：身心安适。

雨无正

【译诗】

雨无正：周近侍痛诉周王无道大臣失职。传为刺周幽王或周厉王。《毛诗正义》：大夫刺幽王也。《诗经原始》：周暬御痛匡国无人也。

昊 hào	浩浩昊天，	浩浩昊天，
骏 jùn	不骏其德。	不常其德。
馑 jǐn	降丧饥馑，	降祸饥馑，
	斩伐四国。	残害列国。
旻 mín	旻天疾威，	昊天暴戾，
	弗虑弗图。	不虑不谋。
	舍彼有罪，	舍那有罪，
	既伏其辜。	尽隐其辜。
	若此无罪，	而这无罪，
胥 xū	沦胥以铺。	牵连受苦。

骏：长，长久。**降丧**：降下灭国之祸。**斩伐**：残害。**四国**：泛指四方，天下。**旻天**：应作昊天。**图**：谋虑。**舍**：舍弃，放弃。**既**：尽。**伏**：隐藏。**辜**：罪。**若**：而。**沦胥**：相率牵连。**铺**：通痡。病，陷于痛苦。

	周宗既灭，	镐京将失，
戾 lì	靡所止戾。	无所安逸。
	正大夫离居，	卿大夫散居，
勚 yì	莫知我勚。	莫知我累。
	三事大夫，	三公首席，
夙 sù	莫肯夙夜。	莫肯出力。
	邦君诸侯，	国君诸侯，
朝 cháo	莫肯朝夕。	莫肯听事。
庶 shù 臧 zāng	庶曰式臧，	希冀行善，
	覆出为恶。	反见为恶。

周宗：镐京。**既**：即将。**灭**：沦陷。**止戾**：安定。**正**：长官。**离居**：离散而居。**勚**：疲劳。**三事大夫**：指三公，古代中央三种最高官衔的合称。周以太师、太傅、太保为三公。**夙夜**：朝夕，指无时无刻（尽职）。**朝夕**：谓君王早晚听政。**庶**：希望，但愿。**曰**：助词。**式**：用。**臧**：善。**覆**：反而。**出**：出现。**为**：做。**恶**：不良行为。

	如何昊天，	奈何昊天，
辟 bì	辟言不信。	正言不信。
行 xíng	如彼行迈，	如那远行，
臻 zhēn	则靡所臻。	而无所临。
	凡百君子，	一众臣子，
	各敬尔身。	各慎你身。
	胡不相畏？	怎不相畏，
	不畏于天？	不畏于天？

辟言：合法之言。辟，法。**行迈**：行走不止，远行。**臻**：至，来到。**凡百君子**：指群臣百官。凡百，一应。**敬**：谨慎，慎重。**胡**：怎么。

戎 róng	戎成不退，	战成不退，
	饥成不遂。	饥成不瑞。
曾 zēng 暬 xiè	曾我暬御，	则我近侍，
憯 cǎn 瘁 cuì	憯憯日瘁。	愁愁憔悴。
	凡百君子，	一众臣子，
	莫肯用讯。	莫肯建白。
荅 dá	听言则荅，	听言则拒，
谮 zèn	谮言则退。	谗言则退。

戎成：战争已形成。**饥成**：饥荒已形成。**遂**：安定。一说消退。**曾**：则。**暬御**：近侍。**憯憯**：忧愁貌。**瘁**：憔悴。**用**：以。**讯**：告诉。指说出实情。**听言**：可听用之言。一说道听之言。**荅**：距，拒绝。一说犹当，对。**谮言**：谗言。**退**：斥退。一说退缩。

	哀哉不能言，	哀啊不能言，
	匪舌是出，	非舌有事，
	维躬是瘁。	是身有疾。
哿 gě	哿矣能言，	可哩能言，
	巧言如流，	巧言如流，
俾 bǐ 处 chǔ	俾躬处休。	使身处优。

出：除去。**躬**：自身。**瘁**：毁坏。**哿**：可。可心，快乐。**处**：处于。**休**：福禄。

	维曰于仕，	有道出仕，
棘 jí 殆 dài	孔棘且殆。	孔急且危。
	云不可使，	说不使得，
	得罪于天子。	得罪于天子。
	亦云可使，	若说使得，
	怨及朋友。	怨自朋友。

维：助词。**曰**：说。**于仕**：做官。**棘**：急迫。**殆**：危险。**云**：说。**使**：使用，使得。一说从。**亦**：副词，有假设之意。**怨**：埋怨，责怪。**及**：到。

都 dū
予 yú

谓尔迁于王都，
曰“予未有室家”。
鼠思泣血，
无言不疾：
“昔尔出居，
谁从作尔室？”

叫你迁到王都，
答“我未有房屋”。
忧思饮泣，
无言不疾：
“当初移居，
谁帮置你室？”

尔：指卿大夫等高官。**王都**：天子的都城。**室家**：房舍。**鼠思**：忧思。**泣血**：无声痛哭，泪如血涌。形容极度悲伤。**疾**：痛苦。**出居**：迁居。指离开京城往别处居住。

旻 mín

小旻

【译诗】

小旻：周大夫怨刺周王昏庸误国。传为刺周幽王或周厉王。《毛诗正义》：大夫刺幽王也。《诗经原始》：刺幽王惑邪谋也。

遹 yù
沮 jǔ
臧 zāng
邛 qióng

旻天疾威，
敷于下土。
谋犹回遹，
何日斯沮？
谋臧不从，
不臧覆用。
我视谋犹，
亦孔之邛！

旻天暴戾，
施于下土。
决策乖僻，
何时结束？
良策不从，
不良反用。
我看决策，
实在病重！

旻天：泛指天。**疾威**：暴虐。**敷**：施，施行。**下土**：天下。**谋犹**：谋略。指决策。犹，通猷，谋略。**回遹**：邪僻，乖谬不正。**沮**：止。**邛**：病。

潝 xī 訿 zǐ
底 dǐ

潝潝訿訿，
亦孔之哀。
谋之其臧，
则具是违。
谋之不臧，
则具是依。
我视谋犹，
伊于胡底！

恣肆自私，
实在悲哀。
谋略若良，
则俱相违。
谋略不良，
则俱相依。
我看决策，
伊于胡底！

潝潝：形容小人所为。表示作威作福。**訿訿**：贪婪貌。表示谋私利。**其**：连词。表示假设。**具**：俱。**伊于胡底**：即是伊于胡底。谓不知弄到什么地步为止。表示不堪设想。

我龟既厌，
不我告犹。
谋夫孔多，
是用不集。

我龟已厌，
不告吉否。
策士孔多，
是以虚有。

龟：龟甲，占卜用。**谋夫**：谋士。**是用**：是以，因此。**集**：成功。**执**：承担。**咎**：责任。**匪行迈谋**：不上道路而夸夸其谈。

	发言盈庭，	阔论满庭，
	谁敢执其咎？	谁敢来担负？
行 xíng	如匪行迈谋，	如不行光吹，
	是用不得于道。	是以不上正路。

	哀哉为犹，	哀啊运筹，
	匪先民是程，	非古贤来宗，
	匪大犹是经。	非大道来行。
迩 ěr	维迩言是听，	唯空话来听，
	维迩言是争。	唯空话来争。
	如彼筑室于道谋，	如那筑宫问路人，
	是用不溃于成。	是以不会有成。

为犹：制定政策。**先民**：古代贤人。**程**：效法。**大犹**：大道。**经**：循，行。**迩言**：浅近之言。**筑室于道谋**：即筑室道谋。盖房子，同过路的人商量。于，与。道，路人。**溃**：通遂。达到。

	国虽靡止，	国虽不大，
	或圣或否。	有圣有非。
朊 wǔ	民虽靡朊，	民虽不多，
	或哲或谋，	有智有慧，
艾 yì	或肃或艾。	有德有才。
	如彼泉流，	如那泉流，
胥 xū	无沦胥以败。	勿牵连而败。

靡止：指地小。一说无礼。**或**：有的人。**圣**：圣人。**否**：常人。**朊**：多。一说法则。**哲**：明智者。**谋**：聪明者。**肃**：恭敬者，贤人。**艾**：通乂。治理者，能人。**沦胥**：相率牵连。**无**：勿。一说助词，无义。**败**：败坏。

	不敢暴虎，	不敢暴虎，
冯 píng	不敢冯河。	不敢冯河。
	人知其一，	人知其一，
	莫知其他。	莫知其他。
	战战兢兢，	战战兢兢，
	如临深渊，	如临深渊，
	如履薄冰。	如履薄冰。

暴虎：徒手打虎。**冯河**：徒步过河。**其他**：指其他道理。**战战兢兢**：恐惧谨慎貌。**如临深渊**：犹言如履薄冰。**如履薄冰**：比喻戒惧敬慎的心理。

宛 wǎn	**小宛**	**【译诗】**

小宛：周臣劝诫兄弟谨慎。《毛诗正义》：大夫刺幽王也。《诗经原始》：贤者自箴也。

	宛彼鸣鸠，	小小云雀，
翰 hàn 戾 lì	翰飞戾天。	高飞至天。
	我心忧伤，	我心忧伤，
	念昔先人。	念着先人。
发 fā	明发不寐，	黎明不寐，
	有怀二人。	又思双亲。

宛：小貌。**鸣鸠**：云雀。著名鸣禽，公鸟喜高飞鸣啼。**翰飞**：高飞。**戾**：到。**明发**：黎明。一说醒而不寐。**有怀**：又思念。**二人**：指父母。一说指文王和武王。

齐 zhāi	人之齐圣，	人哟明智，
温 yùn	饮酒温克。	饮酒自制。
	彼昏不知，	其昏不知，
	壹醉日富。	一醉恣肆。
	各敬尔仪，	各慎你仪，
	天命不又。	天命不再。

齐圣：聪明睿智。**温克**：蕴藉自持。温，通蕴。**昏**：糊涂。**壹**：助词。**富**：满。谓骄奢。**仪**：礼仪。**又**：复。

菽 shū	中原有菽，	原野大豆，
庶 shù	庶民采之。	庶民采之。
螟 míng 蛉 líng	螟蛉有子，	螟蛉幼虫，
蜾 guǒ 蠃 luǒ	蜾蠃负之。	蜾蠃育之。
	教诲尔子，	教诲你子，
穀 gǔ	式穀似之。	为善似之。

中原：原野中。**菽**：大豆。**螟蛉**：昆虫。幼虫叫青虫，食桑叶，成熟时卷叶吐丝悬吊空中，成蛹化蛾。**蜾蠃**：又名土蜂。昆虫，成虫捕获青虫放进蜂巢，产一卵在青虫体内，孵出幼虫，让幼虫食用青虫，直至化为成虫。古人误为蜾蠃养育青虫为成虫。**负**：孵育，养育。**式**：用。**穀**：善。**似**：相似。一说嗣，继承。

题 dì	题彼脊令，	看那鹡鸰，
	载飞载鸣。	在飞在鸣。
	我日斯迈，	我日日行，
	而月斯征。	你月月征。
夙 sù 兴 xīng	夙兴夜寐，	夙兴夜寐，
忝 tiǎn	毋忝尔所生。	勿辱父母名。

题：通睇。视。**脊令**：鹡鸰。鸟类，波状飞行，边飞边鸣，声如急急。**日**：天天。**斯**：助词。**迈**：远行。**而**：你。**月**：月月。**征**：远行。**忝**：辱没。**尔所生**：指父母。

扈 hù	交交桑扈，	啾啾蜡嘴，
粟 sù	率场啄粟。	绕场啄谷。

交交：鸟鸣声。**桑扈**：蜡嘴雀。鸟类，嘴粗短有力，啄食谷物草籽。**率**：循，沿着。

填 tiǎn　哀我填寡，　哀我贫苦，
宜岸宜狱。　或讼或诉。
卜 bǔ　握粟出卜，　抓谷占卜，
穀 gǔ　自何能穀？　如何能福？

场：打谷场。**填寡**：穷苦无靠。**宜**：助词。一说恐怕。**岸**：通犴。监狱。指官司。**狱**：牢狱。指官司。**握粟**：抓一把小米。**穀**：善，好。

温温恭人，　温温好人，
如集于木。　如栖于树。
惴 zhuì　惴惴小心，　惴惴小心，
如临于谷。　如临于谷。
战战兢兢，　战战兢兢，
如履薄冰。　如履薄冰。

温：柔和貌，谦和貌。**恭人**：宽厚恭谨之人。**惴惴**：恐惧担忧貌。**战战兢兢**：恐惧谨慎貌。**如履薄冰**：比喻戒惧敬慎的心理。

小弁

弁 pán

【译诗】

小弁：周贵族公子悲诉遭父废置。传指太子宜臼遭周幽王所废。《毛诗正义》：刺幽王也。大子之傅作焉。《诗经原始》宜臼自伤被废也。

鸒 yù　弁彼鸒斯，　欢乐寒鸦，
提 shí　归飞提提。　归巢齐齐。
穀 gǔ　民莫不穀，　人莫不赡，
罹 lí　我独于罹。　我独忧虑。
何辜于天？　怎负于天？
我罪伊何？　我罪是啥？
心之忧矣，　心哟忧啊，
云如之何！　又奈之何！

弁：快乐貌。**鸒**：寒鸦。鸟类，筑巢大树上，清早群出食，傍晚群归。**斯**：助词。**提提**：群飞貌。**民**：人。**穀**：赡养。一说善。**罹**：忧虑。**辜**：罪。**伊**：是。**云**：助词。

踧 dí　踧踧周道，　坦坦大道，
鞫 jū　鞫为茂草。　尽为丛草。
我心忧伤，　我心忧伤，
惄 nì 捣 dǎo　惄焉如捣。　愁呀如捣。
假寐永叹，　小睡长叹，
维忧用老。　因忧而老。
心之忧矣，　心哟忧啊，
疢 chèn　疢如疾首！　烦如疾首！

踧踧：平坦貌。**鞫**：尽。**惄**：忧思。**捣**：捶击，舂捣。**假寐**：谓和衣小憩。**维**：因为。**用**：而。**疢如疾首**：烦热得如患头痛之疾。

	维桑与梓,	有桑与梓,
	必恭敬止。	必恭敬之。
	靡瞻匪父,	无不敬父,
	靡依匪母。	无不依母。
属 zhǔ	不属于毛,	不着皮毛,
	不离于里。	不附内里。
	天之生我,	天哟生我,
	我辰安在?	我运安在?

桑梓:桑树和梓树。叶和果可食用药用,木材可制家具,父母为子女计,喜种在宅旁。**止**:犹之。他,她。**瞻**:敬仰。**依**:依靠。**属**:附着。**毛**:皮毛。在外,代指父亲。**离**:通丽。依附。**里**:内里,指内脏。在内,代指母亲。**辰**:时运。

菀 yù	菀彼柳斯,	郁郁柳呀,
蜩 tiáo 嘒 huì	鸣蜩嘒嘒,	鸣蝉吱吱。
漼 cuǐ	有漼者渊,	深深之渊,
萑 huán 淠 pèi	萑苇淠淠。	芒苇萋萋。
	譬彼舟流,	如那舟流,
	不知所届。	不知所至。
	心之忧矣,	心哟忧啊,
遑 huáng	不遑假寐!	无暇小睡!

菀:茂盛。**柳**:河柳。生在河岸,枝条低垂。**鸣蜩**:鸣蝉。昆虫,栖身柳树,鸣声洪亮。**嘒嘒**:拟声词。蝉鸣声。**漼**:水深貌。**萑苇**:芒和芦苇。水边植物,丛生成片,茂密挺拔。**淠淠**:茂盛貌。**届**:往,去。**不遑**:无暇。

	鹿斯之奔,	鹿儿飞奔,
伎 qí	维足伎伎。	四足齐齐。
朝 zhāo 雊 gòu	雉之朝雊,	公雉晨叫,
	尚求其雌。	尚招母雉。
	譬彼坏木,	如那烂树,
	疾用无枝。	病得无枝。
	心之忧矣,	心哟忧啊,
宁 nìng	宁莫之知!	竟无人知!

奔:疾走。**伎伎**:四足飞奔貌。一说从容舒展貌。**雉**:雉鸡。鸟类,公鸟咕咕鸣叫招引母鸟。**雊**:雉鸡鸣叫。**疾用无枝**:用疾无枝。用,因。**宁**:乃,竟。

相 xiàng	相彼投兔,	看笼中兔,
	尚或先之。	尚有放之。
行 háng	行有死人,	路边死人,
墐 jìn	尚或墐之。	尚有葬之。
	君子秉心,	君子持心,

相:看。**投兔**:捕获在笼子里的兔子。**或**:有人。**先**:开放。**墐**:埋葬。**君子**:指作者的父亲。**秉心**:持心,处事的态度。**维**:犹何。**忍**:忍心。**既**:其。表指代。**陨**:落。

	维其忍之。	何其冷之。
	心之忧矣，	心哟忧啊，
陨 yǔn	涕既陨之！	涕泪涌之！

谗 chán	君子信谗，	君子信谗，
	如或酬之。	如人酬之。
	君子不惠，	君子无情，
	不舒究之。	不深究之。
掎 jǐ	伐木掎矣，	伐木引哩，
扡 zhì	析薪扡矣！	破柴劈哩！
	舍彼有罪，	舍那有罪，
予 yú 佗 tuò	予之佗矣！	我受累哩！

或：有人。**酬**：敬酒。**惠**：爱。**舒**：从容。**究**：追究。**掎**：从旁牵引。指伐木时牵引树干控制树倒方向。**析**：劈。**薪**：柴。**扡**：顺着木理劈开。**舍**：舍弃，放弃。**佗**：加，施及。

	莫高匪山，	不高非山，
浚 jùn	莫浚匪泉。	不深非泉。
	君子无易由言，	君子别乱出言，
属 zhǔ 垣 yuán	耳属于垣。	耳贴于墙。
	无逝我梁，	勿去我堰，
发 fā 笱 gǒu	无发我笱。	勿动我篓。
	我躬不阅，	我身难容，
遑 huáng 恤 xù	遑恤我后？	怎顾我后？

浚：深。**无易**：不要轻易。**由言**：说话。**耳**：窃听者。**属**：触到。**垣**：墙。**逝**：往。**梁**：断水捕鱼的堰。**发**：乱动。**笱**：鱼笼。**躬**：自身。**阅**：容纳。**遑**：怎么。**恤**：顾及。**后**：往后。一说子孙，后代。

巧言

【译诗】

巧言：周大夫讽刺周王听谗致乱，并痛斥谗佞小人。传为刺周幽王。《毛诗正义》：刺幽王也。《诗经原始》：嫉谗致乱也。

昊 hào	悠悠昊天，	悠悠昊天，
且 jū	曰父母且！	称父母呀！
	无罪无辜，	无罪无辜，
怃 hū	乱如此怃。	乱如此酷。
	昊天已威，	昊天过威，
予 yú	予慎无罪。	我真无罪。
怃 hū 大 tài	昊天大怃，	昊天太粗，
	予慎无辜。	我真无辜。

悠悠：遥远貌。昊天：苍天，天帝。曰：叫作。且：助词。啊。乱：祸乱。怃：大。已：太，过于。威：威严。慎：诚然，真是。大：通太。怃：傲慢。

	乱之初生，	乱哟初生，
僭 jiàn	僭始既涵。	谗出从宽。
	乱之又生，	乱哟又生，
谗 chán	君子信谗。	君子信谗。
	君子如怒，	君子若怒，
遄 chuán 沮 jǔ	乱庶遄沮。	乱会速阻。
祉 zhǐ	君子如祉，	君子若吉，
庶 shù	乱庶遄已。	乱会速止。

僭：通谗。谗言。一说不信任。始：起始。既：尽，都。涵：容，宽容。君子：指周王。怒：指怒责谗人。庶：庶几，也许可以。遄：迅速。沮：阻止。祉：福。已：停止。

	君子屡盟，	君子屡盟，
长 zhǎng	乱是用长。	乱是以增。
	君子信盗，	君子信盗，
	乱是用暴。	乱是以暴。
	盗言孔甘，	谗言甚甜，
餤 tán	乱是用餤。	乱是以衍。
共 gōng	匪其止共，	小人似恭，
邛 qióng	维王之邛。	是王病痛。

盟：宣誓缔约。是用：因此。盗：指谗佞小人。暴：凶暴，猛烈。餤：进食。引申为增进，加剧。匪：彼。一说非。止：容止。一说通职，职守。共：通恭，恭敬。一说供职，尽职。维：助词，帮助判断。一说因为。邛：病。

寝 qǐn	奕奕寝庙，	美美宫庙，
	君子作之。	君子造之。
猷 yóu	秩秩大猷，	伟伟国策，

奕奕：华美貌，高大貌。君子：指周武王等先王。秩秩：伟大貌。大猷：治国方略。莫：通谟。

	圣人莫之。	圣人作之。
	他人有心,	他人坏心,
予 yú 忖 cǔn	予忖度之。	我揣度之。
度 duó 趯 tì	趯趯毚兔,	跳跳狡兔,
毚 chán	遇犬获之。	遇犬获之。

谋划,制定。**他人**:指谗人。**趯趯**:疾跳貌。**毚兔**:狡兔。

荏 rěn 染 rǎn	荏染柔木,	柔韧良木,
	君子树之。	君子树之。
行 xíng	往来行言,	往来流言,
数 shǔ	心焉数之。	心呀剖之。
蛇 yí	蛇蛇硕言,	夸夸其谈,
	出自口矣!	出自口哩!
	巧言如簧,	巧言如簧,
	颜之厚矣!	脸皮厚哩!

荏染:柔韧貌。**柔木**:好木材。**往来**:流传。**行言**:犹流言。一说可行之言。**数**:分辨。**蛇蛇**:浅薄而自大貌。**硕言**:大话。**巧言如簧**:谓花言巧语,悦耳动听,有如笙中之簧。

	彼何人斯?	他何人呀?
麋 mí	居河之麋。	河边之麋。
	无拳无勇,	无拳无勇,
	职为乱阶。	专谋祸事。
尰 zhǒng	既微且尰,	腿烂且肿,
	尔勇伊何?	你勇如何?
为 wéi 将 jiāng	为犹将多,	诡计甚多,
	尔居徒几何?	你收徒几何?

彼:指谗人。**麋**:麋鹿。动物,身材高大,头角显眼,吼声很大,但常被虎豹猎食。一说通湄,水边。**无拳无勇**:谓没有力量和勇气。**职**:专门,只。一说主。**阶**:根由。**微**:小腿溃疡。**尰**:脚部水肿。**为**:通伪。欺诈。**犹**:谋划。一说通猷,欺诈。**将**:很,甚。**居**:占有。**徒**:党徒,党羽。

何人斯

注音	原诗	【译诗】
	彼何人斯？	他何人呀？
	其心孔艰。	其心深隐。
	胡逝我梁，	怎经我堰，
	不入我门？	不入我门？
	伊谁云从？	是啥言从？
	维暴之云。	唯暴之言。

何人斯：周妇怨诉丈夫反复无常。一说贵族与友绝交。《毛诗正义》：苏公刺暴公也。《诗经原始》：刺反侧也。

孔：很。**艰**：深险，险恶。**逝**：经过。**梁**：断水捕鱼的堰。**伊**：是。**云**：说。一说助词。**从**：追求。**维**：同唯，只。**暴**：暴虐。一说指暴国国君暴辛公。暴国，周代诸侯国，在今河南。**云**：言，话。

注音	原诗	【译诗】
行 xíng	二人从行，	两人同行，
	谁为此祸？	谁起此祸？
	胡逝我梁，	怎经我堰，
唁 yàn	不入唁我？	不来看我？
	始者不如今，	当初非如今，
	云不我可！	说不依我！

唁：对遭遇非常变故者进行慰问。**云**：说。一说助词。**不我可**：不可我。可，赞成，认可，一说好。

注音	原诗	【译诗】
	彼何人斯？	他何人呀？
	胡逝我陈，	怎经我院，
	我闻其声，	我闻其声，
	不见其身？	不见其身？
	不愧于人？	不愧于人？
	不畏于天？	不畏于天？

陈：由堂下到院门的通道。

注音	原诗	【译诗】
	彼何人斯？	他何人呀？
	其为飘风。	其为旋风。
	胡不自北？	怎不自北？
	胡不自南？	怎不自南？
	胡逝我梁，	怎经我堰，
祇 zhī	祇搅我心？	只搅我心？

飘风：旋风。俗称阴风，卷尘而走，行踪不定，出没无常。**祇**：只，仅仅。**搅**：乱，搅乱。

注音	原诗	【译诗】
行 xíng	尔之安行，	你哟缓行，
遑 huáng 舍 shè	亦不遑舍。	无暇歇休。

安行：缓行。**遑**：暇。**舍**：歇息。**亟行**：快行。**脂**：指为车轴上油脂。**壹者**：一次。

注音	原文	译文	注释
亟 jí	尔之亟行，	你哟急行，	一说前次。盱：忧愁。
	遑脂尔车。	有空上油。	
	壹者之来，	一次到来，	
盱 xū	云何其盱！	真何其忧！	
还 huán	尔还而入，	你还而入，	**还**：回返。**易**：和悦。**否**：助词。**难知**：心不可测。**祇**：通疷。病，忧病。一说通褆，安，安心。
	我心易也！	我心怡呢！	
	还而不入，	还而不入，	
	否难知也！	好难知呢！	
	壹者之来，	一次到来，	
俾 bǐ 祇 zhī	俾我祇也！	使我凄呢！	
埙 xūn	伯氏吹埙，	大哥吹埙，	**伯氏**：长兄。**埙**：吹奏乐器，陶制。**仲氏**：兄弟或姐妹中排行第二者。**篪**：吹奏乐器，似横笛。**及**：与，和。**如贯**：相连一体。**谅**：确实。**三物**：三牲，猪犬鸡，祭祀用。**诅**：诅咒。**斯**：助词。
篪 chí	仲氏吹篪。	二弟吹笛。	
	及尔如贯，	与你如串，	
	谅不我知！	真不相知！	
	出此三物，	出此三牲，	
诅 zǔ	以诅尔斯！	以咒你呀！	
蜮 yù	为鬼为蜮，	为鬼为蜮，	**鬼蜮**：指暗地里害人的东西。**有靦**：面目可见貌。**视**：对视。一说示，显示。**罔极**：无尽。一说无准则。**极**：穷，深究。**反侧**：反复无常。
	则不可得。	则不可得。	
靦 tiǎn	有靦面目，	显显面目，	
罔 wǎng	视人罔极。	视人无度。	
	作此好歌，	作此好歌，	
	以极反侧。	以究反复。	

巷伯

【译诗】

巷伯：周侍臣孟子痛斥谗佞小人。《毛诗正义》：刺幽王也。《诗经原始》：遭谗被宫也。

萋 qī 斐 fěi	萋兮斐兮，	罗啊织啊，
	成是贝锦。	成此贝锦。
谮 zèn	彼谮人者，	那谗人者，
大 tài	亦已大甚！	是太过分！

巷伯：宦官。**萋斐**：花纹错杂貌。**成**：形成。**贝锦**：指花纹如贝美丽的织锦。喻诬陷他人、罗织成罪的谗言。**谮人**：谗毁他人。也指谗毁他人的人。**大甚**：太过分。

哆 chǐ 侈 chǐ	哆兮侈兮，	嘴啊开啊，
	成是南箕。	成此南箕。
谮 zèn	彼谮人者，	那谗人者，
适 shì 与 yù	谁适与谋？	有何预谋？

哆：张口。**侈**：大。**南箕**：箕星。由四星组成，列成梯形，似簸箕。**谁适与谋**：什么是你的预谋。谁，何，什么。适，是。与谋，预谋。一说谁去与你同谋。适，往。与谋，参与谋划。一说与谁同谋。

缉 jī	缉缉翩翩，	叽咕篇篇，
	谋欲谮人。	设法谗人。
	慎尔言也，	慎你言吧，
	谓尔不信。	知你无信。

缉缉：附耳私语声。多形容花言巧语。**翩翩**：花言巧语。**谓**：认为。一说通为，因为。

捷 qiè 幡 fān	捷捷幡幡，	巧语番番，
	谋欲谮言。	设法诬陷。
	岂不尔受，	岂不听你，
女 rǔ	既其女迁。	即与你断。

捷捷：巧言貌。**幡幡**：反复貌。**受**：接受。指听信。**既**：即将。**迁**：离去。

	骄人好好，	小人好好，
	劳人草草。	苦人恼恼。
	苍天苍天，	苍天苍天！
	视彼骄人，	监那小人，
矜 jīn	矜此劳人！	怜这苦人！

骄人：得志的小人。**劳人**：含冤失意的苦人。**草草**：忧虑劳神貌。**视**：监视。**矜**：怜悯。

	彼谮人者，	那谗人者，
	谁适与谋？	有何预谋？
	取彼谮人，	捉那谗人，
畀 bì	投畀豺虎。	抛给豺虎。

投畀：抛给。**有北**：北方极寒荒芜之地。**有昊**：昊天。

	豺虎不食，	豺虎不食，
	投畀有北。	抛给北极。
	有北不受，	北极不受，
昊 hào	投畀有昊！	抛给天墓。

	杨园之道，	杨园之道，
猗 yǐ	猗于亩丘。	经由亩丘。
	寺人孟子，	侍臣孟子，
	作为此诗。	作出此诗。
	凡百君子，	一众君子，
	敬而听之！	慎而听之！

杨园：园名。**猗**：穿越。**亩丘**：丘名。**寺人**：宫中近侍小臣。多以阉人充任。**孟子**：作者名字。**凡百君子**：指群臣百官。凡百，一应。**敬**：慎重。

谷风之什

谷风

【译诗】

谷风：周弃妇诉说丈夫忘恩负义。《毛诗正义》：刺幽王也。《诗经原始》：伤友道绝也。

予 yú 女 rǔ

习习谷风，
维风及雨。
将恐将惧，
维予与女。
将安将乐，
女转弃予！

沙沙山风，
有风夹雨。
又恐又惧，
唯我与你。
又安又乐，
你反弃我！

习习：拟声词。风声。**谷风**：山谷中的风。一说东风。**维**：有。**将**：又。**维**：同唯，只。**转**：反倒，反而。

颓 tuí

习习谷风，
维风及颓。
将恐将惧，
寘予于怀。
将安将乐，
弃予如遗！

沙沙山风，
有风旋回。
又恐又惧，
置我于怀。
又安又乐，
弃我如遗！

颓：旋风。**寘**：置，放。**遗**：遗忘。

崔 cuī 嵬 wéi

习习谷风，
维山崔嵬。
无草不死，
无木不萎。
忘我大德，
思我小怨。

沙沙山风，
有山崔嵬。
无草不死，
无木不萎。
忘我大德，
记我小怨。

崔嵬：山高峻貌。**萎**：枯萎。**思**：思虑，猜疑。**怨**：埋怨，责怪。

蓼 lù 莪 é

蓼莪

【译诗】

蓼莪：周人哀悼父母而悲叹不能终养。《毛诗正义》：刺幽王也。《诗经原始》：孝子痛不能终养也。

蒿 hāo
劬 qú

蓼蓼者莪，
匪莪伊蒿。
哀哀父母，
生我劬劳。

高高之莪，
非莪是蒿。
哀哀父母，
养我劬劳。

蓼蓼：高大貌。**莪**：莪蒿。草本植物，地下根系发达，能迅速成丛成片，嫩茎叶可食用和祭祀用。**蒿**：青蒿。草本植物，不可食用和祭祀用。**匪**：

	蓼蓼者莪，	高高之莪，	非。**伊**：是。**哀哀**：可怜貌。**生**：养育。**劬劳**：辛劳。
蔚 wèi	匪莪伊蔚。	非莪是蔚。	**蔚**：牡蒿。草本植物，多单株生长，可勉强食用。
	哀哀父母，	哀哀父母，	
	生我劳瘁。	养我劳瘁。	

	瓶之罄矣，	酒瓶空啊，	**瓶**：酒瓶。**罄**：空了，尽。**罍**：小口大腹的酒坛。鲜民：失去父母的人。**怙**：依靠。**恃**：依靠。**衔恤**：含哀，心怀忧伤。**靡至**：无所依归。
罍 léi	维罍之耻。	酒坛之耻。	
鲜 xiǎn	鲜民之生，	孤儿偷生，	
	不如死之久矣！	不如死已久呀！	
怙 hù	无父何怙？	无父何怙？	
恃 shì	无母何恃？	无母何倚？	
恤 xù	出则衔恤，	出门伤逝，	
	入则靡至！	入门无依！	

	父兮生我，	父啊生我，	**鞠**：养育。**拊**：抚育。**畜**：爱。**长**：养大。**育**：培养。**顾**：照顾，关心。**复**：反复看顾、关心。**腹**：抱，怀抱。**罔极**：无穷尽。
鞠 jū	母兮鞠我，	母啊哺我，	
拊 fǔ 畜 xù	拊我畜我，	爱我护我，	
长 zhǎng	长我育我，	养我育我，	
	顾我复我，	顾我虑我，	
	出入腹我。	出入搂我。	
	欲报之德，	欲报之德，	
昊 hào	昊天罔极！	昊天无极！	

	南山烈烈，	南山屹屹，	**烈烈**：高峻貌。**飘风**：狂风，盘旋而上。**发发**：风吹迅疾貌。**穀**：赡养。**何**：通荷。蒙受。**害**：祸害。
发 fā	飘风发发。	旋风疾疾。	
穀 gǔ	民莫不穀，	人莫不赡，	
何 hè	我独何害！	我独受害！	

	南山律律，	南山矗矗，	**律律**：高峻貌。**弗弗**：犹发发。风疾吹貌。**不卒**：不得终养父母。卒，终。
	飘风弗弗。	旋风速速。	
	民莫不穀，	人莫不赡，	
卒 zú	我独不卒！	我独不足！	

大东

注音	原诗	【译诗】
饛 méng 簋 guǐ	有饛簋飧,	满满熟食,
飧 sūn 捄 qiú	有捄棘匕。	弯弯木匙。
砥 dǐ	周道如砥,	大道如砥,
	其直如矢。	其直如矢。
	君子所履,	君子所履,
	小人所视。	平民所视。
眷 juàn	眷言顾之,	转头顾之,
潸 shān	潸焉出涕。	潸然泪滴。

大东:周人感叹东国人受压迫。《毛诗正义》:刺乱也。《诗经原始》:哀东国也。

饛:食物满盛貌。**簋**:祭祀宴享时盛黍稷的器皿。**飧**:熟食。**捄**:长而弯貌。**棘匕**:枣木勺子。**周道**:大道。**砥**:细磨刀石。引申为平齐。**君子**:指贵族。**履**:行走。**小人**:平民百姓。**眷言**:回顾貌。**顾**:看。**潸**:泪流貌。

注音	原诗	译诗
	小东大东,	东方各邦,
杼 zhù 柚 zhú	杼柚其空。	织机空荡。
屦 jù	纠纠葛屦,	缭缭葛鞋,
	可以履霜!	何以踏霜!
佻 tiáo	佻佻公子,	翩翩公子,
行 xíng 行 háng	行彼周行。	行在道上。
	既往既来,	其往其来,
	使我心疚。	使我伤怀。

小东大东:东方各诸侯国。离周京近者为小东,远者为大东。**杼柚**:织机的两个部件,亦代指织机。杼,梭子,控制纬线用。柚,即是筘,控制经线用。**纠纠**:绳线缠绕貌。**葛屦**:葛鞋。**可以**:何以,怎么。**佻佻**:轻佻貌。一说独行貌。一说美好貌。**周行**:大道。**既**:其。**疚**:忧伤。

注音	原诗	译诗
冽 liè 氿 guǐ	有冽氿泉,	冷冷侧泉,
	无浸获薪。	勿浸柴薪。
	契契寤叹,	愁愁夜叹,
惮 dàn	哀我惮人。	哀我苦人。
	薪是获薪,	木为柴薪,
	尚可载也!	尚可载呢!
	哀我惮人,	哀我苦人,
	亦可息也!	也可睡呢!

冽:冰凉貌。**氿泉**:侧旁流出的泉水。**获薪**:砍下的柴薪。一说桦木之薪。**契契**:愁苦貌。**哀**:哀叹。**惮人**:劳苦人。

注音	原诗	译诗
	东人之子,	东人之子,
来 lài	职劳不来。	只劳无慰。
	西人之子,	西人之子,

子:后代。**职**:只是。**劳**:劳役。**来**:慰问。**粲粲**:鲜丽貌。**舟人**:即是周人。一说船夫。**裘**:通求。追求。指打猎。**私人**:私家奴

粲 càn	粲粲衣服。	艳艳罗衣。	仆。**百僚**:各种官奴。一说各种官吏。**试**:用。
	舟人之子,	周人之子,	
罴 pí 裘 qiú	熊罴是裘。	熊罴来追。	
	私人之子,	私仆之子,	
	百僚是试。	百奴来为。	

	或以其酒,	有用其酒,	**或**:有人。**以**:用。**浆**:酸饮料,古人用它代酒。**鞙鞙**:佩玉悬垂貌。**璲**:瑞玉。**维**:助词。**汉**:云汉,银河。**监**:通鉴。照。**织女**:织女星。**跂**:分叉貌。形容织女三星,下面两星如两脚分立。**终日七襄**:一天七次改变位置。襄,更移。
	不以其浆。	不用其浆。	
鞙 xuàn 璲 suì	鞙鞙佩璲,	坠坠佩玉,	
长 cháng	不以其长。	不用其长。	
	维天有汉,	天有云汉,	
监 jiàn	监亦有光。	照也有光。	
跂 qí	跂彼织女,	开脚织女,	
襄 xiāng	终日七襄。	日跑七趟。	

	虽则七襄,	虽跑七趟,	**报章**:谓杼柚往复,织成花纹。**睆**:明亮貌。**牵牛**:牵牛星。**以**:用。**服箱**:犹驾车。**启明、长庚**:金星。早晨在东方,叫启明。黄昏在西方,叫长庚。**捄**:长而弯貌。**天毕**:毕星。由八星组成,列成网形,柄朝西方。**载**:则。**施**:日西斜。
	不成报章。	不成花裳。	
睆 huǎn	睆彼牵牛,	明亮牵牛,	
	不以服箱。	不驾车厢。	
	东有启明,	东有启明,	
	西有长庚。	西有长庚。	
捄 qiú	有捄天毕,	长柄毕星,	
施 yí 行 háng	载施之行。	则指西方。	

	维南有箕,	南有箕星,	**维**:助词。**箕**:箕星。由四星组成,列成梯形,似簸箕,似张开的口。**斗**:斗星。由六星组成,似斗形,柄朝西方。**挹**:舀。**载**:则。**翕**:收缩。**揭**:高举。
	不可以簸扬。	不可以扬糠。	
斗 dǒu	维北有斗,	北有斗星,	
挹 yì	不可以挹酒浆。	不可以舀酒浆。	
	维南有箕,	南有箕星,	
翕 xī	载翕其舌。	则缩其舌。	
	维北有斗,	北有斗星,	
揭 jiē	西柄之揭。	其柄西斜。	

四月

【译诗】

四月:周臣哀诉无辜被逐。《毛诗正义》:大夫刺幽王也。《诗经原始》:逐臣南迁也。

注音	原诗	译诗
	四月维夏,	四月为夏,
徂 cú	六月徂暑。	六月始暑。
	先祖匪人,	先祖自家,
宁 nìng 予 yú	胡宁忍予?	怎忍心我?

维:为,是。**徂暑**:开始盛暑。徂,开始。**匪人**:非外人。**胡宁**:何宁,为何。**忍**:忍心。**予**:我。

注音	原诗	译诗
	秋日凄凄,	秋日凄凄,
腓 féi	百卉具腓。	百草俱衰。
瘼 mò	乱离瘼矣,	乱忧疾啊,
爰 yuán	爰其适归?	何处是归?

卉:草的总称。**具**:通俱。都。**腓**:通痱。枯萎。**乱**:政治混乱。**离瘼**:忧且病。**爰**:何处。一说曰。**适**:往。

注音	原诗	译诗
	冬日烈烈,	冬日冽冽,
发 fā	飘风发发。	旋风疾疾。
穀 gǔ	民莫不穀,	人莫不赡,
何 hè	我独何害!	我独受害!

烈烈:寒冷貌。**飘风**:狂风,盘旋而上。**发发**:风吹迅疾貌。**穀**:赡养。**何**:通荷。蒙受。**害**:祸害。

原诗	译诗
山有嘉卉,	山有木美,
侯栗侯梅。	是栗是梅。
废为残贼,	深受残害,
莫知其尤!	莫知其罪!

卉:泛指草木。**侯**:维,是。**栗**:板栗。周人族树,坚果香甜可口。**梅**:梅花耐寒香艳,公认为嘉卉。**废**:大。形容程度深。**残贼**:残害。**尤**:罪过。

注音	原诗	译诗
相 xiàng	相彼泉水,	看那泉水,
	载清载浊。	时清时浊。
	我日构祸,	我常被祸,
曷 hé	曷云能穀?	何时能妥?

载:助词。**日**:每日。**构**:通遘,遭遇。**曷**:何时。一说读为 é,逮及。**曷**:何。**穀**:善,良。

注音	原诗	译诗
	滔滔江汉,	滔滔江汉,
	南国之纪。	南国主体。
	尽瘁以仕,	尽瘁出仕,
宁 nìng	宁莫我有!	竟遭排挤!

江:长江。**汉**:汉水。**纪**:纲纪。**宁**:竟。**仕**:做官。一说做事。**莫我有**:莫有我。不亲善我。有,通友,亲善。

鹑 tuán 鸢 yuān	匪鹑匪鸢，	那雕那鹰，	**匪**：通彼。那。**鹑**：雕。猛禽，喜高空疾飞回旋。**鸢**：老鹰。猛禽，喜高空飞翔盘旋。**翰飞**：高飞。**戾**：至。**鳣**：大鲤鱼。**鲔**：鲟鱼。大鱼，栖江底。
翰 hàn 戾 lì	翰飞戾天。	高飞至天。	
鳣 zhān 鲔 wěi	匪鳣匪鲔，	那鲤那鲟，	
	潜逃于渊。	潜逃于渊。	

蕨 jué 薇 wēi	山有蕨薇，	山有蕨薇，	**蕨**：草本植物，生在山麓。**薇**：野豌豆。草本植物，生在山林下。**杞**：杞枸。灌木，耐阴湿。**桋**：栎树。乔木，耐阴湿。**君子**：作者自称。**告哀**：诉说痛苦哀伤。
隰 xí 杞 qǐ 桋 yí	隰有杞桋。	洼有杞栎。	
	君子作歌，	君子作歌，	
	维以告哀。	以诉悲哀。	

北山　　【译诗】

北山：周吏怨愤大夫差遣不均。《毛诗正义》：大夫刺幽王也。《诗经原始》：刺大夫役使不均也。

陟 zhì	陟彼北山，	登那北山，	**陟**：登上。**言**：我。一说助词。**杞**：杞枸。灌木，叶和果可食用。**偕偕**：强壮貌。**士子**：男子的美称。指年轻官吏。此为作者自称。**朝夕**：从早到晚，整天。**王事**：王命差遣的公事。**靡盬**：无止息。
杞 qǐ	言采其杞。	俺采枸杞。	
偕 xié	偕偕士子，	壮壮士子，	
	朝夕从事。	终日做事。	
靡 mí 盬 gǔ	王事靡盬，	王事无已，	
	忧我父母。	忧我父母。	

溥 pǔ	溥天之下，	溥天之下，	**溥**：通普。遍。**莫非**：没有一个不是。**率**：自，从，由。**土**：国土。**滨**：边境，边缘。**王臣**：君王的臣民。**不均**：不公平。**贤**：多，劳苦。
	莫非王土。	莫非王土。	
率 shuài	率土之滨，	自国之境，	
	莫非王臣。	莫非王臣。	
	大夫不均，	大夫不均，	
	我从事独贤。	我做事最勤。	

彭 bāng	四牡彭彭，	驷马遑遑，	**彭彭**：奔走不息貌。**傍傍**：事务繁多，忙于奔走应付貌。**嘉**：称赞。**鲜**：称赞。**方**：正。**将**：强壮。**旅力**：体力。**刚**：刚强。**经营**：往来奔走。
傍 bēng	王事傍傍。	王事忙忙。	
	嘉我未老，	夸我未老，	
鲜 xiān	鲜我方将。	赞我正强。	
	旅力方刚，	体力方刚，	
	经营四方。	奔命四方。	

偃 yǎn
行 háng

或燕燕居息，
或尽瘁事国。
或息偃在床，
或不已于行。

有闲闲安坐，
有尽瘁为国。
有高卧在床，
有奔波路上。

或：有人。燕燕：安适貌。居息：安居休息。息偃：安息，休息。不已：不停。行：道路。

劬 qú
鞅 yāng

或不知叫号，
或惨惨劬劳。
或栖迟偃仰，
或王事鞅掌。

有不知应召，
有愁愁劬劳。
有悠游安享，
有王事繁忙。

叫号：呼叫应召。惨惨：忧虑不安貌。栖迟：游乐休息。偃仰：安居。鞅掌：职事纷扰繁忙。

湛 dān

或湛乐饮酒，
或惨惨畏咎。
或出入风议，
或靡事不为。

有沉溺酒乐，
有愁愁怕错。
有出入议议，
有无事不为。

湛：沉溺。畏咎：怕犯错误。出入：进出。风议：任意发表议论。靡：无。

将 jiāng

无将大车

【译诗】

无将大车：周臣自慰以忘忧。《毛诗正义》：大夫悔将小人也。《诗经原始》：自遣也。

祇 zhī
疧 qí

无将大车，
祇自尘兮！
无思百忧，
祇自疧兮！

勿驾大车，
只惹尘啊！
勿思百忧，
只找病啊！

将：驾驭。祇：只，仅仅。百忧：种种忧虑。疧：忧病。

颎 jiǒng

无将大车，
维尘冥冥。
无思百忧，
不出于颎。

勿驾大车，
有尘冥冥。
勿思百忧，
不见光明。

维：助词。冥冥：昏暗貌。出：出现。一说脱离。颎：光明。一说忧愁。

雍 yōng
重 zhòng

无将大车，
维尘雍兮！
无思百忧，
祇自重兮！

勿驾大车，
有尘蒙啊！
勿思百忧，
只找痛啊！

雍：通壅。遮蔽。重：劳累，痛苦。

小明

注音	原诗	【译诗】
	明明上天，	光明上天，
	照临下土。	照临下土。
徂 cú	我征徂西，	我征往西，
艽 qiú	至于艽野。	到那荒野。
	二月初吉，	四月初吉，
载 zài	载离寒暑。	再历寒暑。
	心之忧矣，	心哟忧啊，
大 tài	其毒大苦！	其害太苦！
共 gōng	念彼共人，	惦那忠臣，
	涕零如雨。	泪落如雨。
	岂不怀归？	岂不思归？
罟 gǔ	畏此罪罟。	畏此惩处。
	昔我往矣，	昔我往啊，
除 shū	日月方除。	四月方入。
曷 hé	曷云其还？	何时可还？
聿 yù 莫 mù	岁聿云莫。	岁哟又暮。
	念我独兮，	念我独啊，
庶 shù	我事孔庶！	差事无数！
	心之忧矣，	心哟忧啊，
惮 dàn 暇 xiá	惮我不暇！	劳我碌碌！
	念彼共人，	惦那忠臣，
眷 juàn	眷眷怀顾。	眷眷回顾。
	岂不怀归？	岂不思归？
谴 qiǎn	畏此谴怒。	畏此谴怒。
	昔我往矣，	昔我往啊，
奥 yù	日月方奥。	春暖方遇。
	曷云其还？	何时可还？
蹙 cù	政事愈蹙。	政事更促。

小明:周大夫叹息久役不得归而思友寄怀。《毛诗正义》:大夫悔仕于乱世也。《诗经原始》:大夫自伤久役,书怀以寄友也。

征:行。**徂**:往。**艽野**:荒远之地。**二月**:周历二月,即夏历四月。**初吉**:月初吉日。**载**:通再。又。**离**:经历。**寒暑**:指一年。**毒**:伤害。**大**:太。**苦**:痛苦。**共人**:指敬谨供职的同僚。**罪罟**:罪网。

除:夏历四月的别称。也即周历二月。**岁聿云莫**:岁暮,年底。聿、云,助词。莫,暮。**孔**:很。**庶**:众多。**惮**:通瘅。劳苦。**不暇**:没有时间。**眷眷**:依恋回顾貌。**怀顾**:怀念眷顾。**谴怒**:谴责,问罪。

奥:通燠。暖,暖和。**蹙**:紧迫,急迫。

	岁聿云莫，	岁哟又暮，
菽 shū	采萧获菽。	采蒿收豆。
	心之忧矣，	心哟忧啊，
诒 yí	自诒伊戚！	自寻焦虑！
	念彼共人，	惦那忠臣，
兴 xīng	兴言出宿。	起身外宿。
	岂不怀归？	岂不思归？
	畏此反覆。	畏此反复。

萧:艾蒿。草本植物，秋收供铺床、祭祀用。**菽**:大豆。五谷之一，秋收入仓。**自诒伊戚**:自寻烦恼。**兴**:起身。**言**:助词。焉。**出宿**:出外过夜。**反覆**:变化无常。

嗟 jiē	嗟，尔君子！	咳，你君子！
处 chǔ	无恒安处。	勿常安处。
共 gōng	靖共尔位，	谨供你职，
	正直是与。	正直为伍。
	神之听之，	慎之听之，
穀 gǔ 女 rǔ	式穀以女。	加禄予汝。

嗟:叹词，打招呼。一说助词，表感叹。**尔**:你。一说此，这个。**君子**:指所思念的贤人。**恒**:常。**靖**:恭谨。一说谋议。**共**:通供。供职。一说供给。**与**:亲附。**神**:通慎。谨慎。**听**:听从，遵循。**穀**:禄。**以**:与，给予。**女**:汝，你。

	嗟，尔君子！	咳，你君子！
	无恒安息。	勿常安逸。
	靖共尔位，	谨供你职，
好 hào	好是正直。	乐为正直。
	神之听之，	慎之听之，
	介尔景福。	助你大吉。

好:喜爱。**介**:佐劲。**景**:大。

鼓钟

【译诗】

鼓钟:周臣赞叹周乐和谐而怀古忧今。《毛诗正义》:刺幽王也。《诗经原始》:未详。

将 qiāng	鼓钟将将,	敲钟锵锵,
汤 shāng	淮水汤汤,	淮水汤汤,
	忧心且伤。	忧心悲伤。
	淑人君子,	善人君子,
	怀允不忘。	怀念不忘。

鼓:敲击或弹奏(乐器)。**将将**:锵锵。拟声词。钟声。**汤汤**:水势浩大貌。**淑人**:善人。**君子**:指道德高尚的贤人。**怀**:怀念。**允**:助词。

喈 jiē	鼓钟喈喈,	敲钟喈喈,
湝 jiē	淮水湝湝,	淮水湝湝,
	忧心且悲。	忧心伤悲。
	淑人君子,	善人君子,
	其德不回。	其德不歪。

喈喈:拟声词。钟声。**湝湝**:水流动貌。**回**:邪僻。

鼛 gāo	鼓钟伐鼛,	敲钟击鼓,
	淮有三洲,	淮水三洲,
妯 chōu	忧心且妯。	忧心悲愁。
	淑人君子,	善人君子,
	其德不犹。	其德不犹。

鼛:大鼓。**妯**:悲伤。**犹**:若,如同。一说病。

钦 qīn	鼓钟钦钦,	敲钟叮叮,
	鼓瑟鼓琴,	鼓瑟弹琴,
	笙磬同音。	笙磬同音。
	以雅以南,	奏雅奏南,
籥 yuè 僭 jiàn	以籥不僭。	奏籥不乱。

钦钦:拟声词。钟声。**笙**:吹奏乐器。**磬**:打击乐器。**以**:为,做。**雅**:雅乐,王朝正乐。一说万舞中的武舞。周崇武,以武为正。**南**:南音,南国之乐。一说南国舞乐的名称。**籥**:吹奏乐器,似排箫。一说指籥舞,万舞中的文舞。**僭**:越礼。

楚茨

注音	原诗	【译诗】
茨 cí		
	楚楚者茨，	丛丛蒺藜，
棘 jí	言抽其棘。	我除其刺。
	自昔何为？	自古何事？
蓺 yì 黍 shǔ	我蓺黍稷。	我种黍稷。
稷 jì	我黍与与，	我黍郁郁，
	我稷翼翼。	我稷翼翼。
	我仓既盈，	我仓已满，
庾 yǔ	我庾维亿。	我囤已溢。
	以为酒食，	用作酒食，
	以享以祀。	以献以祭。
侑 yòu	以妥以侑，	请坐请食，
	以介景福。	以助大福。

楚茨：周王描述秋冬祭祖之礼。《毛诗正义》：刺幽王也。《诗经原始》：王者尝烝以祭宗庙也。

楚楚：密密丛生貌。**茨**：蒺藜。杂草，茎果多刺。**言**：我。一说助词。**抽**：除。**棘**：刺。**蓺**：同艺。种植。**黍**：重要粮食作物，米称黄米。**稷**：重要粮食作物，米称小米。**与与**：茂盛貌。**翼翼**：繁盛整齐貌。**既**：已经。**庾**：露天粮囤。**维**：已。**亿**：满。一说数词。**以**：助词。**享**：奉献祭品。**妥**：安坐。**侑**：劝食，劝饮。**介**：助。**景**：大。

注音	原诗	译诗
济 qí 跄 qiāng	济济跄跄，	恭恭庄庄，
絜 xié	絜尔牛羊，	洗你牛羊，
烝 zhēng	以往烝尝。	以往祭献。
亨 pēng	或剥或亨，	有剥有烹，
将 jiāng	或肆或将，	有设有供，
祊 bēng	祝祭于祊。	工祝在场。
	祀事孔明，	祭事周详，
皇 wǎng	先祖是皇，	先祖乃往，
飨 xiǎng	神保是飨，	神灵乃享。
	孝孙有庆。	孝孙吉祥，
	报以介福，	报以大福，
	万寿无疆！	万寿无疆！

济济跄跄：恭敬貌，敬慎貌。**絜**：洗净。**烝**：冬祭。**尝**：秋祭。**或**：有人。**剥**：剥皮。**亨**：烹调。**肆**：陈设。**将**：上供。**祝**：工祝，祭祀时专司祝告的官。**祊**：宗庙内设祭处。**孔**：很。**明**：完备。**皇**：通暀，往。**神保**：对先祖神灵的美称。犹皇尸。**飨**：享用。**孝孙**：主祭人对祖先的自称。**庆**：善，福，吉庆。**介**：大。

注音	原诗	译诗
爨 cuàn 踖 jí	执爨踖踖，	厨师孜孜，
俎 zǔ	为俎孔硕，	用俎甚巨，
燔 fán 炙 zhì	或燔或炙。	有燔有炙。
	君妇莫莫，	王后穆穆，

执爨：用灶的人，厨师。爨，灶。**踖踖**：恭敬而敏捷貌。**俎**：盛三牲的礼器。**燔**：烧肉。**炙**：烤肉。**君妇**：君主的正妻。**莫莫**：恭敬谨慎貌。**豆**：食器，盛肉或熟菜，高

庶 shù　为豆孔庶，　上菜孔多，
为宾为客。　为宾为客。
献酬交错，　敬酒交错，
礼仪卒度，　礼仪皆合，
笑语卒获。　笑语皆妥。
神保是格，　神灵来到，
报以介福，　报以大福，
酢 zuò　万寿攸酢！　万寿以佐！

脚盘状。**庶**：多。**卒**：尽。**度**：法度。**获**：得宜。**格**：至。**万寿**：长寿。祝福之词。**攸**：助词。**酢**：报答，应对。

熯 rǎn　我孔熯矣，　我甚敬啊，
愆 qiān　式礼莫愆。　祭礼无偏。
工祝致告：　工祝传告：
徂 cú 赉 lài　“徂赉孝孙。　“去赐孝孙。
苾 bì　苾芬孝祀，　喷香祭祀，
嗜 shì　神嗜饮食。　神爱饮食。
卜 bǔ　卜尔百福，　赐你百福，
几 jī　如几如式。　如期如式。
齐 qí 稷 jì　既齐既稷，　是齐是快，
敕 chì　既匡既敕。　是严是密。
永锡尔极，　永赐你吉，
时万时亿。”　成万成亿。”

熯：恭敬。**式**：用，施行。**愆**：差错。**工祝**：祭祀时专司祝告的官。**徂**：往。**赉**：赐。**苾芬**：芳香。**孝祀**：祭祀。**嗜**：喜爱。**卜**：赐予。**几**：通期。日期。**式**：准则。**既**：其。**齐**：齐备。**稷**：通疾。迅速。**匡**：端正。**敕**：谨慎。**锡**：赐。**极**：至，善。一说中和之福。**时**：是。此。

礼仪既备，　礼仪已毕，
钟鼓既戒，　钟鼓已示，
徂 cú　孝孙徂位。　孝孙回位。
工祝致告：　工祝传告：
“神具醉止！”　“神俱醉呢！”
皇尸载起。　皇尸则起。
鼓钟送尸，　敲钟送尸，
聿 yù　神保聿归。　神灵哟归。
诸宰君妇，　众臣王后，
废彻不迟。　撤祭不迟。
诸父兄弟，　诸侯兄弟，

备：完备。指完毕。**戒**：告示。祭毕奏乐告礼成。**徂位**：回原位。**具**：俱，都。**止**：助词。**皇尸**：对君尸的尊称。尸，祭祀时代替祖先受祭的人。**载**：则。**鼓**：敲击或弹奏（乐器）。**聿**：助词。**诸**：众位。**诸宰**：众臣。**废彻**：犹废去。指撤去祭品。**诸父**：众位诸侯。父，天子对同姓诸侯的称呼。**兄弟**：对同姓宗亲的称呼。**备**：全，都。**言**：助词。**燕私**：祭祀后同族亲属的私宴。

注音	原诗	译诗
	备言燕私。	齐上宴席。

注音	原诗	译诗
乐 yuè	乐具入奏,	乐俱合奏,
	以绥后禄。	以慰后禄。
殽 yáo 将 jiāng	尔殽既将,	你肴尽奉,
	莫怨具庆。	莫怨俱庆。
	既醉既饱,	尽醉尽饱,
稽 qǐ	小大稽首:	长幼稽首:
	“神嗜饮食,	“神爱饮食,
	使君寿考。	使君寿高。
	孔惠孔时,	甚顺甚宜,
	维其尽之。	又是尽礼。
	子子孙孙,	子子孙孙,
	勿替引之。”	勿弃延续。”

乐:乐队。具:俱,都。绥:安抚。后禄:日后的福禄。殽:通肴。肉菜。既:尽,都。将:奉上。具:俱,都。稽首:古时一种跪拜礼,叩头至地,是九拜中最恭敬者。惠:和顺。时:适时,合于时宜。替:废弃。引:延长。

信南山

信 shēn

【译诗】

信南山:周王描述冬祭之礼。《毛诗正义》:刺幽王也。《诗经原始》:王者烝祭也。

注音	原诗	译诗
	信彼南山,	绵绵南山,
甸 diàn	维禹甸之。	大禹整之。
畇 yún 隰 xí	畇畇原隰,	匀匀平地,
	曾孙田之。	曾孙垦之。
	我疆我理,	划界挖渠,
	南东其亩。	南东成畦。

信:通伸。舒展貌。甸:治理。畇畇:平坦貌。曾孙:主祭者自称。指周王。疆:划分田界。理:开挖沟渠。南东:南北向和东西向。亩:田垄。

注音	原诗	译诗
	上天同云,	天上彤云,
雨 yù 雰 fēn	雨雪雰雰,	下雪纷纷,
霢 mài 霂 mù	益之以霢霂。	继而有小雨。
渥 wò	既优既渥,	已湿已透,
霑 zhān	既霑既足,	已渗已足,
	生我百谷。	长我百谷。

同云:彤云。下雪前密布的阴云。雨雪:下雪。雰雰:纷纷。益:加。霢霂:小雨。既:已。优:雨量充沛。渥:润湿。霑:浸湿。足:足够。

埸 yì	疆埸翼翼，	田界翼翼，
彧 yù	黍稷彧彧，	黍稷郁郁，
穑 sè	曾孙之穑。	曾孙收获。
	以为酒食，	作为酒食，
畀 bì	畀我尸宾，	给我尸宾，
	寿考万年。	寿高万年。

疆埸：田界，田边。**翼翼**：整齐貌。**黍**：黄米。重要粮食作物，米称黄米。**稷**：谷子。重要粮食作物，米称小米。**彧彧**：茂盛貌。**穑**：收获谷物。**畀**：给予，赏赐。**尸宾**：尸与宾客。尸，祭祀时代替祖先受祭的人。

	中田有庐，	田中有庐，
	疆埸有瓜，	田边有瓜，
菹 zū	是剥是菹。	削皮腌熟。
	献之皇祖，	献给先祖，
	曾孙寿考，	曾孙寿高，
祜 hù	受天之祜。	受天之福。

中田：田中。或指公田之中部。**庐**：简易房屋。**剥**：剥皮。**菹**：腌菜。**皇祖**：君王的祖父或远祖。**祜**：福。

	祭以清酒，	祭以清酒，
骍 xīng	从以骍牡，	配以红牛，
	享于祖考。	供于先祖。
鸾 luán	执其鸾刀，	操起銮刀，
	以启其毛，	分开牛毛，
膋 liáo	取其血膋。	取血及膏。

从：加。**骍牡**：红色公牛。**祖考**：祖先。**鸾刀**：刀环有铃的刀。古代祭祀时割牲用。**启**：分开。**血膋**：血和脂膏。

烝 zhēng	是烝是享，	冬祭供奉，
苾 bì	苾苾芬芬，	香香喷喷，
	祀事孔明。	祭事周详。
皇 wǎng	先祖是皇，	先祖乃往，
	报以介福，	报以大福，
	万寿无疆！	万寿无疆！

烝：冬祭。**享**：奉献祭品。**苾苾芬芬**：香气浓郁。**先祖**：祖先。**明**：完备。**皇**：通暀，往。**介**：大。

甫田之什

甫田

甫田：周王描述祭神祈年。《毛诗正义》：刺幽王也。《诗经原始》：王者祈年因以省耕也。

注音	甫田	【译诗】
倬 zhuō	倬彼甫田，	辽阔大田，
	岁取十千。	岁收万担。
	我取其陈，	我取陈粮，
食 sì	食我农人，	养我农人，
	自古有年。	自古丰年。
	今适南亩，	今下田里，
耔 zǐ 黍 shǔ	或耘或耔，	有耘有培，
稷 jì 薿 nǐ	黍稷薿薿。	黍稷郁郁。
	攸介攸止，	稍歇稍息，
烝 zhēng 髦 máo	烝我髦士。	召见俊士。

倬：广阔貌。甫田：大田。十千：表示多。陈：陈粮。食：养。有年：丰年。南亩：谓农田。耘：除草。耔：培苗。黍稷：黍和稷。泛指五谷。薿薿：茂盛貌。攸：乃。介：止息。止：息。烝：进，召之前来。髦士：英俊之士。或指农夫能干者。

注音	原诗	译诗
齐 zī	以我齐明，	以我谷盆，
	与我牺羊，	与我白羊，
	以社以方。	祭社祭方。
臧 zāng	我田既臧，	我田皆良，
	农夫之庆。	农夫吉祥。
	琴瑟击鼓，	弹琴击鼓，
	以御田祖，	以迎田祖，
	以祈甘雨，	以求甘雨，
	以介我稷黍，	以加我五谷，
穀 gǔ	以穀我士女。	以养我男女。

齐明：粢盛。祭祀所盛粟稷。齐，通粢，即稷。牺羊：祭祀用的纯色羊。社：祭土地神。方：祭四方神。既：尽，都。臧：善。庆：善，福，吉庆。御：迎接。田祖：农耕的始祖。指神农氏。介：助，帮助。稷黍：泛指五谷。穀：养。士女：人民。

注音	原诗	译诗
	曾孙来止，	曾孙来呢，
	以其妇子，	与其妻儿，
馌 yè	馌彼南亩。	送饭田里。
畯 jùn 喜 chì	田畯至喜，	田官来吃，
攘 xiǎng	攘其左右，	让其左右，
	尝其旨否。	尝菜多美。

曾孙：主祭者自称。指周王。馌：送饭到田间。田畯：田官。至：来。喜：通饎。酒食。攘：通饷。馈送酒食。旨：味美。禾易：整治庄稼。长亩：整片田地。终：既。有：多。克：能。敏：勤勉。

长 zhǎng　禾易长亩，　庄稼遍治，
终善且有。　既壮且密。
曾孙不怒，　曾孙不怒，
农夫克敏。　农夫勤力。

曾孙之稼，　曾孙粮垛，
茨 cí　如茨如梁。　如屋如梁。
庾 yǔ　曾孙之庾，　曾孙粮囤，
坻 chí　如坻如京。　如山如冈。
乃求千斯仓，　乃需千呀仓，
乃求万斯箱。　乃需万呀厢。
黍稷稻粱，　黍稷稻粱，
农夫之庆。　农夫吉祥。
报以介福，　报以大福，
万寿无疆！　万寿无疆！

稼:收割后未脱谷的禾把。**茨**:茅草屋顶。**梁**:桥梁。**庾**:露天粮囤。**坻**:小丘。**京**:大丘。**箱**:车厢。**黍稷稻粱**:泛指百谷。

大田

大田：周王描述农事及祈年。《毛诗正义》：刺幽王也。《诗经原始》：王者西成省敛也。

注音	大田	【译诗】
	大田多稼，	大田广植，
	既种既戒，	选种修犁，
	既备乃事。	已备农事。
覃 yǎn 耜 sì	以我覃耜，	以我利犁，
俶 chù 载 zī	俶载南亩，	始犁田亩，
	播厥百谷。	播下百谷。
	既庭且硕，	既挺且茁，
	曾孙是若。	曾孙意合。

既：已经。种：选种。戒：准备。指修农具。既备：备好了。乃：其，有关的。一说于是。覃：通剡。锐利。耜：犁头。俶：开始。载：通菑。耕作。南亩：谓农田。厥：其。庭：通挺。直，正。曾孙：主祭者自称。指周王自己。是：助词。若：善。一说顺。

注音	原诗	译诗
皁 zào	既方既皁，	穗抽谷冒，
	既坚既好，	粒坚籽饱，
稂 láng 莠 yǒu	不稂不莠。	不稂不莠。
螟 míng 螣 tè	去其螟螣，	去除螟螣，
蟊 máo	及其蟊贼，	以及蟊贼，
	无害我田稚。	勿害我幼禾。
	田祖有神，	田祖显灵，
畀 bì	秉畀炎火。	置诸烈火。

方：抽穗开花。皁：谷粒膨大。坚：谷粒坚实。好：谷粒成熟。不稂不莠：谓田中没有野草。稂，古称莠一类的杂草。一说狼尾草。莠，狗尾草。杂草。螟：害虫，咬食苗心。螣：害虫，咬食苗叶。蟊：害虫，咬食叶片。贼：螟的第二代，咬食茎节。田稚：幼禾，幼苗。田祖：农耕的始祖。指神农氏。秉：执，持。畀：给予。炎火：烈火。

注音	原诗	译诗
渰 yǎn	有渰萋萋，	阴云密密，
兴 xīng 祁 qí	兴雨祁祁，	下雨淅淅，
雨 yù	雨我公田，	淋我公田，
	遂及我私。	连带私地。
	彼有不获稚，	那有未熟谷，
敛 liǎn 穧 jì	此有不敛穧。	这有漏割穗。
	彼有遗秉，	那留一把，
	此有滞穗，	这留一支，
	伊寡妇之利。	为寡妇福利。

渰：云起貌。萋萋：云盛貌。兴雨：下雨。祁祁：舒缓貌。公田：周代井田制，将每900亩方形田地平均划成九区，形如井字。中区为公田，四周为私田。由8户农家平分私田，并同耕公田。公田所获归领主。我私：我的私田。不获稚：未成熟的谷子。不敛穧：收割后漏收的禾把。穧，禾把。遗秉：漏下的禾把。滞穗：漏下的谷穗。伊：是。利：好处。

注音	原诗	译诗
	曾孙来止，	曾孙来呢，
	以其妇子，	与其妻儿，

以：与。馌：送饭到田间。田畯：田官。至：来。喜：通饎。酒食。

馌 yè　馌彼南亩。　送饭田里。
畯 jùn 喜 chì　田畯至喜。　田官来吃。
禋 yīn　来方禋祀，　祭方禋祀，
骍 xīng　以其骍黑，　用其牛猪，
与其黍稷，　及其黍稷，
以享以祀，　以献以祭，
以介景福。　以助大福。

来方：谓前来祭祀四方之神。**禋祀**：古代祭天的一种礼仪。先燔柴升烟，再加牲体或玉帛于柴上焚烧。**骍**：红牛。**黑**：黑猪黑羊。**介**：助。**景**：大。

瞻彼洛矣　【译诗】

瞻彼洛矣：周臣赞颂周王会集诸侯习武于东都。《毛诗正义》：刺幽王也。《诗经原始》：阙疑。

瞻彼洛矣，　瞻洛水啊，
泱 yāng　维水泱泱。　其水泱泱。
君子至止，　君子至此，
茨 cí　福禄如茨。　福禄聚之。
韎 mò 韐 gé　韎韐有奭，　蔽膝红赤，
奭 xì　以作六师。　振作六师。

洛：洛水。**维**：其。**泱泱**：水深广貌。**君子**：指周王。一说指诸侯。**茨**：茅草屋顶。**韎韐**：即靺鞈。赤色皮蔽膝。**奭**：通赩。红色。**作**：振作。**六师**：周天子所率六军之师。

瞻彼洛矣，　瞻洛水啊，
维水泱泱。　其水泱泱。
君子至止，　君子至此，
鞞 bǐng　鞞琫有珌。　刀鞘玉饰。
琫 běng 珌 bì　君子万年，　君子万年，
保其家室。　保其家室。

鞞琫：玉饰刀鞘。**珌**：饰物美丽貌。**家室**：家庭。

瞻彼洛矣，　瞻洛水啊，
维水泱泱。　其水泱泱。
君子至止，　君子至此，
福禄既同。　福禄随同。
君子万年，　君子万年，
保其家邦。　保其家邦。

同：聚集。**家邦**：指家与国。亦泛指国家。

华 huā

裳裳者华

【译诗】

裳裳者华：周王赞赏诸侯。《毛诗正义》：刺幽王也。《诗经原始》：阙疑。

注音	原诗	译诗
	裳裳者华，	盛盛之花，
湑 xǔ	其叶湑兮！	其叶茂啊！
觏 gòu	我觏之子，	我会此君，
	我心写兮！	我心悦啊！
	我心写兮，	我心悦啊，
	是以有誉处兮！	是以有安乐啊！

裳裳：鲜明美盛貌。**湑**：茂盛貌。**觏**：见，会见。**写**：舒畅，喜乐。**誉处**：安乐。

注音	原诗	译诗
	裳裳者华，	盛盛之花，
芸 yùn	芸其黄矣！	深深黄哩！
	我觏之子，	我会此君，
	维其有章矣！	唯其有方哩！
	维其有章矣，	唯其有方哩，
	是以有庆矣！	是以吉祥哩！

芸：花色极黄貌。**维其**：唯其，正因为。**有章**：有法度，有文采。

注音	原诗	译诗
	裳裳者华，	盛盛之花，
	或黄或白。	有黄有白。
	我觏之子，	我会此君，
乘 chéng 骆 luò	乘其四骆。	驾其驷马。
	乘其四骆，	驾其驷马，
辔 pèi	六辔沃若。	六缰润滑。

骆：黑鬃白马。**辔**：驾驭马的缰绳。**沃若**：润泽貌。

原诗	译诗
左之左之，	要左就左，
君子宜之。	君子宜之。
右之右之，	要右就右，
君子有之。	君子为之。
维其有之，	唯其为之，
是以似之。	是以继之。

左：指文事、吉事，如政事、祭祀。一说佐，辅助。**君子**：指之子，即某诸侯。**宜**：适合。**右**：指武事、凶事，如兵戎、死丧。一说佑，扶助。**有**：为，做。**似**：继嗣，继承。

桑扈

扈 hù

【译诗】

桑扈：周王赞赏赴宴的诸侯。《毛诗正义》：刺幽王也。《诗经原始》：天子飨诸侯也。

乐 lè 胥 xū
祜 hù

交交桑扈，
有莺其羽。
君子乐胥，
受天之祜。

翩翩蜡嘴，
艳艳毛羽。
君子乐啊，
受天之福。

交交：通佼佼，飞来飞去貌。**桑扈**：蜡嘴雀。又名大嘴官。鸟类，阔大黄嘴，黑亮头颈，白纹黑翅，善啄食。**莺**：鸟羽有文彩貌。**君子**：指诸侯。**胥**：助词。**祜**：福。

交交桑扈，
有莺其领。
君子乐胥，
万邦之屏。

翩翩蜡嘴，
艳艳头颈。
君子乐啊，
万邦之屏。

领：颈。

翰 hàn
辟 bì
戢 jí 难 nǎn
那 nuó

之屏之翰，
百辟为宪。
不戢不难，
受福不那。

是屏是干，
诸侯典范。
和气恭顺，
受福无限。

翰：骨干。**百辟**：众诸侯。**宪**：典范。**不**：通丕。甚。**戢**：通辑。和气。**难**：通戁。恭敬。**那**：多。

兕 sì 觥 gōng
觩 qiú
敖 ào

兕觥其觩，
旨酒思柔。
彼交匪敖，
万福来求。

角杯弯曲，
美酒和柔。
不骄不傲，
万福来投。

兕觥：犀角制或犀角状酒器。**觩**：弯曲貌。**旨**：美。**思**：助词。**彼**：通匪。非，不。一说他。**交**：通姣。侮慢。一说交际。**匪**：通非。不。**敖**：通傲。骄傲，傲慢。**求**：通逑。聚。

鸳鸯

【译诗】

鸳鸯:周臣祝福周王新婚。《毛诗正义》:刺幽王也。《诗经原始》:幽王初昏也。

鸳鸯于飞,
毕之罗之。
君子万年,
福禄宜之。

鸳鸯哟飞,
网之罗之。
君子万年,
福禄合之。

鸳鸯:水鸟,羽色绚丽,雌雄结伴终身。休息时嘴插在一翼之下。**毕**:指用网捕捉。**罗**:张网捕鸟。**君子**:指周王。一说指诸侯。**宜**:与……相适合。

戢 jí
遐 xiá

鸳鸯在梁,
戢其左翼。
君子万年,
宜其遐福。

鸳鸯在堰,
嘴插左翼。
君子万年,
合其长福。

梁:断水捕鱼的堰。**戢**:收藏,收敛。**遐福**:久远之福。

乘 shèng 厩 jiù
摧 cuò 秣 mò
艾 ài

乘马在厩,
摧之秣之。
君子万年,
福禄艾之。

驷马在厩,
碎之喂之。
君子万年,
福禄益之。

厩:马棚。**摧**:通莝。铡草。**秣**:喂养牲口。**艾**:养育,辅助。

乘马在厩,
秣之摧之。
君子万年,
福禄绥之。

驷马在厩,
喂之碎之。
君子万年,
福禄慰之。

绥:安抚。

頍 kuǐ 弁 biàn

頍弁

【译诗】

頍弁:周贵族感慨周王宴请。《毛诗正义》:诸公刺幽王也。《诗经原始》:刺幽王亲亲谊薄也。

有頍者弁,
实维伊何?
尔酒既旨,
尔殽既嘉。
岂伊异人?
兄弟匪他。

戴上礼帽,
这为的啥?
你酒尽美,
你肴尽佳。
岂是外人?
兄弟非他。

頍:戴帽貌。**弁**:古代贵族的一种帽子,通常穿礼服时用之。赤黑布做的叫爵弁,是文冠;白鹿皮做的叫皮弁,是武冠。**实**:是,此。**维**:为。**伊**:助词。**既**:尽,都。**旨**:美。**殽**:通肴。鱼肉做的荤菜。**异人**:外人。**兄弟**:称同

茑 niǎo 女 nǚ	茑与女萝，	寄生松萝，
施 yì	施于松柏。	攀附松柏。
	未见君子，	未见君子，
	忧心弈弈。	忧心郁郁。
	既见君子，	已见君子，
几 jī 说 yuè	庶几说怿。	是会欢喜。
怿 yì		

姓宗亲。**茑**：寄生树。小灌木，寄生在多种树上。**女萝**：松萝。原始植物，线状，基部附生于大树枝干，悬垂。**施**：延伸。**君子**：指周王。**弈弈**：忧愁貌。弈，通奕。**庶几**：差不多。**说怿**：喜爱，喜悦。

	有頍者弁，	戴上礼帽，
期 jī	实维何期？	这为啥呢？
	尔酒既旨，	你酒尽美，
	尔殽既时。	你肴尽宜。
	岂伊异人？	岂是外人？
	兄弟具来。	兄弟俱来。
	茑与女萝，	寄生松萝，
	施于松上。	攀附松上。
	未见君子，	未见君子，
怲 bǐng	忧心怲怲。	忧心惶惶。
	既见君子，	已见君子，
臧 zāng	庶几有臧。	是会吉祥。

期：助词。**时**：好。**怲怲**：满怀忧愁貌。**臧**：善，好。

	有頍者弁，	戴上礼帽，
	实维在首。	这为在首。
	尔酒既旨，	你酒尽美，
阜 fù	尔殽既阜。	你肴尽有。
	岂伊异人？	岂是外人？
	兄弟甥舅。	兄弟甥舅。
雨 yù	如彼雨雪，	如那下雪，
霰 xiàn	先集维霰。	先聚其霰。
丧 sāng	死丧无日，	死亡不日，
	无几相见。	无几相见。
乐 lè	乐酒今夕，	乐饮今夕，
	君子维宴。	君子有宴。

阜：丰富。**甥舅**：外甥和舅舅。泛指外姓亲戚。**雨雪**：下雪。**集**：聚集。**霰**：雪珠。下雪前或下雪时落下的球形或圆锥形白色小冰粒。**死丧**：死亡。**无日**：不日，为时不久。**维**：助词。

注音	原诗	译诗
辖 xiá	## 车辖	**【译诗】**

车辖：新郎喜得淑女。《毛诗正义》：大夫刺幽王也。《诗经原始》：嘉贤友得淑女为配也。

间 jiàn	间关车之辖兮，	键换车之辖啊，
娈 luán	思娈季女逝兮！	美艳少女嫁啊！
	匪饥匪渴，	非饥非渴，
	德音来括。	贤德来合。
	虽无好友，	虽无好友，
	式燕且喜。	该欢且喜。

间关：安好车辖。一说车行时的车轴声。辖：车辖。插在车轴两端以免车轮脱落的键。思：助词。娈：美好貌。季女：少女。逝：往，去。指乘车出嫁。德音：有美德的人。括：会合。式：助词。含当之意。燕：通宴。快乐。

	依彼平林，	郁郁平林，
鷮 jiāo	有集维鷮。	宜栖雉鸟。
	辰彼硕女，	纯纯美女，
	令德来教。	令德所教。
	式燕且誉，	该欢且乐，
好 hào 射 yì	好尔无射。	爱你不舍。

依：茂盛貌。平林：平原树林。集：鸟栖息在树上。维：助词。鷮：长尾雉。雄鸟尾羽长，很名贵，群栖山冈，冬季群栖平原树林。辰：美善貌。硕女：美女。令德：美德。誉：通豫。安乐。好：爱。无射：不厌弃。

	虽无旨酒，	虽无美酒，
	式饮庶几。	该饮会有。
殽 yáo	虽无嘉殽，	虽无佳肴，
	式食庶几。	该食会有。
女 rǔ	虽无德与女，	虽无德共处，
	式歌且舞。	该歌且舞。

庶几：幸，希望，但愿。殽：通肴。鱼肉做的荤菜。与：同，跟。女：你。

陟 zhì	陟彼高冈，	登那高冈，
柞 zuò	析其柞薪。	劈柞为薪。
	析其柞薪，	劈柞为薪，
湑 xǔ	其叶湑兮！	其叶茂啊！
鲜 xiān 觏 gòu	鲜我觏尔，	幸我会你，
	我心写兮！	我心悦啊！

析：劈。柞：柞树，木材坚硬，树枝火力强，为优质柴薪。湑：茂盛貌。鲜：好，善。觏：会见。写：舒畅，喜悦。

	高山仰止，	高山仰之，
行 háng 行 xíng	景行行止。	大道行之。

仰止：仰慕，向往。止，犹之。景行：大道。骓骓：马行走不止貌。因：因而。

騑 fēi 　四牡騑騑，　驷马久驱，
辔 pèi 　六辔如琴。　六缰如琴。
觏尔新昏，　会你新婚，
以慰我心。　而慰我心。

青蝇

【译诗】

青蝇：周大臣劝谏周王勿信谗言。《毛诗正义》：大夫刺幽王也。《诗经原始》：大夫伤于谗，因以戒王也。

营营青蝇，　嗡嗡苍蝇，
止于樊。　栖于樊。
岂 kǎi 弟 tì 　岂弟君子，　和易君子，
无信谗言。　勿信谗言。

营营：苍蝇往来飞声。**止**：栖息。**樊**：樊篱，篱笆。**岂弟**：同恺悌。和乐平易貌。

营营青蝇，　嗡嗡苍蝇，
棘 jí 　止于棘。　栖于棘。
谗 chán 　谗人罔极，　谗人无止，
交乱四国。　轮乱列国。

棘：酸枣，枝有刺，可作篱笆。**罔极**：无休止。**交**：更迭，一次次地，一个一个地。**四国**：泛指四方，天下。

营营青蝇，　嗡嗡苍蝇，
止于榛。　栖于榛。
谗人罔极，　谗人无止，
构我二人。　间我两人。

榛：榛树，枝可编篱笆。**构**：挑拨离间。

宾之初筵

注音	原诗	【译诗】
	宾之初筵，	宾初入席，
	左右秩秩。	左右依次。
笾 biān	笾豆有楚，	盘碗正摆，
殽 yáo	殽核维旅。	肉果分置。
	酒既和旨，	酒尽醇美，
偕 xié	饮酒孔偕。	饮酒有序。
	钟鼓既设，	钟鼓已设，
	举酬逸逸。	举杯来去。
侯 hóu	大侯既抗，	大靶已放，
	弓矢斯张。	弓箭停当。
	射夫既同，	射者已聚，
	献尔发功。	献你射技。
的 dì	发彼有的，	射则中的，
爵 jué	以祈尔爵。	以求你爵。
籥 yuè	籥舞笙鼓，	文舞笙鼓，
乐 yuè	乐既和奏。	乐俱和奏。
烝 zhēng 衎 kàn	烝衎烈祖，	进悦先祖，
洽 qià	以洽百礼。	以合百礼。
	百礼既至，	百礼完备，
壬 rén	有壬有林。	有卿有君。
嘏 gǔ	锡尔纯嘏，	赐你洪福，
湛 dān	子孙其湛。	子孙心欢。
乐 lè	其湛曰乐，	心欢哟乐，
	各奏尔能。	各献其能。
仇 qiú	宾载手仇，	宾选对手，
	室人入又。	主人应酬。
酌 zhuó 爵 jué	酌彼康爵，	斟满空爵，
	以奏尔时。	以献头筹。

宾之初筵：周臣讽刺贵族燕射时醉酒失礼。《毛诗正义》：卫武公刺时也。《诗经原始》：卫武公饮酒悔过也。

初筵：初入席。筵，宴席。**左右**：指尊卑高下排位。左卑右尊。**秩秩**：恭敬有次序貌。**笾豆**：古代祭祀及宴会常用的两种礼器。竹制为笾，木制为豆。笾盛果脯，豆盛肉菜。**楚**：排列整齐貌。**殽核**：肉类和果类食品。**维**：是。**旅**：陈列。**既**：尽，都。**和旨**：甘醇甜美。**偕**：调和。**既**：已。**举酬**：举杯以敬酒。**逸逸**：往来有序貌。**大侯**：一种箭靶，天子诸侯所用。**抗**：树立。**斯**：皆。**张**：安上（弓弦）。**献**：逞。**发功**：指射技。**发**：发射。**有**：助词。**的**：箭靶的中心。**祈**：祈求，希望。**尔**：指对手。**爵**：饮之以酒。依周代射礼，射中者罚不中者饮酒一爵。爵，古代一种饮酒器，有三条腿。

籥舞：谓文舞。吹籥而舞，舞时依照籥声为节拍。籥，吹奏乐器，似笛。**笙鼓**：吹笙击鼓。**既**：尽，都。**和奏**：和谐地演奏。**烝**：进献。**衎**：使愉悦。**烈祖**：建立功业的祖先。**洽**：合。**至**：完备。**壬**：卿大夫。**林**：国君。**锡**：赐。**纯嘏**：大福。**湛**：喜乐。**曰**：助词。**奏**：献。**载**：再次。**手**：取。选择。**仇**：匹配。指射箭比赛的对手。**室人**：主人。**入又**：进入射场又陪客射箭。**康爵**：空爵，空酒器。**奏**：进献。**时**：善。指射箭中的。

	宾之初筵，	宾初入席，
	温温其恭。	文文谦恭。
	其未醉止，	其未醉呢，
反 bǎn	威仪反反。	威仪端端。
	曰既醉止，	到已醉呢，
幡 fān	威仪幡幡。	威仪酣酣。
	舍其坐迁，	离席乱转，
仙 xiān	屡舞仙仙。	屡舞翩翩。
	其未醉止，	其未醉呢，
	威仪抑抑。	威仪翼翼。
	曰既醉止，	到已醉呢，
怭 bì	威仪怭怭。	威仪肆肆。
	是曰既醉，	此为已醉，
	不知其秩。	不知常例。

温温:文雅貌。**止**:助词。**威仪**:仪表行为。**反反**:慎重和善貌。**曰**:助词。**幡幡**:轻率不庄重貌。**舍**:离开。**坐**:座位。**迁**:移动。**仙仙**:轻盈貌。**抑抑**:慎审貌。**怭怭**:轻佻貌。**秩**:常,常规。

	宾既醉止，	宾已醉呢，
号 háo 呶 náo	载号载呶。	大叫大呼。
	乱我笾豆，	乱我盘碗，
僛 qī	屡舞僛僛。	屡舞歪歪。
	是曰既醉，	此为已醉，
	不知其邮。	不知失态。
弁 biàn	侧弁之俄，	皮帽歪戴，
傞 suō	屡舞傞傞。	屡舞虚虚。
	既醉而出，	已醉便出，
	并受其福。	皆托其福。
	醉而不出，	醉而不出，
	是谓伐德。	此谓败德。
	饮酒孔嘉，	饮酒甚佳，
	维其令仪。	唯其礼节。

载:助词。**号**:大声呼叫。**呶**:喧哗。**僛僛**:醉舞歪歪倒倒貌。**邮**:通尤。过失,过错。**侧弁**:歪戴礼帽。**俄**:倾斜。**傞傞**:醉舞失态貌。**伐德**:损害德行。**维其**:唯其,正因为。**令仪**:好礼节。

	凡此饮酒，	凡是饮酒，
	或醉或否。	有醉有否。
监 jiàn	既立之监，	已设监察，

或:有的人。**监**:主管监察的官员。

	或佐之史。	又加记史。	**或**:又。**史**:负责记录言行的官员。**式**:助词。一说通慝,恶。**从**:听从。**谓**:劝。**俾**:使。**大**:太。**怠**:怠慢,轻慢。**匪**:通非。无。**言**:问。**由**:法,常理。一说依从。**由醉之言**:听从醉者之言。**童羖**:无角的公羊。**三爵**:三杯酒为度。**不识**:指不晓得三爵之礼。**矧**:何况,况且,怎么。**多又**:多饮酒。又,再,复,一说通侑,劝酒。
臧 zāng	彼醉不臧,	已醉不良,	
	不醉反耻。	不醉反耻。	
	式勿从谓,	且勿听劝,	
俾 bǐ 太 tài	无俾大怠。	莫使失礼。	
	匪言勿言,	无言勿言,	
	匪由勿语。	无理勿语。	
	由醉之言,	听醉者言,	
羖 gǔ	俾出童羖。	公羊无角。	
爵 jué	三爵不识,	三爵不识,	
矧 shěn	矧敢多又!	怎敢多酒!	

鱼藻之什

鱼藻

【译诗】

鱼藻:赞颂周王安乐在镐京。《毛诗正义》:刺幽王也。《诗经原始》:镐民乐王都镐也。

	鱼在在藻,	鱼呢在藻,	**藻**:水草。是鱼类的食物及栖息场所。**颁**:头大貌。**王**:周王。**镐**:镐京。西周都城。**岂乐**:喜乐。
颁 fén	有颁其首。	硕硕大头。	
镐 hào	王在在镐,	王呢在镐,	
岂 kǎi 乐 lè	岂乐饮酒。	美美饮酒。	
	鱼在在藻,	鱼呢在藻,	**莘**:长貌。
莘 shēn	有莘其尾。	修修长尾。	
	王在在镐,	王呢在镐,	
	饮酒乐岂。	饮酒美美。	
	鱼在在藻,	鱼呢在藻,	**蒲**:香蒲。草本植物,生在水滨。**那**:安闲,安舒。
蒲 pú	依于其蒲。	依着香蒲。	
	王在在镐,	王呢在镐,	
那 nuó	有那其居。	安然温居。	

	采菽	【译诗】
菽 shū		

采菽：周臣赞美诸侯来朝受赏。《毛诗正义》：刺幽王也。《诗经原始》：美诸侯来朝也。

	采菽采菽，	采豆采豆，
筥 jǔ	筐之筥之。	盛之聚之。
朝 cháo	君子来朝，	君子来朝，
锡 xī 予 yǔ	何锡予之？	何物赐之？
	虽无予之，	纵无赐之，
乘 shèng	路车乘马，	大车驷马，
	又何予之？	有何赐之？
衮 gǔn 黼 fǔ	玄衮及黼。	龙袍礼服。

菽：大豆。五谷之一。**筐**：盛在方筐里。**筥**：盛在圆萝里。**君子**：指诸侯。**朝**：朝拜周王。**锡予**：赐予。**虽**：纵然。**路车**：辂车。古代天子或诸侯贵族所乘的车。**乘马**：指四匹马。**又**：通有。**玄衮**：古代帝王及上公所穿的一种绣着卷龙的黑色礼服。**黼**：绣衣。

觱 bì 槛 jiàn	觱沸槛泉，	翻涌喷泉，
	言采其芹。	我采水芹。
	君子来朝，	君子来朝，
旂 qí	言观其旂。	我见龙旗。
淠 pèi	其旂淠淠，	龙旗飞飞，
鸾 luán 嘒 huì	鸾声嘒嘒。	鸾声嘒嘒。
骖 cān 驷 sì	载骖载驷，	三马驷马，
	君子所届。	君子到来。

觱沸：泉水涌出貌。**槛泉**：喷涌四流的泉水。**芹**：水芹。草本植物，生在近水处，可作菜。**言**：我。一说助词。**旂**：画有两龙并在竿头悬铃的旗。**淠淠**：旗帜飘扬貌。**鸾**：衔铃。挂在马嚼子两旁的铃。**嘒嘒**：铃响声。**载**：助词。**骖**：一车三马。**驷**：一车四马。**届**：至，到来。

芾 fú	赤芾在股，	赤芾至腿，
	邪幅在下。	绑腿至膝。
纾 shū	彼交匪纾，	不骄不怠，
	天子所予。	天子赞许。
	乐只君子，	乐啊君子，
	天子命之。	天子赏之。
	乐只君子，	乐啊君子，
	福禄申之。	福禄享之。

赤芾：赤色蔽膝。为大夫以上所服。**邪幅**：绑腿，古代缠裹足背至膝的布。**彼**：通匪。非。**交**：侮慢。**匪**：非，不。**纾**：缓慢，怠慢。**予**：赞许，称誉。**只**：助词。**命**：天子按等级赐给臣下仪物，如玉圭、服装等。**申**：重复。

柞 zuò	维柞之枝，	柞树之枝，
蓬 péng	其叶蓬蓬。	其叶蓬蓬。
	乐只君子，	乐啊君子，

维：有。**柞**：柞树。叶革质有光。**蓬蓬**：茂盛貌。**只**：助词。

	殿天子之邦。	镇天子之邦。
	乐只君子，	乐啊君子，
	万福攸同。	万福伴同。
平 pián	平平左右，	贤贤左右，
率 shuài	亦是率从。	也是遵从。

殿:镇抚,镇守。**攸**:助词。**同**:聚。**平平**:治理有序,办事娴熟貌。**左右**:左右的人。**率从**:遵循顺从。

泛 fàn	泛泛杨舟，	漂漂杨舟，
绋 fú 缅 lí	绋缅维之。	绳索系之。
	乐只君子，	乐啊君子，
	天子葵之。	天子视之。
	乐只君子，	乐啊君子，
膍 pí	福禄膍之。	福禄赐之。
	优哉游哉，	优哉游哉，
戾 lì	亦是戾矣！	也是逸哩！

绋缅:绳索。**维**:系。**葵**:通揆。审度,考察。**膍**:厚赐。**戾**:安定,止息。

角弓

【译诗】

角弓:周贵族劝谏周王不要傲慢而疏远亲戚。《毛诗正义》:父兄刺幽王也。《诗经原始》:刺幽王远骨肉而近佥壬也。

骍 xīng	骍骍角弓，	弯弯角弓，
	翩其反矣！	卸弦反哩！
	兄弟昏姻，	兄弟姻亲，
胥 xū	无胥远矣！	勿疏远哩！

骍骍:弓调和后弯曲貌。**角弓**:以兽角为饰的硬弓。**翩**:相反貌。**兄弟**:称同姓宗亲。**昏姻**:亲家,姻亲关系。**胥远**:疏远。胥,互相。

尔之远矣，	你疏远哩，
民胥然矣！	民亦然哩！
尔之教矣，	你身教哩，
民胥效矣！	民皆效哩！

胥:都,皆。**然**:这样。

	此令兄弟，	和善兄弟，
	绰绰有裕。	宽绰畅快。
	不令兄弟，	不善兄弟，
瘉 yù	交相为瘉。	互相为害。

此:这样。**令**:善,美好。**绰绰有裕**:宽宏大量。**瘉**:病。指危害。

注音	原文	译文	注释
	民之无良， 相怨一方。 受爵不让， 至于己斯亡。	人哟不良， 相怨对方。 受爵不让， 以至自身亡。	**相怨**：彼此不满。**受爵**：接受爵。爵，古代酒器。因亦以受爵指饮酒。一说接受爵位。**至于**：以至于。**己**：自身。**斯**：助词。一说此。**亡**：灭亡。
驹 jū 饫 yù 酌 zhuó	老马反为驹， 不顾其后。 如食宜饫， 如酌孔取。	老马反当驹， 不顾其后。 供食要足， 舀酒多取。	**老马反为驹**：把老马当作驹来使用。**饫**：饱。**酌**：舀酒。**孔取**：多取。
猱 náo 徽 huī 猷 yóu 属 zhǔ	毋教猱升木， 如涂涂附。 君子有徽猷， 小人与属。	勿教猴上树， 如泥涂覆。 君子有美德， 小人依附。	**毋**：别，不要。**猱**：猴子。善爬树。**升木**：上树。**涂**：泥土。**涂附**：涂上附着。**徽猷**：美善之道。**小人**：平民百姓。**与属**：依附。
雨 yù 瀌 biāo 晛 xiàn 遗 suí 娄 lǚ	雨雪瀌瀌， 见晛曰消。 莫肯下遗， 式居娄骄。	下雪飘飘， 见日而消。 不肯谦和， 傲慢多骄。	**瀌瀌**：雪盛貌。**晛**：日光。**曰**：而。**下遗**：谦下从人。**式**：助词。**居**：通倨。傲慢。**娄**：屡的古字。多次。
  髦 máo	雨雪浮浮， 见晛曰流。 如蛮如髦， 我是用忧。	下雪稠稠， 见日而流。 如蛮如戎， 我是以忧。	**浮浮**：雪盛貌。**流**：雪融化成流。**蛮**：南方部落。**髦**：通髳。西南部族名。**是用**：是以，因此。

菀柳

【译诗】

菀柳：周臣怨诉周王暴戾无常。《毛诗正义》：刺幽王也。《诗经原始》：诸侯忧王之暴戾也。

菀 yù

原诗	译诗
有菀者柳，	郁郁之柳，
不尚息焉！	不想息呀！
上帝甚蹈，	上帝反复，
无自昵焉！	勿自趋呀！
俾予靖之，	使我议政，
后予极焉！	后流徙呀！

昵 nì　俾 bǐ 予 yú

菀：茂盛貌。柳：柳树。尚：庶几，希望。上帝：指周王。蹈：变动不定。昵：近，接近。靖：谋虑，谋议。一说使安定。极：通殛。诛罚，放逐。

原诗	译诗
有菀者柳，	郁郁之柳，
不尚愒焉！	不想憩呀！
上帝甚蹈，	上帝反复，
无自瘵焉！	勿自废呀！
俾予靖之，	使我议政，
后予迈焉！	后流配呀！

愒 qì　瘵 zhài

愒：休息。瘵：病。迈：指因放逐而远行。

原诗	译诗
有鸟高飞，	有鸟高飞，
亦傅于天。	又入于天。
彼人之心，	其人心眼，
于何其臻？	有何极点？
曷予靖之，	何以议政，
居以凶矜？	处此凶险？

傅 fù　臻 zhēn　曷 hé　居 jū 矜 jīn

亦：又。傅：至，到。心：思想，心计。臻：至。曷：为何。居：处于。一说助词。以：此。一说及，连及。凶矜：凶险境地。

都人士

【译诗】

都 dū

都人士：周人缅怀京都旧人旧俗而感叹时过境迁。《毛诗正义》：周人刺衣服无常也。《诗经原始》：缅旧都人物盛也。

原诗	译诗
彼都人士，	那都人士，
狐裘黄黄。	狐裘黄黄。
其容不改，	其容不改，
出言有章。	出言有章。

裘 qiú

都人士：居于京师有士大夫操行的人。狐裘：用狐皮制的外衣。出言有章：说话有条理。行归于周：行为符合忠信准则。周，忠信。望：仰望，景仰。一说期望。

注音	原文	译文
行 xíng	行归于周，	行必忠信，
	万民所望。	万民所望。

注音	原文	译文
	彼都人士，	那都人士，
缁 zī 撮 cuō	台笠缁撮。	草笠髻帽。
	彼君子女，	那君子女，
发 fà	绸直如发。	密直头发。
	我不见兮，	我不见啊，
说 yuè	我心不说！	我心不悦！

台笠：莒草笠。**缁撮**：即缁布冠，古代士与庶人常用的一种冠。其制小，仅可束发髻。**君子女**：贵族小姐。**绸直如发**：其发绸直，头发又密又直。一说细密而正直，如同头发一样。**说**：通悦。喜悦。

注音	原文	译文
	彼都人士，	那都人士，
琇 xiù	充耳琇实。	充耳美石。
	彼君子女，	那君子女，
尹 yǐn 吉 jí	谓之尹、吉。	叫她尹、吉。
	我不见兮，	我不见啊，
苑 yùn	我心苑结！	我心郁结！

充耳：冠两旁下垂的饰物，可塞耳。**琇**：似玉的美石。**尹吉**：姓尹姓吉，周室外姓亲戚。**苑结**：郁结。

注音	原文	译文
	彼都人士，	那都人士，
	垂带而厉。	垂带下坠。
	彼君子女，	那君子女，
卷 quán 发 fà	卷发如虿。	卷发翘尾。
虿 chài	我不见兮，	我不见啊，
	言从之迈！	欲追着去！

厉：腰带下垂貌。**卷发**：女子两鬓上卷的短发。**虿**：蝎。节肢动物，后腹狭长，末端有毒钩，时常上翘。**迈**：行。

注音	原文	译文
	匪伊垂之，	非爱垂带，
	带则有余。	带该有余。
卷 quán	匪伊卷之，	非爱卷发，
发 fà 旟 yú	发则有旟。	发该扬起。
	我不见兮，	我不见啊，
盱 xū	云何盱矣！	多忧郁呀！

匪：通非。不是。**伊**：助词。一说是。**则**：助词。**旟**：扬起貌。**云**：助词。**何**：多么。**盱**：忧。

采绿

绿 lù

【译诗】

采绿：周妇思夫，亟盼其归。《毛诗正义》：刺怨旷也。《诗经原始》：妇人思夫。期逝不至也。

朝 zhāo
匊 jū
予 yú 发 fà

终朝采绿，
不盈一匊。
予发曲局，
薄言归沐。

整早采绿，
一捧未取。
头发卷曲，
我哟去洗。

绿：通菉。荩草。细弱草本植物，生在山麓田野，可煮汁染黄色。**一匊**：一捧。**曲局**：拳曲。**薄言**：言薄，我薄，薄，助词。一说助词。一说急迫。**沐**：洗头。

襜 chān
詹 zhān

终朝采蓝，
不盈一襜。
五日为期，
六日不詹。

整早采蓝，
一兜未满。
五日为期，
六日未返。

蓝：蓼蓝。草本植物，叶可制靛青染料。**襜**：系在衣服前的围裙。**五日、六日**：五天、六天。一说五月之日、六月之日。**詹**：至，到达。

韔 chàng
纶 lún

之子于狩，
言韔其弓。
之子于钓，
言纶之绳。

他呀打猎，
俺装其弓。
他呀钓鱼，
俺缠钓绳。

之子：这人。指丈夫。**言**：我。一说助词。**韔**：将弓装进弓袋。**纶**：缠起钓线。

鲂 fáng 鱮 xù

其钓维何？
维鲂及鱮。
维鲂及鱮，
薄言观者！

其钓如何？
鲂鱼鲢鱼。
鲂鱼鲢鱼，
我哟算着！

鲂：鲂鱼。**鱮**：鲢鱼。**观者**：观之。看结果如何。一说真多啊。观，多。者，助词。

黍 shǔ

黍苗

【译诗】

黍苗：周臣赞誉召伯营建谢城有成。《毛诗正义》：刺幽王也。《诗经原始》：美召穆公营谢功成也。

芃 péng
膏 gào
召 shào 劳 lào

芃芃黍苗，
阴雨膏之。
悠悠南行，
召伯劳之。

芃芃黍苗，
阴雨浇之。
悠悠南行，
召伯犒之。

芃芃：茂盛貌。**膏**：滋润。**悠悠**：遥远貌。**召伯**：召虎，周宣王大臣。**劳**：慰劳。

辇 niǎn
盖 hé

我任我辇，
我车我牛。
我行既集，
盖云归哉！

我挑我推，
我车我牛。
我事已毕，
都说归吧！

任：担，肩挑。**辇**：推车。**车**：驾马车。**牛**：驾牛车。**行**：所做之事。指建造谢城。**集**：完成。**盖**：皆。一说通盍。何不。**云**：说。

处 chǔ

我徒我御，
我师我旅。
我行既集，
盖云归处！

我行我御，
我师我旅。
我事已毕，
都说归里！

徒：步行。**御**：驾车。**师旅**：五百人为一旅，五旅为一师。**归处**：回家安居。

肃肃谢功，
召伯营之。
烈烈征师，
召伯成之。

肃肃谢事，
召伯经理。
威威征师，
召伯成立。

肃肃：严正貌。**谢功**：谢城建造工程。**营**：安排。**烈烈**：威武貌。**征师**：远征的部队。**成**：成立。

隰 xí

原隰既平，
泉流既清。
召伯有成，
王心则宁。

田野已平，
泉河已清。
召伯有成，
王心则宁。

既：已。**原隰**：广平与低湿之地。

隰 xí

隰桑

【译诗】

隰桑:思慕君子。君子指心上人或贤人。《毛诗正义》:刺幽王也。《诗经原始》:思贤人之在野也。

阿 ē
难 nuó

隰桑有阿,
其叶有难。
既见君子,
其乐如何!

洼地桑柔,
其叶婆娑。
已见君子,
其乐如何!

隰:低湿的地方。**阿**:通婀。柔美貌。**难**:茂盛貌。**君子**:贵族的通称。一说贤人。

隰桑有阿,
其叶有沃。
既见君子,
云何不乐?

洼地桑柔,
其叶润泽。
已见君子,
怎会不乐?

沃:光泽柔润貌。

幽 yǒu

隰桑有阿,
其叶有幽。
既见君子,
德音孔胶!

洼地桑柔,
其叶绿油。
已见君子,
善言甚牢!

幽:通黝。淡青黑色。此指树叶呈墨绿色。**德音**:好听的话。**孔胶**:牢固。

遐 xiá

心乎爱矣,
遐不谓矣?
中心藏之,
何日忘之?

心哟爱啊,
怎不示呀?
心中藏之,
何日忘之?

遐:通何。何以。一说远。**谓**:告诉,倾吐。一说通会,会聚。一说勤。**藏**:藏着。一说通臧,读为zāng,善。

华 huā

白华

【译诗】

白华:弃妇怨诉丈夫移情。传周幽王移情褒姒而弃申后。《毛诗正义》:周人刺幽后也。《诗经原始》:申后自伤被黜也。

菅 jiān
俾 bǐ

白华菅兮,
白茅束兮!
之子之远,
俾我独兮!

白花菅啊,
白茅束啊!
此人疏远,
使我独啊!

华:通花。**菅**:统称芒类植物。抽穗开花,白絮成片。**白茅**:茅草,可搓绳。**束**:捆。指白茅草绳捆着白花菅。**远**:疏离。

英英白云,
露彼菅茅。

轻轻白云,
覆那菅茅。

英英:轻盈明亮貌。**露**:覆,覆盖。**天步**:天的行步。指时运,国运。**不犹**:无道。

	天步艰难， 之子不犹！	时运艰难， 此人无道！	犹，通猷，道。
滮 biāo	滮池北流， 浸彼稻田。 啸歌伤怀， 念彼硕人！	滮池北流， 灌那稻田。 啸歌伤怀， 虑那美人！	**滮池**：河名。在周镐京。**浸**：灌溉。**啸歌**：长啸歌吟。**念**：思虑。**硕人**：美人。指之子的新欢。
樵 qiáo 卬 áng 煁 chén	樵彼桑薪， 卬烘于煁。 维彼硕人， 实劳我心！	砍那桑柴， 俺燃灶芯。 有那美人， 此忧我心！	**樵**：砍伐。**桑薪**：桑木柴薪，是优质柴薪。**卬**：我。**烘**：烧柴。**煁**：行灶。可移动的炉灶。**维**：因为。**实**：是，此。**劳**：忧愁。
懆 cǎo	鼓钟于宫， 声闻于外。 念子懆懆， 视我迈迈！	敲钟于宫， 声传于外。 念你懆懆， 视我怪怪！	**懆懆**：忧愁不安貌。**视**：看，对待。**迈迈**：不悦貌。一说轻慢貌。
鹙 qiū	有鹙在梁， 有鹤在林。 维彼硕人， 实劳我心！	秃鹳在堰， 白鹤在林。 有那美人， 此忧我心！	**鹙**：秃鹳。大型涉禽，栖水泽。**梁**：断水捕鱼的堰。**鹤**：大型水鸟，生活在水边。
戢 jí	鸳鸯在梁， 戢其左翼。 之子无良， 二三其德！	鸳鸯在堰， 嘴插左翅。 此人无良， 三心二意！	**鸳鸯**：水鸟，雌雄结伴终身。休息时嘴插在一翼下。**戢**：收藏，收敛。**二三其德**：指用情不专一。**德**：情意。
俾 bǐ 疷 qí	有扁斯石， 履之卑兮！ 之子之远， 俾我疷兮！	扁扁垫石， 踩它低啊！ 此人疏远， 使我凄啊！	**石**：垫脚石。**履**：踩。**卑**：低下。**疷**：病，忧病。

绵 mián

绵蛮

【译诗】

绵蛮：周王回应征夫心声。《毛诗正义》：微臣刺乱也。《诗经原始》：王者加惠远方人士也。

“绵蛮黄鸟，
止于丘阿。（阿 ē）
道之云远，
我劳如何！”
“饮之食之，（饮 yìn 食 sì）
教之诲之。
命彼后车，
谓之载之。”（载 zài）

“小小黄鸟，
栖于山坡。
道路遥远，
我累奈何！”
“给喝给吃，
教之诲之。
命那后车，
派人载之。”

绵蛮：鸟小貌。**黄鸟**：黄鹂，小鸣禽。一说金翅雀，小鸣禽。**止**：栖息。**丘阿**：山坡弯曲处。**如何**：奈何，怎么办。**后车**：副车，侍从所乘的车。**谓之载之**：叫御者载他。谓，使，令。

“绵蛮黄鸟，
止于丘隅。（隅 yú）
岂敢惮行，（惮 dàn 行 xíng）
畏不能趋。”
“饮之食之，
教之诲之。
命彼后车，
谓之载之。”

“小小黄鸟，
栖于山麓。
岂敢畏行，
怕不能速。”
“给喝给吃，
教之诲之。
命那后车，
派人载之。”

丘隅：山坡一角。**惮**：畏惧，害怕。**行**：行军。**趋**：快步走路。

“绵蛮黄鸟，
止于丘侧。
岂敢惮行，
畏不能极。”
“饮之食之，
教之诲之。
命彼后车，
谓之载之。”

“小小黄鸟，
栖于山地。
岂敢畏行，
怕不能至。”
“给喝给吃，
教之诲之。
命那后车，
派人载之。”

极：终点。

瓠 hù

瓠叶

幡 fān
亨 pēng
酌 zhuó

幡幡瓠叶，
采之亨之。
君子有酒，
酌言尝之。

炮 páo 燔 fán

有兔斯首，
炮之燔之。
君子有酒，
酌言献之。

炙 zhì
酢 zuò

有兔斯首，
燔之炙之。
君子有酒，
酌言酢之。

有兔斯首，
燔之炮之。
君子有酒，
酌言酬之。

【译诗】

翻翻瓠叶，
采之烹之。
君子有酒，
斟呀尝之。

有兔白头，
炮之燔之。
君子有酒，
斟呀献之。

有兔白头，
燔之炙之。
君子有酒，
斟呀回之。

有兔白头，
燔之炮之。
君子有酒，
斟呀酬之。

瓠叶：君子以酒礼待客。《毛诗正义》：大夫刺幽王也。《诗经原始》：不以物薄弃礼也。

瓠：瓜圆形，叶掌形，嫩瓜嫩叶可作菜。**幡幡**：翻动貌。**亨**：通烹。烹调。**君子**：此为自称。一说指贵族男子。**酌**：斟酒。**言**：助词。焉。

斯首：白头。一说一头。**炮**：烤，用泥裹住食物在火中煨熟。**燔**：烤，把肉放在火里烧熟。**献**：向客人敬酒。

炙：烤，把肉放在火上烤熟。**酢**：客人斟酒回敬主人。

酬：劝酒。主人再次向客人敬酒。

渐渐之石

渐 chán

【译诗】

渐渐之石：周臣感叹东征艰辛。《毛诗正义》：下国刺幽王也。《诗经原始》：东征怨也。

注音	原诗	译诗
	渐渐之石，	巉巉崖石，
	维其高矣！	何其高呀！
	山川悠远，	山川悠远，
劳 liáo	维其劳矣！	何其遥呀！
	武人东征，	武人东征，
朝 zhāo	不皇朝矣！	不遑朝呀！

渐渐：通巉巉。峻峭貌。**劳**：通辽。遥远。**武人**：指将帅军人。**不皇**：不遑。没有空暇。**朝**：日，天。指顾及早晚。一说读cháo，朝见。

注音	原诗	译诗
	渐渐之石，	巉巉崖石，
	维其卒矣！	何其矗呀！
	山川悠远，	山川悠远，
曷 hé 没 mò	曷其没矣？	何时越呀？
	武人东征，	武人东征，
	不皇出矣！	不遑出呀！

卒：通崒。高峻。**曷**：何时。**没**：尽，终。**出**：离开。指顾及回返。

注音	原诗	译诗
豕 shǐ 蹢 dí	有豕白蹢，	野猪白蹄，
烝 zhēng	烝涉波矣！	众涉河呀！
	月离于毕，	月贴毕星，
俾 bǐ	俾滂沱矣！	则滂沱呀！
	武人东征，	武人东征，
	不皇他矣！	不遑别呀！

豕：野猪。居树林，传说将下大雨就下水游泳。**蹢**：蹄。**烝**：众。**涉波**：涉水过河。**月离于毕**：月亮贴近毕星，传说将下大雨。离，通丽，附着，贴近。毕，毕星，由八星组成，形如有柄之网。**俾**：则。**滂沱**：下大雨。**他**：别的，他事。指顾及其他。

苕之华

苕 tiáo 华 huā

【译诗】

苕之华：周人哀叹乱世饥荒。《毛诗正义》：大夫闵时也。《诗经原始》：伤饥乱也。

注音	原诗	译诗
	苕之华，	凌霄花，
芸 yùn	芸其黄矣！	深深黄哩！
	心之忧矣，	心哟忧啊，
	维其伤矣！	唯其伤哩！

苕：凌霄花。木质藤本植物，叶卵形，花鲜红色喇叭状。**华**：通花。**芸**：花色极黄貌。**伤**：伤感。

	原诗	译诗	注释
	苕之华， 其叶青青。 知我如此， 不如无生！	凌霄花， 其叶青青。 知我如此， 不如不生！	
牂 zāng 罶 liǔ 鲜 xiǎn	牂羊坟首， 三星在罶。 人可以食， 鲜可以饱！	母羊大头， 三星在篓。 人可以食， 鲜可以饱！	**牂羊**:母羊。**坟首**:大头。**三星**:指心三星，三颗连成一线的亮星，夏天上半夜处于天空南部正中。**罶**:鱼篓。捕鱼的竹篓。**鲜**:少。

何草不黄

【译诗】

何草不黄:周征夫痛诉其非人生活。《毛诗正义》:下国刺幽王也。《诗经原始》:征夫恨也。

	原诗	译诗	注释
行 xíng 将 jiāng	何草不黄？ 何日不行？ 何人不将， 经营四方？	何草不黄？ 何日不忙？ 何人不征， 奔命四方？	**黄**:色变黄。枯萎。**行**:行走。指奔忙。**将**:奉行。指从役。**经营**:往来奔走。
矜 guān	何草不玄？ 何人不矜？ 哀我征夫， 独为匪民！	何草不烂？ 何人不残？ 哀我征夫， 不像是人！	**玄**:赤黑色。指草由枯转烂。**矜**:通鳏。老而无妻。一说通瘝，病，疾痛。**哀**:哀叹。**征夫**:从役之人。**独**:如同。**匪民**:非人。民，人。
兕 sì 暇 xiá	匪兕匪虎， 率彼旷野。 哀我征夫， 朝夕不暇！	非犀非虎， 经那旷野。 哀我征夫， 终日无暇！	**兕**:犀牛。**率**:沿着，顺着。
芃 péng 栈 zhàn 行 xíng	有芃者狐， 率彼幽草。 有栈之车， 行彼周道。	蓬蓬赤狐， 经那丛草。 高高役车， 行那大道。	**芃**:兽毛蓬松貌。**狐**:赤狐。**幽草**:幽深的草丛。**栈**:车高貌。一说栈车为役车，车厢用竹木条编成，不加漆，不蒙皮革。**周道**:大道。

雅·大雅

雅：西周时都城镐京一带的歌曲。镐京在今陕西西安西南。**大雅**：雅分为小雅和大雅。一说以内容区分；一说以音乐区分；一说以新旧区分，未有定论。作于西周（前1046—前771）时期到东周早期（前770—前6世纪）。

文王之什

文王

文王：周臣颂扬文王受天命而兴周国。传为周公旦所作。《毛诗正义》：文王受命作周也。《诗经原始》：周公追述文德配天，以肇造乎周也。

於 wū　陟 zhì 降 jiàng

文王在上，
於，昭于天！
周虽旧邦，
其命维新。
有周不显，
帝命不时。
文王陟降，
在帝左右。

【译诗】

文王在上，
啊，明于天！
周虽古邦，
国运更新。
我周光明，
天命正义。
文王升降，
在帝左右。

在上：尊称帝王。**於**：赞美声。**昭**：明显，显著。**命**：天命，国运。**维**：助词。**有**：助词。**不**：通丕。大。**显**：光明。**帝命**：天命。**不**：通丕。大。**时**：通是。善，正确。**陟降**：升降。

亹 wěi　锡 xī　侯 hóu

亹亹文王，
令闻不已。
陈锡哉周，
侯文王孙子。
文王孙子，
本支百世。
凡周之士，
不显亦世。

孜孜文王，
令闻不已。
恩赐哟周，
即文王后嗣。
文王后嗣，
王侯百世。
凡周卿士，
高贵累世。

亹亹：勤勉不倦貌。**令闻**：美名。**陈**：布施。一说一再。**锡**：赐。**哉**：助词。一说开始，开创。**周**：指周国宗室。一说周国。**侯**：助词，帮助判断。维。**孙子**：子孙。**本支**：同一家族的嫡系和庶出子孙。周文王子孙，嫡为天子，庶为诸侯。**百世**：世世代代。**凡**：凡是。**士**：朝臣，士大夫。**不**：通丕。大。**显**：高贵。**亦世**：累世。

世之不显，
厥犹翼翼。
思皇多士，
生此王国。
王国克生，
维周之桢。
济济多士，

累世高贵，
其谋翼翼。
众美贤士，
养此王国。
王国能养，
靠周之楹。
济济贤士，

厥：其。**犹**：通猷。谋划。**翼翼**：恭敬谨慎貌。**思**：助词。**皇**：美。一说天。**多士**：众多贤士。**生**：养育。**克**：能。**维**：因为。**桢**：支柱。**济济**：众多貌。

	文王以宁。	文王安宁。

穆 mù	穆穆文王，	雅雅文王，
缉 jī 熙 xī	於，缉熙敬止！	啊，灿然敬呢！
假 jiǎ	假哉天命，	大啊天命，
	有商孙子。	取商后嗣。
	商之孙子，	商之后嗣，
	其丽不亿。	人口过亿。
	上帝既命，	上帝有命，
	侯于周服。	臣服周室。

穆穆：仪容或言行和美。**缉熙**：光明貌。**敬止**：敬仰。止，助词。**假**：大，伟大。**天命**：上天之意旨。**有**：取得。**丽**：数目。**不**：助词。**亿**：万万。一说十万。**侯于周服**：侯服于周。于是臣服于周国。侯，乃，于是。

	侯服于周，	臣服于周，
	天命靡常。	天命无常。
	殷士肤敏，	殷臣勤敏，
祼 guàn	祼将于京。	祼祭于京。
将 jiāng	厥作祼将，	他助祼祭，
黼 fǔ 冔 xǔ	常服黼冔。	仍着殷服。
荩 jìn	王之荩臣，	王用归臣，
	无念尔祖！	怀念你祖！

殷士：指殷商臣子。**肤敏**：优美敏捷。**祼将**：谓助王行祼祭之礼。祼，祭名，以香酒灌地而求神。**常**：通尚。还是，仍然。一说经常。**黼冔**：殷代帽子，绘有黑白斧形花纹。**之**：用。**荩臣**：王所进用之臣。**无**：助词。无义。

	无念尔祖，	怀念你祖，
聿 yù 厥 jué	聿修厥德。	以修其德。
	永言配命，	永配天命，
	自求多福。	自求多福。
丧 sàng	殷之未丧师，	殷未众叛时，
	克配上帝。	能配上帝。
	宜鉴于殷，	以殷为鉴，
骏 jùn	骏命不易。	大命不易。

聿：助词。**言**：助词。焉。**配命**：配合天命。**自求多福**：自己去寻求更多的福祉。**丧师**：失去民心。师，民众。**骏命**：大命。指上天或帝王的命令。**不易**：不变易。

	命之不易，	命哟不易，
遏 è	无遏尔躬。	勿止你身。
	宣昭义问，	显扬令闻，
虞 yú	有虞殷自天。	推究殷由天。

遏：止，绝。**宣昭**：宣扬，显扬。**义问**：美誉。义，善。问，通闻，名声。**虞**：推测，推究。**自**：从，由。

载 zài　臭 xiù　孚 fú

上天之载，
无声无臭。
效法文王，
万邦作孚。

上天之事，
无声无臭。
效法文王，
万邦信服。

上天：天帝。**载**：事。**臭**：气味的总称。**仪刑**：效法。**万邦**：所有诸侯国。引申为天下，全国。**作孚**：信服，信从。

大明

【译诗】

大明：周臣颂扬文王和武王受天命而兴周代商，可谓史诗。《毛诗正义》：文王有明德，故天复命武王也。《诗经原始》：追诉周德之盛，由于配偶天成也。

忱 chén　位 lì　適 dí　挟 jiā

明明在下，
赫赫在上。
天难忱斯，
不易维王。
天位殷適，
使不挟四方。

明明天下，
赫赫天上。
天难信呀，
不易为王。
天立殷主，
使不达四方。

明明：明智、明察貌。**下**：天下。**赫赫**：显耀盛大貌。**上**：天上。**忱**：信从。**斯**：助词。**易**：轻易。**维**：是，为。**位**：使占据其应有的位置。**殷適**：指殷纣王。適，同嫡，嫡子，王位正支继承人。**挟**：通浃。通达，和洽，周遍。

挚 zhì　任 rén　嫔 pín　行 xíng　大 tài

挚仲氏任，
自彼殷商，
来嫁于周。
曰嫔于京，
乃及王季，
维德之行。
大任有身，
生此文王。

挚国任氏，
自那殷商，
来嫁于周。
为妇于京，
乃与王季，
依德而行。
太任有身，
生此文王。

挚：挚国。殷商属国，在今河南。**仲氏**：次女。**任**：姓。**曰**：助词。**嫔**：妇。**京**：周国京地。**及**：与，跟随。**王季**：周文王的父亲。**大任**：太任。周文王的母亲。**身**：怀孕。

聿 yù

维此文王，
小心翼翼。
昭事上帝，
聿怀多福。
厥德不回，
以受方国。

有此文王，
小心翼翼。
勤侍上帝，
以思多福。
其德不歪，
而服众国。

昭事：勤勉地服侍。**聿**：助词。**怀**：思。**回**：邪僻。**以**：而。**受**：得到，使信服。**方国**：四方诸侯之国。

监 jiān

天监在下，
有命既集，

天监天下，
天命已确，

监：监视。**有命**：天命。**集**：就，成。**初载**：立位初年。**天作之合**：谓文

	文王初载。	文王即位。	王娶大姒为上天所赐。**洽**:洽水。在周地,今陕西。**阳**:北岸。**渭**:渭水。在周地,今陕西。**涘**:水边。**嘉**:赞美。**止**:助词。**大邦有子**:莘国国君之女。大邦,指莘国。
	天作之合,	天作之合,	
洽 hé	在洽之阳,	在洽水北,	
涘 sì	在渭之涘。	在渭水侧。	
	文王嘉止:	文王赞呢:	
	“大邦有子!”	“大邦有女!”	

	大邦有子,	大邦有女,	**伣**:如同,好比。**文定**:礼定,夫婿向女家纳礼金定婚期。**亲迎**:婚礼六礼之一。夫婿亲至女家迎新娘入室,行交拜合卺之礼。**渭**:指渭水北岸,即周地。**造舟为梁**:并船为桥。**不**:通丕。大。
伣 qiàn	伣天之妹。	如天之妹。	
	文定厥祥,	礼定吉日,	
	亲迎于渭。	亲迎于渭。	
	造舟为梁,	船拼桥梁,	
	不显其光。	大显风光。	

	有命自天,	有命自天,	**缵**:继,继承。**莘**:莘国。在今陕西。**长子**:长女。**行**:德行。**笃**:助词。一说厚。**保右**:保佑。**燮**:协和。**大商**:殷商。指商王朝。
	命此文王,	命此文王,	
	于周于京。	于周于京。	
缵 zuǎn 莘 shēn	缵女维莘,	娶女自莘,	
长 zhǎng	长子维行,	长女德行,	
行 xíng 笃 dǔ	笃生武王。	而生武王。	
	保右命尔,	保佑命你,	
燮 xiè	燮伐大商。	协伐殷商。	

	殷商之旅,	殷商军队,	**会**:通旝。古代一种旌旗。**矢**:陈。**牧野**:殷地名。在今河南。**予**:武王自称。或武王指称周国。**侯**:助词。**兴**:兴盛。**临**:从上面看,察看。**贰心**:异心,不忠诚。
会 kuài	其会如林。	旗帜如林。	
	矢于牧野:	陈兵牧野,	
予 yú 兴 xīng	维予侯兴。	有我哟兴。	
女 rǔ	“上帝临女,	“上帝览你,	
	无贰尔心!”	勿贰你心!”	

	牧野洋洋,	牧野洋洋,	**洋洋**:广远貌。**檀车**:檀木战车。**煌煌**:鲜明貌。**騵**:白腹红马。**彭彭**:强壮有力貌。**维**:助词。**师**:太师。
檀 tán 煌 huáng	檀车煌煌,	兵车煌煌,	
騵 yuán	驷騵彭彭。	驷马强强。	

注音	原诗	译诗	注释
父 fǔ	维师尚父，	太师尚父，	**尚父**:吕尚。即姜太公。**时**:当时。**扬**:飞翔。**凉**:通亮。辅佐。**肆伐**:袭伐,疾伐。**会朝**:犹一朝,一旦。**清明**:政治有法度,有条理。指战事结束,改朝换代。
	时维鹰扬，	时如鹰翔，	
凉 liàng	凉彼武王。	匡助武王。	
	肆伐大商，	疾伐殷商，	
会 kuài 朝 zhāo	会朝清明！	一朝清明！	

注音	原诗	译诗	注释
绵 mián	**绵**	**【译诗】**	**绵**:周臣颂扬太王和文王开创周室基业,可谓史诗。《毛诗正义》:文王之兴,本由大王也。《诗经原始》:追述周室之兴始自迁岐,民附也。
瓞 dié	绵绵瓜瓞，	绵绵瓜瓞，	**绵绵瓜瓞**:比喻子孙蕃衍昌盛。瓞,小瓜。**民**:指周人。**自**:在。一说始。**土沮漆**:杜水、沮水、漆水。古水名,在今陕西。一说居于沮水和漆水之间。土,居。**古公亶父**:周太王。古公是尊号,亶父是名。**陶**:掏,挖。**复**:从旁挖的窑洞。**穴**:地洞。**家室**:房屋。
	民之初生，	周人初生，	
土 dù 沮 jū 漆 qī	自土沮漆。	自杜沮漆。	
亶 dǎn 父 fǔ	古公亶父，	古公亶父，	
	陶复陶穴，	挖洞挖穴，	
	未有家室。	未有家室。	
	古公亶父，	古公亶父，	**来朝**:清早。**走马**:驰马。**率**:沿着。**水浒**:指渭水边。**岐**:岐山,在今陕西。**爰**:于是。**及**:与,随。**姜女**:亶父之妻,姓姜,也叫大姜。**聿**:助词。**胥宇**:相宅。选址以定居。
朝 zhāo	来朝走马，	清早驰马，	
率 shuài	率西水浒。	向西顺渭。	
岐 qí	至于岐下，	到岐山下，	
爰 yuán	爰及姜女，	便与姜氏，	
聿 yù 胥 xū	聿来胥宇。	齐来选址。	
朊 wǔ	周原朊朊，	周原肥沃，	**周**:地名。在岐山之南。**原**:原野。**朊朊**:肥沃貌。**堇**:野芹菜。味苦。**荼**:苦菜。味酸苦。**饴**:麦芽糖。**爰**:于是。**始**:开始。一说谋划。**契**:钻,刻。**龟**:指龟甲,占卜用。**曰止曰时**:宜居适时。曰,助词。止,居住。时,适时。
堇 jǐn 荼 tú	堇荼如饴，	苦菜如饴，	
饴 yí	爰始爰谋。	便筹便谋。	
契 qì	爰契我龟，	便刻我龟，	
	曰止曰时，	宜居适时，	
	筑室于兹。	建屋于此。	
乃 nǎi	乃慰乃止，	乃安乃居，	**乃**:于是,就。**慰**:安定,定居。**止**:居住。**乃左乃右**:划定左右
	乃左乃右。	左区右区。	

	乃疆乃理，	开田开地，
	乃宣乃亩。	成垄成渠。
徂 cú	自西徂东，	自西至东，
	周爰执事。	都忙做事。

居住区。**疆**:划定田界。**理**:整治土地。**宣**:疏通（沟渠）。**亩**:（培起）田垄。**周**:普遍。**执事**:从事工作。

	乃召司空，	乃召司空，
	乃召司徒，	乃召司徒，
俾 bǐ	俾立室家。	使建房屋。
	其绳则直，	墨线拉直，
载 zāi	缩版以载，	模板竖起，
	作庙翼翼。	筑庙翼翼。

司空:官名。周为六卿之一,掌管工程。**司徒**:官名。周为六卿之一,掌管国家的土地和人民的教化。**俾**:使。**立**:设置,建立。**绳**:墨线。**则**:乃。**缩版以载**:竖起桩木固定筑墙模板。**庙**:宗庙。**翼翼**:整齐貌。

捄 jū 陾 réng	捄之陾陾，	盛土嘭嘭，
度 duó 薨 hōng	度之薨薨，	填土轰轰，
	筑之登登，	捣土咚咚，
屡 lǚ 冯 píng	削屡冯冯。	削墙噌噌。
兴 xīng	百堵皆兴，	土木大兴，
鼛 gāo	鼛鼓弗胜。	大鼓失声。

捄:盛土入筐。**陾陾**:盛土声。**度**:投,装填。**薨薨**:填土声。**筑**:捣土使坚实。**登登**:捣土声。**削屡**:削平墙面。屡,墙面隆起处。**冯冯**:削平墙面之声。**堵**:墙。**兴**:动工。**鼛鼓**:大鼓。敲击以鼓舞劳工。

皋 gāo	乃立皋门，	乃建外门，
伉 kàng	皋门有伉。	外门高敞。
应 yīng	乃立应门，	乃建正门，
将 qiāng	应门将将。	正门皇皇。
冢 zhǒng	乃立冢土，	乃建祭坛，
戎 róng 行 xíng	戎丑攸行。	众人所往。

皋门:王宫的外门。**伉**:高大貌。**应门**:王宫的正门。**将将**:高大堂皇貌。**冢土**:大社,天子祭神的地方。**戎丑**:大众。**攸**:所。**行**:前去。

殄 tiǎn 愠 yùn	肆不殄厥愠，	故不绝愤恨，
陨 yǔn 厥 jué	亦不陨厥问。	也不减聘问。
柞 zuò 棫 yù	柞棫拔矣，	柞棫郁啊，
行 háng	行道兑矣！	路道汇了！
混 kūn 駾 tuì	混夷駾矣，	昆夷溃啊，
喙 huì	维其喙矣！	是疲惫了！

肆:故。**殄**:绝。**厥**:其。**愠**:含怒,怨恨。**陨**:损失。**问**:聘问。古代诸侯之间通问修好。**柞**:灌木,枝叶有刺。**棫**:扁核木。灌木,枝叶有刺。**拔**:枝叶茂盛貌。一说除。**行道**:道路。**兑**:通,达。**混夷**:古族名。又叫昆夷。**駾**:突,奔窜。**喙**:疲困。

虞 yú 芮 ruì　蹶 guì　予 yú　奏 zǒu

虞芮质厥成，
文王蹶厥生。
予曰有疏附，
予曰有先后，
予曰有奔奏，
予曰有御侮。

虞芮平其争，
文王化其性。
我哟有领头，
我哟有辅助，
我哟有奔走，
我哟有御侮。

虞：虞国。在今山西。**芮**：芮国。在今山西。**质**：评断。**成**：和解，媾和。**蹶**：感动，感化。**生**：天生，天性。**曰**：助词。一说说。**疏附**：使疏远者亲附。指引领群臣的贤相。**先后**：辅导，辅助。指出谋献策的良臣。**奔奏**：谓奔走传喻。指贯彻落实的能士。**御侮**：谓抵御外侮。指抵御外敌的勇将。

棫 yù 朴 pō

棫朴

【译诗】

棫朴：周臣赞颂文王善用人才。《毛诗正义》：文王能官人也。《诗经原始》：文王能作士也。

芃 péng　槱 yǒu　济 qí 辟 bì　趣 qū

芃芃棫朴，
薪之槱之。
济济辟王，
左右趣之。

芃芃棫朴，
劈之积之。
凛凛君王，
左右趋之。

芃芃：茂盛貌。**棫**：扁核木。灌木，枝叶有刺。**朴**：朴树。榆科乔木，可作木材。**槱**：聚积木柴以备燃烧。**济济**：庄严恭敬貌。**辟王**：君王。指周文王。**左右**：群臣。**趣**：趋，疾走。一说趋向。

璋 zhāng　峨 é　髦 máo

济济辟王，
左右奉璋。
奉璋峨峨，
髦士攸宜。

凛凛君王，
左右捧璋。
捧璋巍巍，
俊士所宜。

奉：捧。**璋**：半圭状玉器，用作礼器。**峨峨**：盛壮貌。**髦士**：英俊之士。**攸**：所。**宜**：适合。

淠 pì 泾 jīng　烝 zhēng 楫 jí　于 yú

淠彼泾舟，
烝徒楫之。
周王于迈，
六师及之。

泾水行舟，
众人为之。
周王远征，
六师陪之。

淠：舟行貌。**泾**：泾水。在今陕西入渭水。**烝徒**：众人。**楫**：划船。**于**：往。**迈**：远行，出征。**六师**：周王所统六军之师。**及**：跟，同。

倬 zhuō

倬彼云汉，
为章于天。
周王寿考，
遐不作人！

浩瀚云汉，
布彩于天。
周王寿高，
怎不育贤！

倬：广大。**云汉**：银河，天河。**为**：作。**章**：花纹。**寿考**：年高，长寿。**遐**：远。一说何。**作人**：变旧造新。

追 duī　相 xiāng

追琢其章，
金玉其相。
勉勉我王，
纲纪四方。

雕琢其样，
金玉其相。
勤勉我王，
管治四方。

追琢：雕琢（金玉）。**章**：文采，华彩。**相**：质地，本质。**勉勉**：勤勉貌。**纲纪**：治理，管理。**四方**：天下。

注音	原诗	译诗
麓 lù	**旱麓**	**【译诗】**
	瞻彼旱麓，	瞻那旱麓，
榛 zhēn 楛 hù	榛楛济济。	榛荆济济。
岂 kǎi 弟 tì	岂弟君子，	和易君子，
干 gān	干禄岂弟。	求福和易。
瓒 zàn	瑟彼玉瓒，	鲜亮玉勺，
	黄流在中。	香酒舀上。
	岂弟君子，	和易君子，
降 jiàng	福禄攸降！	福禄所降！
鸢 yuān 戾 lì	鸢飞戾天，	鸢飞至天，
	鱼跃于渊。	鱼跃于渊。
	岂弟君子，	和易君子，
遐 xiá	遐不作人！	怎不育贤！
	清酒既载，	清酒已摆，
骍 xīng	骍牡既备。	红牛已备。
	以享以祀，	以献以祭，
	以介景福。	以助大福。
柞 zuò 棫 yù	瑟彼柞棫，	茂密柞棫，
燎 liáo	民所燎矣！	民所烧哩！
	岂弟君子，	和易君子，
	神所劳矣！	神所犒哩！
藟 lěi	莫莫葛藟，	密密葡萄，
施 yì 枚 méi	施于条枚。	攀到高枝。
	岂弟君子，	和易君子，
	求福不回。	求福不歪。

旱麓:周臣赞颂周王祭祖求福有道。《毛诗正义》:受祖也。《诗经原始》:祭必受福也。

旱:旱山。在周国,今陕西。**榛**:乔木,坚果可食用、榨油,木材坚硬,枝干可作刀枪长柄。**楛**:黄荆。灌木,枝干可制箭杆。**济济**:众多貌。**岂弟**:和乐平易貌。**君子**:指周王。**干**:求取。**禄**:福。

瑟:洁净鲜亮貌。**玉瓒**:圭瓒。以圭为柄,黄金为勺,用作礼器。**黄流**:祭祀用香酒。

鸢:猛禽,善在高空飞翔盘旋。**戾**:至,到。**遐**:何。一说远。**作人**:变旧造新。

载:陈设。**骍牡**:红色公牛。**介**:助。**景**:大。

瑟:众多貌。一说茂密貌。**柞**:灌木,枝叶有刺。**棫**:扁核木。灌木,枝叶有刺。**燎**:放火烧田中杂草。**劳**:慰劳。

莫莫:茂密貌。**葛藟**:野葡萄。攀缘性藤本植物。**施**:蔓延。**条**:树枝。**枚**:树干。**回**:邪僻。

思齐

齐 zhāi

【译诗】

思齐：周臣赞颂文王有圣德。《毛诗正义》：文王所以圣也。《诗经原始》：刑于化洽也。

注音	原诗	译诗
大 tài 任 rén	思齐大任，	端庄太任，
	文王之母，	文王之母。
	思媚周姜，	美好周姜，
	京室之妇。	太王之妇。
大 tài 姒 sì 嗣 sì	大姒嗣徽音，	太姒续令闻，
徽 huī	则百斯男。	则百呀男。

思齐：庄重貌。思，助词。齐，通斋，庄重，严肃恭敬。一说思念庄敬者。**大任**：太任。王季之妻，周文王之母。**思媚**：美好貌。思，助词。一说思念美好者。**周姜**：太姜。周太王亶父之妻，王季之母。**京室**：谓王室。**大姒**：太姒。周文王之妻。**嗣**：继承。**徽音**：犹德音。指令闻美誉。**百**：指多。

注音	原诗	译诗
	惠于宗公，	孝顺祖宗，
罔 wǎng	神罔时怨，	神无此怨，
恫 tōng	神罔时恫。	神无此痛。
	刑于寡妻，	礼待嫡妻，
	至于兄弟，	乃至兄弟，
	以御于家邦。	以治理家邦。

惠：孝顺。**宗公**：祖先。**罔**：无。**时**：这，这样。**恫**：痛，悲伤。**刑**：用礼法对待。**寡妻**：嫡妻。一说贤妻。**至于**：甚至于。**兄弟**：古代对同姓宗亲的称呼。**御**：治理。**家邦**：指家与国。亦泛指国家。

注音	原诗	译诗
雝 yōng	雝雝在宫，	融融在宫，
	肃肃在庙。	恭恭在庙。
	不显亦临，	不显也临，
射 yì	无射亦保。	不厌也保。

雝雝：和合貌。**宫**：居处。指王宫。一说学宫。**肃肃**：严肃恭敬貌。**不显**：不明显，指隐处。一说未明者。**亦**：也。**临**：监，察。一说视，观。**无射**：不厌。**保**：保持。一说保护。

注音	原诗	译诗
肆 sì 殄 tiǎn	肆戎疾不殄，	故大害不再，
假 jiǎ	烈假不瑕。	疫病不又。
	不闻亦式，	不闻也使，
谏 jiàn	不谏亦入。	不谏也受。

肆：故。**戎疾**：大害，大难。**不殄**：绝尽。不，通丕。**烈假**：指害人的疫病。**不瑕**：已，止。不，通丕。**不闻**：不闻达者。一说未闻之事。**式**：用。一说合乎法度。**不谏**：不诤谏者。**入**：接受。一说进入。

注音	原诗	译诗
	肆成人有德，	故成人有德，
	小子有造。	晚辈有为。
斁 yì	古之人无斁，	古圣人不腻，
髦 máo	誉髦斯士。	礼贤下士。

成人：成年人。一说德才兼备者。**小子**：晚辈，学生。**造**：成就。**古之人**：指文王。**无斁**：不厌倦。**誉髦斯士**：谓选拔英杰之士。

	皇矣	【译诗】
	皇矣上帝，	宏啊上帝，
	临下有赫。	览下赫赫。
监 jiān	监观四方，	观察四方，
	求民之莫。	求民安乐。
	维此二国，	有这二国，
	其政不获。	其政不得。
	维彼四国，	有那列国，
爰 yuán 度 duó	爰究爰度。	便量便度。
耆 qí	上帝耆之，	上帝气之，
廓 kuò	憎其式廓。	憎殷规模。
	乃眷西顾，	乃顾西土，
	此维与宅。	而赐处所。

皇矣：周臣颂扬周国受天命而代殷商，可谓史诗。《毛诗正义》：美周也。《诗经原始》：周始大也。

皇：大。**赫**：明白，显著。**监观**：观察，观览。监，通鉴，明察。**莫**：安定。**维**：助词。**二国**：指殷国和崇国。一说指夏和商。**获**：得，得人心。**四国**：四方诸侯国。**爰**：于是。**究**：谋划，考察。**度**：考量。**耆**：憎恶。**憎**：憎恶。**其**：指殷国。**式廓**：规模，范围。**眷**：回顾。**此**：则，就。**维**：助词。**与**：给予。**宅**：住处。

屏 bǐng	作之屏之，	除哟清哟，
菑 zì 翳 yì	其菑其翳。	枯树倒木。
	修之平之，	修哟整哟，
栵 liè	其灌其栵。	灌木新枝。
辟 pì	启之辟之，	迁哟移哟，
柽 chēng 椐 jū	其柽其椐。	柽柳灵寿。
攘 rǎng 剔 tī	攘之剔之，	摒哟剔哟，
檿 yǎn 柘 zhè	其檿其柘。	野桑柘树。
	帝迁明德，	帝安明主，
	串夷载路。	昆夷末路。
厥 jué	天立厥配，	天定元配，
	受命既固。	受命巩固。

作：通斮。去除，削除。**屏**：除去。**菑**：直立的枯树。**翳**：倒地的枯树。**平**：平整。**灌**：灌木。**栵**：树桩生出的新枝条。**启**：开辟，开拓。**辟**：剔除。**柽**：柽柳。小乔木，枝条可编筐。**椐**：泡花树。又名灵寿木。灌木，枝干可作马鞭、手杖。**攘**：排除。**剔**：剔除。**檿**：鸡桑。又名野桑。灌木，生山地，枝干可制弓。**柘**：柘树。又名柘桑。灌木，材质坚硬，可制弓。**迁**：迁来，安顿。**明德**：品德完美者。指太王古公亶父。**串夷**：昆夷。古部族。**载**：则。**路**：通露。疲困。**厥**：其。**配**：配偶。**既**：很。**固**：指政权稳固。

省 xǐng	帝省其山，	帝善其山，
柞 zuò 棫 yù	柞棫斯拔，	柞棫呀郁，
拔 bèi 兑 duì	松柏斯兑。	松柏呀直。
	帝作邦作对，	帝立邦立主，
大 tài	自大伯、王季。	自太伯、王季。

省：善。**柞**：灌木，枝叶有刺。**棫**：扁核木。灌木，枝叶有刺。**斯**：助词。**拔**：枝叶茂盛貌。一说除。**兑**：挺直。**对**：配。**大伯**：太伯。太王长子。**王季**：太王第三子。

	维此王季,	有此王季,
	因心则友,	仁心而爱,
	则友其兄,	而爱其兄,
笃 dǔ	则笃其庆。	而增其祥。
锡 xī	载锡之光,	乃赐荣光,
丧 sàng	受禄无丧,	受禄稳当,
奄 yǎn	奄有四方。	拥有四方。

因:亲。**则**:乃,于是,就。**友**:友爱。**笃**:厚。**庆**:吉庆,幸福。**载**:乃。**锡**:赐。**光**:为王之光。**丧**:丧失。**奄有**:全部占有。

	维此王季,	有此王季,
度 duó	帝度其心,	帝慧其心,
貊 mò	貊其德音。	纯其德言。
	其德克明,	其德能明,
	克明克类,	能明能美,
长 zhǎng	克长克君。	能师能君。
王 wàng	王此大邦,	统治大邦,
	克顺克比。	能顺能随。
	比于文王,	及至文王,
	其德靡悔。	其德不已。
祉 zhǐ	既受帝祉,	尽受帝福,
施 yì	施于孙子。	延及后嗣。

度:使之有节度。**貊**:清静。**德音**:犹德言,指合乎仁德的言语、教令。**克**:能。**类**:善,美好。**长**:为师长。**顺**:和顺。**比**:顺从。**比**:待到,及至。**悔**:通晦。尽。一说过失,遗憾。**既**:尽,都。**祉**:福。**施**:延续。

	帝谓文王:	帝嘱文王:
畔 pàn 援 huàn	"无然畔援,	"勿此横蛮,
歆 xīn 羡 xiàn	无然歆羡,	勿此歆羡,
	诞先登于岸。"	要先登上岸。"
	密人不恭,	密国不恭,
	敢距大邦,	敢拒大邦,
阮 ruǎn 徂 cú	侵阮徂共。	侵阮至共。
共 gōng	王赫斯怒,	王赫然怒,
爰 yuán	爰整其旅,	整编劲旅,
徂 cú	以按徂旅,	抗密赴莒,
祜 hù	以笃于周祜,	以厚于周福,
	以对于天下。	以对于天下。

无然:不要这样。**畔援**:跋扈。**歆羡**:羡慕。**诞**:助词。**岸**:比喻高位。**密**:密国,也叫密须国。在周国西北方,今甘肃。**距**:抗拒。**阮**:阮国。在密国之北,今甘肃。**徂**:至。**共**:共国。在阮国之北,今甘肃。**赫**:盛怒貌。**旅**:军队。**按**:止,抑制。**徂**:往。**旅**:通莒。密国地名,在今甘肃。**笃**:厚。**祜**:福。**对**:应答。

	依其在京，	兵盛在京，
	侵自阮疆，	征至阮疆，
陟 zhì	陟我高冈：	登我高冈：
	“无矢我陵，	“勿毁我山，
阿 ē	我陵我阿。	我山我地。
	无饮我泉，	勿饮我泉，
	我泉我池。”	我泉我池。”
度 dù 鲜 xiǎn	度其鲜原，	越过高原，
岐 qí	居岐之阳，	驻岐山南，
	在渭之将。	在渭水旁。
	万邦之方，	万邦所仿，
王 wǎng	下民之王。	人民所往。

依:兵盛貌。一说据。**京**:周国地名。一说高丘。**侵**:通寝,止息。一说侵犯。**矢**:通弛。毁坏。**陵**:大土山。**阿**:大的丘陵。**度**:越过。一说谋划。**鲜原**:鲜指小山,原指平地。一说地名,在今陕西。**居**:处于。**岐**:岐山。在今陕西。**将**:侧,旁。**方**:法则,榜样。**下民**:人民,百姓。**王**:通往。去。

	帝谓文王：	帝嘱文王：
予 yú	“予怀明德，	“我爱明德，
	不大声以色，	不疾言厉色，
长 cháng	不长夏以革，	不暴烈变革，
	不识不知，	不识不知，
	顺帝之则。”	循帝法则。”
	帝谓文王：	帝嘱文王：
仇 qiú	“询尔仇方，	“联你友邦，
	同尔弟兄，	同你弟兄，
	以尔钩援，	以你钩梯，
	与尔临冲，	及你战车，
崇 chóng 墉 yōng	以伐崇墉。”	去攻崇城。”

怀:爱护。**长**:大。**夏**:大。**革**:激烈变化。**顺**:遵循。**询**:协同。**仇方**:友邦,邻国。**弟兄**:兄弟。指同姓宗亲。**钩援**:钩梯,云梯。一说两种兵器。钩,横刃兵器。援,直刃兵器。**临冲**:两种战车。临,临车,用于居高临下攻城。冲,冲车,用于冲城攻坚。**崇**:崇国。在今陕西和河南交接处。**墉**:城。

	临冲闲闲，	战车健健，
	崇墉言言。	崇城轩轩。
	执讯连连，	虏敌连连，
馘 guó	攸馘安安。	割耳安然。
祃 mà	是类是祃，	祭天祭地，
	是致是附，	使归使附，

闲闲:强盛貌。**言言**:高大貌。**执讯**:俘虏敌人。**连连**:不断貌。**攸**:助词。**馘**:割下所杀敌人的左耳以计数。**安安**:从容貌。**是**:于是。**类**:出师时祭祀天神。**祃**:在驻地祭祀。**致**:招来,招降。**附**:使归附。一说安抚。

茀 fú	四方以无侮。	四方则不侮。	**四方**:四方诸侯国。**茀茀**:强盛貌。**仡仡**:高大貌。**肆**:冲击。**绝**:灭绝。**忽**:灭绝。**拂**:违逆,抗拒。
仡 yì	临冲茀茀,	战车勃勃,	
	崇墉仡仡。	崇城仡仡。	
	是伐是肆,	乃攻乃击,	
	是绝是忽,	乃绝乃灭,	
	四方以无拂。	四方则不逆。	

灵台

【译诗】

灵台:周臣赞颂文王建成灵台。《毛诗正义》:民始附也。《诗经原始》:美游观也。

	经始灵台,	始建灵台,	**经始**:开始营建。**灵台**:台名。周文王建。**经营**:筹划营造。**庶民**:平民,百姓。**攻**:建造。**不日**:不几天。**亟**:急。**子来**:民心归附,如子成父事,不召而来。
	经之营之。	经之营之。	
庶 shù	庶民攻之,	庶民建之,	
	不日成之。	不日成之。	
亟 jí	经始勿亟,	始建不急,	
	庶民子来。	庶民自来。	

囿 yòu	王在灵囿,	王在灵囿,	**灵囿**:周文王园林名。囿,帝王畜养禽兽的园林。**麀**:母鹿。**攸**:所。**伏**:趴着。**濯濯**:肥大光泽貌。**白鸟**:白羽的鸟。鹤、鹭之类。**翯翯**:洁白有光泽貌。**灵沼**:灵池。**於**:赞美声。**牣**:满。
麀 yōu	麀鹿攸伏。	母鹿所伏。	
濯 zhuó	麀鹿濯濯,	母鹿油油,	
翯 hè	白鸟翯翯。	白鸟烁烁。	
沼 zhǎo	王在灵沼,	王在灵池,	
於 wū 牣 rèn	於,牣鱼跃!	啊,群鱼跃!	

虡 jù 枞 cōng	虡业维枞,	木架齿板,	**虡**:悬挂钟鼓的木架的立柱。**业**:架上长板。**维**:与。**枞**:板上所刻的锯齿,也叫崇牙。**贲**:大鼓。**镛**:大钟。敲击乐器。**论**:通伦。有次序貌。指钟鼓声和谐。**辟廱**:学宫。西周天子所设大学,校址圆形,围以半月形水池,前门外有桥。
贲 fén 镛 yōng	贲鼓维镛。	大鼓大钟。	
於 wū 论 lún	於,论鼓钟!	啊,和鼓钟!	
乐 lè 辟 bì	於,乐辟廱!	啊,乐学宫!	
廱 yōng			

	於,论鼓钟!	啊,和鼓钟!	
	於,乐辟廱!	啊,乐学宫!	**鼓**:鳄皮鼓。**鼍**:鳄鱼。**逢逢**:鼓声。**矇瞍**:盲人乐工。**奏公**:唱歌。公,颂。一说演奏。公,事。
鼍 tuó 逢 péng	鼍鼓逢逢,	鳄鼓咚咚,	
矇 méng 瞍 sǒu	矇瞍奏公。	乐工歌颂。	

下武

【译诗】

下武：周臣赞颂武王继业传后。《毛诗正义》：继文也。《诗经原始》：美武王上继文德以昭后嗣也。

注音	原诗	译诗
	下武维周，	后继唯周，
	世有哲王。	世代贤王。
	三后在天，	三王在天，
	王配于京。	武王遵行。

下：后。指后人。**武**：继承。**维**：只有。**世**：世世代代。**哲王**：贤明的君主。**三后**：指太王、王季、文王。后，君王。**王**：指武王。**配**：配合。**京**：镐京。

注音	原诗	译诗
	王配于京，	遵行于京，
	世德作求。	积德而就。
	永言配命，	永配教令，
孚 fú	成王之孚。	成王信誉。

世德：累世的功德。**作**：为。**求**：终。一说通逑，匹配。**言**：助词。焉。**命**：教令。指三王的教令。**成王之孚**：成就周王的信誉。成，成就。王，周王。孚，信，信誉。

注音	原诗	译诗
	成王之孚，	成王信誉，
	下土之式。	天下范式。
	永言孝思，	永存孝心，
	孝思维则。	孝心为则。

式：榜样。**孝思**：孝亲之思。**维**：是。**则**：法则，法度。

注音	原诗	译诗
	媚兹一人，	可爱天子，
应 yīng	应侯顺德。	当然顺德。
	永言孝思，	永存孝心，
嗣 sì	昭哉嗣服！	明啊继业！

媚：爱。**一人**：称天子，或天子自称。**应**：当，当然。**侯**：助词。维。**顺德**：顺从祖上的道德。**昭**：明，明白。**嗣服**：继承先人事业。

注音	原诗	译诗
	昭兹来许，	明智后嗣，
	绳其祖武。	承袭先祖。
於 wū	於，万斯年！	啊，万哟年！
祜 hù	受天之祜。	受天洪福。

来许：后进，后辈。一说勤进。**绳**：继承。**祖武**：祖业。**於**：赞美声。**祜**：福。

注音	原诗	译诗
	受天之祜，	受天洪福，
	四方来贺。	四方来贺。
	於，万斯年！	啊，万哟年！
遐 xiá	不遐有佐！	怎不有佐！

不遐：遐不。怎么会不。遐，何。一说不远。**佐**：助。

文王有声

【译诗】

文王有声:周臣赞颂文王和武王建都立业。《毛诗正义》:继伐也。《诗经原始》:镐以成丰志也。

遹 yù 骏 jùn
厥 jué
烝 zhēng

文王有声,
遹骏有声。
遹求厥宁,
遹观厥成。
文王烝哉!

文王有名,
鼎鼎大名。
谋求安宁,
而观其成。
文王君啊!

声:名声。**遹**:助词。**骏**:大。**厥**:其。**烝哉**:赞叹之辞。烝,君,一说美。

崇 chóng

文王受命,
有此武功。
既伐于崇,
作邑于丰。
文王烝哉!

文王受命,
有此武功。
已伐于崇,
建都于丰。
文王君啊!

崇:崇国。在今陕西和河南交接处。**丰**:丰都。在今陕西南部,原为崇地,文王自岐迁都至此。

淢 xù
匹 pǐ
棘 jí

筑城伊淢,
作丰伊匹。
匪棘其欲,
遹追来孝。
王后烝哉!

筑城依河,
建丰正合。
不急所欲,
遵循祖德。
君王君啊!

伊:助词。**淢**:护城河。**匹**:相配,配称。**棘**:急。**遹追**:遵循继承。**来**:过去,以往。**孝**:美德。**王后**:君王。

濯 zhuó
垣 yuán
翰 hàn

王公伊濯,
维丰之垣。
四方攸同,
王后维翰。
王后烝哉!

王功至高,
是丰城墙。
天下所同,
君王栋梁。
君王君啊!

王公:王功。**濯**:大。**维**:是。**垣**:墙。**翰**:栋梁。

辟 bì

丰水东注,
维禹之绩。
四方攸同,
皇王维辟。
皇王烝哉!

丰水东汇,
是禹功绩。
天下所同,
大王天子。
大王君啊!

丰水:古水名。出秦岭,汇渭河,入黄河。**皇**:大。**辟**:天子。

镐 hào 廱 yōng	镐京辟廱， 自西自东， 自南自北， 无思不服。 皇王烝哉！	镐京学宫， 自西自东， 自南自北， 无不服从。 大王君啊！	**辟廱**：学宫。西周天子所设大学，校址圆形，围以半月形水池，前门外有桥。**思**：助词。一说想。**服**：服从。
卜 bǔ 镐 hào	考卜维王， 宅是镐京。 维龟正之， 武王成之。 武王烝哉！	问卜由王， 居此镐京。 神龟定之， 武王成之。 武王君啊！	**考卜**：问卜，以龟卜决疑。**维**：助词。**宅**：居。**是**：此。**正**：判定正误。
芑 qǐ 诒 yí 孙 xùn	丰水有芑， 武王岂不仕？ 诒厥孙谋， 以燕翼子。 武王烝哉！	丰水有榉， 武王岂不理？ 留其良策， 以安孝子。 武王君啊！	**芑**：枫杨，又名榉。高大乔木，生河岸，可为木材。一说水芹菜。**仕**：通事。从事。**诒**：留下。**厥**：其。**孙谋**：顺应天下人心的谋略。孙，通逊，顺。**燕**：通宴。安，安定。**翼子**：敬事的子孙。翼，恭敬。一说翼助子孙。

生民之什

	生民	【译诗】
厥 jué	厥初生民，	始生周人，
嫄 yuán	时维姜嫄。	此乃姜嫄。
	生民如何？	周人怎来？
禋 yīn 祀 sì	克禋克祀，	祭天祭祀，
	以弗无子，	为求生子，
歆 xīn	履帝武敏歆。	踩帝趾印异。
	攸介攸止，	休息休止，
震 shēn 夙 sù	载震载夙，	则孕则肃，
	载生载育，	则生则育，
稷 jì	时维后稷。	此乃后稷。

生民：周王颂扬始祖姜嫄及后稷，可谓史诗。《毛诗正义》：尊祖也。《诗经原始》：述后稷诞生之异，为周家农业始也。

生民：周人的诞生。**时**：通是，此，这。**维**：是。**姜嫄**：传说中帝喾之妃，周始祖后稷之母。**克**：完成。**禋祀**：一种祭天仪式。泛指祭祀。**弗**：通祓。消灾求子。**履**：踩。**帝**：天帝。**武**：脚。**敏**：脚的大趾。**歆**：心动，惊异。**攸**：助词。**介**：休息。**止**：休止。**载**：则，乃。一说助词。**震**：通娠。怀孕。**夙**：通肃。生活严肃。

弥 mí	诞弥厥月，	看满十月，
达 tà	先生如达，	头胎如羔，
坼 chè 副 pì	不坼不副。	不破不裂。
菑 zāi	无菑无害，	无灾无害，
	以赫厥灵。	已显神灵。
	上帝不宁，	上帝不宁，
	不康禋祀，	不安祭祀，
	居然生子。	居然生子。

诞：发语词。**弥**：满。**先生**：头胎。**达**：初生羔羊。**坼**：裂开。**副**：剖开。**菑**：灾的异体字。**赫**：显。**不宁**：不安宁。一说安宁。不，助词。**不康**：不安。一说安宁。不，助词。**居然**：竟然。一说安然。

寘 zhì 隘 ài	诞寘之隘巷，	看置于狭巷，
腓 féi	牛羊腓字之。	牛羊护爱之。
	诞寘之平林，	看置于树林，
	会伐平林。	恰伐树林。
	诞寘之寒冰，	看置于寒冰，
	鸟覆翼之。	鸟翼盖之。
	鸟乃去矣，	鸟飞走啊，

寘：放置。**隘**：狭小。**腓字**：庇护怜爱。**平林**：平原上的树林。**会**：恰巧，适逢。**伐**：砍树。**覆翼**：遮蔽，保护。**呱**：婴儿啼哭声。**实**：助词。用于加强语意。**覃**：长。**讦**：大。**载路**：满路。形容声音大。

呱 gū	后稷呱矣。	后稷哭了。
覃 tán 讦 xū	实覃实讦,	真长真高,
	厥声载路。	啼声满路。

	诞实匍匐,	看正爬走,
嶷 nì	克岐克嶷,	能知能识,
	以就口食。	而求饮食。
蓺 yì 荏 rěn	蓺之荏菽,	种植大豆,
菽 shū 旆 pèi	荏菽旆旆。	大豆累累。
穟 suì	禾役穟穟,	谷穗垂垂,
幪 měng	麻麦幪幪,	麻麦盛盛,
瓞 dié 唪 běng	瓜瓞唪唪。	瓜果丰丰。

实:助词。用以加强语意。**匍匐**:爬行。**岐**:知意。**嶷**:识别事物。**以**:而。**就**:求取。**口食**:饮食。**蓺**:同艺。种植。**荏菽**:大豆。**旆旆**:茂盛貌。**禾**:谷子,小米。**役**:禾茎,禾穗。**穟穟**:禾穗成熟下垂貌。**幪幪**:茂盛貌。**瓞**:小瓜。**唪唪**:果实累累貌。

穑 sè	诞后稷之穑,	看后稷种植,
相 xiàng	有相之道。	有助之道。
茀 fú	茀厥丰草,	除其杂草,
种 zhòng	种之黄茂。	种哟良稻。
方 fáng	实方实苞,	露白吐芽,
种 zhǒng 褎 yòu	实种实褎,	出土长苗,
发 fā	实发实秀,	分蘖抽穗,
	实坚实好,	籽满粒饱,
	实颖实栗,	穗垂谷密,
邰 tái	即有邰家室。	近有邰家室。

穑:种植。**相**:辅助。**道**:方法。**茀**:拔掉。**丰草**:茂密的草。**黄茂**:良种的谷。**实**:是,此。**方**:种子露白。**苞**:种子吐芽。**种**:种子出苗。**褎**:禾苗成长。**发**:分蘖发棵。**秀**:抽穗灌浆。**坚**:谷粒饱满。**好**:没有瘪谷。**颖**:谷穗下垂。**栗**:谷穗密多。**即**:就,靠近。**有邰**:古国名。在今陕西中部。姜嫄即为有邰氏女。**家室**:家庭。

种 zhǒng	诞降嘉种,	看降良种,
秬 jù 秠 pī	维秬维秠,	秬子秠子,
穈 mén 芑 qǐ	维穈维芑。	红米白米。
恒 gèng	恒之秬秠,	遍种秬秠,
	是获是亩。	乃割乃堆。
	恒之穈芑,	遍种二米,
	是任是负,	乃担乃背,
肇 zhào	以归肇祀。	回家始祭。

降:天赐。**维**:是。**秬**:黑黍。性黏,酿酒用。**秠**:一种黑黍。一粒有二米。**穈**:一种粟,也叫赤粱。**芑**:一种粟,也叫白粱。**恒**:周遍。**是**:于是。**获**:收割。**亩**:堆放在田中。**任**:担,肩挑。一说抱。**负**:背负。**肇**:开始。

注音	原诗	译诗
	诞我祀如何？	看我祭如何？
舂 chōng 揄 yóu	或舂或揄，	舂谷舀起，
蹂 róu	或簸或蹂，	簸糠搓米，
叟 sōu	释之叟叟，	淘米淅淅，
烝 zhēng	烝之浮浮，	蒸饭咝咝，
	载谋载惟。	则议则思。
	取萧祭脂，	取艾烧祭，
羝 dī 軷 bá	取羝以軷，	取羊路祭，
燔 fán	载燔载烈，	则燔则炙，
兴 xīng 嗣 sì	以兴嗣岁。	以旺来岁。

或：有人。**揄**：舀。**簸**：扬去谷中的糠秕尘土。**蹂**：揉搓以分开糠和米。**释**：淘洗。**叟叟**：淘米声。**烝**：蒸熟。**浮浮**：热气上升貌。**载**：乃，则。**谋**：商量。**惟**：考虑。**萧**：艾蒿。草本植物，有香气，涂上油脂燃烧有异香。**羝**：公羊。**軷**：祭祀路神。**燔**：把肉放在火里烧熟。**烈**：炙，把肉放在火上烤熟。**兴**：兴旺。**嗣岁**：来年。

注音	原诗	译诗
卬 áng	卬盛于豆，	俺盛在盘，
	于豆于登，	在盘在盆，
	其香始升。	其香始升。
居 jī 歆 xīn	上帝居歆，	上帝安享，
臭 xiù 亶 dǎn	胡臭亶时。	多香真美。
	后稷肇祀，	后稷始祭，
庶 shù	庶无罪悔，	幸无过失，
迄 qì	以迄于今。	以至于今。

卬：我。**豆**：高脚食具，盛肉盛菜用。**登**：食具，似豆而浅。**居**：安。**歆**：鬼神享受祭品的香味。**胡臭**：多么香。**亶**：确实。**时**：美，善。**庶**：幸而。**罪悔**：罪过，过失。**迄**：至，到。

行 háng

行苇

【译诗】

行苇：周王礼待宗亲，描写了燕礼、射礼和敬老之礼。《毛诗正义》：忠厚也。《诗经原始》：诗用未详。

注音	原诗	译诗
敦 tuán	敦彼行苇，	路边丛苇，
	牛羊勿践履。	牛羊勿乱踩。
	方苞方体，	始蔓始滋，
泥 nǐ	维叶泥泥。	其叶腻腻。

敦：丛聚貌。**行**：路。**苇**：芦苇。草本植物，以地下白根繁殖。**践履**：踩，踏。**方**：开始。**苞**：茂盛。**体**：长成体形。**维**：其。**泥泥**：柔润貌。

注音	原诗	译诗
戚 qī	戚戚兄弟，	亲亲兄弟，
	莫远具尔。	莫疏俱密。
筵 yán	或肆之筵，	有铺竹垫，
几 jī	或授之几。	有递茶几。

戚戚：相亲貌。**兄弟**：古代对同姓宗亲的称呼。**具**：俱。**尔**：通迩。近，相近。**或**：有的人。**肆**：陈设。**筵**：竹制的垫席。**几**：小桌子。

	肆筵设席，	铺垫设席，
缉 jī	授几有缉御。	递几陪侍迭。
酢 zuò	或献或酢，	有酬有酢，
爵 jué 斝 jiǎ	洗爵奠斝。	洗爵置斝。

席：草席。**缉御**：侍者更迭不断地侍候。**或**：有的。**献**：主人敬酒。**酢**：客人回敬。**爵**：青铜酒器，有三足。**奠**：放置。**斝**：青铜酒器，圆口三足。

醓 tǎn 醢 hǎi	醓醢以荐，	肉酱来献，
燔 fán 炙 zhì	或燔或炙。	有燔有炙。
臄 jué	嘉殽脾臄，	佳肴牛肚，
咢 è	或歌或咢。	有唱有鼓。

醓醢：肉酱。**荐**：进献。**燔**：把肉放在火里烧熟。**炙**：把肉放在火上烤熟。**脾**：通膍。牛肚。**臄**：牛舌。**歌**：唱，有乐伴奏者。**咢**：击鼓而不唱。

敦 diāo	敦弓既坚，	雕弓皆硬，
□ hóu 钧 jūn	四□既钧。	四矢皆匀。
	舍矢既均，	放矢皆同，
	序宾以贤。	排位以贤。

敦：通雕。画饰。**坚**：强劲。**鍭**：即□矢，金属箭头并剪齐箭羽的箭，周代用于近射或田猎，可用于射礼。**钧**：通均。相同，匀停。**舍矢**：发箭。**均**：等同。**序宾**：排列宾客的位次。

句 gòu	敦弓既句，	雕弓皆开，
挟 xié	既挟四□，	皆夹四矢。
	四□如树，	四矢中否，
	序宾以不侮。	排位以有礼。

句：通彀。张弓。**挟**：夹在腋下。**树**：竖立。指中靶。**侮**：轻慢。

	曾孙维主，	曾孙是主，
醴 lǐ 醹 rú	酒醴维醹。	酒水醇厚。
酌 zhuó 斗 dǒu	酌以大斗，	斟满大斗，
祈 qí 耇 gǒu	以祈黄耇。	祈福长老。

维：是。**酒醴**：酒和醴。泛指各种酒。**醹**：醇酒。**斗**：酒器，有柄。**祈**：祈求，祈福。**黄耇**：年老。也指老年人。

	黄耇台背，	长老鲐背，
	以引以翼。	来引来扶。
祺 qí	寿考维祺，	寿高为吉，
	以介景福。	以助大福。

台背：台，通鲐。鲐背，谓老人背上生斑如鲐鱼之纹，为高寿之征。**引**：引导。**翼**：从两旁搀扶。**祺**：吉祥。**介**：助。**景**：大。

既醉

【译诗】

既醉:周王祭祖时,公尸借工祝之口祝福周王。《毛诗正义》:大平也。《诗经原始》:嘏词也。

既醉以酒, 尽醉此酒,
既饱以德。 尽饱此德。
君子万年, 君子万年,
介尔景福。 助你大福。

既:尽。一说已。**以**:此。**饱**:满足。**德**:孝德。**君子**:指周王。**介**:助。

既醉以酒, 尽醉此酒,
尔殽既将。 你肴尽奉。
君子万年, 君子万年,
介尔昭明。 助你光明。

将 jiāng

将:奉献。**昭明**:光明。

昭明有融, 光明恒恒,
高朗令终。 高德善终。
令终有俶, 善终有始,
公尸嘉告。 公尸致辞。

俶 chù

融:长久。**高朗**:犹高明。谓高超美善。**令终**:善终。**俶**:始。一说善。**公尸**:天子祭祀时代替祖先受祭的人。由于以卿为尸,故称公尸。

其告维何? 祝辞如何?
笾豆静嘉。 祭品精致。
朋友攸摄, 朋友所辅,
摄以威仪。 辅以威仪。

笾 biān

笾豆:装盛祭品的食器。指祭品。**静嘉**:洁净美好。**朋友**:指群臣、宾客。**攸**:所。**摄**:辅助。指助祭。**威仪**:祭享等典礼中的仪节和礼仪。

威仪孔时, 威仪甚宜,
君子有孝子。 君子为孝子。
孝子不匮, 孝子不匮,
永锡尔类。 永赐你类。

匮 kuì
锡 xī

孔:甚。**时**:合宜。**有**:为。**匮**:匮竭,缺乏。一说虚假,虚伪。**类**:指族类。一说善。

其类维何? 族类如何?
室家之壸。 一家相亲。
君子万年, 君子万年,
永锡祚胤。 永赐祖荫。

壸 kǔn
祚 zuò 胤 yìn

室家:指家庭或家人。**壸**:广。**锡**:赐。**祚胤**:福运及于后代子孙。

其胤维何？　　　祖荫如何？
被 bèi　天被尔禄。　　　天施你福。
君子万年，　　　君子万年，
景命有仆。　　　大命有附。

被：覆盖，覆被。**禄**：福。**景**：大。**仆**：附着。一说仆人。

其仆维何？　　　所附如何？
釐 lài 女 nǚ　釐尔女士。　　　赐你女士。
釐尔女士，　　　赐你女士，
从以孙子。　　　从以后嗣。

釐：通赉。赐予。**女士**：谓有士人操行的女性。一说士女，即男女。**从**：随。一说加。**孙子**：子孙后代。

凫 fú 鹥 yì	# 凫鹥	【译诗】
泾 jīng	凫鹥在泾，	凫鸥在江，
	公尸来燕来宁。	公尸赴宴安宁。
	尔酒既清，	你酒皆清，
殽 yáo 馨 xīn	尔殽既馨。	你肴皆馨。
	公尸燕饮，	公尸宴饮，
	福禄来成。	福禄来成。

凫鹥：周王宾尸时，公尸赞美及祝福周王。（宾尸，祭祖次日主人设宴酬谢尸。）《毛诗正义》：守成也。《诗经原始》：绎祭也。

凫：野鸭。水鸟。**鹥**：鸥。水鸟。**泾**：水的中流。**公尸**：天子祭祀时代替祖先受祭的人。由于以卿为尸，故称公尸。**来**：助词。无实义。**燕**：通宴。饮宴。**宁**：安宁。**既**：尽，都。**清**：洁净。**殽**：通肴。带骨的熟肉。**馨**：香气远闻。**成**：成全，帮助。

	凫鹥在沙，	凫鸥在洲，
	公尸来燕来宜。	公尸赴宴享受。
	尔酒既多，	你酒皆多，
	尔殽既嘉。	你肴皆优。
	公尸燕饮，	公尸宴饮，
为 wèi	福禄来为。	福禄来佑。

沙：沙滩。**宜**：神享受祭品。**为**：帮助。

渚 zhǔ	凫鹥在渚，	凫鸥在渚，
处 chǔ	公尸来燕来处。	公尸赴宴安处。
湑 xǔ	尔酒既湑，	你酒皆滤，
脯 fǔ	尔殽伊脯。	你肴肉脯。
	公尸燕饮，	公尸宴饮，
	福禄来下。	福禄来注。

渚：水中小块陆地。**处**：安乐。一说居住。**湑**：清。**脯**：肉干。**下**：降下。

潨 cóng	凫鹥在潨，	凫鸥在涌，
	公尸来燕来宗。	公尸赴宴隆重。
	既燕于宗，	设宴庙中，
	福禄攸降。	福禄所降。
	公尸燕饮，	公尸宴饮，
崇 chóng	福禄来崇。	福禄来增。

潨：两河交汇处。**宗**：尊，尊重。**宗**：祖庙，宗祠。**攸**：所。**崇**：重，积累，增多。

亹 mén	凫鹥在亹，	凫鸥在滨，
	公尸来止熏熏。	公尸来到亲亲。
	旨酒欣欣，	美酒欣欣，

亹：通湄。水滨。**止**：至。**熏熏**：和悦貌。**欣欣**：喜乐貌。**燔炙**：烧烤的肉食。**芬芬**：芳香。

燔 fán 炙 zhì

燔炙芬芬。 燔炙芬芬。
公尸燕饮, 公尸宴饮,
无有后艰。 后无艰辛。

假 xià 乐 lè

假乐

【译诗】

假乐:诸侯卿士赞颂及祝福周王。《毛诗正义》:嘉成王也。《诗经原始》:诗用未详。

假乐君子, 和乐君子,
显显令德。 朗朗令德。
宜民宜人, 安民用人,
受禄于天。 受福于天。
保右命之, 保佑受命,
自天申之。 由天申明。

假乐:美好快乐。**君子**:指周王。**显显**:鲜明貌。**令德**:美德。**宜民**:使民众安定。**宜人**:使官吏适其位。**禄**:福。**保右**:保佑。**命**:指配天命。**申**:申明。一说重。

干 gān
穆 mù
愆 qiān
率 shuài

干禄百福, 求福多福,
子孙千亿。 子孙千亿。
穆穆皇皇, 端端庄庄,
宜君宜王。 宜君宜王。
不愆不忘, 不偏不妄,
率由旧章。 率由旧章。

干:求取。**穆穆**:和美貌。**皇皇**:庄肃貌。**愆**:过分,过错。**忘**:通妄。乱,胡乱。**率由旧章**:完全依循旧规办事。

恶 wù
匹 pǐ

威仪抑抑, 威仪美美,
德音秩秩。 德言实实。
无怨无恶, 无怨无尤,
率由群匹。 依从众议。
受福无疆, 受福无限,
四方之纲。 天下来管。

威仪:庄重的仪容举止。**抑抑**:美好貌。**德音**:德言。指合乎仁义道德的言语和教令。**秩秩**:有常貌。**率由**:遵循。**群匹**:众议,众臣的共同意见。一说群臣。**纲**:治理,管理。

辟 bì
解 xiè
塈 jì

之纲之纪, 来管来治,
燕及朋友。 安抚臣子。
百辟卿士, 诸侯卿士,
媚于天子。 爱戴天子。
不解于位, 不懈其位,
民之攸塈。 民之所息。

纪:治理。**燕**:通宴。安定。**朋友**:指群臣。**百辟**:众诸侯。**媚**:爱戴。**解**:通懈。松懈。**攸**:所。**塈**:休息,休养生息。

公刘

【译诗】

笃 dǔ	笃公刘，	好公刘，
	匪居匪康。	不安不享。
埸 yì	乃埸乃疆，	划界分疆，
	乃积乃仓，	积谷囤仓，
糇 hóu	乃裹糇粮，	包裹干粮，
橐 tuó 囊 náng	于橐于囊，	在袋在囊，
辑 jí	思辑用光。	为和争光。
	弓矢斯张，	弓箭皆张，
干 gān 戚 qī	干戈戚扬，	干戈尽亮，
爰 yuán 行 xíng	爰方启行。	便才起行。

公刘：周臣颂扬公刘率周民迁居豳地，可谓史诗。《毛诗正义》：召康公戒成王也。《诗经原始》：始迁豳也。

笃：厚道。**公刘**：后稷曾孙，公是爵位，刘为名。**匪**：通非。不。**居**：安。**康**：安乐。**埸**：修整田界。**疆**：修整田界。**糇粮**：干粮。**橐**：无底口袋，扎两头。**囊**：有底口袋，扎一头。**思**：思考。**辑**：和睦，团结。**用**：而。**光**：发扬光大。**斯**：皆。**张**：安上（弓弦）。**干戈戚扬**：谓举起兵器，时刻警惕。干戈，指兵器。戚，警惕。扬，举起。一说指各种兵器。干，盾。戈，长柄横刃兵器。戚，斧。扬，钺，大斧。**爰**：于是。**方**：方才。**启行**：出发。

	笃公刘，	好公刘，
胥 xū	于胥斯原。	在胥察看。
	既庶既繁，	人多物繁，
	既顺乃宣，	事顺舒散，
	而无永叹。	而无长叹。
陟 zhì □ yǎn	陟则在□，	登上山巅，
降 jiàng	复降在原。	又下旷原。
	何以舟之？	何以佩之？
瑶 yáo	维玉及瑶，	有玉及瑶，
鞞 bǐng 琫 běng	鞞琫容刀。	饰鞘佩刀。

于：在。一说去。**胥**：地名，在今陕西。一说察看。**斯**：代词。复指前置宾语。一说此。**原**：考究，探究。一说原野。**既**：很。**庶**：众多。**繁**：多。**宣**：遍。一说舒散。**巘**：山，山顶。**舟**：佩带。**瑶**：美玉。**鞞琫**：刀鞘上的饰物。**容刀**：佩刀。

	笃公刘，	好公刘，
	逝彼百泉。	到那百泉。
溥 pǔ	瞻彼溥原，	望那莽原，
	乃陟南冈，	乃登南冈，
觏 gòu	乃觏于京。	乃见到京。
	京师之野，	京师之地，
处 chǔ	于时处处，	于此居住，
庐 lú	于时庐旅，	于此旅宿，
	于时言言，	于此欢言，
	于时语语。	于此笑语。

逝：至。**百泉**：多泉之地。**溥**：广大。**觏**：见，见到。**于时**：在此。一说于是。**处处**：居住。**庐旅**：寄居。**言言**：欢言。**语语**：笑语。

	笃公刘，	好公刘，
	于京斯依。	在京安居。
跄 qiāng 济 qí	跄跄济济，	跄跄齐齐，
俾 bǐ 筵 yán	俾筵俾几，	铺席设几，
几 jī	既登乃依。	就座乃倚。
	乃造其曹，	乃告宾客，
豕 shǐ	执豕于牢。	捉猪于牢。
酌 zhuó 匏 páo	酌之用匏，	舀酒用瓢，
食 sì 饮 yìn	食之饮之，	请食请饮，
	君之宗之。	为王为长。

依：安居。**跄跄济济**：步履有节，小步而整齐貌。济，通齐。**俾**：使。**筵**：铺席。**几**：设几。**依**：靠着，依傍。**造**：告，告诉。一说到，去。**曹**：群，所指是众宾，一说是猪群。**执**：捉。**豕**：猪。**牢**：养牲畜的圈。**匏**：匏瓢。匏瓜剖成两半，作瓢舀酒用。**君之宗之**：当君王当族长。

	笃公刘，	好公刘，
长 cháng	既溥既长。	辟地宽广。
景 yǐng	既景乃冈，	测定山冈，
相 xiàng	相其阴阳，	观察背向，
	观其流泉。	踏看溪泉。
单 dān	其军三单，	兵分三班，
度 duó 隰 xí	度其隰原，	丈量平原，
	彻田为粮，	治田产粮，
	度其夕阳，	丈量西方，
豳 bīn	豳居允荒。	豳地真广。

既：很。**溥**：广大。**既**：已。**景**：测日影定方向。**相**：观察。**阴阳**：背向。指山北山南。**单**：轮番更休。**度**：丈量。**隰原**：低平的土地。**彻**：治，治理。**为**：生产。**夕阳**：山的西面。**豳居**：豳地可居处。豳地，在今陕西。**允**：确实。**荒**：大，广大。

	笃公刘，	好公刘，
	于豳斯馆。	在豳营建。
为 wéi	涉渭为乱，	渡渭以船，
	取厉取锻。	采石采砧。
	止基乃理，	宅基乃治，
爰 yuán	爰众爰有。	人众人聚。
	夹其皇涧，	夹着皇涧，
溯 sù	溯其过涧，	向着过涧，
	止旅乃密，	宅舍乃密，
芮 ruì 鞫 jū	芮鞫之即。	傍水住去。

馆：修建房屋官舍。**涉渭**：渡过渭水。**为**：以，用。**乱**：横渡，也指横渡的船。**厉**：粗硬的磨刀石。**锻**：锻锤金属用的砧石。**止基**：宅基。**理**：治理。**有**：多。**夹**：在……两旁。**皇涧**：涧名。**溯**：迎，向。**过涧**：涧名。**止**：住宅。**旅**：旅社。**芮鞫**：指河两岸。芮，通汭，河曲凹处。鞫，水边。**即**：相就，接近。指傍河而居。

泂 jiǒng

泂酌

【译诗】

泂酌：周大臣赞颂周王得民心。一说是劝谏。《毛诗正义》：召康公戒成王也。《诗经原始》：召康公戒成王也。

行 xíng 潦 lǎo
挹 yì
饙 fēn 饎 chì
岂 kǎi 弟 tì

泂酌彼行潦，　远取那涧水，
挹彼注兹，　舀进这里，
可以饙饎。　可以蒸煮。
岂弟君子，　和易君子，
民之父母。　民之父母。

泂：远。酌：舀。行潦：沟中的流水。挹：舀。彼：指积起之水。注：倒进。兹：此。指容器。可以：表示有某种用途。饙饎：煮饭做酒。饙，蒸饭。饎，酒食。岂弟：和乐平易。君子：指周王。

濯 zhuó 罍 léi

泂酌彼行潦，　远取那涧水，
挹彼注兹，　舀进这里，
可以濯罍。　可以洗杯。
岂弟君子，　和易君子，
民之攸归。　民之所归。

濯：洗涤。罍：一种酒器，小口、大腹、圈足，形状像壶。攸：所。归：归附，归依。

溉 gài
塈 jì

泂酌彼行潦，　远取那涧水，
挹彼注兹，　舀进这里，
可以濯溉。　可以洗涤。
岂弟君子，　和易君子，
民之攸塈。　民之所息。

溉：洗涤。塈：休息，休养生息。

卷 quán 阿 ē

卷阿

【译诗】

卷阿：周大臣作歌以献周王。《毛诗正义》：召康公戒成王也。《诗经原始》：召康公从游，歌以献王也。

岂 kǎi 弟 tì

有卷者阿，　蜿蜒山阿，
飘风自南。　旋风自南。
岂弟君子，　和易君子，
来游来歌，　来游来歌，
以矢其音。　而陈善言。

卷：弯曲，蜿蜒。阿：大的丘陵。飘风：旋风。岂弟：和乐平易。君子：这里是自称。歌：作歌，写诗。以：因而。矢：陈述，陈献。音：声音。

伴 pàn 奂 huàn
俾 bǐ 弥 mí

伴奂尔游矣，　闲散你游哩，
优游尔休矣！　悠游你休哩！
岂弟君子，　和易君子，
俾尔弥尔性，　使你尽生性，

伴奂：悠然自得貌。优游：闲逸貌。休：休闲。俾：使。弥：尽。性：生性。似：通嗣。继承。先公：先君。酋：事业。一说终，善始善终。

酋 qiú	似先公酋矣！	继祖成就哩！	
昄 bǎn	尔土宇昄章， 亦孔之厚矣！ 岂弟君子， 俾尔弥尔性， 百神尔主矣！	你民宅允当， 实在敦厚哩！ 和易君子， 使你尽生性， 百神你主哩！	**土宇**：乡土房舍。一说疆土。**昄章**：很得法。一说大明。一说版图。**厚**：敦厚。一说富有。**主**：主祭。
长 cháng 茀 fú 嘏 gǔ	尔受命长矣， 茀禄尔康矣！ 岂弟君子， 俾尔弥尔性， 纯嘏尔常矣！	你受命长哩， 福禄你享哩！ 和易君子， 使你尽生性， 洪福你常哩！	**茀禄**：犹福禄。茀，通福。**康**：安乐。**纯**：大。**嘏**：福。**常**：恒久。
冯 píng	有冯有翼， 有孝有德， 以引以翼。 岂弟君子， 四方为则。	有凭有助， 有孝有德， 以引以扶。 和易君子， 四方为则。	**冯**：依靠。**翼**：辅助。**引**：引导。**翼**：扶持。
颙 yóng 卬 áng 圭 guī 璋 zhāng	颙颙卬卬， 如圭如璋， 令闻令望。 岂弟君子， 四方为纲。	雍雍昂昂， 如圭如璋， 令闻令望。 和易君子， 四方为纲。	**颙颙**：温和貌。一说肃敬貌。**卬卬**：气宇轩昂貌。卬，通昂。**如圭如璋**：品德如圭璋般高尚。圭，玉制礼器。璋，半珪状玉制礼器。**令闻**：好名声。**令望**：好名望。**四方**：天下。**纲**：法则，纪纲。
 翙 huì 爰 yuán	凤凰于飞， 翙翙其羽， 亦集爰止。 蔼蔼王多吉士， 维君子使， 媚于天子。	凤凰哟飞， 翙翙振翅， 又栖所止。 济济王多贤士， 为君子使， 爱戴天子。	**翙翙**：拟声词。鸟飞声。一说众多貌。**羽**：鸟翅。**集**：鸟栖止于树。**爰**：于。**止**：所止处。**蔼蔼**：众多貌。**吉士**：贤人。**媚**：爱，爱戴。

	原诗	译诗	注释
	凤凰于飞，	凤凰哟飞，	**傅**：至。**吉人**：善良人。**媚**：爱，爱护。**庶人**：平民，百姓。一说西周、春秋时对农业生产者的称谓。
	翙翙其羽，	翙翙振翅，	
傅 fù	亦傅于天。	又入于天。	
	蔼蔼王多吉人，	济济王多贤人，	
	维君子命，	为君子命，	
	媚于庶人。	爱护平民。	
	凤凰鸣矣，	凤凰鸣啊，	**朝阳**：山之东向。**菶菶萋萋**：草木茂盛貌。**雝雝喈喈**：鸟鸣声和谐。
	于彼高冈。	在那高冈。	
	梧桐生矣，	梧桐生啊，	
朝 zhāo	于彼朝阳。	在那东方。	
菶 běng 萋 qī	菶菶萋萋，	葱葱郁郁，	
雝 yōng 喈 jiē	雝雝喈喈。	喈喈唧唧。	
	君子之车，	君子之车，	**庶**：众多。**闲**：娴熟，熟练。**驰**：马快跑。**矢**：陈，表述。**维**：助词。含为之意。**遂**：成。
	既庶且多。	既众且多。	
	君子之马，	君子之马，	
	既闲且驰。	既娴且驰。	
	矢诗不多，	陈诗不多，	
	维以遂歌。	用以成歌。	

民劳

【译诗】

	原诗	译诗	注释
			民劳：周大臣劝谏周王安民锄奸。《毛诗正义》：召穆公刺厉王也。《诗经原始》：召穆公警同列以戒王也。
	民亦劳止，	民已劳呢，	**亦**：已经。**劳**：劳苦。**止**：助词。**汔**：庶几，差不多。**惠**：爱。**中国**：京师。**绥**：安抚。**纵**：放纵。**诡随**：欺诈虚伪之人。**谨**：谨防。**无良**：不善。指恶人。**式**：助词。含应、当之意。**遏**：制止。**寇虐**：残暴之人。**憯**：竟然。**明**：天命，神明。一说明法。**柔**：安抚。**能**：亲善，安抚。**定**：安定。
汔 qì	汔可小康。	近可小康。	
	惠此中国，	优抚京师，	
	以绥四方。	以绥四方。	
	无纵诡随，	勿纵奸贼，	
	以谨无良。	以防不良。	
遏 è	式遏寇虐，	该治暴虐，	
憯 cǎn	憯不畏明。	竟不畏上。	
迩 ěr	柔远能迩，	抚远安近，	
	以定我王。	以宁我王。	

	民亦劳止，	民已劳呢，
	汔可小休。	近可小休。
	惠此中国，	优抚京师，
为 wéi 逑 qiú	以为民逑。	以便民留。
	无纵诡随，	勿纵奸贼，
惛 hūn 怓 náo	以谨惛怓。	以防争拗。
	式遏寇虐，	该治暴虐，
俾 bǐ	无俾民忧。	勿使民忧。
	无弃尔劳，	勿弃前功，
	以为王休。	以便王优。

为:使。**逑**:聚集,聚合。**惛怓**:喧哗争吵。指好争讼者。**劳**:功劳。**休**:美。

	民亦劳止，	民已劳呢，
	汔可小息。	近可小歇。
	惠此京师，	优抚京师，
	以绥四国。	以绥列国。
	无纵诡随，	勿纵奸贼，
	以谨罔极。	以防奸邪。
	式遏寇虐，	该治暴虐，
慝 tè	无俾作慝。	勿使作恶。
	敬慎威仪，	恭谨威仪，
	以近有德。	以近贤德。

四国:四方诸侯国。**罔极**:不正。指小人。**慝**:邪恶。**有德**:有德之人。

	民亦劳止，	民已劳呢，
愒 qì	汔可小愒。	近可小憩。
	惠此中国，	优抚京师，
泄 xiè	俾民忧泄。	使民忧去。
	无纵诡随，	勿纵奸贼，
	以谨丑厉。	以防丑类。
	式遏寇虐，	该治暴虐，
	无俾正败。	勿使政败。
戎 róng	戎虽小子，	你虽年轻，
	而式弘大。	作用宏大。

愒:休息。**泄**:除去,发泄。**丑厉**:丑类。恶人。**正**:通政。国政。**戎**:你。**小子**:年轻人。**式**:作用。一说应,当。

	民亦劳止，	民已劳呢，
	汔可小安。	近可小安。
	惠此中国，	优抚京师，
	国无有残。	国无凶残。
	无纵诡随，	勿纵奸贼，
缱 qiǎn 绻 quǎn	以谨缱绻。	以防牵缠。
	式遏寇虐，	该治暴虐，
	无俾正反。	勿使政反。
女 rǔ	王欲玉女，	王欲美你，
	是用大谏。	是以力谏。

残:残暴。**缱绻**:牢固纠缠。指结党营私者。**反**:被推翻。**王欲玉女**:王啊,我要使你如玉般美好。一说王想要金玉美女。欲,要。女,汝,你,一说美女。**是用**:是以,因此。**大谏**:竭力规劝。

板

【译诗】

板:周大臣劝谏周王顺天循道爱民。传为卿士凡伯谏周厉王。凡伯是周公旦后嗣。《毛诗正义》:凡伯刺厉王也。《诗经原始》:凡伯规同僚以警王也。

	上帝板板，	上帝反反，
卒 zú 瘅 dàn	下民卒瘅。	下民尽喘。
	出话不然，	说话昏乱，
	为犹不远。	决策不远。
	靡圣管管，	无圣散散，
亶 dǎn	不实于亶。	不守于信。
	犹之未远，	所谋未远，
	是用大谏。	是以力谏。

上帝:指周王。**板板**:乖戾,反常。**卒**:尽。**瘅**:劳苦成病。**不然**:不合理。**为犹**:制定政策。犹,通猷,谋略。**不远**:无远见。**靡圣**:眼里没有圣贤。**管管**:随心所欲,无所凭依貌。**不实**:不实行。**亶**:诚信。**未远**:不能深入。**是用**:是以,因此。**大谏**:竭力规劝。

难 nàn	天之方难，	天哟正乱，
	无然宪宪。	勿此欢欢。
蹶 guì	天之方蹶，	天哟正怪，
泄 yì	无然泄泄。	勿此刺刺。
	辞之辑矣，	辞柔和哩，
洽 qià	民之洽矣！	民和洽哩！
怿 yì	辞之怿矣，	辞和悦哩，
	民之莫矣！	民安乐哩！

难:灾难,降灾难。**无然**:不要这样。**宪宪**:喜悦貌。**蹶**:动乱。**泄泄**:多嘴貌。**辞**:辞令。指政教。**辑**:温和,柔和。**洽**:和谐。**怿**:喜悦。**莫**:安定。

	我虽异事，	我虽异职，	**异事**：职务不同。**即**：往就。**谋**：商议。**听**：听人说话。**嚣嚣**：傲慢貌。**服**：事情。**刍荛**：樵夫，打柴草的人。
	及尔同僚。	与你同僚。	
	我即尔谋，	我找你议，	
嚣 áo	听我嚣嚣。	对我傲傲。	
	我言维服，	我谈要事，	
	勿以为笑。	勿作为笑。	
	先民有言：	先贤有言：	
刍 chú 荛 ráo	"询于刍荛。"	"深山问樵。"	

	天之方虐，	天哟正暴，	**虐**：降灾。**谑谑**：喜乐貌。**灌灌**：情意恳切貌。**蹻蹻**：骄傲貌。**耄**：年老昏乱。**忧谑**：戏谑。**将**：做。**熇熇**：炽盛貌。**不可救药**：病重到没有药可以医治，比喻事态已严重到无法挽救。
谑 xuè	无然谑谑。	勿此笑笑。	
	老夫灌灌，	老夫款款，	
蹻 jiāo	小子蹻蹻。	小子骄骄。	
耄 mào	匪我言耄，	非我衰老，	
	尔用忧谑。	你在调笑。	
熇 hè	多将熇熇，	多行横暴，	
	不可救药。	不可救药。	

懠 qí	天之方懠，	天哟正怒，	**懠**：大怒。**无为**：别做。**夸毗**：谄媚阿谀。**卒**：尽。**迷**：迷误。**载**：则。**尸**：如尸般不语。**殿屎**：愁苦呻吟。**则**：却。**莫**：没有谁。**葵**：通揆。揣度，猜疑。一说指庇荫。**蔑**：无，没有。**资**：财富。**曾**：乃，竟。**惠**：惠及。**师**：民众。
毗 pí	无为夸毗。	勿作谄谀。	
	威仪卒迷，	威仪尽迷，	
	善人载尸。	好人如尸。	
屎 xī	民之方殿屎，	民哟正叹气，	
	则莫我敢葵。	却莫敢存疑。	
丧 sāng 蔑 miè	丧乱蔑资，	祸乱无财，	
曾 zēng	曾莫惠我师。	竟莫惠民黎。	

牖 yǒu	天之牖民，	天哟导民，	**牖**：通诱。诱导。**如埙如篪**：如合奏般和谐。埙，吹奏乐器。篪，管乐器。**如璋如圭**：如礼器般配合。**如取如携**：如取物及携手般相随。**曰**：助词。**益**：通隘。阻塞。
埙 xūn 篪 chí	如埙如篪，	如埙如篪，	
璋 zhāng 圭 guī	如璋如圭，	如璋如圭，	
	如取如携。	如取如携。	
	携无曰益，	携无哟碍，	

注音	原文	译文
	牖民孔易。	导民甚易。
辟 pì	民之多辟，	民哟邪僻，
辟 bì	无自立辟。	不因法律。

辟：邪僻。**无**：不。**自**：由于，因为。**立辟**：制定法律。

注音	原文	译文
价 jiè 藩 fān	价人维藩，	贤人为栏，
大 tài 垣 yuán	大师维垣，	太师为墙，
	大邦维屏，	大邦为屏，
翰 hàn	大宗维翰，	王族为梁，
	怀德维宁，	和德为宁，
	宗子维城。	太子为城。
俾 bǐ	无俾城坏，	勿使城坏，
	无独斯畏。	勿独而畏。

价人：善人。**维**：是。**藩**：篱笆。**大师**：即太师，古代三公之一。三公，古代中央三种最高官衔的合称。周以太师、太傅、太保为三公。**垣**：墙。**屏**：屏障。**大宗**：周王同姓宗族。**翰**：栋梁。**宁**：安宁。**怀**：和。**宗子**：周王嫡子。**独**：独居，孤立。**斯**：则，乃。**畏**：可怕。

注音	原文	译文
	敬天之怒，	畏天生气，
豫 yù	无敢戏豫。	不敢嬉戏。
渝 yú	敬天之渝，	畏天生异，
	无敢驰驱。	不敢肆意。
昊 hào	昊天曰明，	昊天哟明，
王 wǎng	及尔出王。	与你出行。
	昊天曰旦，	昊天哟亮，
衍 yǎn	及尔游衍。	与你游逛。

敬：敬畏。**戏豫**：嬉戏娱乐。**渝**：变。**驰驱**：任性放纵。**昊天**：苍天，天帝，上天。**曰**：助词。**明**：明亮。**及**：与。**出王**：出往。王，通往，去。**旦**：明亮。**游衍**：游逛。

荡之什

荡

注音	原诗	【译诗】
	荡荡上帝，	放荡上帝，
辟 bì	下民之辟。	下民君主。
	疾威上帝，	暴虐上帝，
辟 pì	其命多辟。	政令离谱。
烝 zhēng	天生烝民，	天生众民，
谌 chén	其命匪谌。	政令不诚。
	靡不有初，	无不有始，
鲜 xiǎn	鲜克有终。	鲜能有终。

荡：周大臣借古讽今，哀叹周王无道王朝将亡。传为召穆公叹周厉王。《毛诗正义》：召穆公伤周室大坏也。《诗经原始》：召穆公托古伤周也。

荡荡：恣意放纵貌，无所约束貌。**上帝**：指周王。**辟**：君王。**疾威**：暴虐。**命**：政令，王命。**辟**：邪僻。**烝**：众。**匪**：通非。不，无。**谌**：诚信。**鲜**：少。**克**：能够。

注音	原诗	译诗
咨 zī	文王曰咨，	文王叹唉，
女 rǔ	咨，女殷商！	唉，你殷商！
曾 zēng 彊 qiáng	曾是彊御，	竟此权贵，
掊 póu	曾是掊克，	竟此贪贿，
	曾是在位，	竟此在位，
	曾是在服。	竟此在职。
	天降滔德，	天降傲气，
女 rǔ 兴 xīng	女兴是力。	你帮使力。

曰：说。**咨**：叹词。**曾**：乃，竟。**是**：此。**彊御**：豪强，有权势的人。**掊克**：聚敛，搜刮。亦指搜刮民财者。一说自大好胜者。**在位**：居君主之位。一说居官位。**在服**：在职。**滔**：傲慢。**德**：德行。**女**：你。**兴**：助长。**力**：力行。

注音	原诗	译诗
	文王曰咨，	文王叹唉，
	咨，女殷商！	唉，你殷商！
	而秉义类，	若用贤士，
怼 duì	彊御多怼。	权贵作祟。
	流言以对，	谣言以对，
攘 rǎng	寇攘式内。	争抢高位。
作 zǔ 祝 zhòu	侯作侯祝，	又诅又咒，
	靡届靡究。	无尽无休。

而：如果。一说你。**秉**：持，用。**义类**：善人。**怼**：凶狠。**流言**：谣言。**寇攘**：掠夺。**式**：在。**内**：朝廷内。**侯**：助词。维，有。**作**：通诅。诅祝，诅咒，祈求鬼神加祸于敌对的人。**祝**：诅祝，诅咒。**届**：穷尽。**究**：穷尽。

注音	原文	译文	注释
	文王曰咨，	文王叹唉，	**炰烋**:咆哮。**中国**:京师。**敛怨**:招惹怨恨。敛，聚。**德**:有德。**不明**:不辨善恶。**德**:道德。**时**:通是。于是。**无背无侧**:无左右辅弼贤臣。一说不知恶人。**以**:因而，因此。**无陪无卿**:无贴身明哲公卿。一说不知善人。
	咨，女殷商！	唉，你殷商！	
炰 páo 烋 xiāo	女炰烋于中国，	你咆哮于京师，	
敛 liàn	敛怨以为德。	聚怨作有德。	
	不明尔德，	不明你德，	
	时无背无侧。	而无辅无弼。	
	尔德不明，	你德不明，	
	以无陪无卿。	而无公无卿。	

注音	原文	译文	注释
	文王曰咨，	文王叹唉，	**湎**:沉迷酒色。**不义从式**:不宜肆意而为。义，适宜。从，放纵。式，施行。**既**:及至。一说已经。**愆**:过失。**止**:仪容。**晦**:昏暗。**式**:助词。
	咨，女殷商！	唉，你殷商！	
湎 miǎn	天不湎尔以酒，	天不纵你酗酒，	
从 zòng	不义从式。	不宜妄为。	
愆 qiān	既愆尔止，	至失你态，	
	靡明靡晦，	不明不晦，	
	式号式呼，	大叫大呼，	
	俾昼作夜。	以日作夜。	

注音	原文	译文	注释
	文王曰咨，	文王叹唉，	**蜩**:蚱蝉。蝉中体型最大，鸣声大而嘈杂。**螗**:寒蝉。体型中等，常齐鸣，声吵。**小大**:指君臣上下。**丧**:失败。**人**:民，百姓。**尚**:尚且，犹。**由行**:谓依其道而行。**奰**:怒。**中国**:指黄河流域地区。**覃及**:延及。**鬼方**:古族名，在周国北面，今内蒙古一带。此指远方之国。
	咨，女殷商！	唉，你殷商！	
蜩 tiáo 螗 táng	如蜩如螗，	如蝉如螗，	
	如沸如羹。	如汤如羹。	
丧 sàng	小大近丧，	上下将亡，	
行 háng	人尚乎由行。	民尚且依样。	
奰 bì	内奰于中国，	内怒于中国，	
覃 tán	覃及鬼方。	延及远邦。	

注音	原文	译文	注释
	文王曰咨，	文王叹唉，	**时**:通是。善，正确。**旧**:指原有的典章。**老成人**:德高望重的老臣。**典刑**:旧法。**大命**:指国运。
	咨，女殷商！	唉，你殷商！	
	匪上帝不时，	非上帝不是，	
	殷不用旧。	殷废旧制。	
	虽无老成人，	虽无老重臣，	
	尚有典刑。	尚有旧令。	

曾是莫听，	竟此莫听，
大命以倾！	国运将倾！
文王曰咨，	文王叹唉，
咨，女殷商！	唉，你殷商！
人亦有言：	先贤有言：
“颠沛之揭，	“放树所示，
枝叶未有害，	枝叶未受害，
本实先拨。”	主根先败。”
殷鉴不远，	殷鉴不远，
在夏后之世！	在夏末之世！

颠沛：倒仆。指弄倒树木。**揭**：显露。**本实**：树干树根。**拨**：断绝。**鉴**：青铜大盘，可盛水作为镜子。引申为可借鉴的事物。**夏后**：夏朝。此指夏末。

抑

	原诗	【译诗】
	抑抑威仪，	翼翼威仪，
隅 yú	维德之隅。	是德正直。
	人亦有言：	先贤有言：
	“靡哲不愚。”	“大智若愚。”
	庶人之愚，	庶民之愚，
	亦职维疾。	只是有疾。
	哲人之愚，	哲人之愚，
戾 lì	亦维斯戾。	却是造极。

抑：周老臣劝谏周王行德以免亡国。传为卫武公谏周厉王。《毛诗正义》：卫武公刺厉王，亦以自警也。《诗经原始》：卫武公自儆也。

抑抑：慎密貌，谨慎貌。**威仪**：庄重的仪容举止。**隅**：廉隅，方正。比喻端方不苟的行为和品性。**哲**：哲人，智慧卓越的人。**庶人**：平民，百姓。**亦**：助词。**职**：只。**维**：是。**疾**：疾病。**斯**：此，这样。**戾**：极。一说罪。一说善。

	无竞维人，	至强贤人，
	四方其训之。	四方乃顺之。
觉 jué	有觉德行，	正直德行，
	四国顺之。	列国遵之。
讦 xū 谟 mó	讦谟定命，	宏图立法，
	远犹辰告。	大略时布。
	敬慎威仪，	恭谨威仪，
	维民之则。	为民法度。

竞：强。**人**：人才。指贤人。**四方**：天下。指四方诸侯国。**其**：乃。**训**：通顺。顺从。**觉**：高大正直。**四国**：四方邻国。泛指天下。**顺**：顺从，遵循。**讦谟**：远大宏伟的谋划。**定命**：审定法令。**远犹**：同远猷。远大的谋略。**辰告**：以时公布实施。**则**：准则。

	其在于今，	你在如今，
兴 xīng	兴迷乱于政。	尚迷乱国政。
厥 jué	颠覆厥德，	颠倒其德，
湛 dān	荒湛于酒，	沉溺于酒，
女 rǔ 乐 lè	女虽湛乐从。	你唯乐是纵。
从 zòng	弗念厥绍，	不念继业，
	罔敷求先王，	无广求先王，
共 gōng	克共明刑？	能执明令？

其：你。**于今**：如今。**兴**：尚，还。一说皆，都。**颠覆**：颠倒失序。**荒湛**：沉溺。**虽**：通唯。只。**湛乐**：过度逸乐。**从**：放纵。**厥**：其，那。**绍**：继承。**罔**：无，没有。**敷**：广。**克**：能。**共**：执守，执行。**明刑**：明确的法令。

	肆皇天弗尚，	故皇天不帮，
	如彼泉流，	如那泉流，
沦 lún 胥 xū	无沦胥以亡。	勿牵连而亡。

肆：故，因此。**皇天**：对天帝的敬称。**尚**：保佑，帮助。**无**：勿。一说助词，无义。**沦胥**：相率连带。**洒埽**：洒扫。洒水扫地。

夙 sù 兴 xīng	夙兴夜寐，	夙兴夜寐，
埽 sǎo	洒埽庭内，	洒扫廷内，
	维民之章。	为民榜样。
	修尔车马，	备你车马，
戎 róng	弓矢戎兵，	弓箭武装，
	用戒戎作，	以防戎袭，
逷 tì	用逷蛮方。	以治蛮方。

章:表率，榜样。**戎兵**:军服和兵器。**用**:凭借，借以。**戒**:防备。**戎**:古代典籍泛指我国西部的少数民族。一说战事。**作**:发生，发作。**逷**:整治。一说远。**蛮方**:境外各国各族。蛮，古代对长江中游及其以南地区少数民族的泛称。

	质尔人民，	正你人民，
	谨尔侯度，	严你法度，
虞 yú	用戒不虞。	以防不虞。
	慎尔出话，	慎你训话，
	敬尔威仪，	谨你威仪，
	无不柔嘉。	无不宽厚。
玷 diàn	白圭之玷，	白圭缺陷，
	尚可磨也！	尚可磨呢！
	斯言之玷，	君言缺陷，
	不可为也！	不可脱呢！

质:平治，安定。一说告诫。**侯度**:为君之法度。**戒**:防备。**不虞**:不测。**敬**:慎重。**柔嘉**:柔和美善。**玷**:白玉上的斑点。引申为缺点，过失。**为**:治，改。

	无易由言，	别乱出言，
苟 gǒu	无曰“苟矣，	别说“随便，
扪 mén 朕 zhèn	莫扪朕舌”，	莫按我舌”，
	言不可逝矣！	言不可灭啊！
雠 chóu	无言不雠，	无言不招，
	无德不报。	无德不报。
	惠于朋友，	惠及朋友，
	庶民小子。	庶民小子。
绳 shéng	子孙绳绳，	子孙慎慎，
	万民靡不承。	万民无不顺。

易:轻易，随便。**由言**:说话。**苟矣**:随便吧。**扪**:执持，按住。**朕**:我。**逝**:往，去，消逝。**雠**:用，起作用。一说对答。**朋友**:同道之人。指诸侯大臣。**庶民**:平民。**小子**:晚辈。一说百姓。**绳绳**:戒慎貌。**承**:顺从，拥护。

	视尔友君子，	你所交君子，
	辑柔尔颜，	讨好你颜，
遐 xiá 愆 qiān	不遐有愆。	不免有偏。

友:所结交的。一说结交。**君子**:指贵族。**辑柔**:和顺，和悦。**不遐**:不远。一说怎不。遐，通何，如何。**愆**:过失。

相 xiàng	相在尔室， 尚不愧于屋漏。 无曰“不显， 莫予云觏”。 神之格思， 不可度思， 矧可射思！	看在你室， 尚不惭于神主。 别说“在暗， 看不见我”。 神来去呀， 不可预呀， 怎可腻呀！	**相**：看。**室**：指宗庙之室。**尚**：犹，还。**不愧**：不感到羞愧。**屋漏**：古代室内西北角设小帐安藏神主而不为人所见之处。指神主。**莫予云觏**：莫云觏予。不能看见我。**格**：至。**思**：助词。**度**：揣测。**矧**：况且，何况，怎么。**射**：厌。
予 yú 觏 gòu 度 duó 矧 shěn 射 yì			
辟 bì 俾 bǐ 臧 zāng 愆 qiān 僭 jiàn 鲜 xiǎn 虹 hóng	辟尔为德， 俾臧俾嘉。 淑慎尔止， 不愆于仪。 不僭不贼， 鲜不为则。 投我以桃， 报之以李。 彼童而角， 实虹小子。	明你之德， 致善致美。 慎你容止， 不失礼仪。 不过不害， 鲜不为则。 投我以桃， 报之以李。 秃羊有角， 是惑小子。	**辟**：彰明。**为**：助词。一说作。**俾**：使得。**臧**：好，善。**嘉**：好，美。**淑慎**：使和善谨慎。**止**：容止。**愆**：过失，差错。**仪**：礼仪。**僭**：越礼。**贼**：害。**鲜**：少。**则**：准则。**童**：无角的羊。**实**：的确。**虹**：通讧。惑乱。**小子**：称乎周王。依周礼，天子未除丧称小子。
荏 rěn 缗 mín 行 xíng 僭 jiàn	荏染柔木， 言缗之丝。 温温恭人， 维德之基。 其维哲人， 告之话言， 顺德之行。 其维愚人， 覆谓我僭， 民各有心。	柔韧良木， 我安弦子。 文文好人， 是德根基。 其为哲人， 告之善言， 顺德而行。 其为愚人， 反说我骗， 民各有心。	**荏染**：柔韧。**柔木**：质地柔韧之木。指可制琴瑟的椅、桐、梓、漆等木。**言**：我。一说助词。**缗**：安上弦线。**温温**：柔和貌，谦和貌。**恭人**：宽厚谦恭的人。**维**：是，为。**基**：根本。一说通极，标准，准则。**其**：代指某类人。**话言**：美善之言，有道理的话。**顺德**：顺从道德。**覆**：反而。**僭**：虚假，不可信。
於 wū 臧 zāng 否 pǐ	於乎，小子！ 未知臧否。 匪手携之，	於乎，小子！ 未知善否。 非但手携，	**於乎**：叹词。表示感叹。**臧否**：善恶。**匪**：通非。非但，不仅。**言**：我。**面**：当面。**命**：教导。**借**：假使。

	言示之事。	亲示其事。
	匪面命之，	非但面诲，
	言提其耳。	亲提其耳。
	借曰未知，	若说未知，
	亦既抱子。	也已抱子。
	民之靡盈，	民哟不满，
夙 sù 莫 mù	谁夙知而莫成？	谁早知而晚成？

曰：说。**靡盈**：不满足。一说不圆满。**夙知**：早慧。**莫成**：晚成。莫，通暮。

昊 hào	昊天孔昭，	昊天明照，
	我生靡乐。	我生烦恼。
梦 méng	视尔梦梦，	见你蒙蒙，
惨（懆）cǎo	我心惨惨。	我心懆懆。
谆 zhūn	诲尔谆谆，	诲你谆谆，
藐 miǎo	听我藐藐。	听我渺渺。
	匪用为教，	不用为教，
	覆用为虐。	反用为笑。
	借曰未知，	若说未知，
聿 yù 耄 mào	亦聿既耄！	也是已老！

梦梦：昏乱不明貌。**惨惨**：当作懆懆。忧虑不安貌。**谆谆**：恳切貌。**藐藐**：疏远貌。**虐**：戏谑。**聿**：助词。**耄**：年老。

於 wū	於乎，小子！	於乎，小子！
	告尔旧止。	示你旧礼。
	听用我谋，	听从我意，
	庶无大悔。	会无大悔。
	天方艰难，	天正艰难，
丧 sàng	曰丧厥国。	要亡我国。
譬 pì	取譬不远，	打比浅近，
忒 tè	昊天不忒。	昊天没错。
遹 yù	回遹其德，	乖僻其德，
棘 jí	俾民大棘！	使民被祸！

止：礼，容止。**听用**：听从并予采用。**谋**：计谋，谋略。**庶**：或许可以。**悔**：悔恨。**曰**：助词。**厥**：其。**取譬**：打比。**远**：深远，深奥。**忒**：差错。**回遹**：邪僻，乖谬不正。**棘**：艰险。

桑柔

【译诗】

桑柔：周大臣哀叹周王无道小人得势天下大乱。传为卿士芮良夫叹周厉王。《毛诗正义》：芮伯刺厉王也。《诗经原始》：芮伯哀厉王也。

注音	原诗	译诗
菀 yù	菀彼桑柔，	郁郁桑柔，
旬 xún	其下侯旬。	树下绿阴。
捋 luō	捋采其刘，	取叶无留，
瘼 mò	瘼此下民。	晒倒下民。
殄 tiǎn 仓 chuàng	不殄心忧，	不绝心忧，
兄 kuàng	仓兄填兮！	久悲辛啊！
填 chén 倬 zhuō	倬彼昊天，	高高昊天，
宁 nìng 矜 jīn	宁不我矜！	竟不怜悯！

菀：茂盛貌。**柔**：草木初生，柔嫩。**侯**：维，惟。**旬**：遍布。指全是树阴。**捋**：采，以手沿物摘取。**刘**：凋残。**瘼**：病痛。**殄**：绝，断。**仓兄**：同怆怳。悲怆失意貌。**填**：长久。**倬**：高大貌。**宁**：竟，乃。**矜**：怜悯。

注音	原诗	译诗
骙 kuí	四牡骙骙，	驷马久驰，
旟 yú 旐 zhào	旟旐有翩。	旌旗久撼。
	乱生不夷，	乱生不止，
泯 mǐn	靡国不泯。	无国不散。
	民靡有黎，	民疏人稀，
烬 jìn	具祸以烬。	俱成余烬。
於 wū	於乎，有哀！	於乎，悲哀！
	国步斯频。	国运危难。

骙骙：马行不止貌。**旟旐**：泛指旌旗。旟，鹰纹旗。旐，龟蛇纹旗。**翩**：动摇不止貌。**泯**：消灭。**黎**：众。**烬**：灰烬。**国步**：国运。**斯**：如此。**频**：危急。

注音	原诗	译诗
蔑 miè	国步蔑资，	国运无财，
将 jiāng	天不我将。	天不相帮。
	靡所止疑，	无所安泰，
徂 cú	云徂何往？	欲去何方？
	君子实维，	君子此为，
	秉心无竞？	持心无争？
	谁生厉阶，	谁生祸胎，
	至今为梗？	至今作梗？

蔑：无。**资**：财。**将**：扶助。**止疑**：安定。**云**：助词。**徂**：往，去。**君子**：指诸侯及卿大夫。**实**：是，此。**维**：为，作。**秉心**：持心。**竞**：争。一说强。**厉阶**：祸端。**梗**：病，祸害。

注音	原诗	译诗
	忧心慇慇，	忧心殷殷，
	念我土宇。	念我乡土。
	我生不辰，	我生背运，

土宇：乡土和屋宇。一说国土。**辰**：不得其时。**僤**：厚、盛。**多我觏痻**：我多觏痻。我常遭遇困病。**棘**：通亟。急迫，危急。

僤 dàn	逢天僤怒。	逢天大怒。
徂 cú	自西徂东，	自西往东，
处 chǔ	靡所定处。	无所安度。
觏 gòu 瘏 mín	多我觏瘏，	我常交困，
棘 jí 圉 yǔ	孔棘我圉。	孔急边务。

圉:边疆,边境。

	为谋为毖，	善谋慎事，
	乱况斯削。	乱况则退。
	告尔忧恤，	请你忧思，
	诲尔序爵。	教你封位。
	谁能执热，	谁能解热，
濯 zhuó	逝不以濯？	却不浸洗？
	其何能淑，	那怎能美，
胥 xū	载胥及溺。	则俱溺水。

毖:谨慎。 **斯**:则。 **削**:减少。 **告**:请求。 **忧恤**:忧虑。 **序爵**:按等次授予官爵。 **执热**:解热。 **逝**:助词。 **濯**:浸洗。 **其**:那。 **能**:做到。 **淑**:善。 **载**:乃,则。 **胥**:都。 **溺**:陷于危难。

溯 sù	如彼溯风，	如那逆风，
僾 ài	亦孔之僾。	实在憋气。
	民有肃心，	民有愿心，
荓 pēng	荓云不逮。	使之不及。
好 hào 穑 sè	好是稼穑，	好是庄稼，
	力民代食。	勤民代食。
	稼穑维宝，	庄稼为宝，
好 hǎo	代食维好。	代食为好。

溯:逆。 **僾**:呼吸窒息。 **肃心**:上进之心,行正道之心。 **荓**:使。 **云**:助词。 **不逮**:不及。 **好**:爱好。 **稼穑**:庄稼。一说耕种和收获,泛指农事。 **力民**:勤民。指有功于民者。一说指力耕者。 **代食**:代替无功者受俸禄。一说以力耕所得代替俸禄。 **宝**:珍贵。

丧 sāng	天降丧乱，	天降祸乱，
	灭我立王。	绝我食粮。
蟊 máo	降此蟊贼，	降此蟊贼，
痒 yáng	稼穑卒痒。	庄稼尽伤。
恫 tōng	哀恫中国，	悲痛国内，
赘 zhuì	具赘卒荒。	俱废尽荒。
	靡有旅力，	没有体力，
穹 qióng	以念穹苍。	以念上苍。

灭:除尽。 **立王**:君王所依赖而存在者。指粮食。一说在位的君王。 **蟊贼**:吃禾苗的两种害虫。 **卒**:尽。 **痒**:病害。 **哀恫**:悲痛。 **中国**:国中。 **具**:通俱。都,皆。 **赘**:连属,接连发生。 **旅力**:膂力,体力。一说尽力,同力。 **念**:想。 **穹苍**:苍天。

	维此惠君，	有这仁君，
	民人所瞻。	人民所望。
	秉心宣犹，	持心征询，
相 xiàng	考慎其相。	考聘辅相。
	维彼不顺，	有那昏君，
俾 bǐ 臧 zāng	自独俾臧。	自主其良。
	自有肺肠，	自有心神，
	俾民卒狂。	使民失常。

维:助词。**惠君**:仁厚爱民的君王。**民人**:人民,百姓。**秉心**:持心。**宣犹**:广泛征求意见。一说明达而顺乎事理。**考慎**:审慎考察。**相**:助手,辅臣。**不顺**:指不顺理的君王。**自**:自己。**独**:独自。**俾**:使。**臧**:善。**肺肠**:比喻心思。**俾**:使。**卒**:尽。**狂**:迷惑错乱。

	瞻彼中林，	瞻那林间，
甡 shēn	甡甡其鹿。	莘莘花鹿。
谮 jiàn	朋友已谮，	朋友耍奸，
胥 xū 穀 gǔ	不胥以穀。	不相善处。
	人亦有言：	先贤有言：
	“进退维谷。”	“进退维谷。”

甡甡:通莘莘。众多貌。**已**:已经。一说通以,用。**谮**:虚假,不诚实。**胥**:相互。**穀**:善,良。**进退维谷**:犹言进退两难。谷,比喻穷困之境。

	维此圣人，	有这圣人，
	瞻言百里。	瞻呀百里。
	维彼愚人，	有那愚人，
	覆狂以喜。	反惑而喜。
	匪言不能，	非不能言，
	胡斯畏忌？	何以畏忌？

言:助词。焉。**覆**:反。**狂**:迷惑。**以**:而。**匪言不能**:非不能言。**胡**:何,为何。**斯**:这样,如此。**畏忌**:畏惧顾忌。

	维此良人，	有这贤人，
	弗求弗迪。	不求不取。
	维彼忍心，	有那恶人，
	是顾是复。	乃庇乃护。
	民之贪乱，	民哟求乱，
宁 nìng	宁为荼毒。	竟因荼毒。

良人:贤者,善良人。**迪**:进取,进用。**忍心**:狠心。指狠心之人。**顾**:关心,照顾。**复**:不时关怀,庇护。**贪**:欲,希望。**宁**:竟。**为**:是。**荼毒**:毒害,祸乱。

隧 suì	大风有隧，	大风疾吹，
	有空大谷。	旷旷山谷。
	维此良人，	有这贤人，

隧:风迅疾貌。**空**:大。**谷**:山谷。**作**:行为。**为**:是。**式**:助词。一说用。**穀**:善,良。**征**:行。**中垢**:隐暗,污秽。

	作为式榖。	所为皆优。
	维彼不顺，	有那昏君，
	征以中垢。	所行阴沟。

	大风有隧，	大风疾吹，
	贪人败类。	贪人败类。
	听言则对，	顺言答对，
	诵言如醉。	正言装醉。
	匪用其良，	不用其良，
悖 bèi	覆俾我悖。	反使我悖。

听言：顺耳之言。**诵言**：正言。指诵读经书之言。**悖**：悖逆。

嗟 jiē	嗟，尔朋友！	咳，这朋友！
予 yú 而 ér	予岂不知而作？	我岂不知你作？
	如彼飞虫，	如那飞鸟，
弋 yì	时亦弋获。	有朝射获。
阴 yìn 女 rǔ	既之阴女，	已遮掩你，
予 yú 赫 xià	反予来赫。	反威吓我。

嗟：打招呼。一说感叹。**尔**：此，这个。**而**：你。**作**：所作所为。**飞虫**：指飞鸟。**时**：有时。**弋获**：射中捉住。**既**：已。**阴**：通荫。庇荫，庇护。**女**：你。**反予来赫**：反来赫予。赫，通吓，威吓。一说通吓，吓唬。一说拒绝。予，我。

	民之罔极，	民哟怪异，
	职凉善背。	只因奸贼。
	为民不利，	对民不利，
	如云不克。	如有不克。
遹 yù	民之回遹，	民哟乖僻，
	职竞用力。	只因暴力。

罔极：不正。**职**：唯，只。**凉**：薄，不厚道。**背**：违背。**云**：有。**克**：胜。**回遹**：邪僻。**竞**：强。指强暴之人。**用力**：使用暴力。

戾 lì	民之未戾，	民哟失措，
	职盗为寇。	只因掠夺。
凉 liàng	凉曰不可，	诚劝不可，
詈 lì	覆背善詈。	反暗苛责。
予 yú	虽曰匪予，	虽说非我，
	既作尔歌。	已作此歌。

戾：安定，止息。**盗**：盗贼。**寇**：暴乱，为害。**凉**：通谅。诚信。一说薄，不厚道。**曰**：说。一说助词。**不可**：不可以。**善**：大。**詈**：骂，责骂。**曰**：说。**匪**：同非。不是。**予**：我。**既**：已经。**尔**：此。

	云汉	【译诗】
倬 zhuō	倬彼云汉，	漠漠云汉，
	昭回于天。	明巡于天。
於 wū	王曰於乎，	王叹於乎，
	何辜今之人！	何辜啊今人！
丧 sāng	天降丧乱，	天降祸乱，
馑 jǐn 臻 zhēn	饥馑荐臻。	饥荒屡临。
	靡神不举，	无神不祭，
	靡爱斯牲，	无吝牺牲。
圭 guī	圭壁既卒，	圭璧已尽，
宁 nìng	宁莫我听！	竟不聆听！

云汉：周王祭神祈雨以消旱灾。传为周宣王。《毛诗正义》：仍叔美宣王也。《诗经原始》：宣王为民禳旱也。

倬：广大貌。**云汉**：银河。**昭回**：谓星辰光耀回转。**於乎**：叹词。表示感叹。**辜**：罪。**荐**：屡次。**臻**：至。**举**：祭祀。**爱**：吝惜。**牲**：祭牲，祭祀用的全牛。**卒**：尽，完。**宁**：竟，乃。**听**：聆听。

大 tài	旱既大甚，	旱已深重，
蟲 tóng	蕴隆蟲蟲。	暑气腾腾。
殄 tiǎn 禋 yīn	不殄禋祀，	不断祭祀，
徂 cú	自郊徂宫。	祭天祭宗。
瘗 yì	上下奠瘗，	上下全祭，
	靡神不宗。	无神不崇。
	后稷不克，	后稷不克，
	上帝不临。	上帝不动。
斁 dù	耗斁下土，	败坏之世，
宁 nìng	宁丁我躬！	我竟遭逢！

蕴：通煴。闷热。**隆**：盛。**蟲蟲**：热气蒸人貌。**殄**：绝。**禋祀**：烧柴及牲祭天。**上下**：指天地人间。**郊**：祭天典礼。**徂**：往。**宫**：宗庙。**奠**：陈设祭品。**瘗**：埋物祭地。**宗**：尊崇。**后稷**：周人始祖。**克**：能够。一说知道。**耗斁**：损耗败坏。**丁**：当，遭逢。

	旱既大甚，	旱已深重，
	则不可推。	而不能退。
	兢兢业业，	恐恐惧惧，
	如霆如雷。	如霆如雷。
	周余黎民，	周地残民，
	靡有孑遗。	没有孑遗。
昊 hào	昊天上帝，	昊天上帝，
遗 wèi	则不我遗。	不把我慰。

则：却。**推**：消除。**兢兢业业**：谨慎戒惧貌。**孑遗**：残存。**遗**：给予。**摧**：至，到。一说消灭，摧毁。

	胡不相畏？	怎不相畏？
	先祖于摧！	先祖何归！

	旱既大甚，	旱已深重，
沮 jǔ	则不可沮。	而不能阻。
	赫赫炎炎，	热热炎炎，
	云我无所。	遮阴无处。
	大命近止，	生命将止，
	靡瞻靡顾。	无瞻无顾。
	群公先正，	上公贤灵，
	则不我助。	不把我助。
	父母先祖，	父母先祖，
宁 nìng 予 yú	胡宁忍予！	何忍我苦！

沮：阻止。**赫赫炎炎**：热盛貌。**云**：遮阴。**大命**：寿命，生命。**止**：完结。**群公**：上公。**先正**：前代贤臣。**先祖**：祖先。**胡宁**：为何。

	旱既大甚，	旱已深重，
	涤涤山川。	焦焦山川。
魃 bá	旱魃为虐，	旱魃肆虐，
惔 tán	如惔如焚。	如燃如焚。
惮 dàn	我心惮暑，	我心惧暑，
	忧心如薰。	忧心如焚。
	群公先正，	上公贤灵，
	则不我闻。	不把我问。
	昊天上帝，	昊天上帝，
俾 bǐ	宁俾我遁！	竟使我遁！

涤涤：草枯水干貌。**旱魃**：旱魔。**惔**：焚烧。**惮**：畏惧。一说劳苦。**薰**：灼烧。**闻**：通问。慰问。一说听见。**宁**：竟，乃。**遁**：隐遁。指无颜面世。

	旱既大甚，	旱已深重，
黾 mǐn	黾勉畏去。	力祷灾去。
瘨 diān	胡宁瘨我以旱？	何以害我以旱？
憯 cǎn	憯不知其故！	竟不知其故！
祈 qí 夙 sù	祈年孔夙，	祈年甚早，
莫 mù	方社不莫。	祭神不误。
	昊天上帝，	昊天上帝，
虞 yú	则不我虞。	不把我估。

黾勉：指勉力祈祷。**畏**：指所畏惧之物，即旱魔。**瘨**：害，降灾。**憯**：曾，竟，乃。**祈年**：向神祈求丰年。**夙**：早。**方社**：祭祀四方神和土地神。**莫**：暮的古字。晚。**虞**：审度，估量。一说安抚，帮助。**敬恭**：恭敬处事。**明神**：神明。**宜**：应当。**悔怒**：愤恨。

	敬恭明神，	恭敬神明，
	宜无悔怒。	应无愠怒。

	旱既大甚，	旱已深重，
	散无友纪。	乱无纲纪。
鞫 jū	鞫哉庶正，	困啊朝廷，
冢 zhǒng	疚哉冢宰。	苦啊太宰。
趣 cǒu	趣马师氏，	马官师氏，
	膳夫左右，	膳夫近侍，
	靡人不周，	无人不救，
	无不能止。	莫不竭力。
卬 yǎng	瞻卬昊天，	仰望昊天，
	云如何里！	叹如何虑！

友纪：纲纪。 **鞫**：穷，穷困。 **庶正**：王族的正支和旁支。指朝廷。一说众官之长。 **疚**：困苦。 **冢宰**：太宰。六卿之首。 **趣马**：掌王马之官。 **师氏**：掌王室教养之官。 **膳夫**：掌宫廷饮食之官。 **左右**：近臣，侍从。 **周**：接济，救济。 **无不能止**：没有谁说无能力而停止。 **瞻卬**：仰望。卬，仰的古字。 **云**：说。 **如何**：怎样。 **里**：忧伤。

	瞻卬昊天，	仰望昊天，
嘒 huì	有嘒其星。	烁烁群星。
	大夫君子，	大夫君子，
假 gé 赢 yíng	昭假无赢。	祷祝勿停。
	大命近止，	生命将止，
	无弃尔成！	勿弃你诚！
	何求为我，	何求为我，
戾 lì 庶 shù	以戾庶正。	为安朝廷。
	瞻卬昊天，	仰望昊天，
曷 hé	曷惠其宁？	何时赐宁？

嘒：星光明亮貌。 **昭假**：向神祷告，昭示虔诚之心以达至于神。假，通格，至。 **赢**：宽缓，松懈。 **戾**：安定。 **曷**：何时。 **惠**：赐。

崧高

崧 sōng

【译诗】

崧高：周大臣尹吉甫作歌赠送申伯，以祝贺他受封于谢国。《毛诗正义》：尹吉甫美宣王也。《诗经原始》：送申伯就封于谢，用式南邦也。

	崧高维岳，	高大四岳，
骏 jùn	骏极于天。	耸立入天。
	维岳降神，	四岳降神，
	生甫及申。	生甫及申。
	维申及甫，	申伯甫侯，

崧高：山大而高。 **岳**：四岳。东岳泰山，南岳衡山，西岳华山，北岳恒山。 **骏**：通峻。高。 **极**：至，到。 **甫**：诸侯国，在今河南西南部。指甫侯。

注音	原文	译文
翰 hàn	维周之翰,	为周主干,
蕃 fān	四国于蕃,	列国他拦,
	四方于宣。	四方他安。

申:诸侯国,在今河南西南部。指申伯。**翰**:通榦。栋梁。**于**:被。**蕃**:通藩。屏障。**宣**:疏导。

注音	原文	译文
亹 wěi	亹亹申伯,	孜孜申伯,
缵 zuǎn	王缵之事,	王选继业,
	于邑于谢,	封侯于谢,
	南国是式。	南国作则。
召 shào	王命召伯:	王命召伯:
	“定申伯之宅,	“安申伯城邑,
	登是南邦,	定此南邦,
	世执其功。”	世代承当。”

亹亹:勤勉貌。**王**:周王。一说通往。去。**缵**:继承。**邑**:建诸侯国。一说建国都。**谢**:谢地。周宣王时封为诸侯国,在今河南西南部。**南国**:南方各诸侯国。**式**:楷模,榜样。**召伯**:召虎,周宣王大臣。**登**:成就,完成。引申为定。**南邦**:指谢国。**世**:世世代代。**执**:从事,承担。**功**:事情,事业。

注音	原文	译文
	王命申伯:	王命申伯:
	“式是南邦,	“示范南邦,
	因是谢人,	借此谢人,
	以作尔庸。”	以建你功。”
	王命召伯:	王命召伯:
	“彻申伯土田。”	“治申伯土田。”
	王命傅御:	王命辅臣:
	“迁其私人。”	“转为家臣。”

因:依靠,凭借。**庸**:功勋。一说城垣,墙。**彻**:整治。**土田**:田土。**傅御**:辅佐王或诸侯做事的官员。**迁**:变为。**私人**:公卿、大夫或王室的家臣。

注音	原文	译文
	申伯之功,	申伯事情,
	召伯是营。	召伯经营。
俶 chù	有俶其城,	修筑谢城,
寝 qǐn	寝庙既成。	寝庙俱成。
藐 miǎo	既成藐藐,	俱成妙妙,
锡 xī	王锡申伯,	王赐申伯,
蹻 jiǎo	四牡蹻蹻,	驷马矫矫,
膺 yīng 濯 zhuó	钩膺濯濯。	带饰烁烁。

功:事情,工作。**营**:主持,经营。**俶**:作,筑。**寝庙**:住宅和宗庙。**藐藐**:美好貌。**蹻蹻**:强壮威武貌。**钩膺**:挂在马颌及马胸前的带饰。**濯濯**:明亮貌,光明貌。

注音	原文	译文
	王遣申伯,	王送申伯,
乘 shèng	路车乘马:	大车驷马:

遣:送,赠送。

注音	原文	译文
	“我图尔居，	“我看你居，
	莫如南土。	莫如南土。
圭 guī	锡尔介圭，	赐你介圭，
	以作尔宝。	作你国宝。
迋 jì	往迋王舅，	去吧王舅，
	南土是保！”	南土来保！”

图：考虑。**介圭**：大圭。天子或诸侯的端玉，上尖下方，长一尺二寸。**迋**：助词。吧。

注音	原文	译文
	申伯信迈，	申伯将去，
郿 méi	王饯于郿。	王送在郿。
	申伯还南，	申伯往南，
	谢于诚归。	赴谢诚归。
	王命召伯：	王命召伯：
	“彻申伯土疆，	“治申伯土疆，
峙 zhì 粻 zhāng	以峙其粻，	以备其粮，
遄 chuán 行 xíng	式遄其行。”	应速其行。”

信：确实。**迈**：行。**郿**：郿地。在今陕西西南部。**谢于诚归**：诚归于谢。谢，谢地。**土疆**：疆土。**峙**：通庤。准备，储备。**粻**：粮食。**式**：助词。含应、当之意。**遄**：疾速。**行**：去。

注音	原文	译文
番 bō	申伯番番，	申伯赳赳，
	既入于谢，	尽入谢城，
啴 tān	徒御啴啴。	兵马安安。
	周邦咸喜：	举国皆喜：
戎 róng 翰 hàn	“戎有良翰！”	“你有贤君！”
	不显申伯，	尊显申伯，
	王之元舅，	王之大舅，
	文武是宪。	文武典范。

番番：勇武貌。**徒御**：指兵马。徒，步兵。御，驾车者。**啴啴**：众多貌。一说喜乐貌。**周邦**：举国。周，遍。**戎**：你。**翰**：通榦。栋梁。指诸侯。**不显**：尊显。不，通丕，大。**元**：大。**宪**：法式，模范。

注音	原文	译文
	申伯之德，	申伯之德，
	柔惠且直。	温顺正直。
揉 róu	揉此万邦，	怀柔万邦，
	闻于四国。	传誉列国。
	吉甫作诵，	吉甫作颂，
	其诗孔硕，	其诗甚博，
	其风肆好，	其曲极好，
	以赠申伯。	以赠申伯。

柔惠：温顺柔和。**直**：正直。**揉**：顺服。**闻**：传播。**吉甫**：尹吉甫，周宣王大臣。**诵**：通颂。歌颂的诗篇和歌曲。一说诗，诗篇。**硕**：大。引申为美好。**风**：泛指乐曲，音调。**肆好**：极好。

烝 zhēng

烝民

【译诗】

注音	原诗	译诗
	天生烝民，	天生众民，
	有物有则。	有物有则。
彝 yí	民之秉彝，	民持常道，
好 hào 懿 yì	好是懿德。	爱此美德。
监 jiān	天监有周，	天监我周，
假 gé	昭假于下。	明照下土。
	保兹天子，	辅此天子，
	生仲山甫。	生仲山甫。

烝民：周大臣尹吉甫作歌赠送仲山甫，以送他赴齐筑城。《毛诗正义》：尹吉甫美宣王也。《诗经原始》：送仲山甫筑城于齐，怀柔东诸侯也。

烝：众，众多。**物**：事物，外在之物。**则**：法则，道理。**秉彝**：执持常道。**好**：喜好。**懿德**：美德。**监**：视，察。**昭**：光明。**假**：通格。至。**下**：人间。**仲山甫**：周宣王大臣。

注音	原诗	译诗
	仲山甫之德，	仲山甫之德，
	柔嘉维则。	温良为则。
	令仪令色，	和颜悦色，
	小心翼翼。	小心翼翼。
	古训是式，	古训实施，
	威仪是力。	威仪致力。
	天子是若，	天子遂意，
	明命使赋。	诏书使布。

柔嘉：柔和美善。**令**：善，好。**仪**：仪容。**色**：脸色，表情。**翼翼**：恭敬谨慎貌。**式**：准则。**威仪**：祭祀等典礼中的仪节及接人待物的礼仪。**是**：甚，很。**若**：顺。**明命**：特指帝王的命令，诏旨。**赋**：通敷。颁布。

注音	原诗	译诗
	王命仲山甫：	王命仲山甫：
辟 bì	“式是百辟。	“示范诸侯，
缵 zuǎn 戎 róng	缵戎祖考，	继你先祖，
	王躬是保。	王身来护。
	出纳王命，	传达王命，
	王之喉舌。	为王喉舌。
	赋政于外，	颁令到外，
爰 yuán 发 fā	四方爰发。”	四方落实。”

式：楷模，榜样。**百辟**：诸侯。**缵**：继承。**戎**：你，你的。**祖考**：指祖先。**喉舌**：代言人。**王躬**：君王的身体。**出纳**：传达帝王命令，反映下面意见。**喉舌**：代言人。**赋政**：颁布政令。**爰**：乃，于是。**发**：施行，实行。

注音	原诗	译诗
	肃肃王命，	肃肃王命，
将 jiāng	仲山甫将之。	仲山甫行之。
否 pǐ	邦国若否，	国家顺否，

肃肃：严正貌。**将**：奉行。一说传达。**邦国**：国家。**若**：顺，善。**否**：恶。

注音	原文	译文
	仲山甫明之。	仲山甫明之。
	既明且哲，	既明且哲，
	以保其身。	以保其身。
夙 sù 解 xiè	夙夜匪解，	夙夜不懈，
	以事一人。	以事国君。

身:品德。一说自身。**夙夜**:朝夕,指无时无刻。 **匪解**:不懈。 **一人**:天子。

注音	原文	译文
	人亦有言:	先贤有言:
茹 rú	“柔则茹之,	“软则咀之,
	刚则吐之。”	硬则吐之。”
	维仲山甫,	唯仲山甫,
	柔亦不茹,	软也不咀,
	刚亦不吐。	硬也不吐。
矜 guān	不侮矜寡,	不欺鳏寡,
	不畏强御。	不畏威武。

茹:吃。 **维**:同唯。**侮**:欺负。 **矜寡**:同鳏寡。孤寡老人。引申指老弱孤苦者。矜,通鳏。 **强御**:豪强,有权势的人。

注音	原文	译文
	人亦有言:	先贤有言:
輶 yóu	“德輶如毛,	“德轻如毛,
鲜 xiǎn	民鲜克举之。”	人鲜能举之。”
	我仪图之,	我思谋之,
	维仲山甫举之。	唯仲山甫举之。
	“爱莫助之。”	“隐莫助之。”
衮 gǔn 阙 quē	衮职有阙,	王事有缺,
	维仲山甫补之。	唯仲山甫补之。

輶:轻。**鲜**:少。 **克**:能。**仪图**:揣度。**爱**:隐微。指隐私。一说可惜。 **衮职**:帝王的职事。代指帝王。**阙**:缺误,疏失。 **补**:弥补。

注音	原文	译文
	仲山甫出祖,	仲山甫祭路,
	四牡业业。	四马硕硕。
捷 jié	征夫捷捷,	征夫捷捷,
	每怀靡及。	时虑无及。
彭 páng	四牡彭彭,	驷马强强,
鸾 luán 锵 qiāng	八鸾锵锵。	八銮锵锵。
	王命仲山甫:	王命仲山甫:
	“城彼东方。”	“筑城东方。”

祖:出行时祭路神。**业业**:高大雄壮貌。**捷捷**:举动敏捷貌。**每**:每每,时常。 **靡及**:来不及。 **彭彭**:强壮有力貌。 **鸾**:通銮。挂在马嚼子上的铃。**锵锵**:拟声词。铃声。**城**:筑城。**东方**:指齐国。

骙 kuí	四牡骙骙，	驷马骙骙，	骙骙：马强壮貌。喈喈：拟声词。铃声。徂：往。式：助词。含应、当之意。遄：疾速。穆：和美。清风：和风。永怀：长思。以：因此。慰：安慰。
喈 jiē	八鸾喈喈。	八銮喈喈。	
徂 cú 齐 qí	仲山甫徂齐，	仲山甫赴齐，	
遄 chuán	式遄其归。	应速其归。	
	吉甫作诵，	吉甫作颂，	
穆 mù	穆如清风。	和如清风。	
	仲山甫永怀，	仲山甫长思，	
	以慰其心。	故慰其心。	

韩奕

【译诗】

韩奕：周臣赞颂韩侯，记述了他受命、饯送、娶妻和镇北等事迹。《毛诗正义》：尹吉甫美宣王也。《诗经原始》：送韩侯入觐归娶，为国北卫也。

	奕奕梁山，	巍巍梁山，	奕奕：高大貌。梁山：山名，在今陕西东部。甸：治理。倬：广大，光明。韩：周代诸侯国。在今河北中部。受命：特指受君主之命。缵：继承。戎：你，你的。祖考：祖先。废：背弃，废弃。朕：我，我的。命：命令。虔：恭敬。共：通供。供职。榦：正，纠正。不庭：无道，叛逆。方：国。指诸侯国。辟：国君。
甸 diàn	维禹甸之。	大禹整之。	
倬 zhuō	有倬其道，	绰绰大道，	
	韩侯受命，	韩侯受命，	
	王亲命之：	王亲命之：	
缵 zuǎn 戎 róng	“缵戎祖考，	“继你先祖，	
朕 zhèn	无废朕命。	勿违王命。	
夙 sù 解 xiè	夙夜匪解，	夙夜不懈，	
虔 qián 共 gōng	虔共尔位。	诚供你职。	
	朕命不易，	王命不易，	
榦 gàn	榦不庭方，	匡正逆邦，	
戎 róng 辟 bì	以佐戎辟。”	以佐天子。”	

	四牡奕奕，	驷马高高，	奕奕：高大貌。脩：长。张：大。入觐：诸侯朝见天子。介圭：大圭。天子或诸侯的瑞玉，上尖下方，长一尺二寸。
	孔脩且张。	又大又长。	
觐 jìn	韩侯入觐，	韩侯朝见，	
圭 guī	以其介圭，	捧其介圭，	
	入觐于王。	朝见于王。	
锡 xī	王锡韩侯：	王赐韩侯：	

注音	原文	译文
淑 shū 绥 ruí	淑旂绥章，	龙旗羽章，
簟 diàn 茀 fú	簟茀错衡，	竹帘金辕，
衮 gǔn 舄 xì	玄衮赤舄，	礼服红鞋，
镂 lòu 钖 yáng	钩膺镂钖，	胸缨额钖，
鞹 kuò 鞃 hóng	鞹鞃浅幭，	革轼皮套，
幭 miè 鞗 tiáo	鞗革金厄。	笼头金轭。

淑旂绥章：绘有蛟龙的旗帜，以及旗杆顶端用以别贵贱的彩色鸟羽或牦牛尾。**簟茀错衡**：车厢竹帘，以及金色饰纹车辕横木。**玄衮赤舄**：黑礼服和红鞋，为诸侯服装。**钩膺镂钖**：马胸前的革带及缨饰，以及马额上的金属饰物。**鞹鞃浅幭**：车轼上的蒙革扶手及浅色兽皮覆盖物。**鞗革**：马笼头的下垂装饰。**金厄**：金饰车轭。

注音	原文	译文
	韩侯出祖，	韩侯祭路，
	出宿于屠。	留宿于屠。
父 fǔ	显父饯之，	显父饯行，
	清酒百壶。	清酒百壶。
殽 yáo	其殽维何？	其肉是啥？
炰 páo	炰鳖鲜鱼。	蒸鳖鲜鱼。
蔌 sù	其蔌维何？	其菜是啥？
	维笋及蒲。	竹笋香蒲。
赠 zèng	其赠维何？	所赠是啥？
乘 shèng	乘马路车。	驷马大车。
笾 biān 且 jū	笾豆有且，	盘盆满桌，
胥 xū	侯氏燕胥。	侯爷宴乐。

祖：出行时祭路神。**屠**：屠地。在周国，今陕西。**显父**：周宣王卿士。一说德高望重的长者。**殽**：通肴。泛指荤菜。**炰**：蒸煮，烧烤。**蔌**：蔬菜。**笋**：竹笋。**蒲**：香蒲。初出土嫩叶可作菜。**笾豆**：食器。笾盛果脯，豆盛肉菜。**且**：众多貌。**侯氏**：指诸侯个人。**燕胥**：宴乐。

注音	原文	译文
	韩侯取妻，	韩侯娶妻，
汾 fén	汾王之甥，	汾王甥女，
蹶 guì 父 fǔ	蹶父之子。	蹶父女儿。
	韩侯迎止，	韩侯亲迎，
	于蹶之里。	在蹶乡里。
两 liàng 彭 bāng	百两彭彭，	百车攘攘，
锵 qiāng	八鸾锵锵，	八銮锵锵，
	不显其光。	大显风光。
娣 dì	诸娣从之，	诸妾跟随，
祁 qí	祁祁如云。	济济如云。
	韩侯顾之，	韩侯曲顾，
	烂其盈门。	粲然盈门。

汾王：周厉王。**蹶父**：周宣王卿士。**迎止**：古代迎亲礼仪之一。夫婿亲至女家迎新娘入室，行交拜合卺之礼。**两**：量词，辆。用于车辆。**彭彭**：众多貌。**锵锵**：拟声词。铃声。**不**：通丕。大。**娣**：妾。**祁祁**：众多貌。**顾之**：行曲顾之礼。曲顾，古代迎亲礼仪之一。夫婿至女家迎女，出门登车，授女以绥，自御轮三周，然后下车先女而归。此时须回头顾视，谓之曲顾礼。**烂**：粲然鲜明貌。

	蹶父孔武，	蹶父孔武，
	靡国不到，	无国不到，
姞 jí 相 xiàng	为韩姞相攸，	为韩姞择居，
乐 lè	莫如韩乐。	莫如韩乐。
	孔乐韩土，	甚乐韩土，
讦 xū	川泽讦讦，	河泊阔阔，
鲂 fáng 𫚉 yú	鲂𫚉甫甫，	鳊鲢硕硕，
麀 yōu 噳 yǔ	麀鹿噳噳。	母鹿伙伙。
罴 pí	有熊有罴，	有熊有罴，
	有猫有虎。	有猫有虎。
	庆既令居，	爱其温居，
	韩姞燕誉。	韩姞安乐。

韩姞：蹶父之女，韩侯之妻。姞，蹶父之姓。**相攸**：物色居所。指找婆家。攸，居所。**讦讦**：广大貌。**鲂**：鳊鱼。**𫚉**：鲢鱼。**甫甫**：大而众多貌。**麀鹿**：母鹿。**噳噳**：群兽聚集貌。**猫**：豹猫。形状似猫，性凶猛，猎食小动物。**庆**：喜欢。**既**：其。**令**：善。**燕誉**：安乐。誉，通豫，乐。

溥 pǔ	溥彼韩城，	偌大韩城，
燕 yān	燕师所完。	燕人所建。
	以先祖受命，	自先祖受命，
	因时百蛮。	管辖百蛮。
	王锡韩侯，	王赐韩侯，
貊 mò	其追其貊。	追土貊土。
奄 yǎn	奄受北国，	尽收北国，
	因以其伯。	而为其首。
墉 yōng 壑 hè	实墉实壑，	筑城挖河，
	实亩实籍。	治田收税。
貔 pí	献其貔皮，	进贡貔皮，
	赤豹黄罴。	赤豹黄罴。

溥：大。**燕**：周代诸侯国。在今河北北部。**师**：军队。**完**：修治。**以**：自。**因**：为……之长，统治。**时**：此，这。**百蛮**：指北方各古族所建诸国。**追**：追国。北方古族所建。**貊**：貊国。北方古族所建。**奄**：尽。**受**：接受。**北国**：北方的诸侯国。**因**：因此。**伯**：方伯。一方诸侯之首。**实**：是，此。**墉**：筑城，城墙。**壑**：挖掘护城河。**亩**：整治田垄。**籍**：征收赋税。**献**：进贡。**貔**：雪豹。猛兽。**赤豹**：红毛黑纹的豹。

江汉

【译诗】

江汉：周臣描述大臣召虎平定淮夷并受命受赐之事，赞颂了周王有德，赞扬了召虎有能。《毛诗正义》：尹吉甫美宣公也。《诗经原始》：召穆公平淮铭器也。

旟 yú

江汉浮浮，
武夫滔滔。
匪安匪游，
淮夷来求。
既出我车，
既设我旟。
匪安匪舒，
淮夷来铺。

江汉浩浩，
武夫滔滔。
不安不游，
淮夷来剿。
乃出我车，
乃树我帜。
不安不舒，
淮夷来克。

江：长江。**汉**：汉水。**浮浮**：水或雪盛大貌。**武夫**：将士。**滔滔**：盛大。**匪**：通非。不。**安**：安逸。**游**：游玩。**淮夷**：古族名，在今江苏，居淮水南岸至入海处。**求**：通纠。讨伐。**既**：已经。**设**：树起。**旟**：鸟纹旗。指军旗。**舒**：迟缓。**铺**：通搏，讨伐。一说陈师。

汤 shāng
洸 guāng
载 zài

江汉汤汤，
武夫洸洸。
经营四方，
告成于王。
四方既平，
王国庶定。
时靡有争，
王心载宁。

江汉汤汤，
武夫昂昂。
营治四方，
告成于王。
四方已平，
王国幸定。
今没有争，
王心则宁。

汤汤：水势浩荡貌。**洸洸**：威武貌。**经营**：规划营治。**告成**：上报所完成的功业。**庶**：幸而。**争**：争斗。**载**：则。

浒 hǔ
召 shào
辟 pì
棘 jí

江汉之浒，
王命召虎：
“式辟四方，
彻我疆土。
匪疚匪棘，
王国来极。
于疆于理，
至于南海。”

江汉水浒，
王命召虎：
“开辟四方，
治我疆土。
不害不急，
王国为则。
划界治理，
到那南海。”

浒：水边。**召虎**：召伯，召穆公。周宣王大臣。**式**：助词。**辟**：开辟。**彻**：整治。**疚**：害，伤害。**棘**：通急。急躁。**王国**：天子之国。**极**：以为准则。**于**：助词。一说于是。**疆**：划界。**理**：治理。**南海**：指极南地区。

王命召虎：
“来旬来宣，
文武受命，

王命召虎：
“周遍宣传，
文武受命，

来：勤。一说助词。**旬**：普遍。一说经营。**宣**：宣扬。一说周遍。**文武**：周文王和周武王。**受命**：君王受天之命。指在位。**召公**：

注音	原文	译文
翰 hàn	召公维翰。	召公为干。
予 yú	无曰予小子，	勿说予小子，
	召公是似，	召公你继，
肇 zhào	肇敏戎公，	尽心大政，
锡 xī 祉 zhǐ	用锡尔祉。	赐你福祉。

召公奭，召虎先祖。**翰**：通榦。栋梁。**予小子**：对先辈长者的自称。指称召虎自称。**似**：通嗣。继承。**肇敏**：尽心竭力。**戎公**：大事。戎，大。公，通功，事，工作。**祉**：福。

注音	原文	译文
釐 lài 瓒 zàn	“釐尔圭瓒，	“赏你圭瓒，
秬 jù 鬯 chàng	秬鬯一卣，	香酒一壶，
卣 yǒu	告于文人，	祭告先贤，
	锡山土田。”	赐山赐田。”
	于周受命，	在周受命，
	自召祖命，	与召公同，
稽 qǐ	虎拜稽首：	召虎稽首：
	“天子万年！”	“天子万年！”

釐：通赉。赏，赏赐。**圭瓒**：玉制勺状酒器，以圭为柄，用于祭祀。**秬鬯**：黑黍香酒，用黑黍饭发酵加入香料制成。**卣**：有提梁的大腹敛口酒器。**告**：祷告，祭告。**文人**：先祖有文德者。指召公。**受命**：特指受君主之命。**自召祖命**：使用祖先召公受命之礼。自，用。**稽首**：古时一种跪拜礼，叩头至地，是九拜中最恭敬者。

注音	原文	译文
	虎拜稽首，	召虎稽首，
	对扬王休，	颂扬王好，
	作召公考：	用召公辞：
	“天子万寿！	“天子万寿！
	明明天子，	明明天子，
	令闻不已，	令闻不已，
	矢其文德，	施行文德，
洽 qià	洽此四国。”	协和列国。”

对扬：臣对君赐时答谢颂扬。**作**：为，用。**休**：美善。**召公考**：召公奭受命时答谢周成王的颂辞。考，成。一说通簋。祭祖盛粟稷的器皿，圆腹、开口、圈足。**明明**：明智、明察貌。一说勤勉。**令闻**：美好的名声。**矢**：施行。**洽**：和谐，融洽。**四国**：四方邻国。泛指天下。

常武

【译诗】

常武：周臣赞颂周宣王亲伐徐国平定叛乱。《毛诗正义》：召穆公美宣王也。《诗经原始》：宣王自将伐徐也。

	赫赫明明，	赫赫英明，
	王命卿士，	王命卿士，
大 tài	南仲大祖，	南仲太祖，
父 fǔ	大师皇父：	太师皇父：
	“整我六师，	“整我六师，
脩 xiū 戎 róng	以脩我戎。	以养我兵。
	既敬既戒，	即警即戒，
	惠此南国。”	惠及南国。”

赫赫：显赫盛大貌。**明明**：明智、明察貌。**王**：指周宣王。**命**：册命，帝王任命。**卿士**：周王朝的执政者，总管王朝政事。**南仲**：人名。周宣王大臣。**大祖**：太祖。一说指文王庙。**大师**：太师。三公最尊者，为辅弼周王之官。**皇父**：人名。周宣王大臣。**六师**：周王所统六军之师。**脩**：同修。整治，整修。**戎**：兵器，军队。**既**：即，随即。**敬**：警惕。**戒**：戒备。**惠**：惠赐。**南国**：南方各诸侯国。此指徐国的邻国。

尹 yǐn	王谓尹氏：	王叫尹氏：
父 fǔ	“命程伯休父，	“命程伯休父，
行 háng	左右陈行，	左右列队，
	戒我师旅：	训我师旅：
率 shuài 浦 pǔ	率彼淮浦，	顺着淮堤，
省 xǐng	省此徐土。	省视徐土。
处 chǔ	不留不处，	不留不驻，
	三事就绪。”	农事照旧。”

尹氏：周宣王大臣。**程伯休父**：周宣王大夫。**陈行**：列队。**戒**：训诫。**师旅**：指军队。**率**：沿着，循。**淮**：淮水。**浦**：水边，岸边。**省**：省视，察看。**徐土**：徐国。周代诸侯国，在今安徽。**留**：停留。**处**：居住。**三事**：三农之事。一说三公。**就绪**：谓从事其本业。

	赫赫业业，	赫赫巍巍，
	有严天子。	威严天子。
	王舒保作，	王师稳步，
绍 chāo	匪绍匪游，	不悠不游，
绎 yì	徐方绎骚。	徐邦纷扰。
	震惊徐方，	震惊徐邦，
	如雷如霆，	如雷如霆，
	徐方震惊。	徐邦震惊。

业业：高大雄壮貌。**舒**：从容。**保**：安稳。**作**：行，行进。**绍**：缓慢。**游**：放纵。**绎骚**：骚动，扰动。**徐方**：徐国。

厥 jué	王奋厥武，	王振威武，
	如震如怒。	如雷如怒。
	进厥虎臣，	进其虎将，

奋：奋起。**厥**：其。**震**：雷。**进**：进军。**虎臣**：比喻勇猛之臣。**阚**：虎怒，比喻威猛。**虓**：猛虎怒吼。**铺敦**：陈兵屯驻。**濆**：水岸

阚 hǎn 虓 xiāo	阚如虓虎。	悍如啸虎。	边,水旁高地。**仍**:一再,频繁。**执**:逮捕,捉。**丑虏**:俘虏。**截**:断。一说治,整治。**所**:处所。
敦 tún 溃 fén	铺敦淮溃,	驻屯淮岸,	
	仍执丑虏。	频捉俘虏。	
	截彼淮浦,	截断淮堤,	
	王师之所。	王师所处。	

啴 tān	王旅啴啴,	王师盛盛,	**啴啴**:众多而威武貌。**飞**:飞行。意指鸟飞之疾。**翰**:鹰鹞类猛禽。意指捕猎之猛。一说高,高飞。**江**:长江。意指宽广。**汉**:汉水。意指浩荡。**苞**:根本深固。**绵绵**:安静貌。一说连绵不断貌。**翼翼**:恭敬谨慎貌。一说众多貌。**测**:推测。**克**:战胜。**濯**:大。
翰 hàn	如飞如翰,	如飞如鹰,	
	如江如汉,	如江如汉,	
	如山之苞,	如山稳牢,	
	如川之流。	如川奔流。	
	绵绵翼翼,	严严密密,	
	不测不克,	难测难夺,	
濯 zhuó	濯征徐国。	大征徐国。	

塞 sāi	王犹允塞,	王谋实在,	**犹**:通猷。谋略。**允**:确实。**塞**:充实,诚实。**来**:归服,归顺。**同**:归顺,统一。**功**:功劳。**平**:平定。**庭**:来王廷朝见,朝贡。**回**:违背,反叛。**曰**:爰,于是。一说说。**还归**:凯旋。
	徐方既来。	徐邦已归。	
	徐方既同,	徐邦已从,	
	天子之功。	天子之功。	
	四方既平,	四方已平,	
	徐方来庭。	徐邦朝贡。	
	徐方不回,	徐邦不违,	
还 xuán	王曰还归。	王乃班师。	

卬 yǎng	**瞻卬**	**【译诗】**
	瞻卬昊天，	瞻仰昊天，
	则不我惠。	却不善待。
填 chén	孔填不宁，	长久不宁，
	降此大厉。	降此祸事。
	邦靡有定，	国没有定，
瘵 zhài	士民其瘵。	军民受罪。
蟊 máo	蟊贼蟊疾，	蟊贼为害，
	靡有夷届。	没有止息。
罟 gǔ	罪罟不收，	罪网不收，
瘳 chōu	靡有夷瘳。	没有罢休。

瞻卬：周臣怨叹幽王放任褒姒干政而祸国殃民。《毛诗正义》：凡伯刺幽王大坏也。《诗经原始》：刺幽王嬖褒姒以致乱也。

瞻卬：仰望。**则**：却。**惠**：善待。**填**：长久。**大厉**：大恶，大祸害。**士民**：军民。**瘵**：痛苦。**蟊贼**：咬食禾苗的两种害虫。**蟊疾**：蟊虫为害。**夷届**：终止，止息。**罪罟**：罪网。**收**：收敛。**夷瘳**：病愈。比喻疾苦的解除。

	人有土田，	人有土田，
女 rǔ	女反有之。	你反取之。
	人有民人，	人有庶民，
	女覆夺之。	你反夺之。
	此宜无罪，	这应无罪，
	女反收之。	你反捕之。
	彼宜有罪，	那应有罪，
说 tuō	女覆说之。	你反漏之。

土田：土地，田地。**女**：你。**反**：反而。**有**：占有。**民人**：人民，百姓。**覆**：反而。**夺**：强取。**宜**：应当。**收**：拘捕。**说**：通脱。解脱。

	哲夫成城，	谋士兴邦，
	哲妇倾城。	谋妇丧邦。
懿 yī 厥 jué	懿，厥哲妇！	噫，其谋妇！
枭 xiāo 鸱 chī	为枭为鸱。	是枭是鸱。
长 cháng	妇有长舌，	妇有长舌，
	维厉之阶。	乃祸之胎。
	乱匪降自天，	乱非降自天，
	生自妇人。	来自妇人。
	匪教匪诲，	非教非诲，
寺 shì	时维妇寺。	此为妇陪。

哲夫：谋士。足智多谋的男子。**成城**：立国。城，国家。**哲妇**：谋女。足智多谋的女子。**倾城**：丧国。**懿**：通噫。叹词。**厥**：其。**枭**：猫头鹰，也叫鸮。貌丑声恶，人视为恶鸟。**鸱**：鹞鹰。喜掠食小鸟，人视为恶鸟。**长舌**：比喻好说闲话，搬弄是非。**厉**：祸乱。**阶**：缘由，根源。**诲**：诱使。**时**：是，此。**维**：是，为。一说唯。**妇寺**：指该妇人陪侍在身旁。一说宫中女侍从。

注音	原文	译文	注释
鞫 jū 忮 zhì	鞫人忮忒，	找碴陷害，	**鞫**：穷屈，找碴。**忮忒**：嫉害变诈。**谮**：进谗言。**竟**：终。**背**：违背，反复。**极**：顶点，最高地位。一说至，善。**伊**：助词。**胡**：为什么。**慝**：邪恶。**贾**：商人。**三倍**：获利三倍。**君子**：贵族通称。**识**：知道。**公事**：政事。**休**：停止。**蚕织**：蚕桑纺织。
忒 tè 谮 zèn	谮始竟背。	谗后说非。	
	岂曰不极，	岂非至极，	
慝 tè	伊胡为慝？	何以为恶？	
贾 gǔ	如贾三倍，	如赚三倍，	
	君子是识。	君子也知。	
	妇无公事，	妇勿政事，	
	休其蚕织。	停其蚕织。	

注音	原文	译文	注释
	天何以刺？	天何以斥？	**刺**：指责。**富**：通福。赐福，保佑。**舍**：放弃。**尔**：你，你的。**介狄**：披甲来犯的夷狄。**维**：同唯。唯独。**胥**：相，相互。**忌**：怨恨。**吊**：善。**祥**：吉祥。**威仪**：祭祀等典礼中的仪节及接人待物的礼仪。**类**：善。**人**：指贤人。**亡**：逃亡。**邦国**：国家。**殄瘁**：病困。
	何神不富？	神怎不赐？	
舍 shě 狄 dí	舍尔介狄，	舍你来敌，	
予 yú 胥 xū	维予胥忌。	对我怨艾。	
	不吊不祥，	不善不祥，	
	威仪不类。	威仪不美。	
	人之云亡，	贤士逃亡，	
殄 tiǎn 瘁 cuì	邦国殄瘁。	国家病危。	

注音	原文	译文	注释
罔 wǎng	天之降罔，	天哟降网，	**罔**：通网。**优**：多，普遍。**几**：危，危险。一说近，逼近。
	维其优矣！	唯其周呀！	
	人之云亡，	贤士逃亡，	
	心之忧矣！	心哟忧呀！	
	天之降罔，	天哟降网，	
几 jī	维其几矣！	唯其危呀！	
	人之云亡，	贤士逃亡，	
	心之悲矣！	心哟悲呀！	

注音	原文	译文	注释
觱 bì 槛 jiàn	觱沸槛泉，	翻涌喷泉，	**觱沸**：泉水涌出貌。**槛泉**：喷涌四流的泉水。
	维其深矣！	唯其深呀！	
	心之忧矣，	心哟忧啊，	
宁 nìng	宁自今矣！	竟自今呀！	
	不自我先，	不自我前，	

藐 miǎo 昊 hào
忝 tiǎn

不自我后。
藐藐昊天，
无不克巩。
无忝皇祖，
式救尔后！

不自我后。
高高昊天，
无不能控。
勿辱皇祖，
该救你后！

藐藐：高远貌。一说盛美貌。**克**：能。**巩**：控制，约束。一说巩固。**皇祖**：君主的祖父或远祖。**无忝**：不辱，不羞愧。**式**：助词。含应、当之意。**后**：子孙，后代。

召 shào 旻 mín

召旻

【译诗】

召旻：周臣怨叹幽王重用奸贼以致祸国殃民。《毛诗正义》：凡伯刺幽王大坏也。《诗经原始》：刺幽王政由内乱也。

笃 dǔ 丧 sāng
瘨 diān 馑 jǐn
圉 yǔ

旻天疾威，
天笃降丧，
瘨我饥馑，
民卒流亡，
我居圉卒荒。

旻天暴虐，
天独降殃，
害我饥馑，
民尽流亡，
我举国尽荒。

旻天：泛指天。**疾威**：暴虐。**笃**：专一。一说厚。**丧**：祸难，祸殃。**瘨**：病，使痛苦。**卒**：尽，都。**居圉**：城中与边境。圉，边境。

罟 gǔ
蟊 máo 讧 hòng
椓 zhuó 共 gōng
遹 yù

天降罪罟，
蟊贼内讧，
昏椓靡共，
溃溃回遹，
实靖夷我邦。

天降罪网，
蟊贼内讧，
昏乱不忠，
歪歪乖僻，
此欲灭我邦。

罪罟：罪网。**蟊贼**：害虫。指奸贼。**内讧**：集团内部由于争权夺利等原因而发生的冲突或战争。**昏椓**：昏乱谗谤之人。一说阉人。**靡**：不。**共**：供职，尽职。**溃溃**：昏乱貌。**回遹**：邪僻，曲折。**实**：是，此。**靖**：图谋。**夷**：灭。

皋 gāo 訿 zǐ
曾 zēng 玷 diàn
填 chén
贬 biǎn

皋皋訿訿，
曾不知其玷。
兢兢业业，
孔填不宁，
我位孔贬。

浑浑噩噩，
竟不知污点。
兢兢业业，
长久不宁，
我位大贬。

皋皋：愚顽貌。**訿訿**：腐败不称职。一说诋毁，毁谤。**曾**：乃，竟。**玷**：污点。**兢兢业业**：谨慎戒惧貌。**填**：长久。**我位**：指我周王之位。**孔**：大。**贬**：降低地位或官职。

栖 qī 苴 chá
相 xiàng

如彼岁旱，
草不溃茂。
如彼栖苴，
我相此邦，
无不溃止！

如那天旱，
草不丰茂。
如那烂渣，
我看此邦，
无不溃呢！

溃茂：繁盛，丰茂。**栖苴**：烂叶枯草。一说挂到树上的水草。**溃**：乱，崩溃。**止**：助词。

	维昔之富不如时， 维今之疚不如兹。	往昔所富不如许， 当今所病不如此。	**维**：助词。**不如**：不似。**时**：是，此。**疚**：病，穷困。**兹**：此。**疏**：糙米。一说粗粮，即小米。**粺**：精米。**自替**：自请罢官离职。**职**：犹，尚。**兄**：滋长，更加。**斯**：助词。**引**：延长。
粺 bài	彼疏斯粺，	粗充精米，	
	胡不自替，	怎不辞职，	
兄 kuàng	职兄斯引？	还更延期？	
	池之竭矣，	池枯竭啊，	**不云**：岂不说是。**频**：通濒。水边。**溥**：广大，大。**弘**：大。**烖**：同灾。**我**：指我周王。
频 bīn	不云自频？	岂非自沿？	
	泉之竭矣， 不云自中？	泉枯竭啊， 岂非自源？	
溥 pǔ	溥斯害矣，	大呀害啊，	
兄 kuàng	职兄斯弘，	还更延伸，	
烖 zāi	不烖我躬？	不坏我身？	
	昔先王受命，	昔先王受命，	**先王**：指文王、武王和成王。**受命**：受天之命。**召公**：召公奭。**辟国**：开辟国土。**蹙**：缩小，减少。**尚**：尊崇，重视。**旧**：有旧时德行之臣。
召 shào	有如召公，	有如召公，	
辟 pì	日辟国百里。	日辟地百里。	
蹙 cù	今也日蹙国百里。	今呢日失地百里。	
於 wū	於乎哀哉！	呜呼哀哉！	
	维今之人， 不尚有旧。	如今之人， 不重贤士。	

颂·周颂

颂:王室祭祀的乐歌。一说王室为先王歌功颂德的乐歌。**周颂**:西周王室祭祀的乐歌。作于西周(前1046—前771)初期。

清庙之什

清庙

【译诗】

清庙:周王祭祀文王。《毛诗正义》:祀文王也。《诗经原始》:祀文王也。

於 wū 穆 mù	於,穆清庙!	啊,美清庙!
雝 yōng 相 xiàng	肃雝显相,	端庄侯王,
	济济多士,	济济众士,
	秉文之德,	秉承文德,
	对越在天,	颂扬祖灵,
骏 jùn	骏奔走在庙。	疾奔走在庙。
	不显不承,	至显至善,
射 yì	无射于人斯!	人人不厌呀!

於:叹词。表示赞叹。**穆**:美好。**清庙**:即太庙,周王的宗庙。**肃雝**:庄严雍容,整齐和谐。**显**:高贵。**相**:助祭的公侯。**济济**:众多貌。**多士**:众多贤士。指参祭者。**秉**:执行。**文之德**:文德,礼乐教化。一说指周文王之德。**对越**:答谢颂扬。一说配于。**骏**:迅疾。**不显**:很显赫。不,通丕。**不承**:很美好。承,通烝。美,善。**无射**:不厌。**于**:被。**人**:人人,每个人。**斯**:助词。啊。

维天之命

【译诗】

维天之命:周王祭祀文王。《毛诗正义》:大平告文王也。《诗经原始》:祀文王也。

	维天之命,	唯天之命,
於 wū 穆 mù	於,穆不已!	啊,美不已!
	於乎,不显!	於乎,至显!
	文王之德之纯。	文王之德真纯。
假 xià	假以溢我,	嘉以传我,
	我其收之。	我乃收之。
骏 jùn	骏惠我文王,	尽遵我文王,
笃 dǔ	曾孙笃之。	曾孙续之。

维:同唯。唯独。一说通惟。思念。**命**:天命。**於**:叹词,表示赞叹。**穆**:美好。**不已**:不止。**於乎**:叹词,表示赞叹。**不显**:很显赫。不,通丕。**纯**:纯粹。一说大。**假**:嘉,美,善。**溢**:流布。一说慎,安。**收**:接受,接纳。**骏惠**:极力遵从。**曾孙**:对曾孙以下的统称。此为主祭者自称。**笃**:笃行,忠诚实践。

维清

缉 jī 熙 xī
肇 zhào 禋 yīn
祯 zhēn

维清缉熙，
文王之典。
肇禋，
迄用有成，
维周之祯。

【译诗】

清明光辉，
文王典章。
祭天，
至今管用，
是周吉祥。

维清：周王祭祀文王。《毛诗正义》：奏象舞也。《诗经原始》：祀文王也。

清：清朗。**缉熙**：光明。**典**：典章。**肇**：开始。**禋**：烧柴升烟以祭，为祭天典礼。后泛指祭祀。**迄**：至。**用**：使用。**有成**：有成效。**祯**：吉祥。

烈文

辟 bì
锡 xī 祉 zhǐ
戎 róng
辟 bì
於 wū

烈文辟公，
锡兹祉福。
惠我无疆，
子孙保之。
无封靡于尔邦，
维王其崇之。
念兹戎功，
继序其皇之。
无竞维人，
四方其训之。
不显维德，
百辟其刑之。
於乎，前王不忘！

【译诗】

文采侯公，
赐此大福。
惠我无疆，
子孙保之。
无大害在你邦，
先王乃重之。
念此大功，
继业乃弘之。
至强贤人，
四方乃顺之。
至显为德，
诸侯乃行之。
於乎，先王不忘！

烈文：周成王祭祀武王，同时劝诫了助祭诸侯。《毛诗正义》：成王即政，诸侯助祭也。《诗经原始》：成王戒助祭诸侯也。

烈文：光明文采。一说武功文德。**辟公**：指称诸侯。**锡**：赐。**祉福**：幸福。**惠**：加恩，惠爱。**保**：保有。**封靡**：严重损伤。**尔**：你。**维**：助词。**王**：指周武王。**其**：乃。**崇**：推重。**戎功**：大功。**继序**：继绪，继承正统。**皇**：发扬光大。一说美。**竞**：强。**四方**：天下。指四方诸侯国。**训**：通顺。顺从。**不显**：很明显。不，通丕，大。**百辟**：众诸侯。**刑**：效法。**於乎**：叹词。表示感叹。**前王**：先王。指周武王。

天作

徂 cú
岐 qí 行 háng

天作高山，
大王荒之。
彼作矣，
文王康之。
彼徂矣，
岐有夷之行。
子孙保之！

【译诗】

天生高山，
太王整之。
彼拓啊，
文王承之。
彼去啊，
岐有道路平。
子孙保之！

天作：周王祭祖，歌颂了太王和文王。《毛诗正义》：祀先王先公也。《诗经原始》：享岐山也。

作：生。**高山**：指岐山。在今陕西。**大王**：太王，古公亶父。**荒**：垦治。**彼**：指太王。一说指周民。**作**：始。一说建造。**康**：通庚，继续。一说安乐。**彼**：指文王。一说指周民。**徂**：去，往。**夷**：平坦。**行**：道路。**保**：保全，保住。

昊天有成命

【译诗】

昊天有成命:周王祭祖,歌颂了文王和武王。《毛诗正义》:郊祀天地也。《诗经原始》:祀成王也。

注音	原诗	译诗
昊 hào		
	昊天有成命,	昊天有成命,
	二后受之。	文武受之。
	成王不敢康,	成王不敢安,
夙 sù 宥 yòu	夙夜基命宥密。	夙夜亲政宽和。
於 wū 缉 jī 熙 xī	於,缉熙!	啊,光辉!
单 dǎn 厥 jué	单厥心,	尽其心,
肆 sì	肆其靖之!	乃宁靖之!

成命:既定的天命。**二后**:指文、武二王。**受**:承受。**成王**:成为君王。一说周成王。**康**:安乐,安宁。**夙夜**:朝夕,指无时无刻。**基命**:运筹王命。**宥密**:存心仁厚宁静。**缉熙**:光明。**单**:敦厚。一说通殚,尽。**肆**:故,遂。**其**:乃。**靖**:安定。

我将

【译诗】

我将:周武王祭祀上帝和文王。《毛诗正义》:祀文王于明堂也。《诗经原始》:祀帝于明堂,以文王为之配也。

注音	原诗	译诗
将 jiāng		
	我将我享,	我奉我献,
	维羊维牛,	有羊有牛,
	维天其右之。	上天乃侑之。
	仪式刑文王之典,	取法循文王典章,
	日靖四方。	日靖四方。
嘏 gǔ	伊嘏文王,	伟大文王,
飨 xiǎng	既右飨之。	享后赏之。
夙 sù	我其夙夜,	我呢夙夜,
	畏天之威,	畏天之威,
	于时保之。	于是保之。

将:奉献。**享**:祭献。**维**:助词。**天**:天帝,上帝。**右**:通侑,劝请饮食。一说帮助,保佑。**仪式**:取法。**刑**:效法。**典**:典章。**日**:每天。**靖**:平定。**伊**:助词。**嘏**:大。**右飨**:享受祭献,佑助降福。**夙夜**:朝夕,指无时无刻。**于时**:于是。**保**:保住,保全。

时迈

【译诗】

时迈:周武王巡守时祭祀百神。《毛诗正义》:巡守告祭柴望也。《诗经原始》:武王巡守告祭柴望也。

注音	原诗	译诗
	时迈其邦,	例巡列邦,
昊 hào	昊天其子之,	昊天视为子,
	实右序有周。	此佑助我周。

时:按时。**迈**:巡行。**邦**:各诸侯国。**子**:视为儿子。**实**:是,此。**右序**:辅助,佑助。**薄言**:言薄,我薄,薄,助词。一说助

	原诗	译诗
	薄言震之，	我哟震慑，
	莫不震叠。	莫不慑服。
	怀柔百神，	来安百神，
	及河乔岳。	及河山岳。
	允王维后！	王乃君主！
	明昭有周，	明察我周，
	式序在位。	依序在位。
戢 jí 干 gān	载戢干戈，	藏起干戈，
櫜 gāo	载櫜弓矢。	装起弓矢。
懿 yì	我求懿德，	我求美德，
肆 sì	肆于时夏，	施于华夏，
	允王保之！	王乃保之！

词。一说急迫地。**震**:震慑。**震叠**:震动,恐惧。**怀柔**:帝王祭祀山川,招来神祇,使各安其位。**百神**:四方土地山川之众神。**乔岳**:高山。**允**:确实。**维**:是。**后**:君主。**明昭**:明察。**式序**:按次序,顺序。**在位**:在君主之位,或在官位。**载**:助词。**戢**:收藏。**櫜**:用囊收藏。**懿德**:美德。**肆**:施行。**时**:此。**夏**:华夏,古代中国的中原地区。**保**:保住。

执竞

【译诗】

执竞:周王祭祀武王。《毛诗正义》:祀武王也。《诗经原始》:祀武王也。

	原诗	译诗
	执竞武王，	至强武王，
	无竞维烈。	无上功业。
	不显成康，	至显成康，
	上帝是皇。	上帝赞赏。
	自彼成康，	自那成康，
奄 yǎn	奄有四方，	拥有四方，
	斤斤其明。	昌昌其明。
喤 huáng	钟鼓喤喤，	钟鼓喤喤，
筦 guǎn	磬筦将将，	磬管锵锵，
穰 rǎng	降福穰穰。	降福穰穰。
	降福简简，	降福显显，
反 bǎn	威仪反反。	威仪端端。
	既醉既饱，	尽醉尽饱，
反 fǎn	福禄来反。	福禄再返。

执竞:自强不息。**无竞**:无比。**烈**:功业。**不显**:大显。不,通丕。**成康**:成王业安天下。一说指周成王和周康王。**皇**:赞美,嘉许。**奄有**:全部占有。**斤斤**:昌明。一说明察。**明**:清明。**喤喤**:拟声词。钟鼓大而和谐之声。**磬**:打击乐器。**筦**:管。竹制管乐器,像笛。**将将**:锵锵。拟声词。金玉撞击发出的洪亮清越之声。**穰穰**:众多貌。**简简**:盛大貌。**威仪**:祭祀等典礼中的仪节及接人待物的礼仪。**反反**:慎重和善貌。**反**:重复。

思文

【译诗】

思文：周王祭祀后稷，颂扬了他德配天帝。《毛诗正义》：后稷配天也。《诗经原始》：后稷配天也。

稷 jì

思文后稷，　文德后稷，
克配彼天。　能配于天。
烝 zhēng
立我烝民，　养我众民，
莫匪尔极。　莫不你赐。
贻 yí 牟 móu
贻我来牟，　给我麦子，
率 shuài
帝命率育。　帝命普惠。
无此疆尔界，　不分疆与界，
陈常于时夏。　农政施华夏。

思：助词。**文**：文德。**克**：能。**配**：相配。**立**：通粒。谷粒。引申为养育。**烝**：众。**莫匪**：莫不。没有一个不是。**极**：作为准则。一说至，善。**贻**：留给。**来牟**：大小麦的统称。来，小麦。牟，大麦。**帝**：上帝。**命**：命令。**率**：皆，全。一说用，以。**育**：养育。**尔**：这，那。**陈**：施行。**常**：常政。指农政。**时**：此。**夏**：华夏。古代中国的中原地区。

臣工之什

臣工

【译诗】

臣工：周王行藉田礼，告诫众臣重农。《毛诗正义》：诸侯助祭遣于庙也。《诗经原始》：王耕藉田以敕农官也。

嗟 jiē
"嗟嗟，臣工，　"喂喂，众臣，
敬尔在公。　谨慎办公。
釐 lài
王釐尔成，　王赐成法，
来咨来茹。"　来评来估。"
"嗟嗟，保介，　"喂喂，保介，
莫 mù
维莫之春，　在暮之春，
亦又何求？　又有何求？
畬 yú
如何新畬？"　熟田怎处？"
於 wū 牟 móu
"於，皇来牟，　"啊，旺麦子，
厥 jué
将受厥明！　将有收成！
明昭上帝，　明睿上帝，
迄用康年。　赐予丰年。
命我众人：　命我农人：
镈 bó 奄 yǎn
庤乃钱镈，　置你锹锄，
铚 zhì 艾 yì
奄观铚艾。"　同跟刈麦。"

嗟嗟：叹词。表示招呼。**臣工**：群臣百官。**敬**：谨慎。**在公**：处理公务。**釐**：通赉。赐，赏赐。**成**：成法。征询，商议。**茹**：度，估计，评估。一说调度，商量。**保介**：农官的副职。**莫**：暮。**新畬**：开垦了几年的熟田。两年为新田，三年为畬田。**皇**：美。**来牟**：麦子的统称。来，小麦。牟，大麦。**受**：得到。**厥**：其。**明**：成，收成。**明昭**：明智聪察。**迄**：通乞。给予。一说至，到。**用**：以。**康年**：丰年。**众人**：周代的农业生产者。**庤**：储备，储藏。**乃**：你的。**钱**：铁锹。**镈**：锄头。**奄**：同。一说久。**观**：察看。一说多。**铚艾**：收割。铚，用镰收割。艾，通刈，收割。

噫嘻

【译诗】

噫 yī 嘻 xī

噫嘻，成王，
既昭假尔！
“率时农夫，
播厥百谷。
骏发尔私，
终三十里。
亦服尔耕，
十千维耦。”

哎哟，成王，
已祷祝了！
“率此农夫，
播其百谷。
速垦你地，
尽三十里。
大事你耕，
万人并犁。”

假 gé　率 shuài　厥 jué　骏 jùn 发 fā　耦 ǒu

噫嘻：周王祭天后命农官春耕。《毛诗正义》：春夏祈谷于上帝也。《诗经原始》：春祈谷也。

噫嘻：赞叹声。**昭假**：向神祷告，昭示诚敬之心以达于神。**尔**：助词。了。**时**：此。**骏**：迅疾。**发**：开，垦。**尔**：你的。**私**：私田。**终**：尽。**里**：井田制下一里见方为一方里，合九百亩，平分为八份私田和一份公田，由八户农家分耕私田及共耕公田。**亦**：大。**服**：从事。**耦**：两人同使一犁，一推一发而耕。推，踩犁入土。发，压犁翻土。

振鹭

【译诗】

鹭 lù

振鹭于飞，
于彼西雝。
我客戾止，
亦有斯容。
在彼无恶，
在此无斁。
庶几夙夜，
以永终誉。

白鹭群飞，
在那学宫。
我客来此，
也有此容。
在彼无恶，
在此无腻。
希冀夙夜，
以永盛誉。

雝 yōng　戾 lì　恶 wù　斁 yì　夙 sù

振鹭：周王礼待助祭客人。传客人为夏商二王的后代，或许为宋微子。《毛诗正义》：二王之后来助祭也。《诗经原始》：微子来助祭也。

振：群飞貌。**鹭**：白鹭。白羽，喜群飞，飞翔姿态优美若仙。**西雝**：位于都邑西郊的泽宫。指辟廱，即学宫。**戾**：至。**彼**：指客人国内。**无恶**：无憎恶者。**此**：指客人来朝的周朝京城。**无斁**：无厌恶者。**庶几**：希望，但愿。**夙夜**：朝夕，指无时无刻。**终**：通众。众多。**誉**：好名声。

丰年

【译诗】

丰年多黍多稌，
亦有高廪，
万亿及秭。
为酒为醴，
烝畀祖妣，
以洽百礼。
降福孔皆。

丰年多黍多稻，
大有粮仓，
万亿无极。
酿酒甜美，
献给先祖，
以合百礼。
降福比比。

黍 shǔ 稌 tú　廪 lǐn　秭 zǐ　醴 lǐ　烝 zhēng 畀 bì　妣 bǐ 洽 qià　降 jiàng

丰年：周王秋收后祭祖。《毛诗正义》：秋冬报也。《诗经原始》：秋冬大报也。

黍：黄米。**稌**：粳稻。**亦**：通奕。大。**廪**：粮仓。**万亿及秭**：指数量极多。周代十万为亿，万亿为秭。**酒**：清酒。**醴**：甜酒。**烝畀**：献给。**祖妣**：男女先祖。**洽**：符合。**皆**：遍，普遍。

有瞽

瞽 gǔ　虡 jù　应 yìng 县 xuán　鞉 táo 磬 qìng　柷 zhù 圉 yǔ　喤 huáng 厥 jué　雝 yōng　戾 lì

有瞽有瞽，
在周之庭。
设业设虡，
崇牙树羽。
应田县鼓，
鞉磬柷圉。
既备乃奏，
箫管备举。
喤喤厥声，
肃雝和鸣，
先祖是听。
我客戾止，
永观厥成。

【译诗】

乐工乐工，
在周庙庭。
设架立柱，
齿板插羽。
堂鼓悬鼓，
鞉磬柷圉。
就绪乃奏，
箫管参与。
喤喤其声，
舒缓和鸣，
先祖乃听。
我客来此，
长赏曲终。

有瞽:周王合乐祭祖。《毛诗正义》:始作乐而合乎祖也。《诗经原始》:成王始行袷祭也。

瞽:盲人乐工。**业**:悬挂钟鼓的木架上的长板,上端刻有锯齿。**虡**:钟鼓木架两侧的立柱。**崇牙**:钟鼓木架长板上的锯齿。**树羽**:崇牙上所插五彩羽毛,装饰用。**应**:小鼓。**田**:大鼓。**县鼓**:悬挂之大鼓。**鞉**:摇鼓。**磬**:玉制打击乐器。**柷**:打击乐器,以椎内击发声,击之表示开始奏乐。**圉**:打击乐器,以木尺划锯齿发声,击之表示结束奏乐。**喤喤**:拟声词。形容大而和谐的钟鼓声。**肃雝**:徐缓肃穆之声。**是**:于是,乃。**永**:长,久。**成**:一曲终了。

潜

猗 yī 与 yú 沮 jū　鳣 zhān 鲔 wěi　鲦 tiáo 鲿 cháng　鰋 yǎn

猗与漆沮！
潜有多鱼。
有鳣有鲔，
鲦鲿鰋鲤。
以享以祀，
以介景福。

【译诗】

美呀漆沮，
栖有多鱼。
有鳇有鲔，
鲦鲿鲇鲤。
以献以祭，
以助大福。

潜:周王献鱼祭祖。《毛诗正义》:季冬荐鱼,春献鲔也。《诗经原始》:冬荐鱼也。

猗与:叹词。表示赞叹。**漆沮**:漆水和沮水。在今陕西。**潜**:通罧。积柴水中供鱼栖息以捕捞。一说深藏在水下。**鳣**:鳇鱼。大型淡水鱼。**鲔**:白鲟。大型淡水鱼。**鲦**:小型淡水鱼。**鲿**:黄颊鱼。小型淡水鱼。**鰋**:鲇。大型淡水鱼。**介**:佐助。**景**:大。

雝

雝 yōng　相 xiàng 辟 bì　穆 mù

有来雝雝，
至止肃肃。
相维辟公，
天子穆穆。

【译诗】

来时融融，
至此肃肃。
帮手诸侯，
天子穆穆。

雝:周武王率诸侯祭祀文王。《毛诗正义》:禘大祖也。《诗经原始》:祭文王以撤俎也。

雝雝:和洽貌。**肃肃**:恭敬貌。**相**:指助祭者。**维**:是,为。**辟公**:诸侯。**穆穆**:端庄恭敬貌。**於**:叹词。

於 wū	於，荐广牡！	啊，献大牲！
相 xiàng 予 yú	相予肆祀。	帮我供祭。
假 xià	假哉皇考！	美啊皇考！
绥 suí	绥予孝子。	慰我孝子。
	宣哲维人，	明哲诸臣，
	文武维后。	文武君主。
	燕及皇天，	安及皇天，
厥 jué	克昌厥后。	能旺其后。
	绥我眉寿，	慰我长寿，
祉 zhǐ	介以繁祉。	助以多福。
	既右烈考，	既请先父，
	亦右文母。	也请先母。

表示赞叹。**荐**:进献,上供。**广牡**:大牲畜。**相**:辅助,帮助。**肆祀**:陈设祭品。**假**:嘉,美。**皇考**:先父王。指周文王。一说父祖的统称。**绥**:安抚。**宣哲**:明哲,明智。**维**:是。**人**:指贵族,群臣百官。**文武**:文德和武功。**后**:君王。**燕**:通宴。安,安宁。**克**:能。**昌**:昌盛。**厥后**:其后代。**眉寿**:长寿。**介**:助。**繁**:多。**右**:通侑。劝请饮食。**烈考**:显赫的先父。**文母**:有文德的先母。

载 zài

载见

【译诗】

辟 bì	载见辟王，	始见君王，
厥 jué	曰求厥章。	以求典章。
	龙旂阳阳，	龙旗艳艳，
	和铃央央。	车铃当当。
鞗 tiáo 鸧 qiāng	鞗革有鸧，	笼饰晃晃，
	休有烈光。	华丽闪光。
率 shuài	率见昭考，	率祭先考，
	以孝以享，	以祭以献，
	以介眉寿。	以助长寿。
	永言保之，	永呀保此，
祜 hù	思皇多祜。	美好多福。
辟 bì	烈文辟公，	文德诸侯，
	绥以多福，	慰以多福，
俾 bǐ 嘏 gǔ	俾缉熙于纯嘏。	使天日有大福。

载见:周成王亲政时率诸侯祭武王。《毛诗正义》:诸侯始见乎武王庙也。《诗经原始》:诸侯入朝,始助祭于武王庙也。

载:开始。**见**:朝见。**辟王**:君王。**曰**:助词。**求**:求取。**厥**:其。**章**:典章制度。**阳阳**:鲜明貌。**和铃**:车铃。**央央**:拟声词。铃声。**鞗革**:马笼头的下垂装饰。**鸧**:金属装饰貌。一说玉器碰击声。**休**:美。**烈光**:光芒。**率**:带领。**昭考**:显赫的先考。指武王。**孝**:享,祭献。**享**:奉献祭品。**介**:助。**言**:助词。焉。**思**:助词。**皇**:美好。**祜**:福。**烈文**:光明文采。**辟公**:诸侯。**绥**:安抚。**俾**:使。**缉熙**:光明。**于**:有。**纯嘏**:大福。

有客

【译诗】

有客：周王送别助祭客人。传客人为宋微子。《毛诗正义》：微子来见祖庙也。《诗经原始》：箕子来朝见祖庙也。

有客有客，
亦白其马。
有萋有且，
敦琢其旅。
有客宿宿，
有客信信。
言授之絷，
以絷其马。
薄言追之，
左右绥之。
既有淫威，
降福孔夷。

来客来客，
也白其马。
又恭又谨，
挑选其侣。
留客日日，
留客夜夜。
我送绳索，
以绊其马。
我哟惜别，
左右慰藉。
已行盛礼，
降福甚易。

且 jū
敦 diāo
宿 sù
信 xìn
絷 zhí

有：助词。**客**：或指宋微子。宋微子，商纣王同母兄，商灭后受封于宋国。**萋**：恭谨貌。一说众多貌。**且**：恭谨貌。一说众多貌。**敦琢**：雕琢。引申为选择。**旅**：通侣。伴侣。此指随行的大夫。**宿宿**：谓连住两夜。指停留多日。**信信**：谓连住四夜。指停留多日。**言**：我。一说助词。**絷**：绊马的绳索。**以絷其马**：以绳索绊住马腿。**薄言**：言薄，即我薄，薄，助词。一说助词。一说急迫地。**追**：送别。**左右**：近臣，侍从。**绥**：安抚。**淫威**：指盛大的礼节仪式。一说大德。**夷**：易。一说大。

武

【译诗】

武：周王祭祖，歌颂了文王和武王。《毛诗正义》：奏大武也。《诗经原始》：奏大武也。

於，皇武王！
无竞维烈。
允文文王，
克开厥后。
嗣武受之，
胜殷遏刘，
耆定尔功。

啊，伟武王！
无上功业。
文德文王，
能启其后。
武王继之，
胜殷制暴，
致成此功。

於 wū
厥 jué
嗣 sì
遏 è
耆 zhǐ

皇：大，伟大。**无竞**：无比。**烈**：功业。**允**：助词。**文**：文德。**克**：能。**开**：开创。**厥后**：其后代。**嗣**：后嗣。**武**：武王。**受**：接受。**遏刘**：制止杀戮。刘，杀。**耆**：致使，达到。**尔**：这，那。

闵予小子之什

闵予小子

闵予小子：周成王即位后首次祭祀武王和文王。《毛诗正义》：嗣王朝于庙也。《诗经原始》：祔武王主于庙也。

注音	原诗	【译诗】
闵 mǐn 予 yú	闵予小子，	怜予小子，
	遭家不造，	遭家变故，
嬛 qióng	嬛嬛在疚。	茕茕哀愁。
於 wū	於乎，皇考！	於乎，皇考！
	永世克孝。	永世能孝。
	念兹皇祖，	念此皇祖，
陟 zhì 降 jiàng	陟降庭止。	升降正呢。
	维予小子，	有予小子，
夙 sù	夙夜敬止。	夙夜慎呢。
	於乎，皇王！	於乎，先王！
	继序思不忘！	继业呀不忘！

闵：怜悯。**予小子**：帝王对先王或长辈的自称。**造**：吉祥。**嬛嬛**：通茕茕。孤独无依貌。**在疚**：在忧病之中。**於乎**：叹词。表示感叹。**皇考**：先父王。指武王。**克**：能。**皇祖**：指文王。**陟降**：升降，上下。**庭**：通廷。直，正直之道。一说朝廷。**止**：助词。**维**：助词。**夙夜**：朝夕，指无时无刻。**敬**：谨慎，慎重。**继序**：继绪，继业。**思**：助词。

访落

访落：周成王亲政时率诸侯祭祀武王，议政于宗庙。《毛诗正义》：嗣王谋于庙也。《诗经原始》：成王即政告庙，以咨群臣也。

注音	原诗	【译诗】
予 yú	访予落止，	我始谋呢，
率 shuài	率时昭考。	依此先考。
於 wū	於乎，悠哉！	於乎，遥啊！
朕 zhèn 艾 ài	朕未有艾。	朕未老到。
将 jiāng	将予就之，	拥我就位，
判 pàn 涣 huàn	继犹判涣。	业犹散漫。
	维予小子，	有予小子，
堪 kān 难 nàn	未堪家多难。	未堪家多难。
	绍庭上下，	续正上下，
陟 zhì 厥 jué	陟降厥家。	升降群臣。
	休矣皇考，	美呀皇考，
	以保明其身！	以安尊其身！

访：谋议。**落**：开始。**止**：助词。**率**：遵循。**时**：此。**昭考**：显赫的先考。指武王。**朕**：我。**艾**：数，阅历。**将**：扶助。**就之**：就位。**继**：所继之业。一说继承。**犹**：尚，还。一说谋划。**判涣**：分散，散漫。**予小子**：帝王对先王或长辈的自称。**绍**：继承。**庭**：通廷。直，正直之道。**上下**：指君臣、官民等。**陟降**：升降。**厥家**：指群臣。一说指家业。**休**：美。**皇考**：先父王。指武王。**保明**：使安宁而尊贵。

敬之

敬之：周成王祭祖自戒。《毛诗正义》：群臣进戒嗣王也。《诗经原始》：成王自箴也。

注音	原诗	【译诗】
	敬之敬之，	慎哟慎哟，
	天维显思，	天道显呀，
	命不易哉！	命不易啊！
	无曰高高在上，	勿言高高在上，
陟 zhì 厥 jué	陟降厥士，	升降其事，
监 jiān	日监在兹。	日监在此。
予 yú	维予小子，	有予小子，
	不聪敬止。	不明慎呢。
将 jiāng	日就月将，	日就月将，
缉 jī 熙 xī	学有缉熙于光明。	学有天日至光明。
佛 bì 仔 zī	佛时仔肩，	辅弼此任，
	示我显德行。	示我显德行。

敬：谨慎。 **显**：明显。 **思**：助词。 **命**：天命。 **高高在上**：谓所处极高。指上苍、天帝或人君。 **陟降**：升降。 **士**：通事，事情。一说指朝臣，士大夫。 **日**：天天。 **监**：监察。 **聪**：聪达，明察。 **日就月将**：每天有成绩，每月有进步。形容积少成多，不断进步。 **缉熙**：发扬光大，积渐广大。 **于**：至，到。 **佛**：通弼。辅助。 **时**：此。 **仔肩**：责任。 **示**：提示。 **显**：显扬。 **德行**：道德品行。

小毖

毖 bì

小毖：周成王祭祖自戒。《毛诗正义》：嗣王求助也。《诗经原始》：成王惩管蔡之祸而自儆也。

注音	原诗	【译诗】
予 yú	予其惩而毖后患。	我应惩前毖后患。
荓 píng	莫予荓蜂，	莫给拘牵，
螫 shì	自求辛螫。	自求毒刺。
	肇允彼桃虫，	始乃小鹪鹩，
拚 fān	拚飞维鸟。	翻飞成雕。
堪 kān 难 nàn	未堪家多难，	未堪家多难，
蓼 liǎo	予又集于蓼。	我又遇水蓼。

其：当。 **惩**：警戒。 **毖**：谨慎。勿。 **予**：我。 **荓蜂**：牵制。一说触碰蜂类。 **求**：取。 **辛螫**：毒虫刺螫人。 **肇**：始。 **允**：确实。 **桃虫**：鹪鹩。极小之鸟。 **拚飞维鸟**：翻飞成雕。鸟，鹰雕，实为杜鹃。杜鹃产卵于鹪鹩巢内，孵化成鸟，小鸟由鹪鹩母鸟养大至能飞，人们误以为小小鹪鹩翻飞成为鹰雕大鸟。拚，通翻，上下飞翔貌。 **集**：遭遇。 **蓼**：水蓼。草本植物，叶可做菜，味辛辣。

芟 shān	**载芟**	**【译诗】**
柞 zé	载芟载柞，	除草砍树，
泽 shì	其耕泽泽。	其耕细细。
耦 ǒu 耘 yún	千耦其耘，	千耦齐耘，
徂 cú 隰 xí	徂隰徂畛。	下田上埂。
畛 zhěn	侯主侯伯，	家长长子，
	侯亚侯旅，	诸弟晚辈，
	侯彊侯以。	壮汉伙计。
嗿 tǎn 馌 yè	有嗿其馌，	家家送食，
	思媚其妇，	美美主妇，
	有依其士。	亲亲子弟。
耜 sì	有略其耜，	利利之犁，
俶 chù	俶载南亩，	始耕田亩，
厥 jué	播厥百谷。	播下百谷。
	实函斯活，	种子膨大，
驿 yì	驿驿其达，	纷纷出芽，
	有厌其杰。	艳艳先发。
	厌厌其苗，	片片壮苗，
麃 biāo	绵绵其麃。	绵绵除草。
	载获济济，	收获济济，
	有实其积，	满满堆积，
秭 zǐ	万亿及秭。	万亿无极。
醴 lǐ	为酒为醴，	酿酒甜美，
烝 zhēng 畀 bì	烝畀祖妣，	献给先祖，
妣 bǐ 洽 qià	以洽百礼。	以合百礼。
飶 bì	有飶其香，	芬芬酒香，
	邦家之光。	国家荣光。
	有椒其馨，	郁郁酒馨，
	胡考之宁。	长老安康。
	匪且有且，	非此有此，
	匪今斯今，	非今似今，
	振古如兹。	自古如许。

载芟：周王秋收后祭祖，描述了农家耕作以及王家祭祖的常年生活。一说周王春天藉田时祈祷社稷。《毛诗正义》：春藉田而祈社稷也。《诗经原始》：春祈社稷也。

载：助词。 **芟**：除草。 **柞**：砍树。 **泽泽**：土块碎散貌。 **耦**：二人同犁并耕。 **耘**：除草。 **隰**：新垦之田。 **畛**：田间小路。 **侯**：助词。 **主**：家长。 **伯**：长子。 **亚**：次子及以下。 **旅**：众子弟，晚辈。 **彊**：同强。壮汉。 **以**：雇工。 **嗿**：众多貌。一说众人饮食声。 **馌**：送到田间的饭菜。 **思**：助词。 **媚**：柔美貌。 **依**：亲爱貌。一说壮实貌。 **士**：男子。指子弟。 **略**：锋利。 **耜**：古代耕地翻土的农具，似铲或犁。 **俶载**：始事，开始从事某项工作。 **南亩**：农田。 **实函斯活**：种子吸饱水分，迅速膨大发芽。实，种子。函，含水。斯活，有生气貌。 **驿驿**：陆续貌。 **达**：幼苗出土。 **厌**：美盛貌。 **杰**：先出之苗，齐苗时特别高大。 **厌厌**：苗整齐美好貌。 **绵绵**：连绵不断貌。 **麃**：通穮。除草。 **载**：助词。 **获**：收割。 **济济**：众多貌。 **实**：满。一说粮食。 **积**：积聚谷物。 **万亿及秭**：指数量极多。周代十万为亿，万亿为秭。 **酒**：清酒。 **醴**：甜酒。 **烝畀**：献给。 **洽**：符合。 **百礼**：各种祭礼。 **飶**：形容芳香。 **邦家**：国家。 **椒**：形容香气浓郁。 **馨**：远传的香气。 **胡考**：寿考。年纪大，亦指年长者。 **匪**：非。 **且**：此。 **振古**：自古。

注音	原诗	译诗
耜 sì	**良耜**	**【译诗】**
畟 cè	畟畟良耜，	利利良犁，
俶 chù	俶载南亩。	始耕田亩。
厥 jué	播厥百谷，	播下百谷，
	实函斯活。	种涨芽吐。
女 rǔ	或来瞻女，	人来探你，
筥 jǔ	载筐及筥。	背筐及篓。
饷 xiǎng 黍 shǔ	其饷伊黍，	其饭是黍，
	其笠伊纠。	其笠是草。
镈 bó 赵 diào	其镈斯赵，	其锄尖溜，
薅 hāo 荼 tú	以薅荼蓼。	以除荼蓼。
蓼 liǎo	荼蓼朽止，	荼蓼朽呢，
稷 jì	黍稷茂止。	黍稷茂呢。
挃 zhì	获之挃挃，	割谷吱吱，
	积之栗栗。	积谷堆堆。
墉 yōng	其崇如墉，	其高如城，
栉 zhì	其比如栉，	其密如篦，
	以开百室。	则开百室。
	百室盈止，	百室盈呢，
	妇子宁止。	妇幼宁呢。
犉 rún	杀时犉牡，	宰此公牛，
捄 qiú	有捄其角。	弯弯牛角。
	以似以续，	以继以续，
	续古之人。	续我先人。

良耜：周王秋收后祭祀祈年，描述了农家耕作以及王家祭祖的常年生活。《毛诗正义》：秋报社稷也。《诗经原始》：秋报社稷也。

畟畟：锋利貌。**良耜**：性能好的犁。或指铁犁。**俶载**：始事。**南亩**：农田。**实函斯活**：种子吸饱水分，迅速膨大发芽。实，种子。函，含水。斯活，有生气貌。**或**：有人。**瞻**：通赡。供以饭菜。**载**：背。**筥**：圆竹筐。**饷**：送到田头的饭菜。**伊**：是。**黍**：小米。**纠**：绞合的草绳。**镈**：锄头。**斯**：如此。**赵**：刺。**薅**：除草。**荼蓼**：指杂草。荼，虎杖，成片生长，难于除去。蓼，常见杂草。**朽**：腐烂。**止**：助词。**黍稷**：黍和稷。泛指五谷。**挃挃**：收割庄稼之声。**积**：积蓄谷物。**栗栗**：众多貌。**崇**：高。**墉**：城墙。**比**：密。**栉**：梳子，篦子。**室**：家。**时**：此。**犉牡**：大公牛。**捄**：牛角弯曲貌。**以似以续**：年年不断祭祀。似，通嗣，继承。续，延续。

丝衣

丝衣：周王祭祖，描述了祭事。《毛诗正义》：绎宾尸也。《诗经原始》：阙疑。

纤 fóu
载 dài 俅 qiú
徂 cú
鼐 nài 鼒 zī
兕 sì 觥 gōng
觩 qiú
敖 ào

丝衣其纤，
载弁俅俅。
自堂徂基，
自羊徂牛。
鼐鼎及鼒，
兕觥其觩，
旨酒思柔。
不吴不敖，
胡考之休！

【译诗】

祭服素素，
礼帽俅俅。
自堂至基，
自羊至牛。
鼎巨及细，
兕觥弯曲，
美酒和柔。
不喧不傲，
寿高之福！

丝衣：祭服。**纤**：鲜洁貌。**载**：通戴。**弁**：礼帽。弁分皮弁和爵弁。爵弁也叫文冠，为布制，用于祭祀。**俅俅**：恭顺貌。**堂**：祖庙的厅堂。**徂**：到。**基**：建筑物的根脚。**鼐**：大鼎。**鼒**：小鼎，小口之鼎。**兕觥**：犀角制或犀角状酒器。一说青铜盛酒器，盖子为独角兽首状。**觩**：弯曲貌。**旨酒**：美酒。**吴**：大声说话，喧哗。**敖**：通傲。傲慢。**胡考**：寿考，年纪大。**休**：吉庆，福。

酌

酌 zhuó

酌：周成王祭祖，赞颂了武王适时起事的功业。《毛诗正义》：告成大武也。《诗经原始》：美武王能酌时宜也。

於 wū 铄 shuò
龙 chǒng
跻 jiǎo
嗣 sì

於，铄王师！
遵养时晦。
时纯熙矣，
是用大介，
我龙受之。
跻跻王之造，
载用有嗣，
实维尔公允师！

【译诗】

啊，盛王师！
遵养时晦。
时光明了，
是以大吉，
我幸受益。
矫矫王功绩，
其用有继，
此乃王业可师！

於：叹词。表示赞叹。**铄**：美盛貌。**王师**：天子的军队。指周武王的军队。**遵养时晦**：谓顺应时势积蓄力量以待时机。**时**：时势。**纯熙**：光明。**是用**：是以，因此。**介**：善，吉。一说助。**龙**：通宠。荣耀。**受**：接受，领受。**跻跻**：强壮威武貌。**王**：先王，指周武王。**造**：为。成就，功绩。**载**：助词。**用**：功用。**嗣**：继续，继承。**实**：是，此。**维**：为，是。**尔**：你。指先王周武王。**公**：通功。事业。**允**：确实。**师**：法，师法。

桓

【译诗】

注音	原诗	译诗
桓 huán		
	绥万邦，	绥万邦，
娄 lǚ	娄丰年，	屡丰年，
解 xiè	天命匪解。	天命不懈。
桓 huán	桓桓武王，	凛凛武王，
厥 jué	保有厥士，	保有贤士，
	于以四方，	而使四方，
	克定厥家。	能成周业。
於 wū	於，昭于天！	啊，明在天！
间 jiàn	皇以间之。	王乃换之。

桓:周成王祭祖,歌颂了武王平天下的功业。《毛诗正义》:讲武类祃也。《诗经原始》:祭武王于明堂也。

绥:安,安抚。 **娄**:通屡。经常。 **匪解**:不懈。解,通懈,松懈。 **桓桓**:威武貌。 **保有**:拥有。 **士**:卿士。泛指诸侯臣僚、各级官吏。一说通事,事情。 **于**:犹乃。于是。 **以**:用,使。 **克**:能。 **定**:成。 **厥家**:指家业。 **於**:叹词。表示赞叹。 **皇**:君主。指周王。一说美。 **以**:因而。 **间**:替换。 **之**:指殷商。

赉

【译诗】

注音	原诗	译诗
赉 lài		
	文王既勤止，	文王辛勤呢，
应 yīng	我应受之，	我应继之，
绎 yì	敷时绎思！	施此续呀！
徂 cú	我徂维求定，	我往唯求定，
	时周之命。	承周之命。
於 wū	於，绎思！	啊，续呀！

赉:周武王灭商后告祭文王并大封诸侯。一说武王临伐商时告祭文王。《毛诗正义》:大封于庙也。《诗经原始》:武王克商,归告文王庙也。

赉:赏赐,赐予。 **勤**:勤勉。 **止**:助词。 **受**:承,继。 **敷时**:施此政,施此德。敷,施行。时,是,此。 **绎思**:绎,持续不断。思,助词。一说追念。 **徂**:往,前往。 **维**:同唯。只。 **时**:通承。承受。 **於**:叹词。表示赞叹。

般

【译诗】

注音	原诗	译诗
於 wū	於，皇时周！	啊，煌之周！
陟 zhì	陟其高山，	登其高山，
嶞 duò	嶞山乔岳，	长岭大岳，
翕 xī	允犹翕河。	真如汇河。
	敷天之下，	普天之下，
裒 póu	裒时之对，	聚此之配，
	时周之命。	承周之命。

般:周武王巡守时祭祀山神。《毛诗正义》:巡守而祀四岳河海也。《诗经原始》:武王巡守祀狱渎也。

於:叹词。表示赞叹。 **皇**:美。 **时**:是,此。 **周**:周国。 **嶞山**:长岭。嶞,山狭长貌。 **乔岳**:高山。 **允**:确实。一说助词。 **犹**:好像,如同。 **翕**:合,会合。 **敷**:遍。 **裒**:聚集。 **对**:配。 **时**:通承,承受。

颂·鲁颂

鲁颂:周代诸侯国鲁国王室祭祀的乐歌。作于东周早期(前770—前6世纪)。鲁国在今山东南部和安徽江苏北部一带,公元前11世纪立国。

駉

【译诗】

駉:鲁君祭祖,赞颂了鲁僖公养马有道,喻赞了他育才有道。《毛诗正义》:颂僖公也。《诗经原始》:喻育贤也。

駉 jiōng		
	駉駉牡马,	壮壮雄马,
坰 jiōng	在坰之野。	在旷之野。
	薄言駉者,	我那壮马,
驈 yù	有驈有皇,	白胯白黄,
骊 lí	有骊有黄,	纯黑金黄,
彭 páng	以车彭彭。	驾车强强。
	思无疆,	思无疆,
臧 zāng	思马斯臧。	思马优良。

駉駉:马肥壮貌。**牡马**:雄马。**坰**:远郊,野外。**野**:原野。**薄言**:言薄,我薄,薄,助词。一说助词。**者**:助词。**驈**:白胯黑马。**皇**:黄白马。**骊**:纯黑马。**黄**:金黄马。**以车**:驾车。**彭彭**:强壮有力貌。**思**:思虑。一说助词。**无疆**:无穷尽。**斯**:助词。**臧**:善。

	駉駉牡马,	壮壮雄马,
	在坰之野。	在旷之野。
	薄言駉者,	我那壮马,
骓 zhuī 駓 pī	有骓有駓,	灰白黄白,
骍 xīng 骐 qí	有骍有骐,	赤红青黑,
伾 pī	以车伾伾。	驾车威威。
	思无期,	思无期,
	思马斯才。	思马有才。

骓:白斑灰马。**駓**:黄白间杂马。**骍**:赤红马。**骐**:青黑条纹马。**伾伾**:疾行有力貌。**无期**:无穷尽,无限度。**才**:有才能。

	駉駉牡马,	壮壮雄马,
	在坰之野。	在旷之野。
	薄言駉者,	我那壮马,
驒 tuó 骆 luò	有驒有骆,	黑斑黑尾,
骝 liú 雒 luò	有骝有雒,	黑红黑白,
绎 yì	以车绎绎。	驾车快快。
斁 yì	思无斁,	思无逸,
	思马斯作。	思马大器。

驒:黑斑青马。**骆**:黑尾白马。**骝**:同骝。黑鬃红马。**雒**:白鬃黑马。**绎绎**:善走,跑得快。**无斁**:无厌。**作**:有用。一说始。

	原诗	译诗
	駰駰牡马，	壮壮雄马，
	在坰之野。	在旷之野。
	薄言駉者，	我那壮马，
骃 yīn 騢 xiá	有骃有騢，	灰白红白，
驔 diàn	有驔有鱼，	白胫白目，
袪 qū	以车袪袪。	驾车速速。
	思无邪，	思无邪，
徂 cú	思马斯徂。	思马前去。

骃：灰白马。 騢：红白马。 驔：足胫有白色长毛之马。 鱼：白眼圈之马。 袪袪：疾驱貌。一说强健貌。 无邪：谓无邪辟。 徂：往，前往。

駜 bì

有駜

【译诗】

有駜：鲁君祭祖，赞颂了鲁僖公勤政且善待群臣。《毛诗正义》：颂僖公君臣之有道也。《诗经原始》：颂鲁侯燕不废公也。

	原诗	译诗
	有駜有駜，	膘肥膘肥，
乘 shèng	駜彼乘黄。	肥美驷黄。
夙 sù	夙夜在公，	夙夜办公，
	在公明明。	办公忙忙。
振 zhēn	振振鹭，	群飞鹭，
	鹭于下。	鹭哟下。
咽 yuān	鼓咽咽，	鼓咚咚，
	醉言舞。	醉呀舞。
胥 xū 乐 lè	于胥乐兮！	一起乐啊！

駜：马肥壮貌。 乘黄：一车四黄马。 夙夜：朝夕，指无时无刻。 在公：办公。 明明：勤勉，勉力。 振振：群飞貌。 鹭：白鹭。指鹭羽，作舞蹈舞具。 于：助词。 咽咽：有节奏的鼓声。 言：助词。焉。 于：助词。 胥：都。

	原诗	译诗
	有駜有駜，	膘肥膘肥，
	駜彼乘牡。	肥美驷牡。
	夙夜在公，	夙夜办公，
	在公饮酒。	办公饮酒。
	振振鹭，	群飞鹭，
	鹭于飞。	鹭哟飞。
	鼓咽咽，	鼓咚咚，
	醉言归。	醉呀归。
	于胥乐兮！	一起乐啊！

乘牡：一车四雄马。

	有駜有駜，	膘肥膘肥，	**駽**：青黑马。**载**：摆设。**燕**：通宴。宴饮。**有**：富足，丰收。**穀**：善，良。**诒**：遗留，留给。
駽 xuān	駜彼乘駽。	肥美驷青。	
	夙夜在公，	夙夜办公，	
	在公载燕。	办公宴请。	
	自今以始，	自今日起，	
	岁其有。	岁岁裕。	
穀 gǔ	君子有穀，	君子善美，	
诒 yí	诒孙子。	传后嗣。	
	于胥乐兮！	一起乐啊！	

泮水

泮 pàn

【译诗】

泮水：鲁君祭祖，赞颂了鲁僖公建泮宫而服淮夷。《毛诗正义》：颂僖公能修泮宫也。《诗经原始》：受俘泮宫也。

乐 lè	思乐泮水，	喜乐泮水，	**思**：助词。**泮水**：泮宫前的水池，形状如半月。泮宫，西周诸侯所设大学。**芹**：水芹。野菜，也供祭祀用，春月采摘。**戾**：来到。**止**：犹之，此。**言**：我。一说助词。**旂**：龙纹旗。**茷茷**：飘扬貌。一说严整貌。**鸾**：挂在马嚼子两旁的车铃。**哕哕**：铃响声。**无小无大**：无论大小。指百官。**于迈**：出行。
	薄采其芹。	来采水芹。	
戾 lì	鲁侯戾止，	鲁侯到此，	
旂 qí	言观其旂。	我见龙旌。	
茷 pèi	其旂茷茷，	龙旌飞飞，	
鸾 luán 哕 huì	鸾声哕哕。	銮声哕哕。	
	无小无大，	臣小臣大，	
	从公于迈。	随公而来。	

	思乐泮水，	喜乐泮水，	**藻**：水藻。可作菜，也供祭祀。**蹻蹻**：强壮威武貌。**昭昭**：明快爽朗。**载**：助词。**色**：和颜悦色。**匪**：通非。不。**伊**：是。
	薄采其藻。	来采水藻。	
	鲁侯戾止，	鲁侯到此，	
蹻 jiǎo	其马蹻蹻。	其马矫矫。	
	其马蹻蹻，	其马矫矫，	
	其音昭昭。	其声高高。	
	载色载笑，	和颜含笑，	
	匪怒伊教。	无怒有教。	

注音	原文	译文
	思乐泮水，	喜乐泮水，
茆 mǎo	薄采其茆。	来采莼草。
	鲁侯戾止，	鲁侯到此，
	在泮饮酒。	在泮饮酒。
	既饮旨酒，	已饮美酒，
锡 xī	永锡难老。	永赐不老。
长 cháng	顺彼长道，	顺那大道，
	屈此群丑。	收这群丑。

茆：莼菜。水生草本植物，叶浮水面，嫩叶可作菜，也供祭祀。**锡**：赐。**难老**：长寿。**长道**：大道。**屈**：制服。**群丑**：邪恶之众。指淮夷。

注音	原文	译文
穆 mù	穆穆鲁侯，	穆穆鲁侯，
	敬明其德，	严明其德，
	敬慎威仪，	谨慎威仪，
	维民之则。	为民作则。
	允文允武，	能文能武，
假 gé	昭假烈祖。	祷祝先祖。
	靡有不孝，	无有不效，
祜 hù	自求伊祜。	自求其福。

穆穆：端庄恭敬貌。**敬明**：谨慎严明。**允**：确实。**昭假**：向神祷告，昭示其诚心以达于神。**孝**：法。一说孝顺。

注音	原文	译文
	明明鲁侯，	勉勉鲁侯，
	克明其德。	能明其德。
	既作泮宫，	已造泮宫，
	淮夷攸服。	淮夷所服。
矫 jiǎo	矫矫虎臣，	赳赳虎将，
馘 guó	在泮献馘。	在泮献耳。
淑 shū 皋 gáo	淑问如皋陶，	善审如皋陶，
	在泮献囚。	在泮献俘。

明明：勤勉，勉力。**作**：建成。**淮夷**：古族名，在今江苏，居淮水南岸至入海处。**攸**：所。**服**：顺从，臣服。**矫矫**：勇武貌。**虎臣**：比喻勇武之臣。**馘**：为计战绩所割的敌尸左耳。**淑**：善于。**问**：审问。**皋陶**：虞舜时的司法官。**囚**：战俘，俘虏。

注音	原文	译文
	济济多士，	济济贤士，
	克广德心。	能增德心。
桓 huán	桓桓于征，	凛凛出征，
狄 tì	狄彼东南。	治彼东南。
烝 zhēng	烝烝皇皇，	盛盛皇皇，
	不吴不扬。	不喧不嚷。

多士：众多贤士，也指百官。**桓桓**：威武貌。**狄**：通剔。治理，平定。**东南**：指淮夷。**烝烝皇皇**：众多美盛貌。**吴**：大声说话。**扬**：扬声，大声。**告**：表明，言明。**于**：助词。**讻**：争讼。一说喧哗纷扰。

讻 xiōng	不告于讻，	不言争讼，
	在泮献功。	在泮献功。

觩 qiú	角弓其觩，	角弓收收，
	束矢其搜。	束箭嗖嗖。
戎 róng	戎车孔博，	兵车甚固，
斁 yì	徒御无斁。	步骑不逸。
	既克淮夷，	已治淮夷，
	孔淑不逆。	甚好不逆。
	式固尔犹，	坚持你策，
	淮夷卒获。	淮夷终克。

角弓：以兽角为饰的硬弓。**觩**：弓张开貌。一说弓放松貌。**束矢**：成束箭。五十枝箭为一束。**搜**：箭行之声。一说众多貌。**戎车**：兵车。**博**：坚固。一说大。**徒御**：步兵和车马兵。**无斁**：不厌。**克**：战胜。**淑**：好。**逆**：背叛，作乱。**式**：助词。**固**：坚定。**犹**：通猷。策略。**卒**：终。**获**：攻克，平服。

鸮 xiāo	翩彼飞鸮，	翩翩鸱鸮，
	集于泮林，	栖到泮林，
黮 shèn	食我桑黮，	食我桑葚，
	怀我好音。	回我好音。
憬 jǐng	憬彼淮夷，	迢迢淮夷，
琛 chēn	来献其琛：	来献奇珍：
	元龟象齿，	大龟象牙，
赂 lù	大赂南金。	美玉南金。

翩：疾飞貌。**鸮**：鸱鸮。鸟类，包括鸺鹠、猫头鹰等。日伏夜动，夜啼声如鬼哭。**集**：鸟栖息在树上。**泮林**：泮水之林。**桑黮**：桑葚。**怀**：馈送，回报。**好音**：悦耳的声音。**憬**：远行貌。一说觉悟。**琛**：珍宝。**元龟**：大龟。**象齿**：象牙。**赂**：通璐。美玉。一说赠送财物。**南金**：南方所产的铜。

閟 bì	閟宫	【译诗】
侐 xù	閟宫有侐，	神庙静寂，
枚 méi	实实枚枚。	阔阔美美。
嫄 yuán	赫赫姜嫄，	赫赫姜嫄，
	其德不回，	其德正派，
	上帝是依，	上帝为依，
	无灾无害，	无灾无害，
弥 mí	弥月不迟，	足月不迟，
稷 jì	是生后稷。	乃生后稷。
	降之百福：	降下百福：
重 tóng 穋 lù	黍稷重穋，	黍稷谷子，
稙 zhí 稺 zhì	稙稺菽麦。	稻子豆麦。
奄 yǎn	奄有下国，	拥有天下，
俾 bǐ 穑 sè	俾民稼穑，	使民稼穑，
黍 shǔ	有稷有黍，	有稷有黍，
秬 jù	有稻有秬。	有稻有谷。
	奄有下土，	拥有下土，
缵 zuǎn	缵禹之绪。	续禹之绪。
	后稷之孙，	后稷之孙，
大 tài	实维大王，	此乃太王，
岐 qí	居岐之阳，	居岐山南，
翦 jiǎn	实始翦商。	开始灭商。
	至于文武，	到那文武，
	缵大王之绪，	续太王之绪，
	致天之届，	致以天诛，
	于牧之野。	在那牧野。
虞 yú	“无贰无虞，	“勿贰勿欺，
女 rǔ	上帝临女！”	上帝览你！”
敦 duī	敦商之旅，	驯商之旅，
咸 xián 厥 jué	克咸厥功。	能同前功。

閟宫：鲁君祭祖，以庆贺姜嫄神庙落成，记述了鲁国史迹，歌颂了鲁僖公。《毛诗正义》：颂僖公能复周公之宇也。《诗经原始》：美僖公能新庙祀也。

閟宫：神庙。指姜嫄神庙。**侐**：清净，清寂。**实实**：广大貌。**枚枚**：细密貌。**回**：邪辟。**弥月**：足月。**黍稷重穋**：指各种粮食作物。黍，黄米。稷，粟。重，通穜，早种晚熟的谷子。穋，晚种早熟的谷子。**稙稺菽麦**：指各种粮食作物。稙，早种的谷物。稺，同稚，晚种的谷物。菽，大豆。麦，小麦。**奄有**：全部占有。**下国**：天下。**稼穑**：耕种和收获。泛指农作。**秬**：黑黍。**下土**：天下。**缵**：继承。**绪**：事业。

大王：周太王。**翦**：消灭。**文武**：周文王和周武王。**致**：施加。**届**：通殛。罚，惩罚。**贰**：有二心。**虞**：欺骗。**临**：监督。**女**：你。**敦**：治理，治服。一说讨伐。**旅**：军队。一说众人。**克**：能够。**咸**：同。

	王曰："叔父，	王说："叔父，
	建尔元子，	立你长子，
	俾侯于鲁。	封侯于鲁。
	大启尔宇，	大辟你域，
	为周室辅。"	为周室辅。"

王:指周成王。**叔父**:指周公旦。**建**:立。**元子**:长子。指鲁公伯禽。**侯**:封侯。**启**:开拓。**宇**:疆域,国土。

	乃命鲁公，	乃命鲁公，
	俾侯于东。	封侯于东。
锡 xī	锡之山川，	赐之山川，
	土田附庸。	土地附庸。
	周公之孙，	周公儿孙，
	庄公之子，	庄公之子，
	龙旂承祀，	龙旗主祭，
辔 pèi	六辔耳耳。	六缰烁烁。
解 xiè	春秋匪解，	春秋不懈，
忒 tè	享祀不忒。	祭祀无过。
	皇皇后帝，	皇皇天帝，
	皇祖后稷，	远祖后稷，
骍 xīng	享以骍牺，	献以红牺，
飨 xiǎng	是飨是宜，	乃享乃祭，
	降福既多。	降福极多。
	周公皇祖，	周公先祖，
女 rǔ	亦其福女。	也赐福汝。

附庸:附属于诸侯大国的小国。**周公之孙,庄公之子**:指鲁僖公。**承祀**:主持祭祀。指继承诸侯之位。**辔**:马缰绳。**耳耳**:华美貌。一说众盛貌。**春秋**:泛指四时。**匪解**:不懈。**享祀**:祭祀。**忒**:差错。**皇皇**:光明貌。**后帝**:天帝,上帝。**皇祖**:君主的祖父或远祖。**享**:供物祭祀。**骍牺**:红色祭牲。**飨**:享用。**宜**:古代祀典的一种。谓列俎几陈牲以祭。**既多**:很多。

	秋而载尝，	秋祭是尝，
福 bī	夏而楅衡。	夏牛须防。
	白牡骍刚，	白牲红牲，
牺 suō 将 qiāng	牺尊将将。	酒樽锵锵。
炰 páo 胾 zì	毛炰胾羹，	烤猪肉羹，
笾 biān	笾豆大房。	盘盆大碗。
	万舞洋洋，	万舞洋洋，
	孝孙有庆。	孝孙吉祥。
	俾尔炽而昌，	使你炽而昌，

载:开始。**尝**:秋祭。**楅衡**:绑在牛角上的横木,以防牛角触人。**白牡**:祭祀用的白公牛。**骍刚**:祭祀用的红公牛。**牺尊**:卧牛状酒器。**将将**:拟声词。**毛炰**:整猪用火烤熟。**胾羹**:肉汤。**笾豆大房**:各种食具。大房,祭祀时盛放大块肉的用具。**万舞**:文武礼舞。**洋洋**:盛大貌。**孝孙**:主祭者自称。指鲁僖公。**炽**:兴旺。

臧 zāng	俾尔寿而臧。	使你寿而康。
	保彼东方,	保那东方,
	鲁邦是常。	鲁邦绵长。
	不亏不崩,	不损不崩,
	不震不腾。	不震不腾。
	三寿作朋,	三老为朋,
	如冈如陵。	如冈如陵。

常:长久。**三寿**:三老。指国老。**朋**:朋友,侣伴。

乘 shèng	公车千乘,	鲁车千乘,
縢 téng	朱英绿縢,	红缨绿绳,
重 chóng	二矛重弓。	二矛双弓。
	公徒三万,	鲁兵三万,
胄 zhòu 綅 qīn	贝胄朱綅,	贝盔红线,
增 zēng	烝徒增增。	大军重重。
狄 dí 膺 yīng	戎狄是膺,	戎狄受控,
惩 chéng	荆舒是惩,	荆舒受惩,
	则莫我敢承。	则莫敢抗衡。
	俾尔昌而炽,	使你昌而炽,
	俾尔寿而富。	使你寿而富。
发 fà	黄发台背,	黄发鲐背,
胥 xū	寿胥与试。	寿高如是。
大 tài	俾尔昌而大,	使你昌而泰,
耆 qí 艾 ài	俾尔耆而艾。	使你老而迈。
有 yòu	万有千岁,	万又千岁,
	眉寿无有害。	长寿无祸害。

公:鲁僖公。**车**:战车。**朱英**:红缨,安在矛头。**縢**:丝绳,缠在弓上。**徒**:步兵。**贝胄**:贝饰头盔。**朱綅**:红线。此指以红线缀贝在盔。**烝**:众。**增增**:众多貌。**戎**:也叫西戎,古族名。泛指西北各古族。在今陕西、甘肃一带。**狄**:也叫北狄,古族名。春秋前活动于齐、鲁、晋、卫、宋、邢等国之间,在今山东、山西、河南、河北一带。**膺**:抵挡,打击。**荆**:春秋时楚国的旧称。在今湖北湖南一带。**舒**:东周时国名。在今安徽。**承**:阻止,抵挡。**黄发**:指年老,也指老人。**台背**:鲐背。谓老人背上生斑如鲐鱼之纹,为高寿之征。台,通鲐。**胥**:相。**试**:比。**耆**、**艾**:寿高。**有**:又。**眉寿**:高寿。**害**:祸害。

	泰山岩岩,	泰山巉巉,
詹 zhān	鲁邦所詹。	鲁国所瞻。
	奄有龟蒙,	山有龟蒙,
	遂荒大东,	域含极东,
	至于海邦。	到那海邦。
	淮夷来同,	淮夷朝贡,
	莫不率从,	莫不顺从,

岩岩:山石堆积高峻貌。**詹**:通瞻。瞻仰。**龟**:龟山。在今山东。**蒙**:蒙山。在今山东。**遂**:通邃。远。**荒**:占有。**大东**:极东。东方较远之国。**海邦**:近海邦国。**同**:指小国朝见大国之礼。一说国家间结盟。**率从**:顺从,遵循。

	鲁侯之功。	鲁侯之功。	
凫 fú 绎 yì	保有凫绎，	山有凫峄，	**凫**：凫山。在今山东。**绎**：峄山。在今山东。**徐宅**：徐国。在今安徽。**蛮貊**：古代称南方和北方各落后部族。**南夷**：古代指南方的少数民族。**诺**：答应，同意。**是**：于是。**若**：顺，感到满意。
	遂荒徐宅，	域含徐地，	
	至于海邦。	到那海邦。	
貊 mò	淮夷蛮貊，	淮夷蛮貊，	
	及彼南夷，	及那南夷，	
	莫不率从，	莫不顺从，	
	莫敢不诺，	莫敢违逆，	
	鲁侯是若。	鲁侯遂意。	
嘏 gǔ	天锡公纯嘏，	天赐公大福，	**纯嘏**：大福。**居**：占，占有。**常、许**：古地名，指春秋时鲁国南鄙与西鄙。曾为齐国占领，僖公时回归。**宇**：疆土。**令**：善。**宜**：善，善待，相处得宜。**大夫**：诸侯之下的官员。**庶士**：众士。**有**：保有。**受祉**：接受天地神明的降福。**黄发儿齿**：老人长新牙。指高寿。儿齿，老人落牙后长出的细齿。
	眉寿保鲁。	长寿保鲁。	
	居常与许，	收常与许，	
	复周公之宇。	复周公疆土。	
	鲁侯燕喜，	鲁侯宴喜，	
	令妻寿母。	贤妻寿母。	
	宜大夫庶士，	宜大夫众士，	
	邦国是有。	国家保有。	
祉 zhǐ	既多受祉，	既多得福，	
儿 ní	黄发儿齿。	黄发新齿。	
徂 cú	徂来之松，	徂来之松，	**徂来**：徂来山。在今山东。**新甫**：新甫山，也叫梁山。在今山东。**断**：截断。**度**：丈，量。**寻**：截成八尺长。**尺**：截成一尺长。**桷**：方椽。**舄**：大。**路寝**：诸侯、天子的正厅。**奕奕**：美好貌。**奚斯**：鲁国大夫。**所作**：指新庙。一说指此诗篇。**曼**：长。**硕**：大。一说学识渊博。
	新甫之柏，	新甫之柏，	
度 duó	是断是度，	乃截乃度，	
	是寻是尺。	为丈为尺。	
桷 jué 舄 xì	松桷有舄，	松椽粗实，	
寝 qǐn	路寝孔硕。	正厅宽阔。	
	新庙奕奕，	新庙美美，	
奚 xī	奚斯所作。	奚斯所作。	
	孔曼且硕，	既长且硕，	
	万民是若。	万民喜乐。	

颂·商颂

商颂:周代诸侯国宋国王室祭祀的乐歌。作于东周早期(前770—前6世纪)。宋国在今河南东部及山东安徽江苏之间,公元前11世纪立国。宋君是商王子孙,故仿照商代王室风格而作歌。一说商代王室祭祀的乐歌。

那

注音	那	【译诗】
猗 ē 与 yú	猗与那与,	美啊盛啊,
鞉 táo	置我鞉鼓。	设我摇鼓。
	奏鼓简简,	奏乐洋洋,
衎 kàn	衎我烈祖。	悦我先祖。
假 gé	汤孙奏假,	汤孙献乐,
	绥我思成。	慰我思成。
渊 yuān	鞉鼓渊渊,	摇鼓嘭嘭,
嘒 huì	嘒嘒管声。	呜呜管声。
	既和且平,	音和乐平,
	依我磬声。	依我磬声。
於 wū	於,赫汤孙!	啊,盛汤孙!
穆 mù 厥 jué	穆穆厥声。	美美其声。
斁 yì	庸鼓有斁,	钟鼓溢溢,
	万舞有奕。	万舞逸逸。
	我有嘉客,	我有嘉客,
怿 yì	亦不夷怿。	皆大欢喜。
	自古在昔,	自古之时,
	先民有作。	先民有为。
	温恭朝夕,	谦恭朝夕,
恪 kè	执事有恪。	做事有礼。
予 yú 烝 zhēng	顾予烝尝,	祭祖请享,
将 jiāng	汤孙之将。	汤孙供养。

那:宋君祭祀成汤。一说商王祭祀成汤。《毛诗正义》:祀成汤也。《诗经原始》:祀成汤也。

猗、那:美盛貌。 **与**:通欤。叹词。表示感叹。 **置**:摆设。 **鞉鼓**:有柄摇鼓。月以指示乐起和乐终。 **奏鼓**:奏乐。鼓,泛指器乐。古代鼓用以节制其他乐器,古人以为群音之长,故称。 **简简**:盛大貌。 **衎**:和乐,愉悦。 **烈祖**:建立功业的祖先。指成汤,商朝建立者。 **汤孙**:成汤的子孙。 **奏假**:举奏升堂之乐。一说祭者致神。奏,进献。 **绥**:安抚。 **思成**:心想事成。 **渊渊**:鼓声。 **嘒嘒**:管乐声。 **管**:竹制吹奏乐器。 **依**:依从。 **磬**:玉制打击乐器。用以指示乐停。 **於**:叹词。表示赞叹。 **赫**:盛大,兴盛。 **穆穆**:美好貌。 **厥**:其。 **庸**:通镛。大钟。 **斁**:盛大。 **万舞**:文武礼舞。 **奕**:从容娴习貌。 **亦**:皆,都。 **不**:通丕。大。 **夷怿**:愉快,喜悦。 **作**:作为。 **温恭**:温和恭敬。 **朝夕**:从早到晚,终日。 **执事**:从事工作。 **恪**:恭敬。 **顾**:光顾。 **烝尝**:冬祭秋祭。指祭祀。 **将**:奉献。

烈祖

【译诗】

嗟 jiē	嗟嗟，烈祖！	啧啧，先祖！
祜 hù	有秩斯祜。	齐天洪福。
锡 xī	申锡无疆，	屡赐无疆，
	及尔斯所。	至你此处。
酤 gū	既载清酤，	已置清酒，
赉 lài	赉我思成；	赐我思成；
	亦有和羹，	还有美羹，
	既戒既平。	五味和平。
鬷 zōng 假 gé	鬷假无言，	敬神无言，
	时靡有争。	此没有争。
	绥我眉寿，	慰我长寿，
耇 gǒu	黄耇无疆。	黄发无疆。
軝 qí	约軝错衡，	饰轴金辕，
鸧 qiāng	八鸾鸧鸧，	八銮锵锵，
假 gé	以假以享，	以祭以献，
溥 pǔ 将 jiāng	我受命溥将。	我受命宽广。
	自天降康，	天降安康，
穰 ráng	丰年穰穰。	丰年穰穰。
假 gé 飨 xiǎng	来假来飨，	来到来享，
	降福无疆。	降福无疆。
予 yú 烝 zhēng	顾予烝尝，	祭祖请享，
将 jiāng	汤孙之将。	汤孙供养。

烈祖:宋君祭祀成汤。一说商王祭祀成汤。《毛诗正义》:祀中宗也。《诗经原始》:祀成汤也。

嗟嗟:叹词。表示赞叹。**秩**:大貌。**祜**:福。**申**:反复。**锡**:赐。**无疆**:无穷,永远。**及**:到,至。**尔**:你。**斯**:此。**所**:处所。**载**:设。**清酤**:清酒。**赉**:赐给,赏赐。**思成**:心想事成。**和羹**:和味之汤。**戒**:齐备。指五味齐备。**平**:中和。**鬷假**:谓祭祀时精诚上达于神。鬷,通奏。假,通格,至,致。**时**:是,此。**绥**:安抚。**眉寿**:长寿。**黄耇**:寿高者。**约軝**:车毂两端的皮革装饰。**错衡**:金色纹饰的车辕横木。**八鸾**:八个鸾铃,马口两侧各一个。**鸧鸧**:拟声词。铃声。**假**:通格,到。**享**:奉献祭品,祭祀。**受命**:接受天命。**溥将**:广大。**穰穰**:五谷丰盛。**飨**:鬼神享用祭品。**顾**:光顾。**烝尝**:冬祭秋祭。指祭祀。**将**:奉献。

玄鸟

【译诗】

玄鸟：宋君祭祖，歌颂了契、成汤和武丁。一说商王祭祖。《毛诗正义》：祀高宗也。《诗经原始》：祀高宗也。

注音	原诗	译诗
	天命玄鸟，	天命黑燕，
降 jiàng	降而生商，	降世生商，
	宅殷土芒芒。	居殷地茫茫。
	古帝命武汤，	天帝命武汤，
	正域彼四方。	统治那四方。
方 páng 厥 jué	方命厥后，	遍告诸侯，
奄 yǎn	奄有九有。	拥有九州。
	商之先后，	商朝先主，
殆 dài	受命不殆，	受命不怠，
	在武丁孙子。	在武丁这代。
	武丁孙子，	武丁这代，
	武王靡不胜。	武王无不胜。
乘 shèng	龙旂十乘，	龙旗十辆，
糦 chì	大糦是承。	祭谷来奉。
畿 jī	邦畿千里，	京畿千里，
	维民所止，	为民所居，
肇 zhào	肇域彼四海。	疆域及四海。
假 gé	四海来假，	四海来朝，
祁 qí	来假祁祁。	来朝济济。
	景员维河，	景山河绕，
	殷受命咸宜，	殷受命咸宜，
何 hè	百禄是何。	百福享到。

玄鸟：黑燕子。**商**：指商始祖契。**宅**：居住。**殷土**：殷地。在今河南。**芒芒**：广大辽阔貌。**古帝**：指天帝。**武汤**：即汤，商朝的开国君主，也称成汤、成唐、武王、天乙等。**正域**：整治封疆。**方命**：遍告。方，遍及。**厥后**：诸侯。**奄有**：全部占有。**九有**：九州。**先后**：先君。**受命**：受天之命。**不殆**：不懈。殆，通怠，松懈。**武丁**：商朝君主，后世称高宗。**孙子**：子孙后代。指成汤的后代。**武王**：即成汤。**胜**：能够承担。**龙旂**：龙纹旗。天子仪仗之一。**乘**：辆。称一车四马。**大糦**：祭祀所用谷类。**邦畿**：王城及其周围千里的疆域。**肇域**：疆界。**四海**：犹言天下。指天下诸侯国。**来假**：来到。此指来朝见。**祁祁**：众多貌。盛貌。**景**：景山，在商都，今河南。一说大。**员**：周围。**受命**：受天之命。**咸**：皆，都。**宜**：合适。**何**：通荷。承受，蒙受。

长发

长 cháng 发 fā

【译诗】

长发：宋君祭祖，记述了殷商的史迹，歌颂了简狄、契、相土和成汤。一说商王祭祖。《毛诗正义》：大禘也。《诗经原始》：大禘也。

注音	原诗	译诗
濬 jùn	濬哲维商，	大智为商，
	长发其祥。	长现吉祥。
	洪水芒芒，	洪水茫茫，
	禹敷下土方。	禹治众国邦。

濬哲：大智。濬，深。哲，智。**长发**：久已显现。**芒芒**：茫茫。**敷**：治理。**下土**：天下。**方**：国家。**外大国**：夏国之外的地方。

	外大国是疆，	夏扩地为疆，
陨 yuán 长 cháng	幅陨既长。	幅员宽广。
娀 sōng	有娀方将，	有娀成长，
	帝立子生商。	帝立契生商。

幅陨：幅员。**长**：广大。**有娀**：古国名，在今山西。契之母简狄，即是有娀氏之女。**将**：壮大。**立**：确立。**子**：指契，殷商始祖。**商**：商朝。

桓 huán	玄王桓拨，	商契大拓，
	受小国是达，	受小国利落，
	受大国是达，	受大国利落，
率 shuài	率履不越，	循礼不越，
	遂视既发。	巡察皆作。
相 xiāng	相土烈烈，	相土烈烈，
	海外有截。	海外统合。

玄王：商之后世对契的尊称。**桓拨**：大治。**受**：接受。**达**：通达，顺利。**率履**：遵循礼法。**不越**：不逾越。**遂**：遍。**视**：视察。**发**：实行。**相土**：契之孙。**烈烈**：威武貌。**海外**：四海之外，边远之地。**有截**：齐一貌。

	帝命不违，	帝命不违，
齐 jì	至于汤齐。	至汤成事。
降 jiàng	汤降不迟，	汤生应时，
跻 jī	圣敬日跻。	圣德日积。
假 gé	昭假迟迟，	祷祝孜孜，
祗 zhī	上帝是祗。	敬爱上帝。
	帝命式于九围。	帝命九州效之。

汤：商朝的开国君主，也称成汤、成唐、武汤、武王、天乙等。**齐**：通济。成功，成熟。**降**：出生。一说下，指礼贤下士。**不迟**：应时。一说不缓慢。**圣敬**：明智恭敬。**日跻**：日益向上。**昭假**：向神祷告，昭示其诚敬之心以达于神。**迟迟**：久久地。**祗**：敬。**式**：效法。**九围**：九州。

	受小球大球，	受大小法度，
缀 zhuì 旒 liú	为下国缀旒，	为下国楷模，
何 hè	何天之休。	承天所佑。
絿 qiú	不竞不絿，	不争不躁，
	不刚不柔，	不刚不柔，
	敷政优优，	施政宽厚，
遒 qiú	百禄是遒。	百福汇聚。

球：通捄。法，法制。**下国**：诸侯国。**缀旒**：表率。**何**：通荷。蒙受。**休**：保佑。**竞**：竞争。**絿**：急躁。**敷政**：布政，施行教化。**优优**：宽和。**遒**：聚集。

共 gǒng	受小共大共，	受大小法统，
骏 jùn 厖 máng	为下国骏厖，	为下国尊崇，
龙 chǒng	何天之龙。	承天所宠。
	敷奏其勇，	施展其勇，

共：法，法度。**骏厖**：大厚，尊崇。一说庇护。**龙**：通宠。恩宠，荣耀。**敷奏**：施展，表现。

	不震不动，	不惊不动，
戁 nǎn 竦 sǒng	不戁不竦，	不惧不恐，
	百禄是总。	百福汇拢。

戁：恐惧。**竦**：震惊。**总**：汇集。

旆 pèi	武王载旆，	武王载旗，
虔 qián 钺 yuè	有虔秉钺，	紧紧握斧，
	如火烈烈，	如火烈烈，
曷 hé	则莫我敢曷。	则莫敢阻遏。
蘖 niè	苞有三蘖，	根有三蘖，
	莫遂莫达，	莫生莫发，
	九有有截。	九州统合。
	韦顾既伐，	韦顾已伐，
	昆吾夏桀。	昆吾夏桀。

武王：成汤。**载**：装载。**旆**：旌旗。**虔**：虎行貌。引申为勇猛，强固。**秉**：持。**钺**：大斧。**烈烈**：火猛貌。**曷**：通遏。阻止。**苞**：草木的根茎。**蘖**：草木砍伐后长出的新枝条。**遂**：生长。**达**：发芽。**九有**：九州。**韦**：古国名。在今河南。**顾**：古国名。在今河南。**昆吾**：古国名。在今河南。**夏桀**：夏朝末代君主。

	昔在中叶，	昔日中叶，
	有震且业。	动荡危急。
	允也天子，	诚呢天子，
降 jiàng 予 yú	降予卿士。	天赐卿士。
阿 ā	实维阿衡，	此为阿衡，
	实左右商王。	乃佐助商王。

中叶：中世。指相土之世。**震**：震荡。**业**：危，危险。**允**：信实，可信。**降**：赐给。**予**：我。**卿士**：卿、大夫。**阿衡**：商代官名。师保之官，负责辅佐国君。指伊尹，他曾任此职，助成汤灭夏。**实**：确实。一说此。**左右**：帮助，辅佐。**商王**：指伊尹辅佐过的成汤、外丙、仲壬和太甲四代君王。

殷武

【译诗】

殷武：宋君祭祀武丁，以庆贺高宗神庙落成。一说商王祭祀武丁。《毛诗正义》：祀高宗也。《诗经原始》：高宗庙成也。

挞 tà	挞彼殷武，	迅猛殷武，
	奋伐荆楚。	力伐荆楚。
罙 shēn	罙入其阻，	深入险阻，
裒 póu	裒荆之旅。	俘荆军旅。
	有截其所，	统合其域，
	汤孙之绪。	汤孙之绪。

挞：迅疾貌，勇猛貌。**殷武**：殷高宗武丁。**荆楚**：殷商时位于荆州的楚国。在今湖北湖南一带。**罙**：深的本字。**阻**：险要之处。**裒**：通俘。俘获。**荆**：楚国的别称。**旅**：泛指军队。**有截**：齐一貌。**汤孙**：成汤的子孙。**绪**：功业。

女 rǔ	维女荆楚，	有你荆楚，
	居国南乡。	地处南方。

成汤：商朝的开国君主，也称成唐、武汤、

	昔有成汤，	昔日成汤，
氐 dī 羌 qiāng	自彼氐羌，	远至氐羌，
	莫敢不来享，	莫敢不朝贡，
王 wàng	莫敢不来王，	莫敢不朝王，
	曰商是常。	认商为长。

武王、天乙等。**氐羌**:氐族和羌族。古族名,在今陕西、甘肃、青海一带。**享**:进献。**王**:朝见。**常**:长,君长。一说通尚。尊尚。

辟 bì	天命多辟，	天命诸侯，
都 dū	设都于禹之绩。	建都在禹故地。
辟 bì	岁事来辟，	秋时朝会，
予 yǔ 適 zhé	勿予祸適，	免予斥责，
穑 sè 解 xiè	稼穑匪解。	农事不懈。

多辟:诸侯。**禹之绩**:大禹治水处。**岁事**:诸侯每年秋天朝见天子之事。**来辟**:来朝见。**勿**:无。**祸適**:责其罪过,谴责。**稼穑**:耕种收获。指农事。**匪解**:不懈。

监 jiān	天命降监，	天命下监，
	下民有严。	人民诚虔。
僭 jiàn	不僭不滥，	不妄不滥，
遑 huáng	不敢怠遑。	不敢偷懒。
	命于下国，	命向诸侯，
厥 jué	封建厥福。	大立其福。

降监:下视。**下民**:人民,百姓。**严**:通俨。恭敬,肃敬。**僭**:越礼。**滥**:过分。**怠遑**:偷懒。**下国**:诸侯国。**封建**:大立。封,大。**厥**:其。

	商邑翼翼，	商都翼翼，
	四方之极。	天下法式。
	赫赫厥声，	赫赫其名，
濯 zhuó	濯濯厥灵。	灼灼其灵。
	寿考且宁，	寿高且宁，
	以保我后生。	以保我后生。

邑:国都,都城。**翼翼**:整饬貌。**极**:中,中正,准则,法则。**声**:名声。**濯濯**:光明貌。**后生**:后裔,子孙。

陟 zhì	陟彼景山，	登那景山，
	松柏丸丸。	松柏参天。
	是断是迁，	乃砍乃搬，
斲 zhuó 虔 qián	方斲是虔。	又削又断。
桷 jué 梴 chān	松桷有梴，	松椽长扁，
	旅楹有闲，	堂柱粗圆，
寝 qǐn	寝成孔安。	寝成甚安。

陟:登上。**景山**:在殷商,今河南。**丸丸**:高大直挺貌。**是**:于是。**方**:于是。**斲**:砍,削。**虔**:截断。**桷**:方椽。**梴**:木长貌。**旅**:众。**楹**:厅堂的前柱。**闲**:大貌。**寝**:帝王宗庙的后殿,为放置祖宗衣冠之处。

参考文献

1. 毛亨传，郑玄笺，孔颖达疏．毛诗正义（十三经注疏）．北京：北京大学出版社，1999．
2. 毛亨传，郑玄笺，孔颖达疏．毛诗注疏．杭州：浙江古籍出版社，1998．
3. 朱熹集注．诗集传．上海：上海古籍出版社，1980．
4. 方玉润撰．诗经原始．北京：中华书局，1986．
5. 金启华，朱一清，程自信主编．诗经鉴赏辞典．合肥：安徽文艺出版社，2006．
6. 上海辞书出版社文学鉴赏辞典编纂中心编．诗经三百篇鉴赏辞典．上海：上海辞书出版社，2007．
7. 王力著．诗经韵读/楚辞韵读——王力别集．北京：中国人民大学出版社，2004．
8. 程俊英译注．诗经译注．上海：上海古籍出版社，1985．
9. 余冠英注译．诗经选（第 2 版）．北京：人民文学出版社，1979．
10. 金启华译注．诗经全译．南京：江苏古籍出版社，1984．
11. 周振甫译注．诗经译注．北京：中华书局，2002．
12. 胡淼著．诗经的科学解读．上海：上海人民出版社，2007．
13. 向熹编．诗经词典．成都：四川人民出版社，1986．
14. 董治安主编，王世舜副主编，万祥祯编著．诗经词典．济南：山东教育出版社，1989．
15. 罗竹风主编．汉语大词典．北京：汉语大词典出版社，1986 —1993．
16. 王力，岑麒祥，林焘等原编．蒋绍愚，唐作藩，张万起等增订．古汉语常用字字典（第 4 版）．北京：商务印书馆，2005．
17. 金文明主编．中华古汉语字典．上海：上海人民出版社，1997．
18. 中国人民大学语言文字研究所《现代汉语通用字典》编写组编．现代汉语通用字典．北京：外语教学与研究出版社，1987．
19. 李行健主编．现代汉语规范词典．北京：外语教学与研究出版社，2004．
20. 中国社会科学院语言研究所词典编辑室编．现代汉语词典（第 5 版）．北京：商务印书馆，2005．
21. 谭其骧主编．中国历史地图集（第一册）．北京：地图出版社，1982．

初版后记

历时三年有余，写出《全本诗经浅译》这本书，算是有个小结。当初我在工作之余读《诗经》消遣，觉得原诗古简难懂，而译注阐释虽有助于理解诗意，却不易帮助体味诗味。有一天出自玩乐，试以同字数把《关雎》一诗译成白话诗，玩味之下，似乎感到原诗有味；随着一改再改译诗，更加感到原诗诗味益浓。从此一发不可收拾，非把下一首诗照样试译出来不可。于是借着某种偶然机会，我选择专心致志来搞这玩意儿，终于把《诗经》三百零五首诗歌都以同字数译成了白话诗。就这样，我由玩乐玩乐到对《诗经》入迷，到对《诗经》的艺术性无比赞叹和敬仰，到对中国文化的深厚底蕴更有体会，以至于沉浸其中，迄今八易其稿，愈觉永无止境。

近把书稿送请亲友指教，多有提议我先行出版，再继续精益求精。我理解这份好意。的确，以同字数今译《诗经》，只有更好，没有最好。我在这尝试之中，于中国文化诸多方面，不知不觉获益良多。因此，把《全本诗经浅译》这一小结公之于众，抛砖引玉，或许可收众乐众惠之效，何乐而不为？借此机会，能得到方家批评指正，也是一大快事。

在本书写作过程中，我得到诸多亲朋师友的支持和帮助，特此致以衷心的感谢。儿子邢立宇是中国古典哲学研究生，他一早就对此事提出意见，提供参考资料，提出注释要求，提出排版格式，提出有必要撰写说明文章从阐释学角度论述同字数古诗今译的意义，等等。可以说，没有他的帮助，此作一定远远逊色。吴承学教授认为初稿的参考文献不足，提供了大量有用的文献资料，使得此作能够更好地得以修改提高。陈俊鸿教授提出只采用现代诗韵的意见，使此作的定位更为明确。陈焕良教授从训诂学角度提出不少有益的意见，使此作的修改在“信”方面有了更高的指标。吴国钦教授特别关注译诗如何处理好信、达、雅的关系，对于如何译出诗味提出不少有益的意见，使此作的修改在总体上有了更高的指标。蔡照波教授指出原诗有些句子已耳熟能详，再译反而弄巧成拙，促使此作的修改注意保留原诗一些名句。郑奕耀先生指出译诗应通俗易懂；杨见权教授提出译诗应尽可能不用生僻字，促使此作的修改更加注重明白如话。吴深尚教授提出现代人吟咏译诗有可能比吟咏原诗更为顺口，是否会导致某些读者只念译诗而疏忽原诗的后果。这提醒我必须更加明确地建议读者如何去使用此作。

在此还要特别感谢妻子陈金爱。没有她的理解、耐心和支持，很难想象我可以如此专心地投入写作，如此长期地一改再改，更难想象能够产生眼前的这本《全本诗经浅译》。

独乐何如众乐。乐来自中国文化，来自我们祖先的宝贵精神遗产。但愿此乐代代相传，人人分享。

邢宪生
2010 年 7 月

修订版后记

《全本诗经浅译》（以下简称《浅译》）初版的修订，不觉历经四年有余。工作永无止境，总得停下笔来，于是有了这个修订版。

初版面世后，众多读者师友给予肯定与鼓励，令我前行倍增助力，在此特表衷心谢忱。

多位读者师友更提出批评与建议，在此谨致以衷心感谢。吴国钦教授四年前就建议为每首《诗经》作品加上题解；他还指出修改版的译诗应避免使用生僻字。祝伟中先生建议对译时统一语气助词的译法。陈增浩先生建议加上题解，并对译诗中若干处译法提出见解。当当网的读者建议加上题解，以及保留一些容易理解的原诗诗句。这些宝贵意见，我在《浅译》修订版中都采纳了。

非常感谢暨南大学出版社的张仲玲副社长和陈绪泉编辑，他们对《浅译》初版及修订版的出版提供了大力支持。

特别感谢妻子陈金爱，是她的理解、耐心和支持，才让我可以如此专心地投入写作，才可能产生眼前的《浅译》修订版。

《诗经》原是歌词，首首可唱可诵。我曾尝试为《诗经》一些诗篇谱曲，一唱便感到原诗的音韵及节奏都很和谐。如果译诗的音韵及节奏与原诗不同，唱起来味道就会大不一样。可见《诗经》对译要更上一层楼，还须在同音韵以及同节奏方面下功夫。有了这个要求，《浅译》修订版便几乎是重新写过。假如没有《浅译》初版作基础，一开始就提出如此要求，那么无异于一步登天，简直不可想象。如今这个要求可以渐趋达到，可见《诗经》对译虽说是作茧自缚，实际上其文字发挥空间还是相当大的，中国文字确实极具魅力。相信读者诸君在现有基础上，一定可以不断改善译诗，并且从中得到无穷乐趣。本人乐见《浅译》能够抛砖引玉。

邢宪生

2015 年 2 月